· 李明春 著 ·

Chuan
Xiang
Zhuan

川乡传

四川文艺出版社

图书在版编目（CIP）数据

川乡传 / 李明春著. — 成都：四川文艺出版社,2021.11
ISBN 978-7-5411-6070-7

Ⅰ.①川… Ⅱ.①李… Ⅲ.①长篇小说—中国—当代
Ⅳ.①I247.5

中国版本图书馆CIP数据核字（2021）第174412号

CHUANXIANGZHUAN
川乡传

李明春 著

出 品 人	张庆宁
责任编辑	梁康伟
封面设计	魏晓舸
内文设计	史小燕
内文插图	周 七
责任校对	文 雯
责任印制	桑 蓉

出版发行	四川文艺出版社（成都市槐树街2号）
网 址	www.scwys.com
电 话	028-86259287（发行部） 028-86259303（编辑部）
传 真	028-86259306
邮购地址	成都市槐树街2号四川文艺出版社邮购部 610031
排 版	四川最近文化传播有限公司
印 刷	成都紫星印务有限公司
成品尺寸	169mm×239mm 开 本 16开
印 张	22.25 字 数 350千
版 次	2021年11月第一版 印 次 2021年11月第一次印刷
书 号	ISBN 978-7-5411-6070-7
定 价	58.00元

版权所有·侵权必究。如有质量问题，请与出版社联系更换。028-86259301

农村犹如农民肩上的一副担子,一头盛放以土为标志的物质形态,土山土路土屋土碗……一头盛放以乡字打头的文化形态,乡风乡愁乡情乡亲……我以农民负担行走来诠释农村改革的前因后果,立根乡土来讲述笔下人物故事。

一

那一年，欧阳生第一次办大事，为本队曾杨氏治丧。曾杨氏是曾庆彪的大老婆，曾庆彪是过去的大地主、大军阀。那场面，那开销，就一个"大"字能说，一千多人参加，吃一千多斤粮食，花一千多元钱，够街上买一间铺面了。孝男孝女不方便回来，儿子在海峡那边，女儿虽在海峡这边，可又远在南方，忠孝无法两全。由欧阳生来操办丧事，就因他最合适，是知青，河对面镇上下来的，于人于己都无妨碍，才当生产队长，既无积怨，又无贪图。欧阳生想推脱，借口没办过丧事，不会呀！

不会就学嘛。上上下下的头头脑脑都这样说。

那一年是哪一年？曾杨氏至死都迷糊，好像是己未年，属羊，是自己的本命年。一年里四处都在纠错，弄得她有些喜忧参半。她是老爷的发妻，老爷纠错，成了起义将领，自己当然欢喜。自己叫摘帽，有点忧虑，不知还算不算地主？她自此有些恍恍惚惚，逢人便说老爷来找她了。多数是夜里，有时白天也来。听的人笑她，说你是高兴昏了头，摘了帽子乐的。小老婆戴维娅听了却有些发酸，从鼻子到胃里。同样是老爷的女人，依排序定成色，自己五成新她仅一成，同样摘了帽子，自己却一次也没遇上老爷子。许是自己改嫁的缘故吧。不无醋意地说，大姐，你是越老越俏了，鬼都忍不住要找你。

话让上面院子的大先生听见了，摇摇头叹气。说曾杨氏，这老耄怕是阳寿尽了，大白天说鬼话。这话说了没几天，曾杨氏真的殁了，说殁了就殁了，光着头，赤着脚，身子一歪，像摊泥样塌在渠道工地上，再没动一下。

欧阳生刚上任，学剃头遇上络腮胡，捷报未传死讯先至，觉得挠心。虽说是个地主老耄，毕竟是第一批入社的正式社员，赶紧四下请人抢救，大队赤脚医生、公社医院院长都来了。欧阳生忙前忙后，抬上抬下，弄出一身臭汗。无奈好心不能当药用，曾杨氏还是一声不吭走了。活鲜鲜一个人，一下殁了，欧阳生禁不住唏嘘，这发过财的人命也够薄的，山过了拄高的坎过不了。

见欧阳生发蒙，尽说呆话，城坝大队贾支书总觉这娃娃队长有哪点不对，似乎身影有点偏，不单是人嫩没见过世面，好像脚也没站端正，忍不住提个醒：她算啥命薄？你没遇上命薄的。

欧阳生顿生不服，心想咋没遇上？我一落地，眼睛还没睁开，奶气味还没闻，妈就带着奶走了，这不是命薄是啥？不知咋的，素来厌烦贾支书炫耀过去穷，就拿话怼过去：你见不得有人比你命薄，这你也嫉妒？要说命薄我不比你差，你是一张纸，我是一层膜。

贾支书感到好笑，你也不打听打听，我是啥出身？雇农，全无产阶级，比贫农还多半个。他又实在不愿与这个下乡知青计较，抿抿嘴唇一笑，说我俩就不比了，要论命，说这地主老耄的命薄？当过师长太太；说命好？她又当了几十年的地主分子。才说男人纠了错，本人摘了帽，她又病死了，怪不怪？

欧阳生不以为然，这有啥奇怪，当了几十年地主分子，就因她当了几十年师长太太。

贾支书想说啥，突然记起对方是知青，忙改口说，也是。

纠错是部长来宣布的。部长姓张，县统战部的，党外人士归他管。算起来，他同曾家来往也有些年。民国那些年他还是地下党，由曾繁慧举荐给她父亲彪老爷子，在镇上学堂任教。后来遇上国民政府中央军"清乡"，四处张榜捉拿他。他与上级来的两位"客人"到赛人谷"走人户"，中央军随后追到，指挥部就驻扎在曾家大院。赛人谷被围起来，挨家挨户清查，鸡飞狗跳闹了三天，人没抓着，哨兵倒被枪杀了。杀哨兵的人是带队的罗副官，据说哨兵私离哨位想当逃兵，他不得不执行战场纪律。蹊跷的是，当时曾老爷子听自家的暗哨说，那冤死鬼察觉了啥，跟姓罗的嘀咕几句后，突然撒腿就跑，被姓罗的从背后打死了。更令人如堕五里雾中的是，自那后，再没见着曾家四姨太，曾家上下人等也绝口不提她半个字。

撤军时，曾老爷子在曾家大院办宴席送客，镇上"仁智礼义信"五个堂口的袍哥大爷到场作陪。临走时，罗副官手一挥，下面的人抬上一挺机枪、三十支步枪、两支短枪和几大箱子弹相送。曾庆彪回以两箩筐大洋。

据说，曾庆彪送罗副官和袍哥大爷们回来，关好大门，手儿向上一招，张部长与几位客人从小姐绣楼上下来，曾家重新上菜入席。

后来这位曾老爷子拉起队伍，改换旗号投了解放军。为这事，张部长特地赶到三江镇，持他女儿繁慧亲笔信前来策划，帮助整编部队。后来听说曾老爷子的部队哗变"反水"，被人民政府剿灭。部队解散，曾老爷子因掌控不力被遣送回乡，死后葬在乱坟岗。直到前不久，从上到下层层纠错，张部长才又一次出现在寨人谷。他满脸凝重，从公文包里拿出红头文件，替他仍称为彪老爷子的起义将领恢复名誉。

在一般人眼里，吃饭是第一件大事，纠错这事远没吃饭重要。只有曾庆彪的家人眼里，纠错才是头等大事。一张纸让曾庆彪一家人，死了的与活着的，从坏人一下成了好人，从此才有资格把吃饭挪到第一位。宣布那天，曾家两顿没吃饭，头顿没吃，只顾高兴忘了煮；二顿炖了一只鸡，正想好好享受享受好人吃鸡的从容，才端起碗吃第一口，前面院子曾老八攥紧双拳，叫喊着两个地主老耄的名讳骂上门来，原来又出一起冤案。前面院子的生蛋鸡母只顾唱歌，忘了后院这家人有事要庆贺，被当成他家鸡母闻喜归来，一刀下去，命丧黄泉。一家人赶紧将鸡肉吐出来，空出嘴儿去给曾老八赔礼赔钱。临走时曾老八撂下一句话，摘了帽子也不能乱吃。

曾杨氏病殁，只因欢喜过头，加上高龄，算得上喜丧。丧家原本不想打扰张部长，可为了给海峡那边的儿子繁望报丧，还是迫不得已给他说了。且再三说明，后事料理决不给政府惹麻烦。虽说帽子摘了，可万一还有不干净的地方，牵扯了张部长，于情于理说不过去。用曾杨氏生前的话说，人哪！

要知足感恩，何况，曾杨氏是阎王不要自己去的。

曾杨氏今年满七十二进七十三，到了与阎王约期的年头。老太太一直下地劳动，从来没吃过药，不知是没药还是没病。当了好人是不一样，摘了帽后，她成天红光满面地忙，时时都在赶路一样，不知哪来的大事办不完。直到临死都在笑，估计到了地狱门口又转身去了天堂。也许她早料到这一天，已有一些准备，寿衣备好不说，连寿料都想到了。虽说寅人谷不缺树，可政府明令禁止砍伐。河对面镇上木材站有上好原木卖，那得有上头批文。土改时，曾杨氏搬到柴房住，曾老四分得绣楼。曾老四女儿生得多，人们都说他不该要绣楼。四朵鲜花簇拥一根藤上，还缺一根撑家立户的柱子。曾杨氏老了突然对绣楼有了想法，一直没说出口。后来见曾老四孩子上学缺钱，主动同他说好，愿意用自己住的老柴房换他带楼的厢房，曾杨氏补一百五十元钱，外加两百斤粮食。曾老四算算也有好处，论面积，柴房还稍大点，可多放一架床。曾杨氏则看中那一层楼板，取下来足够两副棺材用料。曾杨氏一死，曾老四腾空厢房，木匠开始撬楼板。

就在这时，张部长来了。

随来的有三江区姜副书记、公社胡公安。大队干部呢，则按老规矩出场。危险事、难办事各管各的，曾家的事姓曾的去管，贾家的事姓贾的去管，互不掺和。今天要议论曾庆彪大太太的丧事，姓贾的支书借故没来，他当年是曾庆彪家长工，经人点拨，用拳头和东家决裂，而今要给老东家平反迁坟，不仅有些小尴尬，还认准了有风险。大队主任繁全、民兵连长祥斌姓曾都来了。大队妇女主任青翠，虽姓贾，可她是曾家媳妇，半推半就也来了。欧阳生是大队团支书，属于有他不多无他不少的群团干部。偏偏他又是生产队长，所有人不来他必须来，安排坟地、劳力，借用工具、粮食……样样都得他开金口露银牙表态，所以务必得来。

死者亲生儿女没在身边。户口上有后人一男一女，不是继子女，也不是养子女，是庶出。儿子曾繁轩是二太太所生，他妈死时还不满五岁。女儿曾繁琴是五太太戴维娅所生，妈改嫁时丢给曾杨氏才一岁多，妈回来时已是半大姑娘，户口还在曾杨氏名下。戴维娅改嫁离开曾家院子，出去几年死了两个男人，自己不敢再嫁，别人也不敢要，旋了一圈又回到曾家院子。说来就她的"家"最多，前后好几个，可哪个家也容不下她，哭兮兮回来依靠曾杨氏过活。按队里规矩排队落户，至今还是人民公社候补社员，四个人吃三个人的口粮。面对灵床上的曾杨氏，没有血缘关系的三个亲属，规规矩矩跪着，手像一个摇把，有一张没一张往土陶盆里烧纸钱。

城坝大队从来没固定的办公场所，是哪儿方便在哪儿开会。今天将就死者，选在灵堂斜对面的生产队保管室，当着死者的面聊，用不着瞒她，也不怕她多心。公社胡公安向客人主人相互做了介绍，挑起话头说：三队曾杨氏死了，他儿子还在，是海峡那边的大官，上面很重视丧事咋办的，张部长亲自下来过问。下面，请张部长发话。

乡下人不兴鼓掌，拿眼睛盯着代替。张部长不计较，眼里有我就行，还说，都是熟人了，用不着客气。都知道曾杨氏有个儿子叫曾繁望，在海峡那边掌大权，至于是好人还是坏人，我们先不说。上面要我来看看他妈后事咋办的，不知你们谁在操办？

三位挂靠亲属从土陶盆那儿被唤进来，在角落里坐下。戴维娅一直埋着头，生怕露出尊容惊吓了客人。深眼眶，高鼻梁，微黄的鬈发，高挑的身材，人称"洋马儿"。这同当地人称呼自行车一样，意谓洋气、通用，谁有本事谁都可以骑。据本人说，她的祖先人生不慎混进了国外皇室的血缘，至今仍未汉化干净，以致女儿繁琴也未幸免。母女俩无论到哪儿都被眼光罩裹，弄得小偷不好下手直骂娘。她经常受胡公安冷眼关注，所以对胡公安的形象过敏，一见胡公安那张冰浸的脸，戴维娅就心里发怵，大冷天冒热汗。这些年，全家为她身上的洋味和繁望海峡那边飘来的晦气，格外添了不少堵。今天那张冰冷的脸提到这个发霉的人，不知又会有啥大麻烦。一个地主老耄的后事，竟引来县、区、公社、大队的官员过问，好像重要得有点吓人了。戴维娅正发愣，冷不丁听胡公安一声催促：戴维娅，张部长在问你话呀！她猛地一惊，下意识用衣袖在额头一抹，头又低了一分，在众人注视下，吞吞吐吐说道：这两个娃娃年轻，不敢接手。生产队的人，死了只有找队长哟！与其说是回话，还不如说是耍赖。听提及自己，两个被称为娃娃的年轻人头埋得更低，生怕一露脸事儿就落到头上。

欧阳生见事横推给集体，好惊讶：嘿！曾杨氏又不是五保户，有儿有女,咋赖上生产队了?张部长听了很不满意,说:这成啥话?生产队是要帮补一些,主要靠自己。戴维娅眼看推不脱,说:逼起了,我又来办嘛。张部长点点头:这就对了。你准备咋个办呢?

戴维娅好一阵沉闷,有说不完的话在肚里,却不知哪句该说哪句不该说。照实说,请大先生看地择期,那是封建迷信,说出来等于主动交代;按规矩,免不了给帮忙的人发红包,又不知上面准不准,万一说你腐蚀贫下中农咋得了;一大帮人办丧事,几天不上水利工地,那是对抗……越想越怕,既怕自己犯了事,一阵风吹了的帽子又一阵风吹回来。更怕连累了看风水的大先生和两个年轻人,到时惹出一个连大先生也算不准的变故。真那样,别指望张部长打救,恐怕到时连他也会被拉下水。再不敢往下细想,低声下气说:我能咋办?一个地主老耄死了,拖出去挖个坑埋了就是。

张部长一惊:你真要这样做?戴维娅点点头,唯恐别人不信,急忙找人做证:大队、公社的人都在这儿,他们盯着就是了。张部长略带生气:这不行!我这次来,就是要跟你们说,曾杨氏的后事不能草率了事,要按乡下老规矩办。见众人疑惑,尤其是胡公安,直直地盯住他,如同发现了内奸,下意识摸向腰部,突然想起早没枪了。动作让张部长意识到啥,腔调由丝弦赶紧转为高腔,正言厉色说:曾杨氏虽是一个地主分子,但已摘了帽子,属于人民内部的人了。她儿子在海峡那边,是好人派到坏人内部的,还是坏人内部出了个好人?一时半会儿说不清。但有一点是清楚的,今后两岸统一的事还要他出力。所以,上面领导担心丧事办潦草了,会影响她儿子的好坏程度,特意叫我下来打招呼,要认真办!办的情形还要拍照片送过去,好给他儿子一个交代。指着戴维娅,话减少了点客气:你那个想法要不得,哪能随便拖出去埋了就是,活着你叫姐姐,死了你就当猫儿狗儿撂了?好好想想该咋办!转身看胡公安脸色有变,话赶紧挽回来:当然,也不能过于铺张浪费,脱离群众,造成不好影响。

戴维娅长长出了一口气,心宽松下来,说:要讲办好,我也没那本事,钱也缺,人也缺,乡下规矩也不懂,既想不到也做不到。

一旁的繁全主任和祥斌连长早已笑开了,为曾家人长脸的事,自然乐意,齐声说:不懂规矩不要紧,请大先生来指点指点就行。

谁是大先生？张部长问。繁全给他细说，大先生是曾家宪字辈的一个长者，早些年教私塾，有了新学堂后在家闲着，靠给人写写家信契约，给乡邻当个保人，给供销社书写春联通知啥的，挣点现钱。大队和公社也时常找他写写标语口号，给他记工分。私下里管的闲事可多了，头疼脑热、择地看期、算命卜卦、婚姻撮合、纠纷排解……有求必应，只有不让他管的事，没有他管不了的事。事后从不计较人家的酬谢，给啥收啥，啥不给也没啥。曾杨氏的丧事要讲办好，少不了他这味药。

在一连声催唤下，大先生忐忑不安赶来。见满屋尽是管事的人，个个紧盯自己，以为前几天给人算命的事犯了。想想不对，当初细细看过来人面相，不像宵小之徒，这几日可是百事皆宜的黄道吉日，即使犯事也不该在眼下。见戴维娅坐在屋角，心里一丝光亮透进，莫非是曾杨氏的后事要找我看期择地？可这是政府历来反对的事，该不会是来找碴子吧？又见胡公安板着脸在场，更认定凶多吉少。转念又一想，为曾杨氏看期择地也就戴维娅来说过，啥都未做，矢口否认就成了。再一次想到这几天是黄道吉日，不会有大事发生。心稳下来，瞅熟悉的人点点头，说声，我来了。繁全递过一根凳子，叫声，长辈子坐下说。待大先生坐实，再逐一介绍上面来的客人，也说了找他来的用意。

提到要为曾杨氏的丧事操办说规矩，大先生愣了愣，眼神从每个人脸上快速扫过，一个大大的问号闷在心里，政府的人也信这个？别是来套我的口供吧？小心回话说，繁全主任，你就爱跟老辈子开玩笑，现在早不时兴这个了，我就要搞，也没有人信呀！随即站起来说，各位领导，你们可别信外面的人乱说，我早就不干这事了，不信问问繁全和祥斌。突然想起妇女主任也在场，立即补上一句，还有侄孙媳妇也在这，都可以证明，是不是？转脸朝向三人乞求保言。

见乡邻们心中的神仙一下跌落凡尘，欧阳生哑然失声，将他按稳在凳子上，说：没人要为难你，找你来是说说办丧事的老规矩。大先生还是不信，这老规矩早就不时兴了，说它干吗？见戴维娅心神不定的样子，怀疑是她漏了嘴，抢先申辩道，侄媳妇是问过我，可我推了没答应呀。

胡公安不耐烦了，语气严厉：你装神弄鬼干少了哇？这方圆几十里，哪家有事少得了你？正叫你说，又来假装正神，是不是要给你提块腊肉来才肯说？快点说！办丧事有哪些讲究？先说好，封建迷信那一套不要来。

张部长怕吓坏了大先生，忙安抚道，你不要怕，尽管说出来，迷信反动的我们不做就是。

大先生终于信了，再一次核实给谁办丧事。确定是曾杨氏，大先生一下明白了。他与死了的曾庆彪老爷是同房，论排行他还高一辈，是康熙爷亲赐家谱中宪字辈里唯一在世的。说到老规矩，自然是他才能说清楚。历来以教训晚辈为荣，今儿个要他说这些，求之不得露个脸。一高兴，竟把眼前各位全当晚辈看了，忌讳恐惧忘得干干净净，如先祖神灵附体，指手画脚上起课来：我们曾家那可是宗圣之后，天下谁人不知一日三省吾身的曾子？康熙帝亲赐家谱，"希言公彦承，弘闻贞尚衍，兴毓传继广，昭宪庆繁祥"，供孔、颜、曾、孟四家通用，号称"通天家谱"。而今轮到祥字辈之后，启用乾隆帝御赐的家谱：令德维垂佑，钦绍念显扬……

胡公安没耐心听他絮叨，手掌在人前划过，如同大刀一横：书呆子，闲话说那么多干啥？拣管用的说。还宗圣后裔呢，一窝土匪棒老二。

繁全瞬间变脸变色，只因彪老爷子绿林出身，赛人谷曾家脸上便有了土匪烙印。自打纠错后，曾家的人就容不得旁人再说彪老爷子坏话。祥斌此时眉毛竖起，高叫：那叫侠义，杀富济贫，仗义疏财，造反有理，起义有功。

眼见要起争吵，欧阳生劝解道：说远了，还是听大先生说安葬的事，埋哪里？咋个埋？

胡公安突然记起，眼下时兴实事求是，再别张口闭口阶级斗争，大事小事民兵动手，嘴儿立即瘪下去，一口气倒咽，憋得胸脯一起一伏，半天才化解。

大先生也觉说远了，可不说又不惯。知道胡公安不爱听，索性转身背对胡公安，话也随之转了个弯，重新就风水中的择地起头，说：这坟地选择历来有讲究，不是现在那些烂阴阳先生信口胡说，这里一指，那里一指，以为只要挖个坑就可以埋人……

送老归山，讲的是视死如生，知道吗？视死如生，对死者要像生前一样孝敬。活着的人老来怕孤单，人死了，也得有人陪伴，要回归祖茔，不能

胡公安突然记起,眼下时兴实事求是。

这里埋一个，那里埋一个，那叫孤坟野鬼。也有凶死的，暴死的，不忠不孝的，无儿无女的，归不了祖茔，另有抛尸弃骸之处，那叫乱坟岗……

欧阳生知道本队有个曾家坟林，在蒿坪，那里还有宽余的坟地。于是说：你明说吧！是不是蒿坪？生产队同意就是。

大先生话语一顿：只是……欲言又止。

张部长催他：你说嘛，我们在这儿，没人会为难你。

大先生喉头蠕动，鼓足勇气说：要入祖茔，还有个讲究，丈夫未入祖茔者，妻子不能入祖茔。

胡公安冷冷一笑，你啥意思？不会是要给曾庆彪迁坟吧？怕乱坟岗委屈了他。

大先生低声说：不是我的意思，是老规矩。

当年曾庆彪因身份位列不忠不孝，没敢入祖茔，就浅埋在乱坟岗。这也是曾杨氏生前一大心结，总想有朝一日与老爷子一起回归祖茔。一想到死后去处，曾杨氏时常伤感，我若死了还不知埋哪里。常私下念叨老爷子对她的结发之情。起义前夜，老爷子把几个太太叫到一起，每人面前一包大洋。他衣袖撸起，一只脚踏在椅子上，说：过了今晚，老子要端共产党的碗了，端人碗服人管，就得依共产党章法，只要一个婆娘。

五个女人屏住气听他留谁。

共产党喜欢老实巴交的，我呢，就留一个老实巴交的，杨老耄（曾杨氏）留下来搭伴。其他的，各找各的落脚处。新找的也好，旧有的也好，和尚道人，巫师邪神，一概与本大爷无关……

就为这份情，曾杨氏舍不得老爷子孤身一地，想去与他做伴。可那里是乱坟岗，还在城坝二队贾家地盘上，不定哪年，说挖就挖了。那年贾家的人闹着要移山造田，若不是张部长与武装部的人来得快，老爷子的坟早平了。当时张部长差点挨打，说他为反革命说话。还是武装部长出面，仗着解放军的帽徽领章，没有人敢动粗。武装部长举了个例子，说蒋介石派人挖了毛主席的祖坟，胜利后，有人要去挖蒋介石的祖坟，毛主席不准，说共产党不干挖祖坟的事。然后问贾家的人，你们是听毛主席的，还是去学蒋介石？

这样坟才留下来。现在四下已是水田，当中一个坟包，犹如蹲水牢一般。纵然曾杨氏愿意去陪老爷子坐水牢，二队贾家的人未必同意。这事一经提起，张部长当然记得。丧事若要讲办出一个好来，迁彪老爷子的坟入祖茔断不可少。

张部长用征询的眼光挨个上脸拜访。区上姜副书记说，那就迁坟吧！夫妇俩一起入祖茔。胡公安担心事后有人说闲话，自称做不了主，得由公社茅书记表态才行。

张部长问大队、生产队干部，行不行？繁全、祥斌自然赞成。欧阳生皱皱眉头说，本队没问题，只是二队贾家的人要说好，别又是要赔偿这赔偿那的，我们可赔不起。张部长再问戴维娅的意见。戴维娅回道，这当然好，只是……想说花事大，手头紧，可又一想，难得上面开口，有了头回不愁二回，自己今后也可跟着进祖茔。眼下再大的困难自个认了，一咬牙说，繁慧带信回来说过，凡事要听政府的。

张部长离开城坝，去公社、区上说好，由曾家的人按老规矩办。自然忘不了还得画出红线，不能铺张浪费，不能脱离群众，不能造成不好影响。多一句话多一条退路。

给曾杨氏梳洗穿衣，没请人，戴维娅亲自动手。内衣是白色棉布，外衣靛青色，棉白布自染的，满襟布纽扣，裤子仍是旁边解开的老式样，用了牛角扣。紫色盖被，皂色长布袜，配一双圆口千层底布鞋。全是曾杨氏自个手艺，一双手抢了裁缝、漂染、鞋匠三个人的饭碗。仗着女红好，做来顺手，竟一口气做了两套，连戴维娅的都一并备下。头上没了帽子，戴维娅给她绾了一个发髻，用青色丝网罩住系紧，恰似上山捡柴带的饭菜团子，灰白灰白一个总结。

曾杨氏头上原有两顶帽子，一顶金丝绒镶玉帽，是她的至爱，素日里舍不得戴，怕遮风不成反招风，藏得紧紧的。而今人殁了，是非也没了，按说该体体面面戴上。可戴维娅悄悄给她戴上又悄悄取下来，就为两个地主太太有个约定，凡剥削来的东西，死后都不带走，哪怕是一针一线。何况这金丝绒镶玉帽，还是老爷子收编前下山抢来的，听说抓帽子时劲用大了点，给人连皮带发弄掉了好大一块。恐怕戴到阴间，苦主若是看见，定会揪住衣领讨血债。另一顶帽子是地主分子，政府一阵风给吹走，理由是两个地主太太已成了自食其力的劳动者，依据是在生产队年年可以收款了。虽然只有二三十元，但毕竟不是补款户。可见改造一下到底还是好。

戴维娅给死者抹汗穿衣完毕，直起身来，一阵眩晕，差点扑在死者身上。繁轩过来扶住，在旁坐下，好一阵才缓过气来。让繁轩拿来张部长托人带回的信封，里面一沓纸条，有盖公章的，有签字的，还有白纸上个字没有的，净是花花绿绿的图案。盖大红公章的是县林业局的批文，1.5立方米原木，勉强做两副棺木。纸条上签字的是县粮食局长，几个字面目狰狞，如饕餮现身，带来的全是食物：菜油10斤，胡豆5斤，豌豆5斤。商业局给的是票证，红的是肉票50斤，油票5斤；绿的是副食品票，粉条10斤，蔬菜200斤，米豆腐50斤；黄的是烟票酒票，春耕牌香烟2条，高粱白酒20斤；黑色的是煤油票5斤。在戴维娅眼里，这些字条票证甚至比钱粮更值价，不仅可以买物，还可以买心安，表明政府对曾家操办丧事认可。

戴维娅手握信封问繁轩，等会儿是你给队长说还是我给队长说？繁轩回答干脆，东西是给你的，还是你说吧。戴维娅继续劝道，照理讲，这后事该你来办，你是唯一在家的男人。繁轩哭丧着脸，还是那话，我没办过，下力行，拿主意不行。戴维娅认为不是理由，葬老父老母谁学过？要说人年轻，欧阳队长比你还小好几岁。繁轩越听越怕，说他是队长，又不姓曾，错了没人追究。戴维娅叹口气，你逼我也不行，我也想去替你扛，可曾家的人不答应呀！就这抹汗穿衣的事，若有人愿干，大先生也不会叫我沾手。见繁轩打死不接手，无奈，望望门外，岔开话题问，繁琴该回来了吧？

入夜，月光薄如刀锋，划破几张晒席搭就的阴棚，如横竖几条白绫披挂灵床。灵床前一盏油灯若暗若明好似呢喃，没人涕泣，没人凭吊，没哀乐声，没鞭炮响，唯恐一丝响动破灭了死者回祖茔的夙愿。

快到大屋窖了，繁琴停下来，将头上的孝巾解开，往四周看看，选中一棵笔直柏树，在人高处系上。高温窖是欧阳生从外地学回来的，能保证几万斤红苕过冬不烂。真那样，春后就不挨饿了。繁琴怕自己身上的晦气污了大屋窖，宁愿冻脚冻手也别冻了红苕，那可是救命的宝贝。没敢进门，只在外面轻声呼叫，队长。

欧阳生正在里面查窖温，隐约听外面有人喊，知道是谁，心头一热，急忙转身朝外走。突见小名叫黑牛的社员盯着他傻笑，欧阳生立即正正身子，如同派工调活，大声说：你盯着点，我到外面看看是谁。他钻出高温窖，见不远处树下瘦长瘦长一个人影，仍在轻声呼叫队长，知道是她。欧阳生拉长声调：喊什么？有话过来说。繁琴没动，说身上戴孝，怕烂了红苔。欧阳生想笑，没笑出来。他就喜欢繁琴的实诚善良，生怕为自己误了别人。欧阳生高声说，哪有那么多忌讳，过来说。话是自己的，脚却成了对方的，几步过去，问有啥事。待树影人影叠在一起，繁琴急切说，我妈要见你，她想求你出面办丧事。欧阳生一惊，用力撑开对方身子，脸与脸有了距离，露出不相信，问，你妈有病？繁琴摇摇头说，没有呀！欧阳生说，没病，她咋说胡话？你看见哪家办丧事请人当孝子的？繁琴给问住了，只得实说，我也弄不清楚为啥，叫繁轩哥办，他怕办错了人家说闲话，非要逼我妈办，可大先生又不准。欧阳生更不解了，问大先生有啥权力不准？繁琴说，这我不知道了，你当面问我妈去。说着伸手来拉。欧阳生手一甩，嘿！这成怪事了，你家死了人，非拉我去当孝子，社员会咋看我？回家给你妈说，你妈怕大先生，我不怕。我这儿还要管大屋窖呢。转身要回去，繁琴一把抓紧欧阳生手臂，抽泣说，我妈说了，我请不动你，叫我别回去了，不然就要我来办这丧事。

月亮惊了一下，树影人影瞬时散开。

欧阳生急着挣脱，低声吼道，快松手，黑牛看见了要多心。哪知黑牛就在不远处盯着，说你去吧，我在这儿守着。欧阳生看看黑牛，看看繁琴，又去窖里看了看，才嘟哝着跟繁琴去曾家院子。

欧阳生到时，大先生和他儿子小先生早在了，见面就为欧阳生壮胆，说繁全、祥斌原本也要来，只是担心他们在场，有些话反而不好说。戴维娅招呼欧阳生坐下。繁轩守在灵旁，气呼呼的，像和谁争吵过，大先生喊了几声才过来。直到进了屋，繁琴才松开手去灶屋烧开水。欧阳生埋怨戴维娅，亏你想得出来，让我来替你家办丧事，先别说成分不对，非亲非故，别人议论起来，我咋回答？没等戴维娅回话，大先生替她说了，你是队长，替社员料理丧事，而且是上级当面交办的公事，于公于私都应该。我们曾家的人，感谢你还来不及，谁敢说闲话？谁说，我扇他大耳光。

欧阳生自从来三队当知青，素来敬重大先生，曾闲来无事用笔勾勒一番，觉得他古怪中充满奇异，迂腐而不失儒雅，踏泥土也观高远，好固执却知进退，谈古论今讲不完的故事，论人评理满口向善积德，当年斯斯文文的私塾先生，而今和和气气的乡下老头。只是这曾家的丧事，曾家人躲得远远的，偏让一个外来者出头，于情于理实在令人费解。欧阳生挺直身板说，大先生，你这话说得好，同样道理，搁在繁全、祥斌身上也对，咋不请他们出面，于公于私不更合适？

大先生啜了一口茶水，放下茶碗，用手在嘴上慢慢一抹，像是擦擦茶水，又像是捋捋不多的几根胡须。欧阳生与他处久了，知道那是开讲的仪式，仿佛话包藏在肚里，非得横起一抹才能开封。果然，经这横起一抹，大先生的话一串一串顾盼相连出来：这嘛，你有所不知，繁全、祥斌虽同是大队主事之人，可这事他们不能沾边，只因他们姓曾。即使上面松口，让他们去办，免不了假公济私的嫌疑，外姓的人真要抬过拿错，一抓一大把。只有你，一个外人，无挂无碍，怎么做都是出于公心。就算今后有啥反复，追究起来，你也站得拢来走得开。不知我说得对与不对？

欧阳生明知"反复"是指啥，仗着自己是工人出身，好像比贾支书的雇农还硬气一些。从来只有批判别人的，没有挨过别人批判，无所畏惧，谈不上一个怕字。但心中疑惑不解：我还是搞不明白，这当干部的怕事说不得，戴维娅一个光头百姓，她有什么好怕的？

大先生摇摇头，当着戴维娅面，一连三个停顿：不——不——不——你又有所不知，这戴维娅曾改嫁，抱过别人家门枋，于曾家已无牵连，而且……说到这里看了看戴维娅，话到嘴边忍了忍，踩一脚刹车说，总而言之，曾家的人断然不会让她来操办。

欧阳生指指曾繁轩说：老的不行，还有他呀。他是养子，名正言顺养老送终，多好！

未等大先生开口，曾繁轩惊恐地求情：别！别叫我办，我啥都不懂。

欧阳生脾气上来：你这没天良的，曾老婆婆把你养大，到头来要你给她送终，你还甩手不干！转脸问大先生，这个不肖子孙，你们曾家的人也容得下他？

大先生长长叹一口气：唉！繁轩，你好好对欧阳队长说嘛。

一屋人的眼光射向曾繁轩，如一束束火焰炙烤，他头一下蔫了，垂挂胸前，嘀嘀咕咕：我害怕。我都快三十的人，说了一门亲事，走动好几年了，女方年年催办婚事过门，就因繁琴没嫁，我娶了落不了户。眼下大妈走了，好容易有个位子空出来，我怕稍有差错，又会让我结了婚也分不到粮。

队里这个规矩欧阳生知道，人口敞开生，土地不下崽，别说粮食不够吃，开会坐处都打挤。好多生产队都有这么个土规矩，家里有女儿到婚龄没嫁的，儿媳妇结了婚也分不到粮。除非家里有人空出位子才可补上。

仅为这个，你就不办丧事？没等欧阳生斥责，灶屋的繁琴手持锅铲冲出来，指着繁轩，连哭带喊：你个丧天良的，我妈都等了十多年了，就是补缺，也该依个先来后到。你实在要逼我，现在就拿个刀来把我杀了，腾出位子给你娶老婆。

戴维娅，一座雕塑样竖在那里，面无表情。

欧阳生心里也厌恶这个规矩，喂猪还有饲料粮，活人咋能没口粮？上任时就想一句话给废了。会计庆素劝住他：万万不可，猪多了肥多粮多，人多了，肥不会多，分的粮倒只会减少不会多。算了一个账给他听，每年生产队新生小孩都是十多个，若按基本口粮280斤分粮，全队260个人，每人要少分十来天口粮。去年人均口粮才370斤，啥意思？欧阳生当然懂，若是只进不出，那要不了几年，个个都要饿惨。欧阳生听了后背发凉，这毕竟不是办法，可眼下除此外，没有另外办法。口气先软下来：照你这样说，这规矩还得要？小先生连连点头说，不仅要，还得斗硬执行。

这丧事繁轩也不能沾手？欧阳生问。

大先生说：这不是吗？就得你当队长的出面。

欧阳生心里默认了，仍担心戴维娅的口粮不能解决：我就把丧事领起办了，仍只能解决一个人的口粮，他家还得有一个人空望着。

大先生仍是不紧不慢说：若是曾家的人办，确实只能补一个，而且只能补繁轩。你不一样，你可依队上规矩，先按顺序解决繁琴她妈的口粮，然后分家，繁轩单独立一个户口，再娶亲进屋自然顺理成章。

欧阳生深深地哦了一声，心里很不是滋味，这狗屁规矩，不知哪一天，粮食稍稍多收一点，我一句话给抹个干干净净。想到繁琴的妈今后有口粮了，一口气咽下，转向戴维娅说：行，我来办，钱拿来，明天我安排人上街买东西。

戴维娅赶紧转向大先生，一脸哀求。

大先生缓缓打出一个手势，道声：稍慢，这儿又要麻烦欧阳队长。曾杨氏的后事，她的儿女不会分文不给，只是早迟而已。这钱呢，现在还不能说有，丧事还得生产队拿钱垫着。但请放心，外面的钱到了，还得你队长监章方能兑取，瞒不了你，到时悉数扣还。若是欧阳队长仍不放心，老夫名下尚有瓦房三间，可作担保。说着从衣袋里摸出保约，放在桌上，看来早做了准备。

欧阳生点点头，暗想，也好，免得外人闲话。收了字据，对戴维娅说：明天我叫庆素来拿条子票证，上街买回来，木匠跟着去选木料。你再找两个人帮忙安排伙食，生产队记工分。

会计庆素是大先生的儿子，人称小先生，说话像他爸，不紧不慢，但没他爸说的玄，也没他爸说的准。见队长点了头，赶忙安排人手。

事后欧阳生一直没弄明白，当初咋没怀疑大先生用了心，明知生产队的杂事是会计庆素在办，丧事咋不直接交他儿子办呢？自己竟然没想过，还一口答应下来，鬼使起的。

日子由大先生掐指算定，曾杨氏高寿而去，是喜丧，无禁忌，只等彪老爷子的骸骨启钻，同时入殓。彪老爷子身负命债，煞气重，须在阴阳交替神鬼不管之时方可打理。拟定午时破土，子时启钻入殓，寅时安厝，辰时出殡，两人同时下葬。

大队几位头头说定，彪老爷子迁坟，由二队负责动土，平坟复耕。计十个工，丧家给十元钱交集体，由贾支书负责安排劳力。

为搬运方便，曾家用薄板做了一个简易的内棺，到时方便拣骨安放。

时辰将至，大先生和繁轩来到老爷子坟墓前候着。四周围满了人，只当是看热闹，并不在意。繁轩拿出早已备好的红包，准备给干活的人派发，却突然发觉个个都拿着工具，一时竟不知该给谁。找贾支书、贾二狗队长，不

日子由大先生掐指算定。

见踪影。择定的吉时误不得，赶紧去找欧阳生。

欧阳生来了，虽说三队队长管不了二队的事，但知青的名头全中国农民都看重。知青专属的性格，脱了外套全露出来了。欧阳生晃着膀子用目光一扫，没见大队和二队当家的，情知躲起来了。用手将指关节捏得啪啪作响，瞅一个面相实诚的人问道，你们队上当家的没来？

四周一片嘈杂，有人回道，他们不好意思来，见了死人不好打招呼。也有人吼，有活大家干，狗日的想吃独食不得行！欧阳生一下明白了这些人怨气的气门在哪。不愿过分深究，把底牌亮出来，底气十足送出话来：明人不做暗事，迁坟是上面安排同意了的，与贾支书和你们队长讲好说定。现在他二位不来，你们来这么多人，用得着吗？稍等，见没人回话，又说，不就一个红包嘛！一角三分钱，至于吗？

下面有人嘀咕，你一个知青，没家没口，说话轻巧。一角三分钱，要卖六个鸡蛋才换得来，差不多可以称一斤盐巴，够一家人吃一个月。有人附和，干一天才十个工分，值两角钱，这一杆烟的活儿，又是工分又是红包，好处尽他几爷子霸占了。

看眼下情形，证实了欧阳生先前看法，众人的怨气真不在迁坟，是对贾支书、贾二狗队长安排不当生怨。欧阳生转换口气，再不提那两个人的名，直接面对众人，说：十块工钱和十个红包，我都带来了，你们推一个人出来，要说话算数的，指定十个人，先说后不乱，活儿干完钱交清，如何？

四周又起一片嘈杂声，相互推诿，没人敢出面接招。欧阳生下乡有些时日，对农民的了解日渐加深，农民若抱成一团，胆大劲也大，真要人出头，个个又缩回去了。事不能僵在这儿，随即高声道：该我拿出来的，我一个不少，怎么去分是你们的事，我不管。不能神仙打架，凡人遭殃，我们的事误不得。见仍没人响应，干脆撸起衣袖竖直手臂说：这样行不？要做活儿的上来试试，掰得动就给红包干活，掰不动的就难为你让出地方来。哪个先来？

人群再起骚动，个个面露难色。谁不知欧阳队长的父亲是练家子，镇上出了名的铁匠欧阳邦。眼下无须欧阳生显露身手，传闻已足够服人。有人在粮站亲眼所见，交公粮过秤时，百十斤的挑子，他书包样拎上拎下。还有人试过，他坐着，三个大汉扯不动。这样一个金刚罗汉，跟他掰手腕子，无疑自讨羞辱。其实还有一个说不出口的原因,正如欧阳生分析那样,谁也不愿主动上前,对支书队长到底还是畏惧三分。一拥而上可以,法不责众。若是单个出面,无异叫阵,今后支书队长若要使个绊子,叫你一跟斗跌出八丈远。

人们正面面相觑,突然一个大汉吮着手指出来,边往前走边咕噜,我要吃面。欧阳生一看,是贾二狗的侄儿憨憨,出名的吃饭不知道放碗的憨娃。浑身蛮力,只缺心眼。与人打架,不会用拳脚,全凭把人抱起往下夯,如捣蒜一般。曾老幺被他夯过一次,不敢去憨憨家闹,在他叔叔贾二狗家睡了半个月。傻的怕赖的,贾家的人一边赔礼,一边请大先生来带走曾老幺。曾家的人后来才知道,曾老幺这次还真不是赖,确实脚痛了好几个月。

眼见这憨娃前来,欧阳生心里一紧,暗暗叫苦,今天咋遇上他了?知道这憨娃在想啥,无非一元钱买十碗面,可以去镇上嗨一顿。其外再不知进退,更不知轻重。若两人单打独斗,憨娃只有挨打的份儿。可眼下是自己竖起一只拳头来,让人掰动算数。吓唬常人可以,憨憨来可另是一说,何况还不知他是用一只手还是用两只手。

话已撂出去,欧阳生竖直的拳头不能收回来,咬紧牙,喊了一声,来呀!憨憨一脸傻笑,嘿嘿,只当是去抢面吃。他在欧阳生面前立定,用沾着口水的双手合抱住欧阳生拳头,腮帮鼓圆,只当是一把挂面,狠命往怀里一夺,嗨!

欧阳生一瞧这憨态,哑然失笑,两人对阵,哪有端端正正朝自己用力的,没见过。欧阳生力聚丹田,紧随憨憨的"嗨"声,马步转弓步,拳头借力发力,砰的一下,结结实实砸在憨憨印堂上。憨憨顿时眼冒金星,禁不住后退几步,终究没稳住,咚的一声,跌坐地上,傻乎乎望着欧阳生。

四周一片笑声中,憨憨爬起来,揉揉屁股,要过自己的锄头,悻悻然往回走。

欧阳生喊住他,你回来!我手动了的,算你一个。再环顾四周,高喊道,还有谁再来?连问三遍,再无人应声。欧阳生笑笑,知道该搭梯子让人下台,用手对准人群,挑那老实厚道,身强力壮的指定,你!你!还有你!……很快指足了十人。最后撂出一句话来,有不服的,可单独来试试,有多少算多少。人群稍稍一阵迟疑，相互瞧瞧，有年老体弱的，先将工具扛上，抬脚走人。

那夜子时，月亮早走，留下星星围观，鸡犬闻风闭嘴。

星光下，白森森的骨骸，生出嗖嗖寒光。火把电筒油灯一件没用，生怕一丝光亮惊动了鬼神。一群人屏住气息，承受住恐惧的冲击。

繁轩给满身鸡皮疙瘩的众人，分发让人心头发热的红包。

大先生持三炷香与神灵通白之后，待香头闪烁，插进土里，香气弥漫开来，然后俯下身子，剥开朽布，端视朦胧中的白色，那副从未见过却又久违的骨架。正是这副骨架，曾支撑起一个家族，震撼一方生灵。大先生用手，半是视觉半是感觉，在朽布中解构，再到内棺里重塑。边捡边呢喃，开始一个生灵与一个亡灵的对话。捡到肱骨说到叔侄感情，摸到头骨提到尊严骨气，由肋骨谈及胸怀，自肩胛谓及担当……欧阳生看他缓慢虔诚地摸起最后一块骨头，忍不住问大先生：灵吗？

回答：信则灵。

又问：你信吗？

咚的一声，骨头掉了。大先生重新摸住，小心提起，放妥，方才反问：你信我吗？

欧阳生摇摇头，担心夜黑对方看不清，补了一句：我相信人，不相信鬼。大先生再没说什么，沉默有时高深。欧阳生揣摩其中含意，既然不信，何须再说。

大先生立起身子，对内棺里重构的骨架说道：我们回家吧！话毕，内棺抬起，里面的骨架叽叽嘎嘎一阵回应，像是在说，我相信！

可欧阳生不甘心，顽皮的本性使然，趁众人走开，欧阳生拉大先生一把，追问：真灵吗？

大先生：信则灵，你信吗？

欧阳生：我不信鬼神。

大先生：我说过鬼神吗？我念过咒语佛经吗？

欧阳生：那你先前说些啥？

大先生：我在与他叙旧，安慰安慰他。

欧阳生：有用吗？

大先生：你见过不肖子孙遭雷劈不？

欧阳生：没有。

大先生：那不孝遭雷劈的话有用吗？

欧阳生想想，不得不说：还是有用的。

大先生一句话：我们回家吧！这次是对欧阳生说的。

繁琴母女俩没去迁坟，因是女流，大先生没让去，在家招待匠人。两口棺材刚完工，贾木匠师徒还未走，只等欧阳生回来算账。包坟的石匠请的是沟里曾繁友师徒，欧阳生不知他家是曾老爷子的生死冤家，人家不愿意被他硬拽来。这几天就没见过石匠好脸色，吓得戴维娅几个亲属心里发毛，时时小心提防着，不知万一触犯了会咋样。

彪老爷在外面的儿子、孙儿，陆续回来，一下多了许多人，还得有人管待。母女俩四处张罗睡处，好在曾老四家的楼板未拆，铺上稻草，放上篾席，凑合着将就。

母女俩回到家忙着烧水，等迁坟的回来弄夜宵。俩人在灶前烘烤，忧着对方，愁着自己。好一会儿，当妈的开口了，像是自言自语：你说怪不？你大妈死的前几天，老是对我说老爷子来叫她了。我还笑她是高兴昏了头。你大妈一老一实告诉我，真的，好几个晚上来找她，要带她回祖茔。你大妈不信，说你还在水田里泡着呢。老爷笑笑，我和你都回去。这不，都应验了。繁琴问：我们家的事，你咋非要欧阳生来办，不怕有人说闲话。当妈的回道，还不是你爸说的。女儿不信，我爸啥时爬起来给你说的？当妈的叹口气，说：人抬回来停在门板上，钱无钱粮无粮，我人都傻了。你说怪不，大白天里，我恍恍惚惚见你爸从灵堂出来，一身军装，径直朝外走，我赶紧拉住他问，这丧事我该咋办？你爸把手一甩，找欧阳生去！我就醒了。后来我与大先生说，他连声称道，好主意！

过了好一会儿，女儿又问妈，欧阳生的爸真是青龙精吗？妈神情黯淡，木然地说，我亲眼见着的。女儿知道妈在第三个男人死后，也曾在欧阳家住过几日，终因乡下人不能在城镇落户，又回到寘人谷来。妈说亲眼所见，肯定没错！可有一点不解，接着问，那……那……话到嘴边却卡住了。当妈的借灶膛火光斜视女儿，脸比灶膛还红。女儿见妈的眼光过来，仿佛挨了一棍，头一下低垂下去。当妈的察觉怪异，这女娃娃咋啦，往日提到这话题就伤心怄气，今儿个却主动问起，顺着话追问：你那什么？妈面前有啥不可说的？女儿鼓足勇气：那……那他，为啥不是？头埋得更低了。闻听这话，当妈的眼一下鼓圆，惊恐逼问：你咋知道的？女儿的头已挨着膝盖了：我，我，我知道了就是嘛，你问那么细干吗。话掉在地上反弹回来，当妈的脸瞬时被打变了形，急问：他知道你不？女儿回话的声音更低微：我没让他知道，怕他知道了不要我。当妈的松了一口气，又多少有点不信：他受得了呀？女儿的头抬了抬说：他也怕有了娃娃回不了城。

灶膛里火苗蹿了一下，"啪"的一声爆裂，当妈的用火钳压了压，同时也把心上的火压压，说：他不是他爸亲生的，咋会随他。女儿往锅里加了两瓢水，又坐下来说：我问过大先生爷爷，他说我和欧阳生今世无缘。半晌，当妈的才开口：头个月我还跟你大妈说过这事，她硬是不答应，说琴丫头嫁谁都行，就是不能嫁欧阳生。我问她又不说原因，现在死了更没法问了。你瞅机会再问问大先生，他说你与欧阳生无缘，兴许有他的道理。繁琴半天没开口，每次见着大先生都不好意思开口，一个姑娘家天天去问婚姻，羞死人，当真如别人说的嫁不出去了。可在妈面前，不知问过多少次，始终不见明确回答，眼下又忍不住提起：白虎拜堂，真会家破人亡？当妈的依旧一句话回绝：别信那些打胡乱说。女儿言语有些迟疑：他们还拿你举例呢。当妈的显然有些气愤，我是命不好，可跟白虎星有啥关系？跟你父亲一样枪杀的不止一个人，他们的老婆未必都是白虎星？女儿的恐惧甚至胜过当妈的，不说出来埋在心里更怕：他们说，你后面又死了两个。

当妈的一下语塞，这后面两个确实受她连累而死，一个原在城里上班，就因她被精减回乡，死在灾荒年间；一个是教书先生，也因她被下派到大山里教村小，原本有病，不几年给拖死了。到底是因白虎星身子还是因地主分子帽子，连自己也说不清。这世上有死了几个丈夫却不是白虎星的，也有地主分子改嫁不死丈夫的，与其说不清索性不说，自言自语：雷打火烧，命里该遭，他们要说啥就由他们说去。随话语落下几颗泪珠，滴在火钳上哧哧冒汽。

眼瞅母亲说不出的心酸,繁琴不得不放弃想要的明确答案,为自己刺痛母亲愧疚,推脱说,就贾家的人说得凶,还有喳闹婆也在附和,庆贵两口子都不是好东西。

为妈与庆贵的往事,大先生为首的曾家人认定是叔嫂乱伦,始终记恨,从未正眼看过妈。妈也是,处处护着庆贵,说过去的事不要再说了,前些年若没你庆贵叔照看,还不知咋个活法。庆贵原来是队长,得罪了他,妈别说占点小便宜,庆贵随便拈过拿错,一年做那点工分还不够惩罚。庆贵下台后,不仅她从不说他坏话,还不准繁琴说。

这时,外面狗叫了,一群人回了曾家大院。

二

曾老爷在外面的后人回来了十多个，子孙两代，挤挤坐了两桌。虽是口口声声哭喊妈，哭喊婆，可都不是曾杨氏的产品，是另外几个姨太太和彪老爷子的版本。除了曾杨氏和三太太死了，在外面的两个太太一个没回来。四太太不知下落，二太太安了家，老公是个酒鬼，不敢私自外出讨打。曾杨氏是原配老大，无论谁生的，按老规矩都得叫她妈妈，如同而今的高楼，底层不用标号，其他的妈得冠上号码。而今不那样讲究，大妈可以叫妈妈，但妈妈到底还是叫妈妈。曾杨氏生的算嫡出，有风飘向上的品性，命系天涯。儿子曾繁望，至今在海峡那边管事，管大事。女儿曾繁慧，当年出外求学，结果去了延安，而今也在省外管事，也管大事。

丧讯是张部长托人转达的，经香港辗转传给儿子繁望，就二十个字，家慈仙逝，择日归山，堂前海棠依旧，屋后祖茔安好。繁望回以一阵泣哭，据传信的人说，电话里能听见泪珠滴打地板的啪啪声，伤心动魄，如一湾海涛汹涌。

女儿曾繁慧，打求学出去后再没回过家，每到年终，女儿自会与生产队联系结算，该补的口粮款，一分不会少。女儿说这是大事，不能再剥削贫下中农。此外的事均属小事，曾杨氏绝不敢惊动女儿女婿，就怕小事不慎酿成大事。这次获得丧讯，女儿寄了三百元钱、两百斤粮票，随来的还有一句话，丧事从简。后来听说父亲恢复了起义将领名誉，要迁坟与母亲一同进祖茔，又添了二百元钱一百斤粮票，还多了一句话，听政府的。

钱是电汇的，第四天就到手了，首先归还了生产队垫支款，那可是生产队买化肥专款。粮票寄的挂号，十天半月到也不一定。等不了没关系，生产队还没搞决算，仓里有稻谷，只要有个准数，可先垫上。欧阳生因此有了底气，嘱咐灶屋的人从今早上起，饭里再不要掺红苕了，县上广播电台的记者要来录音，照相的也要来。城里人吃惯了白米饭，别为几根红苕影响文章质量。

灶屋掌勺的姓魏，镇上有名的魏大勺，坝坝宴办得特别好。晒坝角落里，临时垒了大灶，灶膛里火烧得呼呼响，从镇上大饭馆租借的大蒸笼，叠起一人多高，水汽缭绕。听说煮白米饭，魏大勺大声呼唤，再淘五十斤米来。生产队粉坊煮粉条的毛边锅，水正翻滚，一次下十斤米，煮到八成熟，用筲箕滤净，倒在早已洗净的拌桶里，一锅一锅倒下去，等到开饭时就全沤熟了。

欧阳生问魏大勺，中午的九大碗好了吗？魏大勺指指外面蒸笼说，没问题，只是酒还没挑回来。欧阳生找来庆素问，酒呢？庆素拉他去一旁，悄声说，酒烟我都赊来了，藏着的，就怕他们偷吃。欧阳生一惊，你说啥？赊来的？庆素见他不信，忙说五百元不经用，棺材一项光是木料、搬运、工钱，就花了近两百元，买肉买菜买土碗，包红包等两百多元，手里只有几十元了，还有修坟头的石匠工钱，大先生的谢礼，生产队垫支的大米，烟酒还没算在内。再问粮食支了多少？回话，三百斤大米已支齐了，不掺红苕，恐怕还差百十斤。欧阳生这才后悔口来快了，一嗓子又吼脱百十斤大米，挠挠头说，别声张，米不够，再挑两挑稻谷去打，钱不够，先把队上的钱又垫出来。庆素问那化肥呢？说好下一场去挑的。欧阳生顾不了那么多，一切等县上的客人走了再说。

出殡的时辰快到了，前来送行的人越来越多，走拢先找一个碗去拌桶里直接一挖，站着蹲着依着树干傍着门枋，只要不影响张嘴就行，整个地坝全是呼呼吞咽声。这里的习俗，人死饭甑开，来者不拒，讨口子、过路人均可入席。拌桶里很快要见底了，客人还在来。急得魏大勺又在喊，再淘五十斤大米来。

欧阳生叫来庆素，要他清问清问，是哪儿钻出来这么多的人？庆素说，别清了,你没看,背着抱着搀着的、柿子坪的、城坝的,只要能张嘴吃饭的都来了。我爸说了,上路有人送是好事。

曾家祖坟所在地叫蒿坪,明朝洪武年间,曾家始祖迁徙到城坝,见山坡上有一草坪,长满青蒿,故取名蒿坪。青蒿饿了可煮熟充饥,病了可榨汁去毒,尤其对打摆子病有奇效。没想几百年后中国人竟因此获得诺贝尔奖。从蒿坪望去,前有城坝,地处渠江、巴河、洲河三江交汇处,对岸是川东重镇三江镇,背后是华蓥山主脉,依山傍水,避风向阳,风水绝佳。曾家先祖一脚踏定,子子孙孙归宿于此。此后,曾家子孙在坪下修建祠堂,四季供奉。到明末清初,曾家几乎斩尽杀绝,残存者避让山中赟人谷,城坝被后来的贾家占据。再后来,出了曾庆彪这位民国政府军师长,又在祠堂下紧靠城坝择地新建曾家院子。

曾家院子距蒿坪祖茔足有一里地,一条大道蜿蜒而上,青石铺就,道路两旁松柏成荫。

出殡时辰到。大先生口中念念有词,一声起,两具棺材在孝子繁轩的引领下,缓缓前行。后面依次是孝男孝女、丧葬锣鼓,再是本家和乡邻等送葬人流。

渐渐天明,欧阳生这才看清送葬的人流汹涌,着实吃了一惊,足足一个时辰,地坝的人群还未走空。远远望去,比清明祭祖的人还齐整,据说比当年清乡的队伍还密集。庆素赶紧安排人撤除灵堂,摆放桌凳,准备中午的坝坝宴答谢乡邻。

魏大勺过来说:欧阳队长,中午的坝坝宴准备多少桌?你得给个定数。

欧阳生问:早上多少人?

魏大勺答道:天黑看不清,只知下了三百斤大米,灶屋的人还没吃成。照此算下来,中午至少得八十桌。

八十桌!意味着啥?至少四百斤大米。欧阳生一咬牙,米砍一半下来,肉减到半斤一桌,客人自带桌凳,没桌凳的不上菜。我亲自来看看,到底是哪些人吃白食。

县委王书记带人来了,同行的有农业局的黄局长,由镇南公社茅书记陪着查看渠道，指明要看渠首，前面不通后面再好都是空话。茅书记心里一下悬起，这一段正是三队地界，也是三队的任务。三队的人提起修渠道鬼火冒，自己地势高，出力出土地修好了，水全往城坝流，自己的庄稼渴死了也喝不到一口水。前届队长下台的原因很多，其中就有一条，渠道任务没完成。王书记突然要去看渠首，注定渠道有多难看他脸色就有多难看。一行人肯定遭遇暴风骤雨，社员的牢骚话和王书记的训斥，一样不会少。

一行人还在城坝，远远见一路人往山上去，都以为是去修渠道。王书记估计是做起给他看，凭军人的敏感判断泄密了，下面咋知道上面要来检查？回头问公社茅书记，你们通知下面了？茅书记也以为是修渠道，暗自庆幸，摇摇头，问驻大队的胡公安，也是摇头。等到了工地上，却一个人影也没有。一个队一个队传话过去，大队贾支书、主任曾繁全很快来了，才知刚才那些人是办丧事。王书记脸一下垮下来，一个地主老耄死了比农田水利建设还重要？走！到丧事现场去看看，到底是哪些人在幕后捣鬼。

一股肉香远远飘来，使劲往众人鼻子里钻，挠得人痒痒，打不出喷嚏，说不出啥滋味，脚不由自主朝香味浓郁处走去。茅书记知道诱惑在哪，更知道王书记对味道的感觉在哪，紧赶几步，终于在一个岔路口赶到了最前面，一个手势，这边请！意欲把王书记引向一队面坊去。那里有现成的面粉，有精到八成的富强粉，也有粗糙到九五成的下力粉，有封好待兑换的干面条，也有刚下面机的鲜面条。若有独特需求，要吃发酵盘条人工抻拉的手工面，鸡蛋拌和的鸡蛋面都成。招待王书记这个北方人，再没比面坊更好的去处。

王书记是南下干部，部队识字班学的文化，感恩和知足是他的两条腿，支撑他安身立命。感恩使他无私，一切包括生命用来报答组织尚嫌不足，所有个人奢望都属背叛。知足使他廉洁，吃穿以饱暖为度，超越便是忘本，是堕落的开始。从小的愿望就是过年能吃上一张煎饼，玉米面的，有大葱拌酱更好。眼下他能吃上白面馒头，是几代人的梦想在他这儿实现了。南方人的小炒小吃，对他和他管辖的部下，就是一种腐蚀，一种危害。走到哪，馒头相伴到哪，若是馒头换成了面条，无论是人工擀的，还是机器做的，就如有人犯了生活作风问题一样，满足中充满惶恐。如有不知趣的，给他炒上两盘荤菜，肉丝也好，肉片也好，犹如上了一盘毒药，要谋害他一样，让他愤怒,让他咆哮,轻则拂袖而去,重则掀掉饭桌才能平息。老婆听说后劝他,你不吃就算了,掀桌子糟践粮食多可惜。他鼻子哼哼,我不吃留给他们吃,别好死他们。

他十五岁娶老婆,十六岁参军。老婆比他少识几百字,定为文盲。正因为是文盲,他不能离,离了是蜕化变质。文盲,就不能安排事做,安排了是以权谋私,至今闲在家里。军人的服从和决断,使他时时都在战场,任免干部如球场换人,现时当场眼下一句话,你下他上!常常田埂上撤换干部,宣布了再回去通过,然后补办手续。真有几次就没通过,气得他回家喝闷酒。酒醒了又下乡去赔礼道歉。乡下干部爱他又恨他。有冤屈了盼他来,来了又怕他带来另一种冤屈。

今天他闻着香味了,这是情况,不好的兆头,是干部蜕化变质特有的气息。他鼻子翕动,像当年搞侦查一样,很快辨明了方向,弄清目标所在,一把推开茅书记拦路的手,大步流星地朝他认定的方位迈去。

茅书记退了两步,重新站定,低下头看准王书记脚步,紧跟在后面。他这些年在王书记手下干事,几起几落,每次提拔都是跟着王书记犯了错之后,责任王书记担了,下级凭借忠诚,该提拔还得提拔。几次处分,包括从副区长位上撸下来,都是本人以为是对的,至今尚未发现有哪一点错,偏偏王书记看法不同,本人坚持己见,终被二指宽的纸条统一了去。

今天王书记心情不好,他亲自抓的水利工程居然一潭死水,注定要雷劈一批人,会落在谁头上?茅书记只有心中祈祷。

进了曾家院子,王书记放轻脚步,没吭声,在摆好的方桌间移动,如同进入案发现场,眼光不停转换,寻找一切可疑的或是叫有用的线索。角落里一摞蒸笼吸引了他,有人多高,香味正是从那儿出来。他背着手走过去,脸色和眼色冷峻,像是要擒获一个猎物。身后的人也围过来。正在上菜的魏大勺吓住了,赶紧从凳子上下来,两只手不停在围裙上擦,仿佛要消除罪证。几个帮忙的女社员,端着未上笼的蒸菜,下意识地往魏大勺身后躲。

王书记来到蒸笼前,默默数了数,有十多层。再俯身看旁边的菜碗,盛的尽是萝卜红苕,指着魏大勺厉声说,你给我倒出来。

一位女社员找来一个大洗脸盆子,魏大勺将一碗已装好的菜倒入其中,下面的几片肉现出来，米粉子裹满也掩盖不了，终于明白，那阵阵肉香皆源于此。

王书记背过身，来到居中的一张方桌前，秘书小谭上前将条凳摆正。他没坐。一行人中找到位子坐下的，又重新站起来，听他擂开场大鼓。

谁是这儿负责的？随着他一声叱问，从县到区到公社再到大队，一连声追问下来，是谁负责？

繁全小声回道：是队长，叫欧阳生。

快叫他过来！茅书记催促繁全，繁全带着颤音喊道，欧阳队长！你来一下。

欧阳生正与庆素小先生理账，超支了，有一大窟窿等着吞噬他。听繁全在喊，心里正不舒服，没好声回道，催啥！又死人了！等他从屋内探出身子，见坝子中央一群人睽眉鼓眼盯着自己。他认识茅书记，嘴儿一下咧开，哟！客人来了，请坐！几步赶出来，按茅书记指引，立在当中的那个人面前，站定，向一个陌生面孔露出不知所以的笑脸。

你这儿在干啥？王书记音量不大，却凌厉逼人。

欧阳生小心回道：办丧事。

给谁办？再不等人回答，是谁，他已从旁边的议论中得知，气愤在于丧事冲击了农田水利建设。王书记开始了他的排轰：

你想干什么？兴师动众为一个地主分子办丧事，是为她歌功颂德，还是喊冤叫屈？是不是想帮她复辟，重新骑在人民头上作威作福？我告诉你，痴心妄想！这么多人，不干集体的事，去给地主分子当孝子贤孙，你说，他们给了你多少好处？你脚站在哪一边，你屁股坐在哪一边？对你这个阶级异己分子，必须实行无产阶级专政！……

王书记的脾气，不还口，他说累了自然会闭嘴。若有人还嘴，他会越说越有劲，三个小时、五个小时打不住。欧阳生不知底细，听他一口一个阶级斗争，一口一个地主分子，实在忍不住，冲口而出，还要讲阶级斗争啊？

随来的谭秘书生怕书记说漏了嘴，赶紧圆场：王书记不是那意思，他说的是不要因为不讲阶级斗争，就不搞农田水利建设了。

王书记给点醒了，忙改口，阶级斗争是不讲了，但农业生产还得讲，农田水利建设还得讲。你大办丧事，与农田水利建设争劳力，争时间，你这就是挖社会主义墙脚，搞垮集体经济，搞垮人民公社，你用心何在？是资产阶级公开向无产阶级挑战！

茅书记在旁边着急，欧阳生却不管他如何使眼色，还是一句话撞过去：你这又在讲阶级斗争。

王书记也觉奇怪，说顺了嘴，不经意又回去了，赶紧刹车转弯：不要拿阶级斗争搪塞我，我是在说你忘本了，你看看，农闲季节你们吃的啥？手指先前倒在洗脸盆里面的生菜：猪肉，粉条，米面……这是农闲季节呀！同志们，你们只顾死人，不管活人，无产阶级江山经不住你们这样大肆挥霍……

欧阳生嘟哝：阶级斗争又来了！

正说着，孝男孝女们急匆匆跑回来。当地习俗，棺材下葬时，阴阳先生要施法，抛撒大米，孝男孝女用衣襟接住，再奔跑回家，跑得快发得快，所以个个冲进屋里，关上门聚财。稍后，送葬的社员陆陆续续拥来，见有当官的在训人，胆小的阴悄悄溜回家，胆大的隔着几张桌子看热闹。石匠们也收工回来坐席，打头的繁友手提錾子铁锤，带领一帮徒弟，分开众人大摇大摆往里走，拣一张靠近的方桌坐下。

王书记继续发飙：教育你还不服气，就凭你今天的铺张浪费，必须给我说清楚，钱，哪来的？肉，粉条，哪买的？肯定是投机倒把来的，哄抬物价，扰乱社会主义市场秩序……

突然砰的一声，吓了大家一跳，只见繁友将桌子一拍，气昂昂站起来，高声叫喊：老板，端饭出来吃！听恁多屁话做啥！

王书记微微一怔，眉毛一竖，问众人：什么人？与死者啥关系？

茅书记见是曾繁友，全公社出了名的"火神爷"，天不怕地不怕，杀皇帝敢按脚的角色。一边叫胡公安去把繁友拦住，一边低声对王书记说：一群憨石匠，肚子饿了憋不住气。我们不跟他们一般见识，换个地方吃饭行不？

王书记环顾四周，石匠个个一脸怒色，顿时一个寒噤，前几年挨斗的感觉来了，顺势下台：行，我们等会儿再来。

贾支书见茅书记给他使眼色，知道是到他家去，赶紧前面领路。繁全紧跟上，却被茅书记扯住，朝蒸笼努努嘴，快找人送一桌过去。

客人刚出晒坝，围观的人一拥而上，几十张桌子瞬时坐满，魏大勺脸上活泛起来，指东道西呼唤开席。

一路上，王书记板着脸，生硬得刀砍不进。据他山东老家来的人说，王书记生就一副金刚面孔。在老家，只要他板起脸来，神鬼惶恐，神怕捣庙门，鬼怕捣坟茔。

进了贾支书家，贾支书移过一张椅子，擦了擦，几次请王书记坐下。他没理会，在堂屋立定。众人也只好陪他肃立。好一会儿，他终于吼了一声，茅胜！茅书记大声应道，有！王书记斩金切铁下令，去！把那伙石匠押来，我要亲自审问，他们哪来的胆子，敢聚众闹事，对抗农田水利建设，想搞垮人民公社不是？我还不信，一个死了的地主老婆镇不住。那个队长也给我带来，今天就撤了他。茅书记回了一声，好，软绵绵地，远不及先前那声"有"硬气。茅书记叫胡公安过来交代，你去把"火神爷"和欧阳知青叫来，好好给王书记认个错，赔礼道歉……没等茅书记说完，王书记被他那软绵绵的态度激怒，呵斥起来：你这个软骨头，谁要你来当和事佬？多带几个民兵去，捆绑起来见我！茅书记好无奈，边挤眼色边顺着说，好，好，捆来，捆来。

胡公安点点头去了。茅书记知道他会追逃到天涯海角，一时半会回不来。可眼下……没等他想明白，王书记又呵斥起来：茅胜！你给我站过来！你还是共产党员不是！一个死人，几个石匠，就把你吓成这样了？你给我说清楚，你到底怕什么？

茅书记：我怕好抓不好放。

王书记：不好放就不放，给我押到县上去，关他三年五年再说。

茅书记：只怕要不了两天，他就会把他爸抬出来要人。

王书记：他爸在哪？真要闹事，一起押到县上去。

茅书记：他爸当红军出去了，死在太行山上。

王书记：他爸是他爸，他是他。老子英雄儿浑蛋的事多。

茅书记：儿也是英雄，他哥是战斗英雄，死在朝鲜。孙也是英雄，"火神爷"的大儿子祥茂牺牲在中印边境上，小儿子祥盛还在部队。

唔！王书记坐下来，态度也软下来，还是没松口：烈属军属也要自珍自重，该教育的要教育，该关的还得关，别说抬他爸出来，就是把他哥、他儿子都抬出来也不行。

茅书记：他爸肯定出来不了，可……

王书记见不得说半句留半句的人：可什么？县委挡不住，还有地委，地委挡不住，还有省委。

茅书记：地委洪书记那儿就通不过！

王书记：洪书记怎么就通不过？

茅书记：洪书记当年是他爸的警卫员。前不久还带信来，叫有事去找他。

王书记为这动不动就捆人绑人的事，没少挨洪书记批评，甚至为这受过降职处分，但事一过又忘了。现在听说洪书记三个字，顿生畏惧，好一会沉默，极不情愿地说，回县上去再说，等我打电话请示洪书记后，按他的指示办。

茅书记赶紧向外高喊，胡公安，人不抓了。胡公安压根儿没走，立即现身出来，故作不知，说，民兵都集合好了，咋不抓啦？茅书记假意生气，叫不抓就不抓，哪来那么多废话！转身问贾支书，饭好了没有，端上来。

送来的饭菜没敢原样端出来，依谭秘书安排，全部和在一起，弄成大锅闹，再煮几大盆面条，每人一大碗，舀上一勺大锅闹做臊子。

谭秘书搁一碗在王书记面前，王书记看了看四周，见众人碗里都有。没吭声，终于坐下，移碗过来。众人见他动筷子，个个抓紧，呼儿嗨哟干开了。没料王书记一筷子面挑到嘴边，想想又放进碗里，实在憋气，筷子一搁，问茅胜：你说说看，一个革命家庭出身的石匠，咋会为一个地主分子出头说话？茅书记知道他是误解了，赶紧解释：火神爷不为谁，就是饿急了想吃碗饱饭。别看他与死者是本家，若论关系，还是生死冤家。当年，火神爷的爸在曾家院子干活，遇上曾家来客了，没顾上给干活的做饭。那时曾家老太爷还在，倒了一盆白饭喂狗，被火神爷的爸看见了，气得说了一句，狗日的比我们吃得还好。曾老太爷听见了，认定是在骂他，凭着是长辈，又是东家，抡起棍子就打，边打边骂，打死你这个忤逆之子。打急了，火神爷他爸抓住棍子一拽，曾老太爷一下跌倒在地，嘴眼一下斜了。这下不得了，来人将火神爷的爸捆起来，按族规，以下犯上要活埋。还是大先生的爸太先生出面，说这事原是你曾老爷子不对。说来是一碗饭的事，可佛争一炷香，人争一口气，这碗饭里既有香又有气。圣人云，衣食足，礼仪兴。你让人家饿着肚皮干活，他哪来的礼仪尊重你。

太先生的话还是要听的，既是长辈又是先生，神龛上供奉五个字，天地君亲师，他占俩。火神爷的爸因此免了一死。就为吃上顿饱饭，火神爷的爸后来参加了红军，柿子坪崖壁上的红军标语，"共产党是给穷人找饭吃的政党"，就是他领着人錾刻的。

往事说完，茅书记打保票，火神爷绝不是帮曾杨氏家出头说话，就如当年他爸一样，也是饿急了，冲着一口饱饭去。茅书记最后一句话：都怪我们没给他介绍，他若认识你，借他十个胆子也不敢。

王书记仍不信，那他咋会去帮办丧事？

茅书记一口咬定，队长是下乡知青，肯定不知内中情形，才安排了一个仇家去。仇家不去不行呀，不服从生产队安排要扣工分。

王书记仍是怀疑，有没有可能，生产队长有意这样安排，就为了有事了，好拿他作挡箭牌？

胡公安忙过来证实，不可能。这事上面安排的，那个队长压根儿就不愿沾惹这事，连他都是临时被逼着来操办丧事，你可千万别想偏了。

当天临走时，王书记还没忘记打招呼，那个生产队长先停职反省，等我查清了再说。

欧阳生被停职的事公社没宣布，本人也不知情，还忧心忡忡地在面坊算账，两百多斤粮食、四百多元钱的超支，让欧阳生眼睛发绿。大先生没躲没闪，放言过来，按字据办，房子已腾空，随时可以交出来，要卖要拆任凭处理。可有谁来这山沟里买房子？拆了又不值几个钱。此时，欧阳生真要知道自己被停职了，他恐怕要高兴得煮一斤面条庆贺！公社大队没派人来宣布，也许就因为这一摊子债务，暂时没想好谁来接手。

繁全悄悄透信给庆贵，提醒他队长会落在头上来。庆贵一脸不高兴。当年火神爷将队长这个担子撂给他，就这么点田地，要养活这几百号人，这个穷家也当怕了。听说又要他上场，又要挨骂受气去修渠道，浑身不自在。尤其是听说办丧事花光了队里现款，还欠下一摊子债务，更吓住了。这可是生产队仅有的一点现金，指望它年终搞决算兑现和开春买化肥，这被挪用了，到时只有拿命去填。傻子这个时候才会去接手，有个知青当队长顶着，自己正好偷闲。

戴维娅不知足，还嫌欧阳生烦心事儿不够，要繁琴把他找来管管家务，主持曾杨氏的遗产分割。欧阳生当上队长后才知入错了行，后悔也晚了。队长这差事原本不是他干的，自个还未成家，却要当几十户人的家，柴米油盐，吃喝拉撒，成了十字路口的土地，见啥管啥。天没亮，就得拿个铁皮喇叭到山梁上挨个派活：一作业组张三耕田，二作业组李四栽秧，三作业组王五挑粪……饱也吼，饿也吼，晴也吼，雨也吼，像唱戏的花脸，成天吼来吼去。再等几天，家家没粮下锅了，队长得想方设法安排生活，隔个三两天分一次粮给社员度日。今年可能好一点，他有好几万斤红苕在高温窖里。该他管的实在太宽，公事要管，私事也要管，谁要去赶场，谁要去走人户，也得他批准，不然派的活儿没人做。连母牛配种，大肚子生小孩，也得他画押，不然保管员不借钱。累呀！可再累他还得干，不干，自己没饭吃，不干，社员望着他要饭吃。

繁琴告诉他，外面回来的兄弟侄子，个个空着手来，却眼巴巴望着抱财而归。明知没啥家产分，却没人甘心空手回去，就是蒸菜的土陶碗，个个都捏在手上舍不得放。繁琴说只有队长去才能动员他们回去，也只有你去才显得公道。

欧阳生把大先生和小先生都叫来，他也不知分遗产的规矩，心想大先生是长辈，由他说。到适当的时候自己再拍拍桌子，吓一吓那些想发死人财的子孙，最后吼一声，吃了饭各自走，这里再不管饭了！估计就会了结。

戴维娅把侄儿侄孙们招到一起，说头七已过，丧事大体就这样了。外面回来的晚辈们这几天尽了孝心，可以去老人坟前磕头告别。今天请曾家长辈和生产队长到场，为大家送行。有什么要说的，如老人死因生疑，丧事安排不当，接待不周，开支不明的，请当面说出来，话明气散，回去好跟没来的亲人有个交代。

二妈生的三个儿子繁文、繁清和繁武，还带几个祥字辈的孙子，推繁文出来说话：这次回来奔丧，既是送这儿的妈妈归山，也是回老家看看。爸爸名誉恢复了，又进了祖茔，是大好事，家中的妈妈听了肯定高兴。只是家中妈妈与这儿的妈妈姊妹情深，我们空手回去，若老人问起，光凭口说，还恐老人责怪。只想将这儿的妈妈生前旧物带点回去，也让家中老人存个念想。

话完，其余的弟兄侄子齐声附和，我们也是这个意思。

戴维娅一丝苦笑，你们这儿的妈妈穿的在身上，吃的在肚子里，家里连口箱子都没有，有个扁桶装粮食，这几天也吃空了。只有几件换洗衣服，我已给你们分好，带回去做个念想。

繁清说话了：今年我们那里遭水灾，粮食早没了，救济粮要开了春才有，顿顿靠苕叶子过日子，知道有米饭吃，你看这几个娃娃全跟来了，听说要回家，个个哭着不愿走。妈有病没来，再三要我跟五妈下个话，听说繁慧姐寄了钱粮回来，把没用完的给我们一点回去救个急。说着说着，一个大男子汉竟呜呜哭起来，引得几个娃娃跟着哭。

听说这话，庆素把早已清理好的账目逐项公布出来，除了繁慧寄回的三百斤粮票五百元钱早用完，生产队还垫支了四百二十元，此外还有木匠石匠的工钱未给，粮食超支三百五十斤，按此算来，不仅没剩一分钱、一斤粮，倒欠生产队二百八十多斤粮、四百二十元钱。活着的一家三口还不知咋过年！

大先生老眼湿润，说，我原以为你们要闹着分房产，没想你们只字不提，是明理的。又说，你们这儿的妈妈若有遗产，除了繁望、繁慧拿了钱粮办丧事有资格要，此外，谁也不能要。繁望、繁慧不在，就该他同父的兄弟和未出嫁的姐妹分。也即是说，有繁轩、繁琴的，就该有繁文、繁武、繁清的。现在是，你们这儿的妈妈除了住的老柴房，几件补巴衣服，啥都没有。反倒为丧事欠了一大笔债，认真说的话，这债也该你们几弟兄平摊。要你们摊债的话，我劝当五妈的不说了，要这要那的话，你们也一律收回去。你们来了算尽了孝道，也就够了，吃了饭就请哪里来，回哪里去。

听这一说，几个人哭得更伤心。繁清抬起头哀告，求求长辈子，求求五妈，这三个娃娃能不能留两个在这儿，等麦子收了我再来接回去？转身拉着三个哭啼的小娃娃在戴维娅面前跪下，催促娃娃直喊五婆婆。

戴维娅拉着娃娃们的手，眼泪唰唰往下掉，哽咽着说，娃娃呃，我还没有口粮分，拿啥来养活你们。

欧阳生拳头松开又握紧，不知该抓住什么，或该放开什么，只觉得咽喉发哽，问繁清，家里娃娃都来了？

繁清摇摇头，我还有三个女儿，繁武、繁文还有四个女儿没来。

唔，欧阳生不经意说了句：这么多呀？

几兄弟怪不好意思：多一个人多分一个人口粮，多分一个人自留地。

欧阳生看着几个小娃娃问，你们家离这儿有多远？听说有九十多里路。指着只有四五岁的祥凯问，他咋来的？

繁清说，听说有米饭吃，哭着闹着非要来，路上大人背一截路，自己走一截路，还没喊过累。

欧阳生说，你们去大屋窖挑两百斤红苕回去吧。对庆素说，账记在我名下。稍稍停顿，那这娃娃咋个回去？

繁琴眼圈红了，擦泪的手帕挤得出水来。见欧阳生担心，伸手把最小的祥凯拉在怀里，边哭边说，留给我来带，我活得出来，他活得出来。对繁清说，记住，收了麦子来接祥凯。

小祥凯见他爸点头，只当是不要他了，一下从繁琴怀里挣脱出来，一把抱住他爸的大腿哭喊：我不吃米饭了，我要回去，我要妈妈……

死者总算入地为安，戴维娅的口粮还没落地。恰如大先生所预料，会上反对的人多，声音还大，齐声嚷嚷。按曾老八的说法，曾杨氏空出的位子，该繁轩娶一个女人回来替补，犹如家业继承，养子继承养母的天经地义。若是给了"洋马儿"，小老婆继承大老婆的，这算哪本经？至于戴维娅何时才能分口粮，曾老八说尽管放心，曾家从来容得下人，以后繁琴嫁了，自会考虑。

欧阳生动了肝火，若不为戴维娅转正，他才不会来管这丧事，替你曾家的人出头，挡了祸事，眼下却个个翻脸不认人。越想越气，一巴掌拍下去，连桌子也吓了一跳，说：这不成！戴维娅原本就是三队出去的，现在外面没了去处，回来讨生活，于情于理也该收留。再说她与曾杨氏在一口锅里吃饭，前前后后算起来也有几十年了，比起繁轩早得多，叫花子蹲岩洞，也得依个先来后到。繁轩已长大成人，分门别户才是正道，娶老婆也应该。就这样定了，戴维娅与繁琴一个户口，繁轩单独一个户口，都解决。这原本是大先生教他那一套，欧阳生自以为曾家个个会买账，瞪大眼睛，逐一在众人脸上检视。出乎意料，没人迎合，个个眼神环顾左右，好像没人认可。

欧阳生傻了眼，示意大先生劝导劝导。大先生又依血浓于水，手足情深的古训，重说了一通。可惜全屋子吵吵嚷嚷没人听。道理再硬，没锅儿硬，到时锅里没煮的，道理可不能下锅。哪怕大先生口吐莲花，说得天昏地转，像陈年佳酿，香气冲天，可大家听他说过的古训很多，眼下管用只有一句，不依规矩不成方圆。你辈分再高，无权无粮也拿不住人，人服肚皮不服。

碍于一个是队长，一个是长辈，公开反对的人没出来，跟风的倒出来了，声势还旺盛。有女儿大了未嫁，媳妇娶不进门的；有老的未死，孙子分不到自留地的；有女儿离婚后回来排队候着老人死的……一句话，单是解决个别人不行，得一碗水端平！要不逗硬都不逗硬，过去的规矩沙滩上写字抹了也可。

依欧阳生脾气，干脆借势一下抹了。他刚露出点想法，小先生赶紧拉住他衣袖要劝止，话未出口，有人先出声了。曾老八已看出来，欧阳生安了心要办成这事，真把这个知青逼急了，索性把规矩给毁了，一下多出二三十人分口粮，摊到自家名下，就要少分一两百斤。吃这个亏他受不了。他很爽快地将说过的话挽回来：我再说两句，欧阳队长要解决戴五婶的事，细想起来没有坏规矩。大伙记得不？前几年定规矩的时候，讲好是以前的不管，当时五婶已在队里分口粮了，原本没她的事。后来祥斌家傻姑被婆家退回来，队里不给分口粮，祥斌家攀扯上五婶，说同是嫁了又回来的，地主分子可以分口粮，贫下中农为啥不行？五婶的口粮才没了。后来庆贵叔当队长，几次提出来解决，都因怀疑这样那样没通过，这跟规矩没关系。然后换个更柔和的腔调，对欧阳生说：我看规矩就不要改了。

反对的人虽是少数也不少，依然要一碗水端平。关键是他们说的话听来顺耳，欧阳生自觉不好拒绝。祥斌是大队干部不好出面，他老婆气昂昂站起来力争，我们一直就觉得戴五婶的口粮该分，我家傻姑的口粮也该分，坏就坏在这狗屁规矩。欧阳队长你就雄起，不仅口粮要分，过去少分的都要补起

依欧阳生脾气,干脆借势一下抹了。

来才对。也有难听的话,声音虽小,欧阳生听来却句句扎心:过去庆贵巴心巴肠为"洋马儿"办事,谁都知道贪图啥。这知青今天恐怕也是……

庆素和繁全递个眼色,把欧阳生叫往一旁,低声告诫,这事急不得。以前乡上大队都来纠正过,前面宣布规矩作废,后面社员就不出工,每次都不了了之。

欧阳生转了几圈,先前只觉生气,现在更觉冤屈,有上当的感觉。自己累了几天,欠一屁股债,挨一顿训,到头来,你们却不给我脸面。行!得撒手时且撒手,干脆来个一刀两断,欠账正愁没人还。重新站直身子,伸手在众人眼前晃了晃,表示先前说的不算,重新来过:这个样子,曾杨氏殁了,她家该进一个人,这个没说的吧?至于是进繁轩,还是戴维娅,先不下定论。这曾杨氏留下的位子算一个老业,一笔遗产,该谁的,得按章法来。章法是啥?想要家业的,债务也得要。办曾杨氏后事还欠生产队一笔钱粮,正找不着人要。现在就由戴维娅与繁轩两个人来选,谁认这个债务,谁就来占这个位子。

欧阳生这一说,入情入理,真还把众人的口封住,只得拿眼神去鼓动繁轩答应下来。繁轩哭丧着脸,我彩礼都没凑齐,哪来钱还账?

戴维娅还在犹豫,繁琴认了,心想,先应下来,每年近三百斤的基本口粮,拿到黑市上要多卖两百多块回来,四五百块债务顶多三年就还清,把心一横说,我和我妈来还账,话说前头,我妈的口粮得从今年开始分。

众人没吱声,欧阳生发话:行!这笔账是生产队垫支的,这下有人还,就定了!有没有不同意的?哪个不同意,愿意跟风的,今后家里死了人,都要另加一笔款,认了才能上户分粮。队上用钱的地方多了去,要跟风的有一个算一个,来者不误,钱多不压手,再多不算多。

这话镇住了一干人的嘴巴,没人再嚷嚷,一碗水端平了。

庆贵的老婆姓查,外号喳闹婆,嘴儿皮实,经得起拍打。有时是庆贵打,有时庆贵之外的人打,更多的时候是她自己打,如同几十年后的手机自拍,成了习惯。眼下为欧阳生队长停职的事,男人骂她嘴儿贱到处说,自觉又多嘴了,随即给自己嘴儿一巴掌。这事儿繁全说给庆贵听,提醒他这是一个转运机会，并不想他传扬。庆贵掂了掂，觉得烫手，表示放弃。事儿到此本该了结，可庆贵忍了忍，还是没忍住，终于给他老婆说了。老婆那张豁嘴儿，顿时腮帮子鼓圆憋不住，没到一顿饭时间，风刮进曾家院子，刮遍賨人谷，除了欧阳生，全队的人都知道了。

为欧阳生撤职的事，戴维娅把繁琴叫进里屋，关上门，审视的眼光，审讯的口吻：你这不孝女子，戴着孝帕还有心情去寻乐，你们到底做啥没有？繁琴犯了多大的错一样分辩：不跟你说过了，就是抱了一下。戴维娅不信，抱一下人家就恨成这样子？惹得人家四处张扬你们乱来，刚上任就被抹了，肯定不止抱了一下。再逼视女儿，你没说实话！

繁琴吓着了，我瞒你干啥？你别信喳闹婆的话，抱，还是我抱的他。

对自己的女儿，她还是相信，这丫头不会撒谎，何况在妈面前她用不着撒谎。那到底为啥？繁琴说，为啥？就为你，非得要欧阳生来主办丧事，这下坏事了，就怨这怪那，总不怨自己。

戴维娅细想，繁琴说得也对，是自个找欧阳生来主事的。自个哪来的想法？还不是死了的老公指点，而且大先生还赞同。我算是糊涂，难道大先生也糊涂了？

曾老爷子五个太太中，戴维娅和四姨太出自斯文人家，素爱整洁。几十年改造最大变化是喜欢上了泥巴，她打心底相信与别的社员一样，自己也属泥鳅命，离开泥巴不能活。虽说人民公社社员刚转正，社员的脾气秉性久已有了，说话的腔调架势也算得上正宗农民。同他们一样赤脚下田劳作，一样说荤笑话，一样信奉大先生，一样不吃泥鳅黄鳝。自从确认女儿长相和隐私都与自己一样，她心一下凉透了，就怕女儿信进命里，一生在梦魇里前行。她更不愿女儿像自己一样在土里刨食吃，总是希望通过婚姻来改变女儿的宿命。繁琴十六岁那年，托人提了一门亲事，男方是个跑长途贩运的帅小伙。媒人说明了职业有风险，可能因投机倒把犯事。只当是倒卖几斤粮食，偷杀羊子猪儿贩运到远处，犯事不大，到市场管理所关几天会放出来。没料到他贩卖的是票证，从社员手里收购布票，再去城里换粮票回来卖，在一次抓逃中跳车身亡。

隔了两年，又谈了一位，外地工作，文文静静一个年轻人。有了上次教训，但凡有风险，涉车涉船的再好也不答应，硬生生给拒绝了。相中一位年轻石匠，祖传手艺，专做细活，刻字雕花，石碑石狮样样在行，据说祖辈手上曾出过一个玉石算盘。来往一年多，婚期也定好了，就这时噩耗传来，准新郎摔死了。一个做细活的石匠，被大队安排去悬岩上抡大锤，开荒山打条石，一不小心，被几十斤重的大铁锤带下石岩。

外人对繁琴的婚事由羡慕到叹息，演绎到命相不合。从城坝贾家人口中，渐渐传到寅人谷曾家人耳中。从此后，媒婆的路断了，繁琴的心死了，再不嫁凡人，一心专等传说中的青龙精现身。照大先生说法，只有青龙精才与白虎星般配，才能避免"白虎上床，家破人亡"的悲剧重演。青龙精在哪找？现成的办法有，柏树下面生柏秧，松树下面生松秧，从根上去寻。这事还不能声张，只能暗中查访。东找西找没着落，最终还是繁琴自己想到一个人，镇上的铁匠欧阳邦。这还是欧阳生当知青下到三队后，见了面才让繁琴依稀记起，婶子们说笑时提到过，他父亲不就是个青龙精吗？

这事，母亲肯定清楚。

那年，戴维娅刚死了第三个男人，正没去处。曾杨氏领她到镇上欧阳家，说欧阳邦是个青龙精，死过两个老婆，你去刚好，青龙配白虎，谁也克不了谁。见了面，从个头到胖瘦，两人恰到好处。以为这下长久了，可没满一个月，戴维娅又哪里来回哪里去。原因两个，地主分子加农村户口。父子俩每月口粮七十斤，大人四十五斤，小娃二十五斤。原本不够，再来一个白吃的，只有买黑市粮。欧阳邦力气技术数一数二，每月能挣近六十元，算横竖几条街的头号收入。饭量也是头号，每顿得一斤大米饭才勉强够。欧阳生长个子，再加戴维娅的大胃口，每天得五到七斤大米，每斤黑市价八角，算下来，挣的钱还不够买黑市粮。过去父子俩也买黑市粮，因是工人阶级，市场管理所睁只眼闭只眼。现在出来个地主分子，市场管理所抓住一次没收一次，十天挨了两次。无奈，欧阳邦亲自炖了一锅猪下水，打了半斤酒，与她在家里对饮。几杯酒下肚后，欧阳邦对戴维娅说：看来我这个食槽小，容不下三头猪，你还是回寅人谷去，那儿林子大，曾家屋里的人宽容你，比我这强多了。来，喝了这杯酒，这辈子的情算清了，下辈子有缘再相会。话完一口闷了。戴维娅想斟酒，摇摇没响声，将自己面前的酒端给他，凄凉地说，喝了吧！我再陪你一晚上。

第二天一早，父子俩起来，早饭搁在桌上，戴维娅走了。

父母有此一段缘分，欧阳生与繁琴自小生娃哥琴妹子相称。等到欧阳生下乡，两个年轻人不用牵线自然走近了。初始两人亲热，谁也不介意，后来两人眼神越来越带电，碰着就起火花。碍着繁琴姓曾，队里人压住半张嘴巴不好说闲话。可说不说事搁在那儿，想避也避不开。终于有人出来反对。第一个是欧阳邦，眉头愁成包子褶，又是一个农村户口迁不上街的。提醒儿子，繁琴妈与爸的事你忘了？我可没有忘。

还有一位反对，大先生，反对理由是命相不合。以曾家长辈的口吻告诫繁琴母女俩，事不过三，已有两次夭折，这次可得慎之又慎，选一个命相般配的为宜。小先生背地里责怪父亲多管闲事，几十岁的人多积德，宁拆一座庙，不拆一门亲。年轻人你情我愿多好的事，当长辈的唯有祝福，哪能说三道四。大先生好气恼，冲儿子没好话：你只怨我，不去问问你庆彪哥家大嫂子，是她打死不同意又不好说出口，千万要我出面找个理由挡住。

两个年轻人倒是你情我愿。眼下欧阳生还不想谈婚论嫁，他要回城。公社瞧他有文化，千方百计留住他，培养他当上地区知青标兵，大会上赌咒发愿表决心，要扎根农村干一辈子革命，死了都要埋在农村。分明一句废话，不埋乡下能埋城里？那年头说这样"硬话"的人多，没人当回事，可偏偏欧阳生较起真来，恢复高考没去报名，自觉不好意思改口。茅书记要他从生产队干起，再大队，再公社以至更高。这期间是不能有一点闪失。个中利害两个年轻人比谁都清楚，必须按古人说的办，发于情，止于礼。万万没想到，事儿才刚刚有了好的开端，突然就坏在第一级台阶上。

坏在哪儿？戴维娅叫繁轩进城打听。繁轩不敢贸然去张部长家里，悄悄候在街口，远远地留意县委大门。一个整天没见张部长进出，自觉不妙，连夜赶回来报信。戴维娅急了，把大先生小先生请来，要他们从鬼神那儿打听打听。大先生已听见传闻，他当着母女俩将三枚铜钱放进卦筒，稀里哗啦一阵晃动，"啪"的一声扣在桌上，三枚铜钱一字排开，正面朝上，为老阳，是谓初卦。再卦，仍如此。大先生用手往嘴唇一抹，微微一笑，说，但放宽心！自有贵人提携，有惊无险。大先生一笑，说明鬼神应允，一屋人跟着笑了，天大的担忧一下化为乌有。

小先生到底不放心，他家房子抵押了的，欧阳生真倒了，别人再上台，到时新账旧账一起算，房子拆了，会计也给撤了，鸡飞蛋打还不知为的啥。回家路上问父亲，真没事吗？大先生嘴儿一抹，卦象大吉，你还不信？小先生说，不是我信不过，实在是你这卦象太玄乎，贵人在哪儿？东西南北，连个方位也没有，叫人咋信？儿子不信，大先生愈发自信，没方位岂不更妙，四方八面皆有望，多妙！尽可遐想。小先生更急，他最关心钱。你叫我怎么遐想，繁望在东边，隔着海峡，你一炮打过来，我一炮打过去，总不会把钱一炮打过来吧？繁慧现在去了南边，当初他爸妈的后事未办，给一次钱，不够，再给一次钱。现在后事办完了，你再让她打钱来还债，换着是你可能吗？剩下西方北方，西方是极乐世界，北方是无亲无故的大漠荒原，鬼大爷来给你希望？再会遐想也得有谱吧。大先生被呛急了，小子可恶，非逼为父的说出来。为父若一切了然于心，何须打卦，径直告诉你不成？小先生问，万一真不准咋办？大先生干脆，用房抵偿。君子一言，驷马难追！小先生哭笑不得，没人要！我就知道你许的个空口愿，没法兑现，要不早阻拦你了。可现在你把欧阳生弄在火上烤，他要有个好歹，你咋见人？大先生愈发认定当初没错，若非欧阳生，谁也不堪此重任。若是繁轩，恐怕早已一命呜呼。至于欧阳生嘛，大先生抹抹嘴儿说，他尽可凭借知青身份回城，一走了之。小先生更生气，他走了这债谁还？那可是生产队搞决算买化肥的款。社员知道了，咒都会咒死你。大先生手一抬，又是一抹，少安毋躁，细观卦象，吉人自有天意，定能逢凶化吉，有惊无险。

小先生一瞧父亲那高古的样子，除了玄乎还是玄乎，不敢再逼，生怕高古逼成作古，兀自长叹一声，唉！你是不逼死个人不显灵。大先生听儿子这话，自己也觉心虚，说，姑且这样，回家再打一卦如何？

三

撤职的事，欧阳生到底还是知道了。先是繁琴通风报信，后来茅书记用公社广播叫他去，在催促渠道工程时又告诉了他，要他将功抵过。欧阳生不知过在哪儿，这个功不想立。队长他不当了，按政策回镇上去，索性去跟父亲拉风箱打铁，惹不起还躲不起？

茅书记劝他眼光稍稍看远一点，不是离了铁匠棚没去处，非得烟熏火燎过一辈子。眼前这点烦恼算不了啥，喝肉汤还有烫舌头的时候。说王书记这个人，他撤一个人的职快，提一个人的职也快，说不定渠道还没修完，你就升职了。不信，我可以赌一罐咂酒。

为这一罐咂酒，茅书记约他一路去渠道工地走走，说，也许没走完，你就会改主意。胡公安是驻城坝大队的脱产干部，三人一起从渠尾往渠首走。一路上都有人在忙活，动工最好的是坝里几个生产队，他们做梦都望着渠道通了旱涝保收。越往前走，上工地的人越少，渠道的质量越差，一段一段的夹石土沟相连，大缝小缝露着，龇牙咧嘴的。茅书记一路走，一路拉警报，说县上王书记马上要来检查，没完工的，过年要不成，汤圆搬到工地上来吃！

有认识欧阳生的大队和生产队头头，忘不了挤对两句，我们修得再好，那打头的不通，全是空话。更有直接挑战的，说，只要渠首通了，我变头猪用嘴拱都要拱通。

茅书记一本正经训斥，少说怪话，欧阳队长在这，他的本事，你们没见过也听说过，他只要思想一通，渠道就通。到时他那里桶粗一股水下来，把你几个的老婆直接冲走，顺着大河漂去，叫你光着屁股都撵不回来。

欧阳生这才知道茅书记用意，带他上工地的目的，就是激将激将，让他发发奋。欧阳生毫不动容，凭谁说都是一笑。玩这小儿科，他见多了，谁也不是猴子，听见吃喝就往上爬，爬上去还得要下来。分给三队的渠道约有一里长，可受益却一分没有。水是几个废弃了的老矿井流出来的，这几个老矿井在三队地盘，就为这，三队命定要修渠首。三队的人还不能说委屈，公社大队最恨不顾全局的人，随时讲"公社大队生产队三级所有"，就是你有我有大家有，天下社员是一家。

还有最烦心伤神的，据大先生说，这渠道正好经过曾家龙脉，若是挖断了，家家断香火，户户走霉运。才说要动工，一塘蛤蟆呱呱叫，全是反对声。那一段路也怪，要从一个叫老虎嘴的大石盘上过，还不能爆破，怕震裂了漏水，非得石匠一錾子一錾子凿出来。石匠是要钱的，光是工分不行，至少得给点工具损耗费。没人给钱，至今那几十米硬石盘还没一个錾子印。火神爷第一个就反对，说哪个答应的，哪个就去修。全队石匠本不愿意，巴想不得有人出头，只要他嘴儿不动，大伙手脚都不动。欧阳生不笨，绝不会为几句激将话上当，先是勉强笑笑算作搭理，再后来笑都免了。他实在笑不出来。

到了三队地界。大队贾支书、繁全、祥斌都来了，三队工地上终于有了人。茅书记脸板着，好像不是对欧阳生，因为繁全表情不自在了，周身有点痒痒，干巴着脸朝茅书记傻笑。

不等茅书记开口，胡公安发威了，大声训斥繁全、祥斌：一个大队主任，一个民兵连长，幸好你们来了，不然的话，这工地上做种的人都没有。贾支书把脸转向别处，既不想背黑锅，也不想看笑话。茅书记意味深长地说，上次王书记来，你们没把我收拾够？这次王书记又要来了，还是你们两个，安心要把我弄下台了事。我给你们说清楚，我若下课了，走之前先把你们处分了再说。繁全很尴尬，感觉承受不起，马上拉欧阳生做挡箭牌，勉勉强强说，这几天欧阳队长忙，高温大屋窖那边事多，没来得及安排劳力上工地。茅书记听他扯上欧阳生，更是生气，说：你到处散布人家撤职了，人家怎么去安排？我今天就是来问你，谁给你这个权力去宣布的？

繁全脸一下红了，脖子顿时肥大许多，环顾四周喊屈，谁说的？茅书记你不开口，我咋会去宣布？是谁说的？有种的出来当面说。

祥斌见繁全拿眼去瞟贾支书，用手背碰了碰他，提醒道：是喳闹婆到处在说，全是你那里听来的。

繁全咬着牙，喳闹婆若不是长辈，差一点动了粗口。忍了忍，把骂人的话软化软化，说：别信那个豁嘴巴的。转身面对茅书记摊出双手表白，我咋会对她那个神经病说啥！

胡公安直截了当：先别怪这个那个，你咋个说出去的，你咋个去收回来。

繁全拍着胸脯说：茅书记，胡公安，这事包在我身上，马上收回来，不给欧阳队长带来丁点影响。

太阳把人的影子收缩成一团，肚皮收缩成一点，是吃午饭的时候。繁全瞟瞟欧阳队长，中午就到我那儿去？欧阳生知道是问他，点点头，一行人离开渠道往繁全家走。

生产队规矩，凡是上面来客，一律按就餐人数算，每人每顿两斤粮食，如有咂酒罐，则另加三斤。有这点便宜，干部们都爱把客人往家引，但得队长点头才行。

繁全有意绕道，路过庆贵房前，在大路边上，隔着竹林大声叫喊：庆贵叔！你出来一下。听见繁全声音，庆贵夫妇立即现身，站在地坝边上招呼，哟，茅书记来了，快来屋里坐坐，吃了饭再走。

众人没理他们，只有繁全继续叫喊，婶子也在这儿，有句话我得说在前面，有些谣言还是不要散布为好，扰乱人心，破坏生产也是一条罪。若是嫌自己错误不够秤，就四处多张扬点，下次办学习班就一定有你的份。

当着公社、大队、生产队三级头头的面，繁全郑重其事警告，着实让庆贵夫妇脸色转青，心跳加快。没等一行人走远，喳闹婆已冲上山梁，面对虚空苍茫，开始叫骂：哪些狗日的，偷人的，造我谣言的，好好给老娘听着，你们一个二个说欧阳队长的坏话，败坏队长的名声，却把罪名安在我头上。你这些狗日的，打沙埋的，生儿不长屁眼的，欧阳队长多好一个人，你们敢散布人家的坏话……

繁全有点得意，对欧阳生说，这可以了嘛，比开会还管用。明天看哪个还敢不听你的？

中午饭，繁全把家里过年的东西拿出来，先是一大碗盐渍豌豆，一大罐哑酒过午，然后每人一碗白米饭，饭下面埋着二指宽，大拇指厚，拃长一块腊肉。

酒足饭饱后，撤去碗筷，几个人围着饭桌听茅书记打招呼：再有十多天，王书记还要亲自来看渠道，他说了，这次哪儿也不去，就坐在城坝等水来，水过了哪个队，哪个队的队长就过关。水过了哪个大队，哪个大队的书记主任就过关。所有的大队生产队都通了水，我这个公社书记就过关。我呢，咋样买来咋样卖，一点不加码，说到做到。搞好了别的奖励没有，我这里有县上给的以工代赈的粮食，想要就表个态，不想要，我就另找别人。

贾支书听说有补助粮，恨不得一把抓在手里，可三队的渠道工程欠账太多，别说十多天，再来几个十多天也未必得行。嘴儿张了张，有气无力说，其他几个队鼓鼓劲还可以，只是三队的事儿麻烦，他这儿不通，全部都通不了。胡公安脸一沉，质问，你这话啥意思？是不是想说茅书记这回走不脱了，注定要下台。

这话吓得大队三个人再不敢言语，一齐盯死欧阳生。欧阳生很是不满，我就一个队长，屁大个官，动不动就要撤，想要就拿去，我才不稀罕。转念一想，这些年，茅书记对自己不薄，几句硬邦邦的话出来，非得把他撞飞。何况他在为难处，即使不想当，也缓几天再说。于是压着声调说，我在路上看了，就那质量，我这儿一下通了，恐怕水没下去，渠道先垮下去了。

茅书记心里再明白不过，这通水的任务压根儿完不成，可王书记硬压下来，自己不能硬顶着，还得尽力去办。这样的事，过去也不是没遇上过，大多数是真办不下去了，王书记死了心，也就不了了之。关键是要让王书记知道你是努了力的，他才会死心。欧阳生的担忧不是没道理，明眼人都看得出来，那些不防漏的土渠道是经不起水冲的。但只要水通了，哪怕是一盆，一碗，甚至只够烧茶用的一杯水，都算数。至于后面的事，用维修二字推到后面再说。也许推一个月，也许一年，也许再没人提起。关键在眼前这个三队，怎样想法通水？

茅书记看中欧阳生，就看中他文化高，脑筋转得快，说不定会冒出个大泡泡来，自己指望他来解开这个死结。他对欧阳生说，这事对别人有点难，对你就不是一回事了。实不相瞒，我对王书记把大话说了，要通水，我不得行，全公社只有一个人行。他问谁，我就举荐了你欧阳生，我还担保，若是你不能通水，别处分欧阳生，先撤我的职。这事儿把我俩捆在一起了，出了事，我跑不脱你也跑不脱。你好好想想。我不催你，想好了告诉我，想不好我们一起等着王书记来查办。见欧阳生在认真思考，估计话起了作用，叫上胡公安，抬脚就往外走。

欧阳生跟上去，扯住茅书记悄声说，办法我会想，但事出了必然拿我是问。我若栽了跟斗，你也坐不稳，不如趁早，就让庆贵来打头阵顶着。茅书记想了想说，也好，就叫他当专业队队长，负责修渠道。欧阳生没想到他真会答应，问，你不怕他当真把渠道修通呀？茅书记睖起眉毛说，你在做啥？

茅书记还没走远，繁全突然跑出来，边喊边赶上去问，那补助粮呢？茅书记闻声停步，回道，给你们大队一千斤，三队占一半，下午来公社办手续，明天就可以去粮站挑回来。

火神爷听人传话来，欧阳生要他去老虎嘴，商量修渠道的事。火神爷闻讯起身，刚要抬脚，老婆叫住他，你干啥去？火神爷不情愿地坐下来。有人调侃火神爷，天不怕地不怕，唯独怕人。一个是地委洪书记，是他父亲生前专门拜托管教他的人；一个是他老婆甘三嫂。当年送儿子去当兵，甘三嫂舍不得，娃年龄小，主张长一年再去。火神爷犟着送走。后来儿子牺牲了，火神爷觉得欠老婆一笔债，自此说话声音细了许多。

甘三嫂把他拦住，也是为火神爷好。为上次坝坝宴上，火神爷拍桌子顶撞王书记，洪书记打电话把他叫到公社，就在公社一帮人面前，狠狠批评他，说红军的后代咋个当的，为一个地主分子去办丧事，还替她出头对抗县上领导？洪书记知道是统战部安排的，说那是为了祖国统一的事，你一个社员跟着去掺和啥？无论天大的理由，无论是谁安排的，都不能大吃大喝，铺张浪费。你一个红军的后代，烈士的父亲，更应带头，决不能忘了本，变了质……

这些话都是听火神爷自己回来说的，甘三嫂怕他忘了，又给他炒了一次冷饭，提醒他别昏来。

火神爷想想还是坐不住，觉得不去对不住这位知青队长，不能帮他，也该去劝劝他，不能让他为这事丢了官，三队还指望他吃饱饭。

自打有了生产队，有了队长这个职务，火神爷就跟队长缠在一起。气过队长，恨过队长，甚至打过队长，当然也任过队长，唯独没有喜欢过队长。欧阳生上台后他变了，变得特别喜欢生产队长，弄得欧阳生甚至有点惶恐，弄不清该不该接受他的喜欢。与欧阳生的惶恐不同，火神爷有自己衡量队长的一杆秤，定盘星在哪，再明白不过。干部不是讲德才吗，队长大小也算个干部，也要有德有才。在火神爷眼里，德，就是不能惦记别人的老婆，公家的粮仓，不能是那种心花嘴馋的饿狼；才呢，要有让全队人吃饱饭的本事。眼下有德的多，有才的队长稀少，据火神爷所知全公社没几个，依据是多数队里社员还在挨饿。欧阳生算最好的，上任仅几个月，出手惊人。按火神爷的标准，论德，二十好几的男人，别说非分之想，连本分中的婚事也没顾及，若真有哪个女人与他好上了，火神爷敢打包票，先动心的绝对是女人；论才，欧阳生学回来高温大屋窖，五万多斤红苕，据黑牛说一根没烂，人平两百多斤啊！开春再不担心挨饿了。单凭这两件事，就好过以前所有的队长包括自己在内十倍百倍。真不帮他，是安心跟社员的肚皮过不去。火神爷还没傻到那个份上。

过去庆贵当队长，有德无才，耳根子软，只要是个女人，一吵一闹，他就闷起不吭声。逼得火神爷同徒弟们联手推翻了他。洪书记鼓励火神爷出来干，可没干半年，他当得直呻吟。辞职不准，索性躺在床上耍赖，不撤他职，他就不起床。公社茅书记气不过，只好把队长这个帽子又还给庆贵。至今提起当队长这事，火神爷的头摇得人晕，连说那不是人干的活。

火神爷头年收了稻谷上任，第二年麦子还未开镰就撒手不干。半年，人瘦了一圈，气灌了一肚皮。夹板气呀！头年年底报产量，小先生那里有现成数字，却说这数字只能天老爷知道，上报了要吃亏，吃不上救济粮、返销粮不说，还要增加议购任务。

每天广播里都在发通知，多是些为难的事，听了不舒服，不听你会更不舒服。这次是开队长会，去公社核实粮食产量。火神爷开始犯愁，记不清是第几次了，每次都让他灰头土脸去，焦头烂额回来。这粮食产量不像是一个数字，好比一团面，就那么一点，社员要队长多抠一点下来不报，上面却把面团拉成天大一张膜绷在脸上，半空里掉下一个增产指标，把人吓个半死。

上下逼着，签字不签字都要受气，火神爷不知顾哪头才对。有好几次想把口袋里那个真实数字掏出来，一想到庆素会计说过，那关系全队老小的饥饿饱足，手又缩回来。庆素再三求他，火神爷，您再难也要挺住，再说，你即使把老实话说出去也没人信。你看哪个队长不是牙齿咬得嘣嘣响，个个声称是老实话，可谁都当假话听。好比满屋的人闭上眼睛装睡，你眼睛睁得再圆，没谁知道你是清醒的。

火神爷实在弄不明白，下面说上面是浮夸，上面说下面在隐瞒，到底哪边的话可信？说老实话要死人吗？庆素听到这话，脸色变了，连说队长，你千万不要使小性子，这粮食产量真是说不得实话。弄不好真要挨饿，饿也会死人的。

火神爷不信，上面有规定，社员每年人平三百六十斤口粮标准是铁打的，差一斤，国家都会补足，虽说不上富足，但绝不至于饿死人，有啥好怕的？

瞧火神爷木头木脑的样子，唉——庆素长长一声叹息，你呀你呀！你是个农民，咋像个城里来的啥不懂。然后把每年报粮食产量的内幕，仔仔细细讲出来，火神爷这才知道个中艰辛。

庆素告诉他，"天干地发裂，皇粮国税少不得"。自古以来农民种田都要上交赋税。可其中过往，不是你火神爷这样的普通社员都知道。过去我爸告诉我，现在我告诉你火神爷，税与税不同。有皇帝在的时候，农民交的叫皇粮，而今我们叫公粮。听到这，火神爷嫌是废话，这话从小说到大，还用你教我。我知道，皇粮给皇帝老倌用，公粮用在老百姓身上。庆素见他误解自己本意，急忙纠正，一说你就啥都知道，我问你还有啥不同？见火神爷木起一张脸，知道他真不懂，今天就得要他懂，当队长不懂不得了。细细说与他听：皇粮是无偿进贡，一分钱得不到。公粮中还分农业税，我们队是三千斤，这是无偿的。其次统购三千斤，议购两千斤，这是要收钱的。火神爷面露不屑，那才几个钱，比市价低多了。庆素心里一喜，他开始懂了。再继续说，你知道吃亏就对了，可你知道这吃亏的任务是咋来的？不等火神爷开口，庆素直接点明，依据就是年报上的粮食产量。谁报的产量多，谁就负担多，谁就吃亏大。因此，生产队注定要瞒产。上面呢，明知道下面要瞒产，尽量把增产指标往上提。弄得报粮食产量如同做生意样，一个漫天叫价，一个就地还钱，谁老实谁吃亏。

庆素再往深处说，供应粮这里面讲究也多。你只知道每人每年按三百六十斤计算，不足的国家要供应。可你不知道供应要依顺序的。每年供应农村缺粮户的粮食，首先是国家返销，先是议购部分，不够，然后是统购部分，什么价卖给国家的，用什么价买回来。再不够，才是退库。还不够，才是吃救济粮，这后两样才是不要钱的。这下你懂了吧，同样吃供应粮，人家不要钱，你的就要钱，全在你产量咋报的。

知道了利害，火神爷想那就瞒一点吧。可公社又通不过，说你火神爷是烈士的后代，咋能对政府不忠诚呢？必须按领导要求报。领导的要求与天老爷看见的高出了许多，火神爷没那个胆量报。火神爷依了哪边都过不了日子，干脆装病不出门。生产队不报产量，上面就不批决算方案，社员等着决算方案分粮食过年，天天来找火神爷闹。后来不知小先生是怎样把决算批下来的，才把粮食分下去。直到今天，火神爷也不知道那年的产量报了多少。

第二年一开春，青黄不接，炊烟时断时续，个个鼓起眼睛盯着队长，隔三岔五要吃的。种子用筛子流了两遍，每人分了一斤稗子啥的。又用风车打了一遍，分了秕壳一斤。粉坊面坊的周转粮全部借光。实在无法，逼得他觍着脸找到洪书记，要了两千斤返销粮回来，可还有人没钱去买……

而今又要他去管事，甘三嫂能不拦阻吗？

冬日里，山风挽住阳光问候山林，有叶的无叶的全急着应答。光斑如金色的小精灵，蹦蹦跳跳让人心神不安。独有叫作老虎嘴的大石盘，亮着额头，板起脸，向上傲视，全然不在乎即将到来的敲打。

欧阳生端坐老虎嘴中，静等几位当家社员到来。甘三嫂最先回话，说火神爷犯病来不了。不一会儿又传话来，叫队长不要去看他，稍后加件衣服就来。又有传话来，大先生不在家，小先生马上就到，有给他爸的话一并带回

冬日里,山风挽住阳光问候山林,有叶的无叶的全急着应答,光斑如金色的小精灵,蹦蹦跳跳让人心神不安。

去。再有传话说，大米挑回来了，问队长搁哪儿？声音分不清人，见了耳朵就往里钻，不一会儿，全队的人都知道有大米下来了，人平近两斤，四大碗白米干饭！同时也知道这四碗饭不好吃，与渠道有关，渠道与队长有关，这几大碗白米饭其实是供品，祭神灵的，这神灵就是三队的老少爷们儿。老话说，土地爷不开口，狐狸不敢咬鸡。同样，曾家老少爷们儿不开口，谁也不能动曾家龙脉。

小先生急匆匆赶来，第一句话：那几百斤大米不能要！欧阳生愣眉愣眼，有毒吗？小先生知道他装傻，说，不信嘛，你吃进去到时会吐不出来。欧阳生觉得怪了，吃进去了干吗要吐出来，有胃病呀？小先生不想瞎扯，直白地说，我是为你着想，大米饭吃了，渠道修不通，我看你拿啥去交差！欧阳生仍是满不在乎，我找你爸大先生和火神爷来，就是请他俩去交差。修通了是火神爷的神威，修不通是大先生妖法惑众。一句趣话真让小先生上火，你与我家有仇呀？我爸若听见你这话，不死都会弄成半瘫。欧阳生仍是不着调的话，那就倒过来嘛，修通了是大先生使法请来神助，修不通是火神爷着魔走霉运。小先生哭笑不得，较起真来，说，你再这样神呀鬼呀的，我马上走了，看你就在这儿使啥法。欧阳生也认真说，你有本事回去，我敢叫你大米分不成不说，还另外惩你二十个工分，信不信由你！小先生身子才转一半，闻讯赶紧又转回来，那你说嘛，渠道咋个修？欧阳生盯着他，谁说的要修渠道？小先生奇了，这大米你得了，不修渠道？

说话间，火神爷裹着大棉袄来了，后面跟着甘三嫂。听说不修渠道，也奇了怪了，不修渠道你找我们来老虎嘴做啥？大冬天来这光石盘上兜风哇！

欧阳生没搭理，领着三人转过老虎嘴，来到二队的渠道工地。天冷，工地早收工了，只见一道土沟绕山而去。欧阳生问，假设我们修通了，这渠道能过水吗？三人都说不行。火神爷话干脆，这大洞小眼的，矿井里那几股水还不够它漏。小先生说，水大了也不行，水稍大点，肯定要冲垮。欧阳生仔细往下看了看，放心说，下面没人住，垮了没关系。甘三嫂搞不明白，你几个咋啦，替别人操起心来，漏也好，垮也好，你水在哪儿？

风大了点，四个人只得蹲下来，瞅着脚下工地，哈出热气说风凉话。

欧阳生问三位，你们说，这明摆着的破事儿，茅书记会不知道？小先生苦笑，他咋会不知道，说不定比你我还知道得透彻。欧阳生不解，那他为什么还要跟着催逼呢？火神爷露出不满，不修要丢官啦！他哪有那个胆子顶，不加码都是好的。欧阳生仍是不信，指着渠道说，当官的怕，这动手的可是社员，他们又咋个要来修呢？甘三嫂嘴巴一撇，看不起这个知青队长，嫌他太不懂事，说，社员更怕，不去行吗，扣你几天工分，扣你几十斤口粮是轻的，扣你一顶帽子，弄你到公社学习十天半月，家里还得顿顿送饭去。欧阳生故意指着老虎嘴，你说话吓我吧？像我们三队现在，拖着不动又咋啦？还不照样活得好好的，身上没少二两肉。火神爷急了，说欧阳生，你可别这样说，若不是你当队长，要是庆贵还在位，说不定早完工了。社员们为啥喜欢你？你有胆量啊！不该干的硬顶着不干。小先生说，你们也别夸早了，眼前不是逼起来了吗？再不完工，他自会一边凉快去，庆贵又会上来干，你们信不信？欧阳生问，不是说龙脉不许动吗？庆贵也姓曾呀！小先生长叹一声，唉！别说了，喊声不分粮食，没人敢说半个不字，不过……看着火神爷说，侄子你根子正，不知道你敢不敢。甘三嫂着急，你啥意思？我就知道你们要他来顶雷，凭啥呀？一样挣工分分口粮，我们凭啥要出头来讨气受？你们趁早别打我老公的主意。火神爷拉了老婆一把，你穷话多，听欧阳队长的。补助的大米都派人去挑了，肯定有办法。

  欧阳生好无奈，我真有办法了，还会找你们来商量？我是想过，把大米退回去，我来顶住，雷打火烧，命里该遭。结果你们先已说过，我下台，庆贵上台照样一回事，冤枉喊上天，活路也得干！要我逼你们修嘛，说实在的，我还真不愿意。这沿山渠真要修成了，大的祸事还在后面，开春一落大雨，半边山的雨水被它拦住，那时垮了冲下去，不定把哪家埋了，死上几个人，那才叫冤。我想茅书记应该比我们还明白。如果我来顶，也就撤一个队长的事儿，如果我不顶，就只有看着茅书记挨处分。

  那咋办？三个人问欧阳生。欧阳生看看小先生，小先生看着火神爷，说，要是有人去跟地委洪书记说说看，兴许啥事都会了结。甘三嫂赶忙摆手，要不得。洪书记刚刚为顶撞王书记的事修理了他，再去不是讨骂吗？这事要不得，要不得。欧阳生很理解，说，我知道你们为难，就是你们愿意去，估计也说不通。小先生不相信，还没去说，咋知道说不通？

欧阳生哈了一口气，暖暖手。卷曲着不舒服，立起伸伸身子，受不住冷又蹲下来。对小先生说，若不信，我学给你听，你说水量小了，不够渠道渗漏。他一定会说，那好，再在上面挖口堰塘，把水蓄起来。一下又多出一个麻烦事来，更多的冤枉活路出来了。你若说渠道经不起山洪冲，他会问山洪在哪？你回答山洪还没来，他必然说没有的事，你瞎说啥？你们看，会不会是这样？

四个人都不吭声，只听风呼呼吹过，寒意从脚一下凉到心窝里。

火神爷先急了，照你这样说，只有请庆贵出来才搁得平。提起庆贵上台让人背心发凉，小先生嘴儿一下变小，热气出来细微许多。甘三嫂左看右看，大老爷们儿都心虚，自己也只有认命，唉！没人当也只有他了，他当就当哦，不信他吆喝两声能把渠道修通。话完又于心不甘，问小先生，真没法子啦？小先生朝欧阳生努努嘴，你问他。欧阳生重又立起身，在寒风中挺直腰板，跺跺脚说我也不知咋办，要县上王书记松手，不再来催逼，只有做成一件事。啥事？三个人齐问，欧阳生指着渠道，斩钉截铁说，冲垮它！

这行吗？三个人都摇头，大冬天，天上只下毛毛雨，哪来大水冲垮渠道？真要有水来，除非渠道修通，那不跟没说一样。

欧阳生说，不一样，即使渠道不通，也要大水猛冲，既要渠道垮，还要人不知。非得大先生出来施法，请天上神仙相助才行。走，找大先生去！

曾杨氏空出的位子给了戴维娅，繁轩急了，下来专门找欧阳生：我咋办？繁琴不嫁，我要等到啥时候？欧阳生佯装不解，你等啥呀？你一个人一个户口了，既无父母要死，又无姊妹要嫁，该娶就娶，该生就生，谁能给你拦住捂住。

原来是这样的，繁轩高兴了，赶紧去女方任珍家报喜。任珍的父母不信，好多年的规矩一下就破了？即使队长是知青，也太容易了吧！任珍要亲自听队长说了才算数。两人前后跟着来到三队，在繁轩屋里刚坐定，任珍就催繁轩去请队长来，要队长亲口说给她听。繁轩笑任珍架子大了点，要印证自己去问！哪有队长走路来讨你喜欢的。任珍嘟起嘴儿，人家还未过门，咋好意思去问嘛？繁轩说，一路去，问自然是我去问，不用你开口。

两人一前一后相跟着，去知青点找欧阳生。路上有人撞见，告诉说欧阳队长一大早出去了，正急哄哄贷款买化肥，再不买就要过期了。两人又转身回家，想找戴维娅问个清楚。繁琴说，我妈跟欧阳队长上街了，也是一大早出去，至今没回来。

天黑尽，戴维娅终于回来了。繁轩赶紧过去，叫了声"五妈"，问款贷到没有？戴维娅揉了揉腰，像要把散了的骨架揉归位。说明天还得去，信用社那几个钱不好拿。听说有着落，繁轩也跟着放心，就怕款贷不到，化肥买不回来，先前说定的一切会作废。接着看似随口一问，那欧阳队长回来没有？戴维娅也随口应道：我们一路回来的。你找他？繁轩"呃"了一声走了。转回家对任珍说，晚饭不忙弄，快找队长问去。随即灭了灶膛里的火，两人转身出门。

没走几步，任珍放慢脚步，故意拉开距离，繁轩回头催她，快呀！任珍干脆停下，把脸一别，你先走！繁轩无奈，从娘家出门就如搞地下工作一样，一前一后远远吊着线，生怕人看见说闲话。繁轩很不舒服，迟早都是我家的人，有啥不好意思的。可眼前又不能逼她，毕竟没过门，随时会变卦。嘴里忍不住嘀咕，就隔这几步，人家还会看不出来？不舒服归不舒服，掉过头仍在前面引路。

欧阳队长住知青点，先前好几位知青一起，有男有女，有镇上的也有县城的，最远是重庆那位女知青。而今都回城了，一排房子里就剩下欧阳队长一个人。

远远见队长屋里灯光从门缝里透出，繁轩很高兴，紧走几步去敲门。里面欧阳生问，谁呀？

队长，是我，繁轩！

门开了，欧阳生探出身子问，有事吗？见欧阳生露面，繁轩叫任珍快过来，回头不见人影，便大声喊道：任珍！任珍！转角处树影里有声音传过来，我听着的！欧阳生见繁轩店小二做不了主的样子，鼓励他：有啥你就说，错了自有她纠正。繁轩很小心，说：她要我当面问清，我娶了老婆是不是可以落户分粮。话没落地，对面树影里蹦出声来：谁是你老婆？我才不嫁给你。欧阳生笑了，大声回答：我说过，你娶一个回来，落户分粮，多娶了不准。可是，指指树影里说，人家没答应呀，人贩子拐来的可不行。繁轩急了：你过来嘛，自己与欧阳队长说。树影里分出一个人影，丢下一句话，我才不给你们说，径直往来路去了。繁轩一下慌了，生怕欧阳队长误会，连说：她答应了才来的，她全家都答应了的。欧阳生哪会看不出来，挥挥手说：还不快点去追！谨防跑没了，这沟里单身汉多，被人捡着了你可要不回来。

繁轩踢踢踏踏追去，刚转过弯就不见人影，正要大声喊，背后传来哧哧笑声：在这儿呢。

繁轩转过身，拉住任珍递来的手，牵羊一样往家走，边走边埋怨，你怕啥嘛，弄得真像人贩子拐来的。任珍不爱听，一路抱怨：都怪你嘛，你自个好好问就是，我自然会听见，偏偏要说是我要你来问的，好像我急着要嫁人似的。一个男子汉这点担当都没有，处处拿老婆挡在前面，真没出息。

路过繁琴家，任珍不走了，要繁轩去打招呼，把门留着，等会儿她要过去睡。繁轩不情愿，你听见的，队长答应得明明白白，再等几天你就是我的人了，今晚就在一起嘛。任珍不干，担心有了娃娃不好办。繁轩要她放心，有了生下来就是。任珍说，这不行，队长只说了我嫁过来可以分粮，没有说我生了娃娃也可以分粮，我不放心！繁轩说，欧阳队长的话里就有那个意思。任珍说没有，我没听见。

一个说有，一个说没有。没法，两人又折转回去找队长重新问。任珍仍躲在转角处的树影里，还是繁轩去敲门。欧阳生正看书，门响了，丢下书开了门，见又是繁轩，心里紧了一下，未必人真丢了？抢先问道，人找着没？繁轩再不敢打任珍的招牌，直接说自己没问明白，老婆要是娶过来后，生了娃儿能不能分粮？

欧阳生听了哭笑不得，这两人想走夜路寻乐咋的？跑来跑去净问些不着调的话，哪有娶了老婆不准生孩子的。正想好好取笑他一番，可突然想起计划生育来，是有发准生证一说，顿时笑不出来。对繁轩正经表态，其他地方咋规定的，我不知道，我这里准你结婚，就准你生头胎。妈能分口粮，孩子就能分口粮。咋样？满意了吧？繁轩嘿嘿嘿笑了，这样说嘛当然满意。向着树影喊道，听见了吧！准你结婚就准你生，准你生就准你分粮。回头再三道歉，耽误了队长的瞌睡，对不起。

这下任珍没说的了，乖乖跟着繁轩回到家。进屋关上门，繁轩再也忍耐不住，一把抱住任珍就往床上滚。任珍狠命一推，繁轩一屁股跌坐地上，任珍忍住笑，指指隔壁，故意大声说，走路好生点嘛，像人在拽你一样。伸手将繁轩拉起来，凑近耳边说，等她们睡了我再过来。

繁轩听说等会儿要来，又转怒为喜。

当年土改时，给曾杨氏和两兄妹指了两间房，一间柴房和挨着的一间磨房，然后曾杨氏在屋后配了两间猪圈，一间养母猪，一间养小猪。现在小猪卖了，空猪圈充作厕所。两间房的后门相通。为方便挑粪，出粪口通向外面大路。任珍说等会儿悄悄过来，是再容易不过的事，只需借口上厕所就够了，不由繁轩不信。

墙壁是竹篾编织的，抹上泥巴，涂上石灰，相互看不见，可相互能真真切切听见。邻居间的私房话想不听都难，乡下人的闲话多源自这儿。

戴维娅与繁琴的确未睡，两人挤在一张床上，另一张床留给任珍。先前听说繁轩要找欧阳队长，两人就在猜测干啥去。戴维娅估计是欧阳生叫他去的，要找繁轩借钱，因他手上还有娶亲的彩礼钱没用出去。繁琴说不是，若是欧阳生真要找他借钱，就不会去贷款，繁轩也犯不着叫上未过门的老婆一路去，除非安心去吵架。何况在欧阳队长面前，吵也好，打也好，借繁轩十个胆子也不敢。

后来，听见两个人一同去了，好像是去上面知青点。没一会儿回来了。没进屋，在外面嘀咕了一阵子，又沙沙一阵脚步声，估计又往知青点去了。更短的时间，像一个球撞到墙上，又弹了回来。这次在门外没争吵，可进门后比争吵更厉害，只听"咚"的一声，有人跌倒，打夯一样，结结实实的一下，体重轻了还没这效果。很像是繁轩，这女人那么凶？一出手让大男人跌倒，哪来的武林高手？不像是种桑养蚕的乡下女子。

母女俩就这样嘀咕时，后门吱一声开了，繁轩送任珍过来。三人相互客套几句，各自睡下。

隔壁的繁轩没睡，不停地走动，脚步声一声赶比一声，又急又重。

这边三人没吭声，各自带着念想入深夜。任珍记不住是第几次翻身，稍等一会儿，就得翻一下，不翻仿佛会活不下去。隔壁的脚步时断时续，搅得任珍心烦，终于坐起来，看了看对面床上，没动静，轻轻起来，再将被子依旧盖床上，转身从后门出去。

隔壁的后门吱了一声，走动的声音没了。窸窸窣窣好一阵，接着床咯吱咯吱哼起来，很急促，很张狂，整个房间仿佛都在动，弄得听的人心里也跟着晃悠。

繁琴真没睡着，听着隔壁动静，想着自己心上人，慢慢地身体燥热起来，再也躺不住，轻轻翻了一下身。不一会儿，又觉得燥热，再翻过来。脚伸出被子凉着，热！再将手亮出来，还是热。索性手一撑，刚要坐起来，旁边一只手伸过来，死死抓住。繁琴挣了挣，越挣那只手抓得越紧。叹口气，又躺下来。

隔壁声音渐渐缓和下来，有了沙沙脚擦地的声音，有了滴答的水声，慢慢地，又变换成木床的咯吱声，缓了，很舒缓的轻吟，一声去了很远，直到没了踪影，再温柔地来一声……

繁琴闭着眼，压着梦，却屏不住粗气。试着动了动，那只手松开了，她一使劲坐起来，瞧旁边的母亲捂着头，没动。麻利下床，伸手去取衣服，却发觉手心里多了一个胶环，赶紧揣进包里，游蛇一样出了后门……

戴维娅压根儿没睡，隔壁的动静似乎唤醒她记忆中的情爱，一串一串地飘来，有彪老爷子的强悍，有痨病男人的腥臭，甚至有庆贵的龌龊……最清晰的还是欧阳邦的孔武、强劲，感觉一股力量上下升腾，把人压下去，又把人托起来……她听着女儿脚步声远去，默默祝福，但愿苍天有眼，女儿前去有坎坷无风险，有辛酸无痛苦。但愿她别走自己的旧路，活出一个与自己不一样的人样来。

房外的世界没睡，同样在朦胧暧昧中一半清醒一半醉，风时疾时缓地行进，月光忽明忽暗地晃悠，几声狗叫，忽远忽近传来。

过了多久？没人计数，只听见家家户户的有线广播响了，一曲听腻了的板胡独奏曲传来，这欢快喜悦的曲调，据说灵感来自送公粮。可戴维娅听来，似觉不像，自己送过公粮，没见人有过这样轻松的，倒像是为眼下隔壁的情爱伴奏，又像是来自女儿回家欢快的脚步声。她终于听见隔壁开始有了响动，远处有了沙沙脚步声，要撞车！心又一下悬起，裹紧被盖坐起来，竖起耳朵搜听外面动静。

繁琴从外面回来，蹑手蹑脚正要进后门，忽听繁轩的后门动了，赶紧闪进猪圈，等任珍从里面出来后，繁琴故意提着裤带从猪圈出来。冷不丁一个人钻出来，吓了任珍一跳，看清是繁琴，忙自证清白，说，昨晚灶上烘着衣服，怕烤坏了，过来看看。繁琴也觉尴尬，拿话来撇清，我拉肚子，才出来一会儿……

正说着，里面戴维娅实在听不下去，冒出一句敞亮话：别说那些空话，各自去把手洗了，生火弄早饭。

风到年关，如同到了繁殖季节，生出无数的风言风语。吹得最响的是庆贵要复职了，说欧阳生无论是回城还是到公社，总之要下台。虽说是传言，如风飘过，不幸的是这次真还有点影子，公社任命庆贵当了渠道建修专业队队长。喳闹婆逢人便说，这仅是一个开始，若是渠道修好了，她家庆贵就不光是一个生产队长的事，大队支书、主任由他选。

渠道怎么才能完成呢？关键是老虎嘴那块石盘能否打通。喳闹婆透露，这事大先生掐指算过，到时必有神灵相助，老龙洞的老龙王自会听令现身，腊月间响春雷也有可能。话传到公社，对借鬼神搞破坏的事，人民政府历来重视，胡公安蹲在队里追查了两天。喳闹婆说是曾老八的老婆告诉她的，曾老八的老婆听曾老四的老婆说的，曾老四的老婆是听甘三嫂说的，甘三嫂是听喳闹婆说的。传言像是证明地球是圆的，转了一圈又回到原点，庆贵家成了谣言的原产地。

庆贵挨了一顿批，喳闹婆挨了一顿打。庆贵拍着胸膛向胡公安表态，管好老婆，绝不再瞎编乱造。繁全警告他，若是再张狂，神仙也救不了你。

自此，庆贵每天催促火神爷几师徒去老虎嘴上工。不信龙脉动不得，庆贵拿起钎子敲的第一锤。可一排楔子眼刚打好，报应来了，火神爷直喊头痛，接着几个徒弟也挨个病倒。庆贵眼看通水无望，不病也得病。喳闹婆哭兮兮去找大先生收拾，大先生七不隆咚，八不隆咚，猫儿钻窟窿，一通咒语念了，说，避几天邪，等天上响了雷，病就彻底好了。千万记住，十日内不能见外人，到时别官帽子没戴成，弄个别的帽子戴上，那可不是闹着玩的。

人不能出去，消息还是能听见，有线广播每天按时播放，庆贵竖直耳朵生怕漏了一句话。终于听说王书记第二天要来检查，指名要看渠道试水。两口子彻夜未眠，每个时辰要翻七七四十九次身，到了老龙王显灵的时辰，尖起耳朵盼望雷响。

那夜，寰人谷无眠。雾如漫天的泡沫，塞满每个空间，生怕啥被风晃荡出声响。所有人的心跳，轻点再轻点，缓慢得差点背过气。夜游的动物放慢脚步，草木停止了生长，一滴水珠慢慢拉长，紧紧抓住草尖不肯离去。狗匍匐屋内，被人压住头，头压住喉咙，不让一丝一毫的叫声被风带走。

庆贵依偎在被窝里，张起耳朵从风声中辨别异响。呼呼山风跟往日一样，一阵接一阵，如古老的山歌，轻重快慢全无新意。他起身想开门看看，被喳闹婆一把按住，声音如缕，威力如山，撞见山神可不是好玩的，你不想清静？

这样的情形，三十年前有过，那是庆彪的起义部队开拔那天，传出话来，今夜各家各户须守本分，别出门，别点灯。鸡叫杀鸡，狗叫杀狗。

这次又是传言，不知从何而来，谁都在说，谁都是听说。为迎接县上检查，大先生要使大法，神龙现身相助，忌生人，眼见者眼瞎，耳闻者耳聋。那夜，谁也没瞎，谁也没聋，唯独鸡犬不鸣，只有风声如旧。

直到东方露出鱼肚白，雾中的群山开始苏醒，路上有了动静。鸡叫了，狗叫了，路上人叫喊了，就没听见雷响。吃了早饭，喳闹婆出去打听了一番回来说，水通了，王书记来了。

王书记早饭后一个时辰到的，水是早饭前一个时辰来的，渠道垮塌时茅书记正在吃早饭。县区乡的头头一齐去看现场，老远就见灰蒙蒙的山腰一处红色，如撕裂的伤口，刺人眼睛令人心酸。大队和几个生产队的干部早就候在现场。王书记指着老虎嘴说，水是从哪儿来的？对面是光秃秃的硬石盘，只有一排楔眼瞪着。众人摇头。王书记又指着脚下几丈宽的渠道缺口，这是咋垮的？残缺渠道土坑里还存满水，湿漉漉的泥石流一泻到底，暗自庆幸，好在下面没住户，好在是冬天，要是雨水季节……

没人回答，王书记气呼呼地往回走，好！我就不信有妖精。对谭秘书说，通知公安局郑局长来，把妖魔鬼怪捉来见我。

茅书记眼看瞒不住，劝王书记，我看这事就算了，渠道修通也是过水，只要水过来了，管它咋个过来的。比如乡下人养鸡，只要蛋好吃，说它是鸡公生的也行。

王书记逼视茅书记，我看这里面少不了你，非得查出来，收了你这妖精。

下午，郑局长带了一帮人来，现场看了，走家串户调查，众说不一。有说先是天上起云，有说先是地上起雾，结果一致，老龙洞的老龙王出来施的法。越这样说，越没人信。郑局长传了一串人去公社，分几个屋同时审讯。

还是不知谁干的，众人一口咬定是老龙王施法。郑局长不信，真是老龙王干的？那就把负责的带走。专业队队长庆贵吓得去了"双流县（现）"，上面流泪下面流尿，他想交代立功，可实在不知道呀！那几天他是哪儿也没去，就在家里躲灾，灾躲过祸没躲过。喳闹婆慌了神，领着一家大小，赶紧去找欧阳生，呼天抢地喊救命，额头磕出了血。欧阳生心一下软了，对小先生说，我去看看。

庆贵放回了家，欧阳生跟郑局长走了。

小先生按欧阳生走之前的安排，赶紧把大米分了，谨防收回去。化肥也抓紧挑回来。小先生每天扳着指头算日子，若是第五天欧阳队长没回来，他就要按基本口粮与工分粮对半开，把年终决算兑现。还有欧阳队长再三交代的，再把那事……当时小先生担心给他惹祸，欧阳生说，你没看大报小报都在说，管它黑猫白猫，逮住老鼠就是好猫！你心里没底，王书记心里也没底，其实他也想干，只是没那个胆量，你们干得越好，我就越没事。

四

欧阳邦听说儿子被带走,把铁锤一扔,问犯了啥,知道是修渠道通了水,把人家的渠道冲垮了。欧阳邦更是愣眉愣眼看着大先生,这是理由吗?好比我铁匠打把锄头,用的人把脚挖伤了,能怪铁匠吗?事情绝不会这样简单。大先生一着急,往日的斯文没了,说,事就如此,你想复杂,我只有胡诌瞎编。欧阳邦没见过比这还蹊跷的事,不敢耽误,带着大先生从农具厂直奔大井街诊所,找常石医生去。

常石一头青发离开家乡出洋,回到家乡已是须发斑白,这中间在哪儿?干啥?就如他而今头顶,空白一块。听街道居委会庞大妈说,他社会关系与他头发一样斑驳繁复还夹杂空白,被学校清除回农村,没回原籍来这儿。好在他懂医术,中医西医都会,能划肚皮治绞肠症。县上医院请他,没去。镇上区上医院请,更不去,嫌不自由。被街道办的诊所请来,每天三十个号,看完就下班。活路收得早时,太阳没过河;晚一点,踏着月光下班也是常事。至今已有二十来个年头。

欧阳邦所以要找他,是常医生特别喜欢欧阳生。欧阳生儿时常在诊所玩,嘴儿甜,喊常医生爷爷。常医生一个人,本地没亲人熟人走动,外地没信件来往。据说本家子弟倒不少,却相隔甚远。有个孩子经常陪着他,让他乐呵也不错。日子久了,孩子离不开常医生,常医生更离不开这孩子,供吃供穿供上学。这有事了,欧阳邦不找他找谁。

常石见两人神色慌乱,以为谁起了急病。当知道是欧阳生被带走了,老人家了解孩子,谅无大事,轻轻一摆手,示意坐下稍候。等他看完最后几个病人,才将两人引到住处,听完缘由,常医生神色放松,说,没多大事,只要不牵涉政治,问题就不大,冲垮渠道也就一个技术问题,上面找他去是弄清原因,技术人员好提出整治方案。

　　大先生仍是急,说,来者不善,并非水利局,乃公安局长亲临,要限期缉拿妖怪归案,断不是往日说说而已。

　　常医生一听,眉头重新凝结,公安局长咋管起渠道的事?猛然想起有关大先生的神奇传闻,问大先生:咦!有没有妖怪,你就知道呀!你跟他们说清不就结了,还用得着欧阳生去县上?欧阳邦也觉得对,是啊!都知道你和妖怪熟,你说清不就结了。

　　大先生长叹一口气,唉!我何尝不愿说清,实属有口难言啊!这才间文夹白把事儿干干净净抖出来:

　　山上情形,你们也大致了然,每年时有暴雨发生,漫山遍岭,山水流淌,自有千百年形成的水道,终由沟壑,流向大河。而今,只为废弃煤矿区区水流,竟异想天开,半山开渠引水。到时山水汹涌而至,尽入土渠,势必坍塌。天啊!泥石直下,后患不堪设想!难为欧阳队长,今推明缓。可人微言轻,经不住层层施压。万般无奈,出此下策,选择稳妥之地,竹笼缠裹薄膜,渡水毁渠,警醒上面,以期收回成命。

　　久与大先生交往,欧阳邦听了个大致不差,插嘴:这没错呀!让他们明白就好了。

　　我也曾担心上面责罚,欧阳队长说,好办,万事皆推神灵身上,让他们知晓人神共怒,天地不容也好。谁知,人家不信鬼神,竟铐走欧阳队长。说完,大先生眼巴巴望着两人。

　　常医生静静听完,反复掂量,说:我还是先前的看法,不会有大问题。你们背后商量的事儿,依我看都见得天。王书记若是会想,他应该感谢才对。真要是按他的做了,明年开春发大水,死上几个人,那才是大事。叫欧阳生去也是弄清情况,说不定还会给他奖励。

　　见两位放下心来,常医生又说,不过呀,欧阳生不宜在乡下久待,恢复高考了，正好借水渠垮塌的事，申请回城来，好好复习一年，争取来年考大学。以他的底子，应该没问题。从政风险大，读书做学问好。

欧阳邦赞同，我也说过多次，他就是不听。他开口闭口要讲诚信，刚刚当上地区知青标兵，当着那么多的人表态，要扎根农村干一辈子革命，转眼又去报考大学，话实在说不出口。

大先生的斯文不见了，很实在地说，从来学而优则仕，读书终归步入仕途，眼下先入仕途为何不可？你们为他思量固然是好，可苦了乡亲，即使要谋学业，缓缓何妨。目前他若高迁，人心必散，议好的事谁办？

欧阳邦觉得大先生多虑了，偌大一个生产队，不信找不出人当队长，说，这世上两只脚的猫不好找，两只脚的队长有的是，指不定多少人还望着呢，有可能还会干得更好些。

大先生笑得勉强，说，队长虽小，不是谁都能当。眼前他真不能走，田地承包方才着手，缺他不得，别让乡亲寒心才是。

常医生一下紧张起来，问，你说啥？跟谁搞承包？

事到如今，大先生不好再瞒下去，直截了当说，欧阳队长找我们已商议许久，待决算分配兑现，包产到组，方法规矩议定，作业组长业已具结，若非渠道耽误，恐怕田地早已划分完毕。

常医生猛然醒悟，怪不得，县上要把人带走。我是说一个渠道垮塌的小事，怎么抓起人来了，原来这里面有两条道路的事。我说你们不要去害欧阳生了，他一个娃娃不知利害，你上了年纪应该知道，这集体生产可是旷古未有的大事，经历了多少大风大浪才办至今天，一个年轻娃娃要推翻，不是跟政府作对吗？看来这次进城与政治真有关联，恐怕娃娃难过此关，好去不好回呀！

听他说得凶险万分，两人冷汗出来了。

常医生素来处事达观，来三江镇这么些年，两只眉头就没有为愁打过堆。若非有人专程来为他纠错，谁会想到他是一个大学的教授。来人宣读了通知，代表学校向他鞠躬道歉。他仅笑笑而已，风轻云淡一句话，学校本来就没错，我确实有一个女儿在国外，里通外国也没错，血缘通呀。只是这个孩子音信杳无，如是你们能告诉她在哪，我愿再受一次处分。

听说他纠错了，一个姓温的老太婆找上门来复婚，声称老来该有个伴。他更是笑个不停，说，我俩本来就没离婚，何来复婚之说。做伴就不用了，我现在每天三十个伴，男女老少都有，轮换着来，热闹得很呢。情意我领了，日子嘛还是各过各好。

如今，这么一个豁达的人，居然担忧起欧阳生的处境，可见，情形真的不妙。

众人的担忧，欧阳生一点不知，反倒在城里闲得发慌。进城不就渠道那点事，欧阳生终于憋不住，没进城在车上就说清了，弄得郑局长一行人哭笑不得。王书记知道了个中利害，暗自庆幸发现早，对欧阳生心生谢意。既然把人请来了，总得有个说法。别的话不好说，只说你既然来了，索性就到农业局去干几天。那儿有个农业经营站，正在制定农业生产定额手册，请了好多的支书队长，你也算一个，定下来了再回去。

欧阳生以为县上会有大动作，看架势要把"大锅饭"扔到崖下。去了才知道，就是改变一下评分的方式。再不搞"自报民评"，一律实行"定额工分"，挖一亩地多少分，栽一亩秧多少分，弄一个本本发下去遵照执行。全县的情形多复杂，有山区，有平坝，有水田，有旱地，有沙土地，也有黏土地……所以弄来几十号人，搞了好久，南边与北边争，山上与河坝争，各说各话。欧阳生听起烦，这有意思吗？心中骂一句，莫名堂！只反工分，不反公社，一点不起作用。正要把自己的想法说出来，听说是王书记定的，心一下凉了，公社不弃，工分一万年都评不公平。反对大锅饭，不能只砸碗不砸锅。

欧阳生三番五次去申请回赛人谷，每次都被挡回来，非得要定额成册才能走。欧阳生实在担心生产队的事，不知决算咋搞起的，包产到组搞没搞？正想打电话回去，公社电话来了，茅书记要他到张部长那里去一下，把繁望寄回的丧葬款取回来。说是一笔巨款，足够买几间房子。

欧阳生一路打听，终于找到县委家属院。一个方方正正的四合院，正中一个朝门，院子边上有口井。尚未到下班时间，院子里面没人影，只有几间房门开着。欧阳生正犹豫敲哪间门才对，正中房门里出来一个姑娘。那模样让欧阳生吃了一惊，从上到下让他长见识，没有辫子，没有刘海，男式运动头，鬓发修齐耳边，一张瓜子脸全露出来。说她是姑娘，是她穿了一条连衣裙，红色的，如一团火在燃烧。赤脚，端了一盆衣服出来，搁在阶沿上，拎只铁皮桶去井边打水。

正要找人打听，却是这么个女子，欧阳生一时为难。若是上了年纪的人，男女都行，他会大大方方上去叫声大爷、大妈。再年轻一点就叫大姐大哥，要么小，无论男女，一律称作小朋友。偏偏眼前这位不大不小，跟自己年纪相仿，一时竟找不到合适的称谓。乡下姑娘见多了，无论脸板着还是红着，尽可放心过去说话打招呼。而眼下这位姑娘打扮神态没见过，估计板着脸过去会讨她骂，红着脸过去会惹她发笑。欧阳生后悔了，就是怕进机关大院才来这里，哪知这儿更让人为难。

正纠结，姑娘提水转身，只见她脸涨得绯红，一步一挪，桶里几尾鱼儿蹦跳。欧阳生鼓了鼓勇气，想迈步上前帮忙，遇上姑娘一抬头，恰好眼对眼撞上，对方眼光如电，自己瞬时脚手麻木。欧阳生赶紧掉头避开，脚步一下钉住。只听姑娘放下水桶哧哧发笑，欧阳生担心的事还是来了，试着回头看个究竟。他一转身，才发觉对方正停下来，盯着自己笑。他想转身回来已来不及，眼皮一搭，脸别过去，头低下来。

姑娘笑喘着开口了，过来帮个忙呀！欧阳生如获大赦，大步上前，一手接过水桶，感觉轻飘飘的，低头一看，水已溅洒剩下半桶。转身回到井边，咚的一声丢下，三两下提出井口，满满一桶水，如冰封一样，服服帖帖。欧阳生轻轻拎起，如同拎一礼品盒，轻松自如，缓缓倒进盆里，不溢不溅。

姑娘看得入神，直到欧阳生提来第二桶水，她才想起问欧阳生：你来这有啥事？

欧阳生壮壮胆说：我找张部长有事。话一出口，又惹得姑娘哧哧发笑。欧阳生不知哪儿错了，更臊得脸绯红。

姑娘终于止住笑，问：你找他做啥？

他叫我来的。

姑娘不笑了，重新打量欧阳生一番，比先前更顺眼。叫你来做啥？

叫我来取钱，台湾寄来的。

姑娘点点头，笑得有点怜爱，手在盆里涮掉肥皂泡沫，再甩了甩，说：你跟我来。领着欧阳生敲开对面一间房门。

出来开门的竟是公安局郑局长，问道：英姿，有事吗？

这个名叫英姿的姑娘喊声：郑叔叔，借你电话跟我爸说一声，家里有人来找他。

郑局长让她进屋，转眼看见欧阳生，笑呵呵问道：小伙子，几时回去呀？

欧阳生在男人面前胆子大，抱怨道：早着呢，定额没弄好走不成。实在有点烦，嘀咕一句，尽弄些没名堂的事！

姑娘奇了：你们认识？

郑局长收住笑，一脸正色说：岂止认识，他还是我押进城来的。见姑娘怔住，郑局长笑声又冒出来：他呀！是个知青队长，全地区的知青标兵，比你这个女知青懂事多了。

姑娘眼里有了敬意，只说知青生活难熬，下乡住几天犹如水淹了，赶紧逃回城来透气。没想到知青还可以当出标兵来，忍不住又看了几眼，觉得比先前那个傻帽儿神气许多。

郑局长与欧阳生聊起来：怎么样，搞定额管理，不吃大锅饭，这下满意了吧？

欧阳生同郑局长有了上次接触后，知道他是南下的山东人，对人和气，没了戒备，直截了当说：起不了多大作用，大锅饭还是大锅饭，最多也就是打破了一个碗。

郑局长一听兴趣来了，搞定额管理这个举措，县委常委会讨论了许多天才定下来的。王书记反复强调：大锅饭必须打破，再不能干和不干一个样，干多干少一个样。区乡一片叫好声，这小伙子咋一脸不屑的样子。饶有兴致继续问道：你说说，定额管理为啥不起作用？

欧阳生说：定额管理只解决了工分评得不公平的事，解决不了分配不公平的问题。

郑局长更觉奇了：你说下去。

欧阳生拉开闸门，话滔滔不绝涌出：工分评得再公平，可工分粮所占部分不到10%，80%还得按人口平均分。

郑局长知道，那叫基本口粮，这是人民公社的基本分配制度，是保证人人有饭吃的原则。这动摇了，人民公社制度就动摇了。问：这有啥不对吗？

当然不对呀！欧阳生越发胆大了，竟举起手扳起指头说起来：这样说吧，我们按人平口粮360斤计，一个全劳力除去刮风下雨，全年最多挣3000分，分多少呢？基本口粮280斤，加上工分粮90斤，一个人自留地收获80斤，合计450斤。一个吃奶的娃娃，基本口粮分六成170斤，一个人自留地收获80斤，合计250斤，如果是双胞胎500斤，比一个强劳力还多50斤。所以我们那儿的农民说，男人干一年，还不如老婆怀十个月。

郑局长一听，觉得有点道理，心想依你的，难道取消基本口粮，全部按工分算？那样的话，双胞胎又吃啥？自觉不妥，那怕行不通吧？

欧阳生没看他的脸色，进一步说：这还没完，只要评工分，就有人得粑粑分，占便宜。以一个生产队来说，记分员就是多余的。还有大队，生产队各种干部的定额补助，什么贫协主席，民兵排长，妇女主任，治保主任，作业组长……实误实评，全年下来也不少，足足要抵十来个劳力分粮。这不是大锅饭是啥？

郑局长颔首称是：依你的呢？

欧阳生稍加迟疑，一扬头射出三个字：大包干！

啊！郑局长吃惊不小，那不是撬了人民公社的根子？连忙摆手：不行！不行！正色教育道：小伙子，这些话就到我这里为止，有损人民公社的话再不要说了。我呢，也没听过你说什么。他本是要出差，回家做点准备，不知不觉聊远了，赶紧收口，转而向里屋喊道：英姿，电话打通没有？

名叫英姿的姑娘在里屋应道：说好了。其实早说完了，几句话的事。张部长告诉女儿，有这个事，你把家里柜子里写有台湾标记的袋子给他就是。末了叮嘱一句，你要问清，是三江镇镇南公社城坝大队三队叫欧阳生的生产队长才给。英姿微微一笑，说：不用问了，他跟郑叔叔熟得很。搁下电话，听外面聊得正起劲，不觉旁听起来，发觉小伙子像变了个人似的，不再木讷，指手画脚像个猴样灵活，更觉有意思。听见郑局长叫，应声出来对欧阳生说：走，跟我过去！

欧阳生像幼儿班的小朋友乖乖跟在阿姨后面，终于知道她就是张部长的千金，更是局促不安，先前神侃的机灵劲一下被没收了。来到张家门前，像候审的一样，静听发落。

英姿头也不回直接问：来拿钱是吗？

欧阳生点点头，低声说：是的。

英姿颔首朝里一点：进来吧。

两人进了屋，欧阳生站着，英姿进里屋去，在床头柜里找出一个牛皮信封，上面用毛笔恭恭敬敬写着，恭送四川渠县三江镇镇南乡第五保三甲曾家院子，曾庆彪曾杨氏老人的亲属收。下面没有署名。旁边另有钢笔注明：台湾，曾繁望父母归山用款。英姿取出来，回头看看外面呆立着的欧阳生，觉得有趣，眼前憨厚近乎笨拙的模样，同先前郑局长面前那种睿智大气判如两人。英姿看看手中信封，愣了愣，顽皮一笑，又原样放回床头柜里，转身出来说：不行，还是要等我爸回来，他亲自给你。

欧阳生习惯性看看天上，太阳快到正中，便小心说：那我等会儿再来。英姿不让走，说：我爸马上要出差，等会儿回来换了衣服就要走，要是碰不上，就得等三个月再说。话完，英姿径直出屋，自个洗起衣服来，那神态，走不走由你。

欧阳生哪敢走，见屋内无人，待在里面又怕主人生疑，也悻悻出来。站着好觉无趣，拎起水桶又去提水。可几件衣服用不了多少水，干站着也尴尬，东瞅西瞅，手脚竟不知咋搁才好。英姿抿住嘴，努力不让笑声出口，说：想当雷锋是吧？那好，从我家开始，去，挨家把水缸装满。

欧阳生巴不得有事干，拎着水桶，凡是门开着的，一家一家挨着提水。不管主人请没请，一律装满，弄得个个出来感谢英姿，你家这位客人才勤快，一会儿就把水缸装满了。

慢慢地，人们下班了，英姿的衣服也洗完了，叫欧阳生帮着晾好，再招呼他进屋坐。自己去点火煮饭。

欧阳生的肚子告诉他，该吃午饭了，张部长还不见人影，壮起胆子要英姿打电话催一催。英姿在里面以教训的口吻说：你以为电话机不值钱，是你乡下的蓑衣斗笠，家家都有？这院里部长局长好几个，就公安局长家里才有电话。你明知道他走了，叫我到哪去打电话？欧阳生呛得难受，一刻也不想多待，小心向英姿告辞，我去外面吃了饭来，最多十分钟，请张部长一定等我一下。里面没应声，欧阳生犹豫再三，还是觉得在外面街上去等候自在些。不再问里面，刚转身还没开步，里面英姿发话了：你吃啥？

欧阳生怯怯地说：我出去吃。

英姿话出来了，居高临下，不容反对：别四处乱走，我爸今天中午在外面不回来，吃了饭我领你去找。特别警告：走了我不管！

欧阳生又乖乖坐回原处。里面又问：吃面行不？

欧阳生赶紧回道：行！

吃多少？

三两。

三两不行，吃半斤！里面自作主张。

欧阳生早饿极了，巴不得多吃点，赶紧应道：你说半斤也行。

忽然里面传来一声：糟了！快把保温瓶给我。欧阳生不敢迟疑，拎起保温瓶冲进厨房。原来英姿下面时，不知咋的，一斤面条全滑进锅里了。赶紧倒进开水，英姿用筷子拨散，边拨边说，这下好了，大人回来又要骂我浪费。转脸对欧阳生说：你可要努力，别给我留下证据挨骂。欧阳生赶紧安慰：没事！

英姿瞧瞧一锅面条，仍不放心：你吃得完不？

欧阳生颇有自信：这不算多，我一顿吃得完两斤面条。

英姿停下筷子，盯紧欧阳生说：看不出来呀，你这个人挺深沉的，表面看起老实，就没一句实话。

欧阳生不服气：我说的都是实话！

英姿忍住笑，一本正经质问：你刚才不是只吃三两吗？

欧阳生给问住了，好难为情，脸憋红了才憋出一句话来：我怕你收钱。我包里只有三两粮票。

英姿抿紧嘴唇，差点笑出声来：那你咋答应半斤也可以。

欧阳生从实招来：我在想，是你加的二两，不该收钱。

英姿实在忍不住，"扑哧"一声笑出来：你吃过两斤面条是不是实话？

欧阳生还是认认真真回答：我哪有那口福，但我确实吃得完两斤面条。

英姿边笑边又取出一把面条，问他：先前你说吃过两斤面，这是不是假话？

欧阳生申辩道：我没说吃过了，是说的吃得完。

英姿哗的一声，又一把面全丢下，嘴儿一努：去，把那个大盆递过来。

三江镇对面渡船码头，黑压压一堆，惹得往来的人偏起耳朵打听为啥。听说是生产队长要回来，社员自发来迎接，都啧啧称道，是啥队长？这样受社员欢迎，好多年没见过了。茅书记在好长一段日子里讲这事，当作干群关系的楷模，向上汇报，向下要求。

欧阳生站在船头，眼见对岸黑黢黢一群人不离不散，正纳闷，他们在码头干啥？渐渐看清全是三队的人，瞬时紧张起来，难道队里发生了啥事？快靠岸了，看清个个脸色正常才松口气。得知是来接自己的，感到好笑，这才几天，我就成了金宝贝啦？又见戴维娅领着繁琴、繁轩站在最前面，估计是冲着钱来看稀奇，毕竟数目不小，许多人长这么大，怕都没见过，多厚一沓拾元券，想看看扎在一块是啥样子。

欧阳生下船第一句话问，你们咋知道我今天回来？众人齐说，昨晚广播上说的。原来是公社信用社钱主任揽储，担心欧阳生会拿到别处去存，急着在广播上通知戴维娅，要她早点去接欧阳队长，有重要物品交她。恰逢生产队正议论纷纷要搞包产到组，许多事闹得不可开交，都盼欧阳队长回来拍板。听说了消息，不约而同全来了。

来的人中，四位作业组长最急躁，一下抢在最前面，拉住欧阳生的手不松，争着诉说。过去没说包产时，谁也没计较田地多少，负担轻重，路程远近。才说一个包字，认定是分家散伙，没人相信是落实生产责任制，个个像分家的样子，争起家产来。劳力耕牛农具……样样都得搭配公平，巴不得用戥子秤称一称。内部没争够，四个人还联起手来向欧阳生争，只包产量包工分肥料作用不大，要包就得包干，连分配都得包到组。一句话，粮食产出来后，交足国家的，留够集体的，余下就是作业组的。咋分咋用，天王老子也不能过问。

欧阳生一下船被团团围住，先让四位作业组长吵蒙了，问小先生，他们啥意思？小先生一语道破，他们呢，嫌对半开不够，要自主分配，全部按工分投资分粮。看欧阳生皱眉头，小先生接着说，这哪行！早有文件规定，队为基础，三级所有，你这不成了四级吗？

见欧阳生仍没表态，小先生直截了当说，如这行得通，生产队前些年早就干了，还用等到现在。就今年对半开，我不知说了好多好话，挨了好多骂还不敢公布。真要全部按工分投资分粮，会饿死人的。指着躲在后面的曾老四说，他全家六口人吃饭，就他一个人干活，真那样干，全家人没了基本口粮，光凭一个人的工分分粮，不饿死人才怪。小先生问人缝里的曾老四，你说是不是？

曾老四被挤到欧阳生面前，以补款户常有的羞涩，说，要包干就包到户，我也不想占别人的便宜。一句话叫个个惊讶，大伙帮着你都干起累，你还讲狠要包产到户自个干？曾老四腮帮子鼓圆，你们别管我咋干，累死我活该，把六个人的土地分给我，国家、集体的我不少一颗。

欧阳生吓一跳，补款户会赞成包干，这事欧阳生从来没想到过。

依昨晚广播的意思，戴维娅才是正该来的主，现在竟被些乱七八糟的事挤到一边晾着。戴维娅不依了，两只手扒拉开众人，拱到欧阳生面前，环视一周，叱问，你们还有完没完？我的事儿还办不办？走！到我那儿去，伸手去拉，忽觉辈分不妥，又缩回来，朝身后两位一摆手，愣住干啥？繁琴、繁轩随声上前，一边一个拉住欧阳生，一声"请"，冲出重围，径直往曾家院子去。

公社信用社钱主任早来了，收贷和揽储一并做。大先生也来了，涉及余款的处理，要他定板。

欧阳生拿出钱来，新崭崭的十元券，钱主任点数哗哗作响。欧阳生照着字条念，繁望带回来200美元，在银行兑现成人民币1700元。钱主任点数也是1700元无误。等众人唏嘘一阵后，说到用途，扣除丧葬欠款420元，欠粮200斤，按黑市价算140元，这560元已由戴维娅贷款还清，现在理所当然该还贷。余下的1140元咋办？按理说结余的款该归还繁望，据说这又不吉利，丧葬款已许给了死者，是不允许挪着他用。征求繁望的意见，往返淘神，一时半会儿没结果。

大先生凭借长辈的声望做主,那就留下吧!

钱主任取出存折,填好数字,该写户名了,抬头问众人,写谁?

戴维娅理直气壮回道,写我呀!

繁轩马上跳起来,与你无关,该写我。

繁琴说:怎么与我妈无关?繁望哥寄钱干啥?是给我妈安葬她老爷的。谁说无关?搞清楚点,繁望哥叫我妈是幺妈的时候,你还不知道在哪!

繁轩一句话顶出来,那是以前,她……她后来嫁了就不算。

繁琴起身就往繁轩面前扑,扬起手掌要打人,嚷道,你妈不也嫁人了,你来要什么?

大先生一声怒喝,混账东西,越说越不像话了,老的小的都没个规矩。气愤地责问戴维娅,你说,为什么要写你的名字?戴维娅知道又要拿她再嫁说事,她这次不同,理由很充足,眼光直视大先生,不躲不闪,说:老叔,你心可要搁在当中,过去说我改嫁了不算曾家人,我认了。可前些日子办丧事,繁轩为啥不敢接手?要我出头的时候,你们没有一个人嫌我改嫁了。后来欠债了,他为啥不来争?贷款那可是写的我的名字,过去写得,凭什么现在就写不得了?你说话呀,老叔!

一番话把繁轩打哑,把大先生也问住。繁琴一旁帮腔:是呀!欠债时就有我们母女俩,有钱了就没有我们,凭啥呀?

欧阳生没想到这欠债麻烦,有钱了也生出这么多麻烦。恨这几个人见利忘情,吼道,争什么?这钱是繁望的,只是暂时找个人保管,不是来分钱,怎样处理要等他一句话定。就是要分钱,凡是彪老爷的后人都有份,最终还得大先生主持公道。

大先生此时一下醒悟过来,说,我想起来了,当初要人领头办丧事,当着县上区上公社大队的面,虽说答应你戴维娅办丧事,但后来你推给欧阳生了,是不是?后来差钱,谁借的?还是欧阳生。贷款要借你个名,那是为你好落户分粮。主意还是我出的,你争什么功劳。惹翻了,大家不认账,你还是一个吃野食的叫花子。

听大先生一说,繁轩连声赞同,对的!对的!

戴维娅母女俩再没说话,一则大先生说的是实情,二则抬出欧阳生来,母女俩不好争。

钱主任再问，到底写谁？几个人异口同声，那就写欧阳队长嘛。

事情办完了，送走钱主任，大先生要告辞。欧阳生把他留住，说：私事完了，公事还没了。生产队年终决算和土地发包的事正乱着，大先生你得帮我拿个主意才行。说着从兜里掏出五元钱搁桌上，对戴维娅说，这是我在县上的误工补贴，你去买点东西来，我请大先生喝酒。然后用手扯扯衣袖说，我这身衣服十多天没换了，身上痒得凶。大先生在这儿坐会儿，我去换件衣服再来陪你。

繁琴等欧阳生出门，也对戴维娅说，我去面坊拿几个面回来。不等人开口，起身跟了出去。

瞅着两人背影，大先生眉头皱成一团，脸上骤然绷紧。将桌上的钱递给繁轩，你去河对面镇上打点酒，买点下酒菜回来。繁轩接过钱出门。

大先生又特地叮嘱一句，到镇上去买，不要嫌路远。戴维娅不解，说公社供销社有酒，就在那里买。大先生语气严厉，不容更改，到镇上去买，那儿的酒没掺水。

繁轩前面出门，大先生后面把门虚掩上，眼光像团火焰炙烤，逼视戴维娅说：你是真不懂事还是装不懂事？戴维娅吓住了，问：老叔，咋啦？我就要了账户名字，不对不要就是了，你看你。

大先生气冲冲指了指门外，我问你，他俩是咋回事？你管不管？戴维娅这才明白大先生为啥生气，很平和地说：现今年轻人的事，我管得着吗？

大先生站起来，巴掌朝她抡了抡，没打下去，又气呼呼坐下来，说：你是安了心的，要出曾家的丑。若是倒转去几十年，把你活埋都够格了。

戴维娅心虚了，小声嘟哝：就因我和欧阳邦过了几天日子，孩子才兄妹相称，又不是亲兄妹。

大先生：他们是亲兄妹。

戴维娅：我问过了，他们不是亲兄妹。

你问谁了？大先生寒气逼人。

戴维娅胆怯地说，欧阳邦。

大先生更生气，你信他的？你咋不相信你大姐的，到底是他说的真实，还是你大姐说的真实,你在曾家这么些年还不知道?

戴维娅当然知道,曾家的规矩,不,岂止是曾家,但凡大户人家娶三妻四妾,老爷的房事乱不得,虽不说是像皇帝一样有专门的太监管着,但正房太太那是记着的,一次一次记得清清楚楚。大房太太管理各房太太的房事,比管钱财还上心,绝不会有半点马虎。今夜老爷在谁那儿过夜,第二天大太太定会查问,轻轻问一声,老爷昨夜精神可好?偏房心领神会,若是有过房事,自会回道,老爷硬朗着呢。若是没顾上,则会回道,老爷看了一夜书或是老爷忙大事去了。大太太自会记住。偏房太太对这事还不能装大,不吭声不行,吭声还来不得半点虚假。若没有说有,一则怕大太太去老爷处印证,到时连老爷一齐怀疑你说假话的意图,是不是要借老爷的名干丢人的勾当?若是有说成没有,真是怀上了,那是自己找死。因此,只要老爷来过,不管临时性起,还是太太逢迎求欢,即使大太太不问,偏房太太一定会或明或暗告诉她。因此大先生说曾杨氏比欧阳邦更清楚,再没错的。

可欧阳邦说的也没错呀!听曾杨氏说过,欧阳生的母亲该戴维娅叫四姐——不错,就是那个下落不明的四姨太。

当年那晚上,哨兵发现绣楼上有男人身影,向查岗的罗副官报告,谁知竟招来灭口之祸。多少年后,罗副官才说出原因,若事情一经挑明,罗与曾家势必一场血战,可罗实在不愿为逮捕几个地下党拼命,他厌恶枪声,更不想把一笔谈好的军火生意搅黄了。这生意搁桌面上叫赠送,暗地里是大洋与枪支弹药的交易。

得知暗哨转来的信息,曾庆彪马上备下金条,私下约见罗副官。罗副官一把推开金条,说,我死了一位弟兄,钱不行!得用人赔偿。曾庆彪脸色一沉,你要谁死?

谁也不死,我要带走一个人。

曾庆彪从罗的眼神看到了男人的欲火,爽快答应,除了客人,你挑一个。

当晚,四姨太失踪。据曾杨氏后来说,四姨太出去没多久,生孩子遇上难产。

戴维娅隐约记得,欧阳邦说过,欧阳生的外公曾明确告诉他,欧阳生的父亲姓罗,是一位国民党军官,孩子还没出生,他就随部队到国外去了,再没音讯。可那个外公在哪？谁也不知道。

　　两人谁说的对？戴维娅拿不定主意，过去也没必要去细想。后来见两个年轻人越走越近，这才来反复揣摩，他俩到底是不是兄妹？先是信曾杨氏的，好几次想给女儿挑明，又怕年轻人嘴不牢，若让人知道欧阳生是彪老爷和四太太生的，那会毁了欧阳生的前途，也陷欧阳邦于难堪境地。到时候，自己有愧外，欧阳邦还会要了自己的命。自己一直借白虎青龙的说法加以阻挡，可到底没拦住。

　　后来又转念一想，欧阳邦的说法也有道理。曾听说欧阳生的外婆还在，戴维娅亲自听欧阳邦无意中说道，老太婆明明白白说过，我的女儿还会瞒我？是姓罗那小子的种。依据是啥？没说。再细看欧阳生的长相，他外婆的话又值得信，除像他妈外，没有彪老爷子半点痕迹。

　　眼下，大先生不依不饶，自己咋跟他解释？只能厚着脸皮说，老叔，你不是说欧阳生的外公外婆还在吗，我们去听听他们一句实话好不？

　　大先生手指差点戳到戴维娅的鼻尖上，你还不信，非得害了你女儿不够，还要害你四姐的儿子才松手。你给我先去把繁琴叫回来，真要闹出闲话来，曾家的大人细娃会要你的命。到时别怪我言之不预也。话完，把门哗的一声打开，阳光和寒风撕扯着一起进来，大先生打了一个响亮的喷嚏，戴维娅闻声一个寒噤。

　　欧阳生先回来，换了一件衣服，依然青年装，只是蓝色换成灰色。那时城里年轻人时兴军装，此外，夹克式工装也深受追捧。乡下仍是一式青年装，最大优点是省布，单层立领，较翻领省了一层，有三个包，上面左边一个小包，下面两个大包，较之中山服，少一个上包，并且没有包盖，少了纽扣。有更节省的，只在包里面贴一块白布，较吊兜又少了布。有这好处，青年装成了乡下男青年的标配。

　　欧阳生一跨进门，戴维娅问他：繁琴呢？

　　她去面坊拿面了。

　　戴维娅不放心又查问：她去多久了？

　　欧阳生说：她要跟我去拿脏衣服洗，我怕别人看见说闲话，没让她去。

　　大先生听了稍稍放心，连说：甚好！甚好！

戴维娅对大先生白了一眼，不满地去了灶屋。欧阳生招呼大先生坐下。一阵风来，大先生又打了一个喷嚏，身子哆嗦一下。看了看灶屋，欲言又止，转而问欧阳生，你来此地有几年了吧？欧阳生应声，呃。大先生又问：对乡下风土人情可知多少？

欧阳生浅浅一笑：大致知道一点。这次看繁望的信封上写乡保甲啥的，还搞不懂。

大先生一下有了由头，抓住话题往开阔处说去：你是不知，皇帝在时，县以上方设衙门，俗称皇权不到乡。民国开始，依三江镇东南西北设乡，乡下设保，保下设甲。城坝村原先叫镇南乡第五保，賨人谷是其第三甲，柿子坪是第四甲。这保甲划分，家父谋划其中，大体依了他的主张。城坝原是古賨人国都，逢中小溪河乃皇城护城河。护城河往东，郊区，而今叫下城坝；往西，城区，而今叫上城坝。自东而西，城坝分设第一甲，第二甲，即而今一队，二队。物产好，富人多，较之保上其他几甲不同，家家灶屋灶台齐全，睡木床。自城坝往上进賨人谷，是第三甲，而今三队。至此有灶台没灶屋，床挨着灶台，烟道在床下面过，大多人家没有木床。賨人谷再往上是第四甲，过了柿子坪开始进入内山，灶屋灶台俱无，烧火塘，床没了，吃饭，睡觉皆在火塘边。每到冬天，大雪封山，那个冷风啊，呼呼作响，若有客至，主人即刻请进屋烤火！有那知书识礼的客人，再冷，不急进屋，说，风大，容我在外挡住，以免把你家火塘吹飞。大先生话完，又打了一个响亮的喷嚏。

欧阳生隐约悟到话里有话，赶紧对里屋喊道，快点，端盆火出来烤。

戴维娅这才意识到大先生拐着弯要火烤，忙着回答，马上就来。

此时繁琴已从外面回来，正在烧水，听不惯大先生的酸斯文，嘀咕道：要烤火直接说嘛，看不惯绕山绕水说一大堆废话，不知道费不费劲。

繁轩也回来了，用一个火盆装了炭火端出来，搁在两人脚下。再把买来的吃食摆上，半斤高粱白酒，一盘卤豆腐干，半碗盐渍胡豆花。两个盐蛋划成八牙，放在一个小碟子里。两个饭碗盛酒，分放两人面前。

欧阳生将酒碗与大先生一碰，请他喝下第一口，再奉上一牙盐蛋。见大先生脸上有了红润，才开口说，先生受冷了。我遇上了难题，还请先生指点指点。

大先生兀自喝了一口，拈了一块豆腐干送进嘴里，慢条斯理咀嚼，咽下，方才放下筷子问，何事？直言无妨。

欧阳生恭恭敬敬请教，队里的事你老人家清楚，眼下是决算搞不下去，对半开遇着了补款户不认账，打死不干。先前与你老人家说过，明年想搞包产到组，你说行，只要是包产，还算落实责任制。可几个组长不干，要求包干到组。这次上面放得宽，定额管理，包产到组、包产到户都可以，我吃不透到底哪样好，你给我支个招，说完，又给大先生奉上一牙蛋。

大先生喝了一口酒，放下碗筷，一只手比画，一只手伸去桌下烤了烤，说，我们曾家先祖元末明初来这创业，那时城坝尚无人烟，遍地青蒿。先祖们在青蒿丛里寻找得一些老房旧屋，移走尸骨住下，从此开枝散叶，一时繁盛。明末清初，张献忠来又生一场浩劫，城坝再度颓败，老房子新房子尸骨横陈，死者曾家居多，残余后人悉数躲进寠人谷。数十年后贾家先祖迁徙而来，于城坝拓荒耕耘，生儿育女。到了民国，曾家出了庆彪，短短几十年，城坝田地多归曾家。待到人民政府手里，均分田地，重回贾家。

欧阳生挠挠头，这些事，他听曾贾两家的人说过无数次，不知大先生今天提它干啥。

大先生另一只手也伸去桌下烤火，继续说下去，我提这事，是说从古至今，历朝历代，兴衰存亡，离不开土地二字。你看曾家先祖初来时，地多人少，插标占地，社会安宁。后来难免因天灾人祸，土地慢慢集中于有权有势有钱大户，致使农民租佃为生，遭遇荒年，生存无望，绝处谋生，烽火遍起，生灵涂炭，之后土地荒芜重新划分。单就一个城坝，一时曾家，一时贾家，不定哪时还会张家王家出来，循环往复，周而复始，永无宁日。

欧阳生频频点头，历史书上确实如此写着，可与眼下土地承包有何关系？

大先生说得兴起，两只手仿佛握着真理，一下从桌下摆到桌面上来，有些激动，也有些茫然，说，民国政府设置保甲，提出耕者有其田，好是好，可没实行，城坝田地差点全落曾家，庆彪名下多半。革命发生，人民政府成立，农民分得土地，政府仍不放心，要农民从此不再丧失土地，合作社由此成立。土地公有，不准买卖，即使遇上荒年，农民有土地就有来年，就有长治久安。古人说，天之道，损有余而补不足，人之道，损不足而奉有余，人民公社奉行天道，是旷世之举，关系千秋大业，长治久安，你说人民政府能改变不？

欧阳生从大先生眼里看到了刀光剑影，看见了历史斑驳，也看见了他对未来的憧憬和对远方的向往。可眼下，是饥饿仍在，是社员不满在滋生，合作社让人恨不得，爱不得。人民公社的好处没得到人民的叫好，反叫人生出怨意来。

说到此处，大先生眼光浑浊，一片迷茫，语言呆滞迟钝，说，合作社成立，我最早参加，曾家上下高兴，政府夸我开明士绅。可越至后来，越发不对，可不对在哪儿？我不知道。我这几十年天天在看，天天在想。都说大锅饭不好，可亏的赚的还不都是农民，肉烂在锅里。人民政府如父母一样，子女之间扶一扶弱者有啥不好？天下父母，谁不这样？非得把弱者逼到绝境，与人拼命才好？

而今呀！我算看透，根子在人。

欧阳生以为他要逐个分析，将寳人谷大小人等点评一番，再授予治理降服的招数。真是那样，欧阳生不以为然，没有人靠搞破坏为生，没那么多坏人。欧阳生笑着问，你老人家不会是要我办学习班吧？

哪里，哪里，关乎人不假，不在乎好坏而在乎多少。就时下寳人谷而论，百多位劳力，耕种三百余亩土地，分下去，三百来亩土地仍这百多位劳力耕种，田地劳力，未见变化。年岁好，单干增产，集体同样增产。若要吃饱饭，以我愚见，还得新技术，新品种。如今年你引进杂交苞谷，虽属试手，一亩增产几成。再论大屋窖，我天天问着，完好如初，胜过增产几万斤啦。

欧阳生没听明白，这与分和不分没多大关系。不好阻拦，奉上一牙蛋，提醒先生话题偏了。

大先生会意，微微点头，说，我思忖再三，若论大锅饭好，可大家都没吃饱！从来饥饿难熬啊。说来真话，同是豌豆面糊，单干时黏稠许多，能插稳筷子不假。思来想去，皆因僧多粥少。我等过来人，记忆犹新，土改时三甲才多少人，一百多个人，昨天庆素说给我听，三队二百六十三人，双倍有余。只增人口不增田地，不挨饿岂不怪事。

欧阳生听来似觉不对，甚至怀疑大先生心口不一，心里想分，口里说的却是统。端起酒碗碰大先生一下，喝！放下碗说，我有一事不明，依先生所言，统是天道，分是人道。可有一句老话，树大发丫，儿大分家，天下最公正的莫如父母，最亲密的莫如兄弟，照理说，互帮互助，永不分家才对。可从古至今，少有三代四代不分家的，这是何缘故？摆在眼前明显的例子，集体的庄稼就不如自留地的好，我问过庆素是何道理，他说，官（公家的意思）牛官马瘦，官堂屋发狗屎臭。

大先生闻言微微摇头，感叹道，唉！人心从来如此啊！突然略带羞涩问道：你读过《红楼梦》吗？欧阳生点点头，他在常医生处偷读过，不知问这干啥。大先生脸上皱纹深处微起红色，像是触及往日羞处，轻声道，我还是年轻时背着父亲读的，至今还记得里面有这么一回，敏探春兴利除宿弊，贤宝钗小惠全大体。探春学赖大家的办法，将花园分门别项承保给下人，省下许多支出，还净得几百两银子，花园管理竟少了混乱……

大先生最后说，自古以来，治国齐家一回事，大户人家的方法，虽是书中戏言，也许可以借鉴一二。

该是午饭时，一大盆面条端上桌，每人一碗白米饭，不知哪弄来才熏的腊肉，给大先生和欧阳生的碗底各伏了一大块。

五

欧阳生全身而退,让城坝大队的人感到惊奇,好像戴着手铐进城,非得大卸八块回来才正常。许多人猜想,肯定是火神爷找了洪书记。火神爷不认,这无异于说他打洪书记旗帜招摇撞骗。甘三嫂急了,差点去山梁上骂人。

更让人惊奇的是,这次上面放得宽,定额管理,包产到组,包产到户都可以,城坝三队先走一步,包不包由社员自己决定,说是试点。茅书记得到指示,不要包办,掌握情况,注意观察。

就为掌握情况,庆贵这些日子够忙的,成天脚儿嘴儿没空过,队里有屁大点事,他绝不过夜,按贾支书要求第一时间去给他汇报。然后积攒几天,认为分量够了再去公社找胡公安、找茅书记汇报。每次汇报的最后一句话,总忘不了强调:我可是说了的,别到时候说我包庇隐瞒。过去为包产到户他受过处分,就因没撇清关系,被牵连进去陪着挨斗。

在生产队,庆贵嘴儿如铁水封了一样,喳闹婆那儿也用重话塞住嘴儿,生怕别人知道了他的态度。喳闹婆问为啥,好坏都不许吱声,那不得把人活活憋死。庆贵骂她笨,笨得屙牛粪。以庆贵几十年的见识,这包产到户、到组都注定没有好下场。合作社办到今天,经历了多少坎坷,几时改过?欧阳生要去蹚这浑水,飞蛾扑火,有他烧焦的时候。到时候上面来人调查,查立场,查思想,凡是开口鼓吹了的,哪怕只说了一个包字,肯定靠边站。知道吗？庆贵厉声呵斥，恨不得用针线将老婆嘴儿缝上，再三吩咐她不得生事坏事，好好在家避祸，外面有他在。

没管几天，喳闹婆的豁嘴又四处漏风，听不得别人热议一个包字，忍不住去泼冷水。庆贵只得又把她吼回来，关上门连训带劝又培训了半天。无论庆贵如何唾沫四溅，无奈喳闹婆翻着白眼不懂，包产到户到底是个啥？好话不能说，连不好的也不能说？庆贵差点把她叫祖宗，这些话不是不能说，是不能早说。现在到处去散发警告，人家吓住了就势收手，上级会咋想？会不会认定我们在通风报信？上级干啥是有步骤的，现在不管，这是叫作啥？使劲想了想，终于记起大先生说过，这叫啥欲擒故纵。喳闹婆问啥意思？庆贵一句话捅过去，说你笨，你还不服气，就是放长线钓大鱼。

两口子静静等了一段日子，自觉线放得够长了，鱼也上钩了，可就没人来收线捕鱼。汇报了无数次，庆贵烦了，听的人也烦了。贾支书说，你说的事我已向公社汇报了，茅书记叫看一看再说，你今后有啥事，多向队里的大队干部反映，他们会直接处理。庆贵说找过了，他们都忙，没时间管。贾支书倒是催过几次，说，你直接找茅书记说去，就说城坝三队要复辟了，看他有啥指示。庆贵早已找过，不敢说，就怕贾支书生气，他最反感越级打小报告的人。

又过了几天，眼看欧阳生从县城回来，一点没收敛，反倒像得了表扬一样，说话做事少了顾忌。揣摩来揣摩去，突然想到纠错摘帽子的事，连庆彪的事都翻过来了，未必这合作社也要翻？心里凉一股。忙把喳闹婆找来，打招呼，是得撒手，对上对下得装哑巴。别到时田地真分下去了，大家会笑话我不识时务，里通外人，好像与谁在争那瘟丧队长当一样。喳闹婆不依，凭啥不争？那队长原本是我们当得好好的……庆贵赶紧捂住她嘴儿，骂老婆不开窍，那是祸事，哪需着去争，到时你不当还走不脱。喳闹婆不信，有那回事？你做梦吧。

包干的事如风一样，没有一处没吹到，风中有股声音在呼叫，辛辛苦苦几十年，一夜回到解放前。这话让甘三嫂嘴儿一下闭紧，扯住火神爷不让出门，我们可是几辈人从里到外红透了的革命家庭，别人咋闹不管，我们不能糊涂,真分光了,军烈属谁来优待?现在是铁打的一份,每年决算先兑现的就是优抚政策。以后田地分到户,只有提着口袋挨门挨户去讨?警告火神爷,你这个作业组长先去辞了,别羊肉没吃着惹一身臊。就欧阳生那儿,你上了年岁的人也该提个醒,别日后他犯了错误,埋怨你不说一声。

队里的工干家属也邀约到一起,由庆贵的大女儿繁芬领头,你一句我一句声讨欧阳生。这些女人们,仗着老公每月寄钱回来,油盐不缺,是队里的太太小姐。里面多是曾家的姑娘,同工人干部结了婚,户口迁不进城,在娘家父母兄弟的庇护下,更是天不怕地不怕,开口便骂粗话。按旧规矩,娘家的人不准骂自家姐妹,队里的人还只有听着的份,不能还口。听繁芬说今后土地要包下去,不干活就不分粮,一个二个如脚板踩上火炭,全跳起来了。

这群太太小姐中,小先生的二女繁玉脾气算好的,也忍不住抱怨几句。这原本不是一个脾气好不好的事,账摆在那里,谁算谁抽筋。真要分下户,男人在外面,一个女人在家带几个娃娃,还要把几个人的庄稼种出来,凭谁也办不到。集体生产时有基本口粮保证,拿现款分粮,那可是一角钱一斤的低价。田地分下去后,没了基本口粮,只有去黑市上买,七八角一斤的高价,老公那几个钱供不了两个月。几个女人一通谩骂之后,邀邀约约到公社,打电话的打电话,寄信的寄信,发电报的发电报,给远方的当家人报信。城坝三队瞬时成了地震中心,波及全公社,远方的当家人再打电话的打电话,寄信的寄信,发电报的发电报,询问,提醒,警告,一波连一波,差点没把公社淹没了。

茅书记穷于应付,这些在外的老乡,平时对家乡,对他个人没少照看,于公于私得罪不得。真想把欧阳生叫来打一顿,谁叫他久拖不决。可打他不起作用,只要提到落实联产责任制,这些啰唆事队队都有。在茅书记心里,这些平素时懒惯了的娇气女人们,再也不能迁就。索性横下心来,此后无论谁来打招呼,一律嘻嘻哈哈敷衍过去,只望欧阳生早点干,干快点,是儿是女抱出来看看,公社其他大队还等着学习。

五保户姜老太婆拄着拐杖来了,拉住欧阳生的手,眼泪汪汪哀求,如果真要分到户,求求队长把门当头那块菜园地给她。她生前种点粮食菜蔬活命,死了呀就葬在那里,省得远了生产队费事。

大队繁全也来了，再三要他拿出万全之策，真是分干分净了，稍有一点公事没法办。征购提留五保等，再不会是现在这样子，队长一句话了事。到那时你把社员叫爸，社员还不理你。千万别为了一时痛快，埋下今后为难的种子。

　　小先生来了，问今晚的决算兑现会还开不开？见欧阳生犹豫，说再也推不得了，离过年没几天时间，你得早做决断！欧阳生心事重重说，决算兑现不是事，关键是承包搞不搞？怎样搞？若是不搞，或是只搞定额管理，那么对半开必须兑现。若是今后大包干，今年的决算就照往年搞，反正是最后一次，免得生出更多麻烦。小先生说，咋个搞都行，就听你一句话，只求快点定。欧阳生摇头，半天才说出一句话，我还得想想。

　　小先生感到意外，我爸说你已经定了，大包干！欧阳生勉强一笑，哪儿定下来？你爸说，合作社是天之道，损有余而补不足。包干是人之道，损不足而奉有余。几句话把我胆子拈了，不知天之道好还是人之道好。见小先生满眼期待，这样子，我马上去镇上找人问问，今晚决算就按去年的搞，明天上午叫大家带家私来装粮。

　　在常医生眼里，欧阳生永远长不大，始终是一个机灵顽皮的孩子。

　　诊所初创时，庞大妈领着常医生选址，从蓝布市选到杂货街，庞大妈指了好几处，常石都不满意。庞大妈虽是街道主任，但这事还得顺着常医生，毕竟这诊所指靠他，也算是街道办的一个事业单位，可以安排三个待业人员，一个收费，一个抓药，一个护理人员。

　　诊所最后定在欧阳邦家对面。小镇街道很窄，欧阳生最初是爬过来的，慢慢地走过来，跑过来，到后来诊所干脆成了欧阳生的幼儿园。欧阳邦出门就把他搁在那儿，有时说一声，帮忙看着下，有时话都没有一句，手一指，小欧阳就歪歪倒倒跑过街去。

　　李大姐负责收费，经常夸常医生是一个糯米饭团，脾气好得找不到他有啥脾气。对病人尤其和气，再累也笑呵呵的。唯有一次生气，与小欧阳生有关。小欧阳生爬到柜台上去抓钱，李大姐毛吼了一声，吓哭了孩子。常医生出来直接把孩子抱到诊室去，他亲自守着。当天晚上，庞大妈把李大姐几个找去，明说，你们几个能领镇医院职工一样的工资，靠的就是姓常的。每个人给我记住，不要惹他生气，他说不干了，你们都得卷起被盖走人。

诊所后来扩大，增加了病床，添了几个人，其中请了一个清洁工，一半工作是打扫卫生，一半工作防止小欧阳捣蛋。换句话说，就是半个保姆。为此，常医生每月私人给她五元钱，直到欧阳生上了小学，有了学校老师管教才停发。弄得清洁工念叨很久，我又没做错啥，平白无故每月少了五元钱。

不仅是常医生，诊所所有人都喜欢欧阳生这孩子，全被他萌上瘾。话还没说清楚，他能分清诊所谁说了算数。谁也不怕，只怕笑呵呵的常爷爷。其他人板起脸，扬起手吓他，他摆出哭相吓人，就看谁怕谁。这娃娃淘气烦人，在中药房里四处滚爬了几年，居然能在几百味药中，知道大枣、山楂、枸杞好吃，趁药房的人稍不注意，小手抓一把藏着掖着出去，与一群小屁孩在僻静处分吃。药房的人又气又爱，只得把这些药尽量放高些。这小子先是拖凳子来垫脚，凳子没收了，竟把药屉拉出来做梯子，逐层往上爬。没想抽屉是活动的，跌下来痛得哇哇哭。

事儿让欧阳邦知道了，在他那发青的小屁股上又添了两篾片印，边打边骂，我叫你学坏，小时偷针，大了偷金……幸好常医生及时赶来，一把搂在怀里，似他的孙子被外人欺负了，眼里喷火，欧铁匠，你——你个不守承诺没有教养的东西。抱着孩子去了诊所。

一个素来和气的菩萨老头愤怒成凶神，欧阳邦被吓住了，自此后，他那袍哥大爷脾气收敛许多。诊所的员工对小欧阳原本喜爱，遇事也就随他去。可也怪，小欧阳被两位老人的反常迁就给弄蒙了，常常一个人发呆，捣蛋的事反而少了，药房再没少过药。

见他呆萌的模样，心事重重的，众人往往忍不住要逗逗他，想老婆了？小欧阳萌萌盯着，搞不懂老婆是啥。见他认真在想，大人更来劲了，你看你爸爸没有老婆，你常爷爷也没有，你得赶快找一个。小欧阳仍是萌萌地盯着，好似在问为什么。大人故作认真逗他，给你们煮饭吃啊！给你们洗衣服啊！

谁也不知孩子咋想的，过了几天，小欧阳正正经经找到常爷爷说，我要抓把大枣。常医生没多想，还夸他，这就对了，要啥给大人说，转身让药房给了几颗大枣。

当晚，欧阳邦来诊所找常医生，小心翼翼问，生娃又偷药房大枣了？常医生睖他一眼，我给的，你打他了？欧阳邦赶紧解释，没有，我来问问，只是怕——欲言又止。常医生知道他怕惯坏了孩子，不以为然，多大个事，谁小时候不贪吃，你有钱买糖果都该。欧阳邦只管点头，那是那是，可这大枣他没吃，拿去送——送人了。见他痛心疾首的样子，常医生忍不住发笑，几颗大枣，又不是金元宝，送了就送了呗，瞧你这样子。唉！欧阳邦感到老脸没处放，说，那小东西拿枣去勾引人家小女孩。常医生听他说完，差点笑岔气，多大的孩子，还勾引呢。

那天正逢三江镇当场，寳人谷曾杨氏上街赶场，随身带着一个叫繁琴的小女孩，专程到欧阳邦家取加工的锄头。两个大人聊了一会儿，欧阳邦留她们吃饭，自个买菜去了。曾杨氏动手弄饭，两个小孩在一起玩。欧阳邦回来了，见小女孩手里多了红枣，问谁给的？说小哥哥给的，叫我和妈妈留下来当老婆，煮饭洗衣服。欧阳邦当时没觉啥，只当小欧阳贪吃的毛病犯了，暗想客人走了再清问。没料到曾杨氏较真了，指着欧阳邦的鼻子质问，你就是这样教育娃娃的？黑着脸从孩子手里夺过大枣扔在地上，拽住小女孩气冲冲走了。

话讲完，欧阳邦满脸尴尬说，这娃娃现在就贪色，今后咋得了？

等到欧阳生读初中了，学校停课，正是读书的年龄却没书读。自己家里连皇历都没一本，只好到常爷爷那儿去找书看，除了医书外，有字的他都读。读了多少，没人问过，常爷爷只能凭他提的问题估计，好像把家里的书都翻过。至于一本书懂了多少，除了他问的肯定不懂，其余只能大致估计，他不算该书的最差读者。

今天他又来了，先后好几次，探头见诊所里面有病人，扭头走了。当最后一位病人离开，他才又露面。常医生问他，你有急事？欧阳生呃了一声。常医生忙起身，随他去对面欧阳生家坐下。欧阳生迎着常医生的笑脸说，我心里郁结。常医生以为是病了，伸手要去号脉，给我看看。欧阳生摆手示意他想偏了，说，上午我请教大先生，包产到户真的能增产吗？常医生问，他怎么说。欧阳生告诉他，大先生说增产是肯定的，只需看看自留地比集体大田的庄稼长势就清楚，一个天上，一个地下。常医生说，大先生比我更懂农村，他说能就肯定能。欧阳生说他正为此想不通，大先生说办合作社是天道，损有余而补不足。这是好事，为啥就行不通呢？常医生说，既然行不通的事，就不是好事，如同画饼充饥一个理。欧阳生还是想不通，同样的田地，同样是这些人种，有了良种和化肥，单干增产，集体也能增产，是不是？常医生点点头。欧阳生又反问，那又何必去搞包产到户呢？

这个……绕来绕去，倒把常医生给绕乱了。常医生见自己心中的小捣蛋开始学干正事了，又喜欢又觉得好玩，想逗逗他，你说你一个小小的生产队长，开始忧国忧民起来，看不出来呀！有长进了。天之道也好，人之道也罢，于你一分钱干系也没有，你照上面说的干不就成了，操那么多心思干啥？欧阳生一脸懊丧，你是不知道，我在城里闯祸了，是戴起枷锁回来立功赎罪的。常医生微微一怔，真有这事？上次冲垮渠道嫌事不大，又惹了啥祸？

欧阳生愁眉愁眼讲出缘由：欧阳生那几天在城里闲得无聊，拿到钱后想早点回来，可就是请不准假，心里憋气。这天又在讨论农活定额，他实在坐不住了，一嗓子怼过去，讨论个啥，屁作用没有，费这些精神，还不如提个筐筐捡狗屎肥田。

一屋子人包括请来的各地大队生产队干部，眼睁睁看着他，不知火气哪来的。

负责的农业局黄局长上次见过面，知道他是个知青，反对制定额，咬定工分是碗，分配才是锅，只砸碗不砸锅，工分评得再公平也等于零。黄局长内心也认可他的观点，可连分配都不要了，那人民公社搁哪？没去听欧阳生在那指手画脚演说，悄悄打电话向王书记汇报。王书记说声，带他过来吧。

黄局长带他去了。欧阳生见了王书记没多讲。王书记实在是不愿多听，直接发话，你有能耐，你今天就回去，就在你那个生产队搞试点，定额管理，包产到组，包干到户由你选，砸锅砸碗都由你，搞好了，县上来人总结推广，搞砸了，对不起，你那个录用通知就搁在我这儿，什么时候搞好了，什么时候来拿去上班。说着将桌上录用通知书翻过来，再用手掌压住。

王书记似乎在暗示,人民公社这口锅若没了,你的饭碗也没了。

欧阳生此时才知道,他被录用为脱产干部了,就这一批,分到镇南公社上班。王书记似乎在暗示,人民公社这口锅若没了,你的饭碗也没了。

常医生听他鸣冤叫屈诉说完,也不知该祝贺还是该同情。这小子也是命里该遭,回回都碰上姓王的书记。上次修渠道的事是王书记失误在前,挑明了自然没事。这一次是你自寻的,一个包产到户,多少人闻之色变,你小子拿来当歌唱。傻子也能看出来,王书记的用意,就是你能干,你搞个样子试试看。这无疑是与王书记杠上了,赌什么?王书记也许是一句赌气话,而在欧阳生你这儿,就是赌命运人生。到这时,常医生看到了欧阳生眼里有懊悔,想你小子也活该,此后你才会知道天高地厚,才会知道病从口入,祸从口出。

欧阳生说回来后,找了大先生,原以为他是个乡下大师,鬼神通吃,几句话就解决问题。哪知道他东说西说,弄得找不到感觉,这才来求教常医生。

常医生来回踱步,慢条斯理说,大先生是乡下活菩萨,他犯难的事,我也肯定说不好。见欧阳生屁股有点坐不住,又把话勾回来,不过呀,我有个想法可以告诉你,也许有点用。

见欧阳生坐稳了,继续说,我是个医生,中医讲究平衡,营卫气血表里,平衡就没病,失去平衡就生病。我看合作社也是病了,病就病在社员的心理失去了平衡。若是像你说的那样,种这三百多亩庄稼的百十号人心理平衡,个个顾全大局,真还是你说那样,分不分都一样。可眼前是这百十号人,不愿在一个锅里吃饭,分开是必然的。至于怎样分,你还得以满足社员心理平衡为准。

听常爷爷左一个平衡,右一个平衡,欧阳生不平衡了。气愤地向常爷爷诉苦,若要社员心理平衡,首先得不生气。这办得到吗?我说给你听听,早上眼睛一睁开,广播里书记社长的粗喉大嗓在吼叫,这样要干好,那样要干好。其中多是社员不愿干的,如前段时间修渠道,听到就是气。吃了早饭还没出门,我们这些队长又在山梁上吼了,吃了饭开会,不来的扣二十分。打算赶场走人户的,去不成了,心里又加一股气。才说出门开会,远远看见大队干部下队来了,叼根烟杆,身影一晃钻进了干部或工干家属屋里,吃好的去了。社员看到这些每年享受提留粮食的甩手掌柜,心里又是一股气。到了会场，听队长一开腔就是要批判这个，打倒那个，社员一个都不认识。问队长，他也不认识，那你鼓恁大的劲做啥？心里又添一股气。会终于要散了，记工员来了，打开本本，没有来的扣二十分，吵闹的，扣五分。规规矩矩听的人忍受半天，一分没有。这是不是气？回到家里，见老婆拌毒饵，才想起生产队又摊派了耗子药，上次的没把耗子毒死，倒把鸡鸭毒死了一地坝，那个气就足了。气憋足了，一点就燃，没处发泄，两口子打一架。一气之下，老婆拖儿带女回娘家，剩下一个孤男人，脚不洗就上床，饿着肚皮，蒙上被子睡闷觉。第二天，眼睛未睁开，广播又响了。

常爷爷拧紧眉头听完，说，你知道这些就好，千万别让社员再气上加气，无论是补款户，还是收款户，是干部，还是社员，无论是你喜欢的还是厌恶的，话都要听，听了还得顺他们的心意，他们说咋办，你就咋办。千万不要逞能，既不替社员出头，也不替社员当家，尤其是你现在这时候。这就叫顺民意得人心。我的话，你听明白没有？

欧阳生使劲摇头，不是我没听明白，是你没弄明白，我不说还不行，现在全公社干部社员在等我开口发话。

常医生微微露出一点笑意，点拨他，你还真把自己当作菩萨，以为世人眼巴巴在盼望你开口。王书记让你说，是因为他说了要负责任。社员要你说，是他们说了不算数。不过这样也好，你总算是没先说，明天这个会，你尽量少说，社员愿怎么办，你就怎么办。末了，又多说了几句，农村就现在这样子，还是人畜耕作，人是第一位的，人心顺了，会少很多麻烦事。

欧阳生点点头，总算听明白了，只要社员满意，干啥都好。尽量别惹王书记生气，当干部总比当社员好。

是夜，哑月亮，山水或明或暗，溪水闷声而去，小道盘旋而上，山村注定无眠。

庆贵是天未黑时回的家，气喘吁吁，拖一把夏天坐的凉椅过来，人瘫在上面。喳闹婆惊叫起来，先人，你在外面干了啥，累成这样子？从里屋拖一床棉被，给他半垫半盖。再端来一碗热水，递他手上，问，你买的煤油盐巴呢？

半天，庆贵才缓过气来，说，忘了。喳闹婆气愤怼他，啥都忘了，你咋知道回来的？庆贵有气无力说，去的时候记起的，身上无钱。回来身上有钱了，又忘了这事。喳闹婆听说有钱，顿时忘了争吵，钱呢？庆贵从怀里掏出一张钞票，上面有开拖拉机的女娃娃。喳闹婆瞅着眼熟，一把夺过来，追问，哪来的？男人走时问她要钱，她冲了他一句，你就是挣钱的，问哪个要？没料到男人会空手走了，更没料到还有钱在他怀里。男人若还是队长，身上有个二块三块的，很正常。可眼下这是哪来的？庆贵不遮不掩说，庆丰老婆给的。庆丰在外工作，过去有过传闻，说庆贵与他老婆挨挨擦擦的。这事儿搁过去，庆贵遮盖还来不及，可今天，庆贵直说，喳闹婆反倒不太在乎，只怪那个女人也太心狠了，一块钱就把人弄成这个样子？还只有怨自己丈夫，说，你是只要快乐，不要命了。庆贵把身子坐正，狠狠一声，呸！快乐个屁，差点没把人累死。喳闹婆酸他，不快乐你会拼命去干。庆贵听不下去，你刚才要我挣钱的嘛，既要盐巴，又要煤油。喳闹婆更不舒服了，哦！这样子挣钱嚓，明天你在家，我上街去挣。还不像你这个窝囊样，累得半死不活的。庆贵鄙视她，你？两百斤，你奈得何吗？喳闹婆迷糊了，啥两百斤？你们还过了秤才干的？庆贵呼地一下立起来，棉被掉在地上，骂她，你个笨女人，就想那事儿，是两百斤饲料我挑回来了，知道吗？饲料！两百斤！

喳闹婆弄明白了，但嘴儿不输，我也说的是饲料，一个队的人还非得过秤，少挑一点不行？庆贵捡起棉被重新坐下，说，人家是请两个人挑的，一块钱两个人分，我牙一咬，一个人硬挑回来了。

喳闹婆开始退让，不再计较是人重要，还是钱重要，只说，算我笨，要钱不要命。边说边往里走，我这去给你弄点吃的出来。

庆贵突然清醒过来，确实感到要吃点啥，说，你去把盐巴煤油买回来，顺便给我带点酒和下酒菜。

庆贵要喝白酒，着实让喳闹婆吃惊，就是当队长那些日子，庆贵也不轻易喝白酒，嫌太贵了。偶尔喝白酒，要么是庆贺，要么是消愁。今个为啥？喳闹婆不由得多看他几眼。看得庆贵不耐烦了，挥挥手说，就你心眼多，你把酒买回来了，我再给你说。

喳闹婆去大队分销店，打了半斤白酒，用了三毛钱，再打了一斤煤油，称了一斤盐，买两块卤豆干，还剩了两分钱，买了一盒火柴回来。

把豆干切了搁桌上，酒倒入小碗，让他自斟。自个坐旁边小心打听，今个喝白酒，到底是喜还是忧？庆贵捂住酒碗，好像秘密就在碗里，生怕老婆看穿了笑话他，好一阵才说，正是说不清是喜是忧我才喝酒。喳闹婆吓着了，老公出去头遭门夹了？咋会分不清好歹。信心满满地，你说，我替你想想。

庆贵松开酒碗，露出碗底那点酒，说，欧阳生要调公社了。

喳闹婆听了嘴儿笑圆，好事啊！该庆贺！他走了，没人搞包产到户，你也不用四处汇报。

庆贵将酒碗推给她，喳闹婆笑着推回来，你知道我不会喝酒。庆贵又将碗推过去，你不是要庆贺吗？喝一口试试，我再给你说下句。喳闹婆端起碗，抿了一口，顿时喉咙火辣辣的，张开嘴用手扇。这时庆贵说出下句，他去当公社革委会副主任。喳闹婆一听，嘴儿张得更大，真的？庆贵点点头，问，你还喝不？喳闹婆犹豫了，队长这位子谁坐？不又要拉你去充数。过去要撤你职，现在怕又要来逼你当，真不知该笑还是该哭。闷着头又抿了一口，哇的一声，吐了。跑进灶屋漱了口出来，说，这酒不好喝。

庆贵端起碗一口干尽，愣了一会儿说，胡公安告诉我的，他的通知书还压在县上王书记那儿，要他把三队的包产到户搞好了才公布。搞好了他到公社当副主任，我就背时了，还得接这个烂摊子。若是搞不好，他就休想到公社去，说不定只有恹恹地回三江镇当铁匠，我还得接这烂摊子。

喳闹婆松一口气，当就当呗，你又不是没当过。

庆贵叹口气，今后不比以往，若真是包产到户后，队长比以前更难当。

那你不早说，想方设法叫他包不下去，坏他的事还不容易。

庆贵把酒碗重重一搁，对！快点弄饭吃，然后你去找洋马儿母女俩，就说繁琴和欧阳生两兄妹相好的事，若是把人得罪了，坛子口能封，人口不能封。我去找大先生再算一算，看一看天意，若是天意不在他那边，我们就得想法挡一下，若是天意还在他身上，自己挡不住也就不挡。但无论如何得把集体保留下来。

大先生家人来人往，如同赶场一样。都懂规矩，彼此心知肚明，不议论，不打听，挨顺序去大先生里屋，关上门嘀嘀咕咕一阵，然后出后门而去。

隔壁屋里是小先生家，女儿繁玉出面，招呼一群女人在唠叨。这些工干家属是来打听队上的决算方案，听说是按往年老办法，彼此松了一口气。问到承包的事，说全在欧阳队长那儿，他不说谁也不知道。不知他自己想好没有。有人去隔壁大先生家看过，那边的人像在赶鬼市，一个队的人相互不言语，都瞅着大先生的里屋，进去一个，出来一个，出来一个走一个。有人问繁玉，他们在做啥？繁玉说，他们做啥，你问他们啦。问话的人是才嫁过来的吕从杰，老公是在外县矿山上班的繁举，该叫繁玉一声姐。吕从杰缠着问，玉姐，你告诉一下嘛，她们到底在做啥？繁玉淡淡一句，找我爷爷求符问卦。吕从杰仍是不懂，问，求啥？繁玉指指窗外，大半夜走路，求个护身符。旁边有人代繁玉回道，你心里啥不踏实，就问啥，求个心安。

吕从杰是个候补社员，最不踏实的是何时能上户分粮。若是这次要包干，那土地咋分？是按人分，有一个算一个，还是按正式社员分，或是按分粮人口分？话从她嘴里一出来，反把众人提醒了，比较起来，决算分配是芝麻，好歹只管一年，而分田分地才是西瓜，管长久的。纷纷向繁玉打听。繁玉说，问我是白问，听我爸说，欧阳队长在拟方案，明天拿出来讨论，到时大家都知道了。

吕从杰突然紧张起来，我看繁轩也来了，走时慌慌张张的，莫非是连夜要把他老婆娶进门，赶着来分田地？一句话让众人惊醒，纷纷与繁玉告辞，心急火燎回去商量对策。

喳闹婆在戴维娅那儿正口沫四溅鼓吹，繁轩正是听她鼓捣后坐不住，去大先生处讨个平安符，连夜赶到任珍家里，须在明日午时前两人赶回来，连同户口迁移，结婚证明一同带来，到时说声平分田地，啪的一声亮在桌上，一股硬账。

繁轩走后，喳闹婆仍不满足，继续鼓捣，往戴维娅母女俩眼睛里撒辣椒面，要让她俩感到火辣辣难受，才能让欧阳生感到火辣辣难受，才能知道她庆贵两口子不是吃素的。喳闹婆当着繁琴的面，故作玄虚对戴维娅说，我刚刚听见一件事，专门来给你们说一声，三江镇上的人传开了，说欧阳生不是欧阳邦亲生的，是从外面抱养的。这话不稀奇，大家都知道，戴维娅没理会。可喳闹婆说了下一句，却把母女俩吓了一跳，她说，欧阳生的妈是庆彪家四嫂。啊！戴维娅面色怵然一变，瞪着眼说，喳闹婆，你可不能乱说，欧阳邦听见了，会撕烂你的臭嘴。

繁琴愣了，看妈动了真格，更弄不清真假，忙问，妈，她说四嫂是谁？

戴维娅很不耐烦，她乱说，你四妈早就死了。繁琴顿时明白妈动气的原因，她一下冲到喳闹婆面前，咬牙切齿说，我叫你一声婶，你别倚老卖老，给脸不要脸。欧阳生是谁生的，不准你乱说。你来我家糟蹋他，是你选错了地方，趁我还没有动手，你给我滚！滚！

戴维娅怕生出事来，给欧阳生带来影响不好，忙拦中间，把女儿硬按回原处坐好。语气同样严厉地对女儿说，她老了颠三倒四，你也跟她一样？就算是疯话，你也好好听嘛。

繁琴见妈的语气不对，知道这事不能闹，气呼呼地没说话。戴维娅转脸对喳闹婆说，我们只知道欧阳生是欧阳邦的儿，是工人出身，此外，我们啥都不知道，也不想知道啥。这么晚了，你到我家来，就专门来说这个，你啥意思？

喳闹婆来就是想借这母女俩的口传信，让欧阳生知道，你也有把柄在我手里，好说大家都好说，要不好说都不好说。听戴维娅追问，她正需要细说，好把这信带到带好。清了清嗓子，说：戴维娅，尽管你改嫁了，我还是叫你一声五嫂。欧阳生的事与你们有关无关，你比我更清楚。他现在提拔了，要到公社去吃商品粮，可通知还在县上压着，走不走得成，还难说。我家庆贵说了，我们好歹还是一个长辈，与欧阳生无冤无仇，唯愿娃娃当皇帝，只有捧场的。可姓欧阳的也得替今后的人打量打量，不能由着性子来，把生产队整垮了，他也未必走得利索。

繁琴听不得这不讲理的横话，与她掰起来：我说婶子，几天不见长本事了，欧阳生的通知好像就捏在你手中，你放他一马他就上了，你不放他一马，他就栽了？有这本事，就自个定了就是，还用得着给人说吗？

喳闹婆呛得一口气回不过来，好！好！我不怕你嘴儿硬，我光脚还怕你穿鞋的。

戴维娅毕竟年纪大了怕事，想到事关欧阳生，虽说帮不了他多少，但少给他惹事还是应该。戴维娅语气软和下来,说你是长辈,别跟她姑娘家一般见识。欧阳生就算是四姐生的,但他在铁匠家里长大,硬邦邦的工人成分。入党提干想必组织也是考察过的。你真以为凭你两句话就可以定他生死?若坏了他的事,你能从中得个千儿八百的,你尽管去做,于我母女两个无干无涉。不过,我倒是要奉劝你几句,你不就是想当队长吗?今后还得过欧阳生那一关。你可千万别与他胡来,你让他走不了,他占着队长位子不让,你也搞不成。你万一整不倒他,他万一也跟你一样记仇,要来个新账旧账一齐算,你别队长没当成,麻烦事却摊上了。哪头轻哪头重,你可要掂量好。

喳闹婆原本以为这母女俩胆小,一听有事就会吓着,没想也是几个荤素不吃的角色。话说到这份上,容不得她往后退,头一扬,撒手锏使出来,直指要害:话既然说明了,我也不必掖着藏着的,欧阳生与你家啥关系,全生产队的人都明白,只是没说。我只要把欧阳生是彪老爷儿子的事抖出来,县上区上公社大队管不管先不说,就你家这兄妹乱伦的事,曾家宗族能不能饶过你们,我就不知道了。我今天好心好意来提醒你们,别狗咬吕洞宾不识好人心,硬是以为我们不当这个队长会死人。就这小拇指大一个官,别说欧阳生看不起,我们也看不起,就为这队长躲不掉才来找你们。实话说吧,欧阳生一心搞包产到户,是祸是福说不清,若不是怕今后公家的事不好办,谁也不会来阻挡。你们也转告欧阳生,别欺乡下人好糊弄,自以为隐蔽没人知,只要我一松口,要不了半个时辰,全大队大人细娃都知道。到时再说欧阳生的事与你们无关的话,恐怕你说得天花乱坠,除了猫儿狗儿外,怕是没有几个人会信。

说到这,喳闹婆瞟瞟母女俩,见繁琴眼直了,人傻坐着,泪水在脸上长流短流,嘴里不停念叨,兄妹,是兄妹?喳闹婆心里有了几分得意,越发起劲,故意装出轻松的样子,把拢在衣袖的手伸出来,拉长声调说,毕竟都姓曾,只要你们不过分,我们自然知道手往怀里缩……

戴维娅怀里掏出手帕,给繁琴一边擦泪,一边安慰,别信她的,欧阳生的爸是谁,不是她说了算的,别人还有一张嘴……

突然,繁琴推开她的手,霍地立起身来,上前揪住喳闹婆的头发,猛一用力,喳闹婆一下倒过来,用双手护住发髻,杀猪似号叫起来,打死人啦!

繁琴红着眼,你说,你是哪听来的,有半句假话,我今天就灭了你。

不一会儿,前边院子的纷纷赶来,见三人扯成一团,戴维娅抱着繁琴,繁琴揪住喳闹婆,喳闹婆护住发髻。

曾老四、曾老八几个壮汉前来,费尽力气掰开,将喳闹婆扯往一边,寻问究竟。

喳闹婆只顾号叫。

繁琴流着泪一言不发。戴维娅只管解释,没事,没事,两人为句闲话说崩了。

啥闲话?值得动手动脚的。再三追问,一个问死不答应,一个不停声叫痛。越是这样,众人越是追问。戴维娅见东问西问不停,若没个说法无法收场,牙一咬,把几个劝架的女人叫到一边,悄声说,喳闹婆骂繁琴是个嫁不出去的白虎星。哇!众人一下炸开,拿脸色、拿言语、拿眼神表示斥责,哪有当婶子的这样说自家侄女的,也不容喳闹婆解释,她也无法解释。几个人连骂带拖把喳闹婆弄走,再来劝繁琴几句,各自散去。

繁琴伏在妈的怀里,伤伤心心哭了好一阵,带着泪问妈,欧阳生知道不?当妈的说,他跟你一样,不可能知道。

欧阳生的母亲是四妈,你为什么不告诉我?戴维娅忍住泪说,我也只是听说,到现在也没弄清楚是真是假,我咋对你说?繁琴不依,逼问她,谁说得清楚,我要去找谁,真是喳闹婆说的那样是兄妹,大河没加盖,我自己去了结。戴维娅被问急了,说,你大妈知道,可她叫不答应了。镇上欧阳邦知道,他会不会给你说实话呀?

繁琴把泪水一抹,走!我们现在就去问,用命去换一句实话出来。

戴维娅求她,先人,你这样闹下去,欧阳生咋过日子,你还想不想他调公社?

繁琴啥也听不进,当晚必须弄清楚,大不了用条命去抵挡。天大的事,自己一个人扛了,一切与欧阳生无关。

欧阳邦听了繁琴的哭诉,气得差点没把桌子擂穿,深知流言可畏,弄不好会坏了儿子前程。喳闹婆背后肯定有她老公指使,照袍哥人家看来,这就是"点水"，按旧规矩该三刀六眼，自己挖坑自己跳。而今不兴这一套了，但规矩在那儿，是非在那儿。欧阳邦挽衣撸袖要马上过河对质，非得要庆贵两口子拿出依据，指出人头，否则要捶人。弄得母女俩反倒来抱的抱，拉的拉，累得大汗淋漓，好容易才劝住。临走还再三叮嘱他，这事闹不得，传出去收不回来，千万千万要息气。

母女俩从镇上回来，转个弯去了大先生家。戴维娅认定这是曾家的私事，得依家规来办，得由大先生这样德高望重的前辈管。进屋后，才知庆贵还没走，正在里屋同大先生说事。

庆贵来得早，但他要说的事费时，不是三两句能说完，因此不急。让一个个都走了后才进屋去，先对大先生作个拱手礼，说，老叔，我想问一个人的去留。

大先生一丝笑意稍纵即逝，将几枚铜钱丢进卦筒，使劲摇晃，然后往桌上一倾，先是一阳卦，后是一阴卦，第三卦奇了，半阴半阳，最后一枚铜钱滴溜溜竟转到桌缝里卡住，不偏不倚站立不倒。这叫阴阳卦，是吉凶难料。大先生指着卦象，说，天意如此，不该你知情。庆贵仍不死心，要求换个方式。大先生说，那测个字吧！庆贵报了一个"生"字。大先生明白他要测啥，将生字拆开，说，上面"人"字，下面"土"字，此人尚在农村，注定人生不离土。"土"字倒过来认作"干"，此人性倔，身倒神不倒，认准的事干到底。庆贵问，他可有变动？大先生说，动乃必然，不动是死，动才是生，"生"字去土成高人，去一撇成"主"人，终成大事。庆贵哦了一声，正想往下问，外面吵吵嚷嚷，正是繁琴母女俩来了。

戴维娅虽是外地人，在这儿也生活了几十年，知道这一方的风土民情，知道这一方人恨啥爱啥。乡下人相互间打一架、骂一场也时有发生。都说打架无好拳，骂人无好言，出口出手讲一个狠劲，但并非没有规矩可言。打也好骂也好，虽是一时性起，却有当地人千百年形成的底线。就这一方乡下人而言，打架再凶再狠，当头一棒也可，窝心一脚也可，切记别动男人胯下那命根子，被称作绝子绝孙的阴招。骂人也是，祖宗十八代骂尽，无论何等歹毒言语尽可出口，切忌不能伤及未出阁的女子。是人家姐妹也好，是人家女儿也好，那叫人神共怒，逼迫对方与你拼命。眼下，庆贵夫妇触犯的就是这个忌讳，何况还是曾姓自家人。

　　当时，庆贵一见母女俩气冲冲而来，情知自己老婆没把事办好，按他的想法，对方要命的把柄在手上，只需略微提及，对方就会俯首帖耳举手投降。瞧瞧这母女俩的神色，不仅没被降住，反倒像是激发了仇恨，是寻人拼个你死我活的架势。三十六计走为上，庆贵低着头，借着昏暗的煤油灯，想从后门溜之大吉。可惜晚了点，繁琴一眼盯住，声音像一根绳索把人拴住，庆贵叔，你别走，正要找你评评道理。

　　庆贵抬头干笑一声，太晚了，有事明天再说。说完又抬脚要溜。繁琴一个大步挡住去路，庆贵叔，这事必须今晚说清楚，不然，逼死人谁也不清静。

　　大先生见状，说庆贵，少安毋躁，多坐一会儿，话明再走。把三人一同招进里屋。

　　戴维娅把来龙去脉讲述一遍，特别说了欧阳邦要捶人的阵仗，直接向庆贵要依据。

　　庆贵暗暗叫苦，老婆已经挨了打，他眼下稍有不慎，大耳刮子也要上脸。更可怕的是，在这儿闹可是在出曾家全族人的丑，动手的不仅是这两个女人，极有可能还有大先生，他是曾家当下的影子族长。

　　大先生心里也是一惊，一直担心的事，竟毫无征兆发生了。賨人谷曾家以后指望欧阳生撑起，现正处于仕途紧要处，绝不能有半点闪失。这母女俩若非逼上绝路，断然不会抛头露面来拼命。他暗暗咒骂庆贵夫妇生事，常言道宁说一坝，不说一胯。这男女之间的事，历来忌讳多，规矩大，稍有不慎，就会出人命。若不是顾忌欧阳生的仕途，真想两大耳光给庆贵扇过去。眼下当务之急是平息事态，只能张谷草，李谷草，捞来一屁股坐到。大先生由此施出化解大法，故作轻松问庆贵，此话当真？

　　庆贵不敢认账，摇头说，我在你这儿，我咋知道？

　　大先生不信，就你老婆那点心思，一辈子也编不出这样的故事来，不是你指使还有谁？问道：果真不知？见庆贵没有言语，估计是认了，心里更急，想想这事在賨人谷，只有他与曾杨氏知情，不知庆贵咋知道的？接着追问，庆彪家老四自那年走后，再无音讯，若有人在，上次丧事，不会不来奔丧。你从哪儿来不实之词，定要从实道来。

庆贵被逼到墙角，仍是死活不认，连说，我是真不清楚。

大先生不依他，既然不知，为何胡言乱语？事关名节，岂容信口胡说？不怕雷劈你！造谣生事，政府会饶你？欧阳家会饶你？损毁曾家未出阁姑娘，曾家上下，谁会饶你？哪来胡言乱语，从实道来！

庆贵再无躲闪之处，吞吞吐吐半天，指着戴维娅说，我听她说过。

戴维娅见事追到自己身上，仿佛被蛇咬了一口，一下站起来惊叫唤，你疯了，我啥时候对你说的？你说清楚！我啥时候对你说的？我能陷害我女儿？庆贵，你这个瘟丧！边说边就往前抓扯。

大先生立起身子，厉声喝道，坐下！不怒而威，一下将两人镇住，重又坐下来，听大先生继续问，她咋说的？

庆贵不再迟疑，说，当初欧阳生才来，戴维娅对我说，欧阳生模样好像一个人啰。我问像谁，她说走了的四姐！

大先生转向戴维娅，戴维娅软了，急忙辩解，我是说他模样像，并没有说是四姐生的。大先生想也是，天下相像的人多，并非都同血缘。庆贵，你凭啥坐实老四所生？

庆贵说，我猜的。

大先生责问，凭啥？

庆贵说，不凭啥，就凭曾家长辈不准繁琴与欧阳生交往。

大先生问，谁不准？

庆贵硬着头皮说，你和庆彪家大嫂。

大先生愈发生气，我当长辈，要自家姑娘矜持庄重，有啥不对？

庆贵低声说，若欧阳生与曾家无关，怕是求之不得与他结亲，你们会阻拦吗？

这下把大先生问住了，方才意识到过去干涉是露骨了，可这也不是你散布闲话的理由。大先生开始喘粗气，手指庆贵，语句颤抖，如此说来，你，你，安心要出曾家丑，丧祖宗德？你这不肖子孙，忤逆后人……气越出越粗越短。脸色在煤油灯下开始泛红光。突然头一偏，伏在了桌上。

繁琴一声惊叫，庆素大爷，你快来啦！大爷爷不对了。

庆素对父亲的事从不过问，不掺和，也不阻拦，就怕政府查问起来受牵连,暗地里却无时无刻不在关注。听见叫声,赶紧从隔壁跑来,伸手在大先生额头一摸,烫人。看脸色红润,说声还好,阳气没泄。招呼众人搭把手,轻轻地抬上床,盖上被子。把众人赶出里屋,再问咋回事。听了众人的话,庆素也认为庆贵是不应该说这事,连大先生都被气倒了。望三位再不要说这事了,真也好,假也好,就当没发生一样,曾家屋里不要窝里斗。

三人点点头,再没力气争吵下去,人走乌云散。

六

昨夜，曾家大院注定无眠，两头肥猪号叫着，同火神爷师徒四个生死相搏，直把夜幕撕破，黎明惊醒。

曾老四家的大书案早早地摆放正院当中，这是当年庆彪从云南弄回来的，后来改叫胜利果实，从书房挪到老四分的厢房里。两寸厚的金丝楠木桌面，八尺长，四尺五宽，正好横放做床，几个小丫头挤着正合适。每年决算少不了它，四个半边猪肉，两个猪头，一大摊猪下水，内脏，全堆在上面。幸好它结实，换了其他桌子受不了也摆不下。

猪的叫声太惊悚，吓得鸡无言，狗无语，也叫人无法入睡。上半夜，家家把工分手册打开，在煤油灯下仔仔细细核计数遍，再精心细算一下自家收款多少或补款多少。到了下半夜，梦进梦出，全是过年的景象。小孩子扳着手指盼望除夕的年夜饭，大人们则必须算到正月过后是荒月，到大春新粮出来还有多长一段时日，再用家里的存粮一颗一颗地将日子摆满。

曾老四盘算的是猪肉。昨晚两头猪从粉房拖下来，他用手反复量过，比去年那两头大。去年每人分了九两肉，但愿今年每人能分到一斤。若是那样，全家能分六斤，是不小的一方。只可惜要分成几块用。往年队长是庆贵，现在是欧阳生，无论谁是队长，他那儿得送一斤。多了没有，少了拿不出手，不送自己过意不去。谁叫自己是队里最大的补款户，每年得补七八十元，已累计欠款好几百元了。往年承蒙庆贵关照，无论曾老八那些收款户咋闹收补兑现，他一句话搁平，穷人也要过年！不知今年这个知青队长咋样，如是他心硬，咬住收补兑现，别说吃肉，恐怕喝风都得排后面。这礼还不知他收不收。剩下的还得卖三斤肉，给老大缝一套衣服。姑娘家大了，衣服太烂了出不了门。生得多也有好处，只需缝一套，大的有了，旧的往下传，小的也有了。余下两斤，一斤过年，一斤熏干作腊肉，有个人客来了用。过年这一斤不能要肉，要肉不够娃娃们抬，只能换成猪下水，一斤换两斤，还得去跟火神爷谈好，不然会被别人抢了去。往年全靠他，无论曾老四抓阄在前在后，都有两斤下水在那等着。理由是他家的书案结实，经受得起刀砍斧劈。今年总算熬到头了，来年是个啥日子，曾老四打了一个冷噤。

想到要包干，曾老四从床上爬起来，慢慢裹了杆叶子烟，四处找不着火柴。伸手找身边的老婆要，手一摸着她，仿佛碰到了阀门，嚯、嚯、嚯，她就喘气不断，空、空、空咳起来。老婆是全队出名的老齁包，一口气上不来，贼来了也替她揪心，生怕偷盗不成惹出命案来。几个孩子在娘肚子里就习惯了，听见咳嗽声就知妈还在，不咳还睡不安稳。曾老四最是听不得咳嗽声，她憋气自己心里发慌，生怕她从此不出声。

曾老四心疼老婆，接过她喘着粗气送来的火柴，没去点烟，去点了灯。灯光昏黄，半瞅半摸，找着竹壳暖水瓶，倒了点热开水，扶起老婆拍拍背，让她吐了，缓一口气，再喝一口水。待老婆睡下，替她盖好被子，曾老四才点上烟，巴了几口。听老婆说，四姑娘开春后该上学了，早点找大先生取了学名，让娃娃听顺了，到学校才习惯。曾老四咂了一下嘴唇，猛地吐了一泡口水，说，大先生那儿去了，斟酌了好久，大姑娘是冬天生的，叫祥梅，二姑娘是秋天生的，叫祥菊，三姑娘是春天生的，叫祥兰，四姑娘是夏天生的，就叫啥藕的？老婆又喘了几下，待一口气缓下来，说，意思不错，但女娃家叫藕，不好听，还是该取个花名。一句话提醒曾老四，哦！对头，是朵花，藕开的花。老婆说，叫荷花吗？这嘛差不多，曾祥荷，咋有点别扭，不顺口。你明天再问清楚，我们也好改口叫她荷花。曾老四还是觉得不对，恍惚跟过年的年相近。老婆一下明白过来，是"莲"，曾祥莲，我娘家就有叫莲的。曾老四呃了一声，算答对了。曾老四替老婆掖了掖被角说，我又找大先生算了算，下一个还是女儿。老婆说他过分小心，镇上常医生的脉法好，他说是个女儿你还不信？前几个怀起，常医生一把脉，说是女儿，没一个错的。看着老婆瘦得像根丝瓜藤藤，唯有肚子丰满，曾老四心疼，这一个不要再生了，是儿是女都不要，以后我也少来惊动你，免得你受罪。老婆撇了撇嘴，说得好听，骚起来像头牯牛样，稍不迁就你，门都会撞烂，你受得了哇。曾老四把烟杆在床沿上磕了磕说，受不了嘛，想办法哟。老婆想起了啥，听人说，计划生育可以安套。曾老四祖上是猎人，土改时才从山上搬到曾家院子，知道安套。想到野物被套住挣扎的样子，心里紧了一下，不由得露出一句，那卡紧了不痛呀？老婆一想也是，但不卡紧那万一流出来，又不起作用了，于是说，痛嘛，你就少来哟。曾老四仍是怕痛，说，那还不如骗了好，长痛不如短痛。老婆认为还是下套好，别像牛一样，骗了没有力气，一家人指望你使力挣工分吃饭。

曾老四没吭声，可能是没想好。好一会儿，老婆问，下年二姑娘还去读书不？曾老四不假思索，大姑娘只读了四年级，二姑娘读到六年级了，再读，大姑娘会说爸妈偏心。四姑娘下年要发蒙了，加三姑娘又是两个，多了供不起。

老婆没再言语。虽说没读过书，却深知供养读书的艰辛，若是儿子，拼死也要供他读书。无奈个个是女儿，认几个字够了，强过父母不知多少倍。

相比老大祥梅，二姑娘祥菊已多读了三学期，也没亏她。可还是心里放不下。几个女儿中，老二祥菊聪明灵巧，模样也俏，有时家中因事耽误了上学，村小齐老师保准会来家里看望，生怕祥菊辍学。她可是齐老师班上唯一有希望考上镇上中学的苗子，是齐老师的心肝宝贝，还指望着祥菊能上高中。若能考上一个大学，年终总结时，校长定会请齐老师坐头排，当老师的这辈子就算没白活。若开春停学，祥菊不敢哭闹，可齐老师那儿真不好开口。齐老师早说过，真是缺钱，祥菊学费能免就免，免不了的，他私人都愿垫上，孩子有出息了再还。可眼下队里闹着包产到户，除了学费外，又多了一个困难，家里要人干活。虽说祥菊还是孩子，地里的活做不了多少，可下面还有两个妹妹，一头牛，都要人照管。就是现在上学，每天回家祥菊也得弄一背篼牛草回家。她不停学行吗？老婆不敢直问，拐个弯问老公，队里真要包产到户吗？曾老四回声，呃，收款户闹得凶，好像不分田地过不了日子。吸一口烟，苦笑一声，嘿，你又不是不知道，年年决算时，补款户像做了贼一样抬不起头，收款户的那些风凉话劈头盖脸泼来，你耳根几时清静过？提起这些都是气，曾老四用力将烟杆往桌上一撂，对着空气骂起来，老子又不想赖谁的，不过欠几年，等娃娃大一点就还，非把人往死里逼。老婆终于平息下来，出气均匀了些，心里宽和起来，劝道，别怨人家，换作是你也是气，一年忙到头，账上几个钱还拿不到手，给你几个脸色看是轻的。

　　曾老四情知理亏，没再争辩。见老婆为包产到户焦急，反安慰起她来，包产到户闹了多年，从来没有闹成过，这次恐怕也是玩个热闹。老婆提醒他，听说这次县上不会管了，庆贵天天去公社大队告状没人理，看样子肯定要分下去。曾老四装作不在乎的样子，天无绝人之路，我也想过，说不定分了日子还好过一些。听男人说包产到户好，躺包老婆从被盖窝里露出惊讶，那神情，恰像有病的是男人不是她。曾老四噗的一声吹熄了灯，免得看见老婆一脸焦愁，自己也着急。仍坐着，估计躺下也睡不稳，自己给自己打气，你说这分田地，按啥分？肯定是按人口呀！你收款户劳力再好，也得有一个人分一个人的田地，是不？再能干的大男人也跟我屋里娃娃一样分。你那点田地活儿干完了，又做啥？总不能成天在田埂上闲逛，背着双手看补款户的笑话吧？我就不信，到时会请不着人帮忙。

　　老婆想了想，也是，早些年单干，劳弱的还不是请人做活，也没听说哪里有田地撂荒。乡下人祖祖辈辈只愁没有田地种，还没愁过有了田地无人种。可眼下毕竟家底薄，到时你拿啥去请人做活？见老公信心满满的，问老公，请人栽秧要吃咸鸭蛋，我们家有吗？要给工钱我们有吗？曾老四口气不软，我可以给人耕田犁地呀！生产队照顾他家缺劳力，安排给集体养了一头老水牛。曾老四使牛技术好，他自信到时不愁没人与他换工。哪知老婆只说两个字，牛呢？一下把曾老四打晕，真要分田地下户，那耕牛农具也是要作价分的，可自家欠集体一屁股债，别说耕牛，恐怕连牛尾巴也得不到。到时候，别说帮人耕田，自家的田地还得找牛耕。曾老四叹了一口气，别想那么多，到了哪面山坡再唱哪首歌，别人能活出来，我的老婆娃儿也能活出来，到时候，生产队总不会让我那几个人的田地撂荒。

那夜，繁全，祥斌，妇女主任青翠也没睡，半下午就去了贾支书家。一队的贾自立，大队会计，二队的贾自强，大队治保主任，四队的昝构昝大爷，大队贫协主席，除了大队团支书欧阳生，该来的都来了，为第二天的落实责任制统一口径。虽说是窨人谷曾家的事，但公社说了，三队搞好了，接着是城坝大队，再就是全公社比照着来。城坝大队干部都要去参加，不能在会上各吹各的号，各唱各的调，必须一个声音对外。

贾支书的想法很简单，包产到户历来是辛辣话题，闻到都冒汗。照以前的说法，是方向路线立场问题，错了要倒八辈子的霉。而今一下说不兴这些了，任由社员放开马儿跑，自个当家做主，能信吗？明天三队的会，茅书记说他不方便来，却认定大队干部方便，个个铁定参加，还不准乱说话。社员要说啥，要做啥任由他们。既是这样，大队干部何必去看戏？最担心的，任由社员闹下去，等以后出了乱子，又把板子打在下面干部身上。开个会，作好记录，为日后有事留个证明，就是他开这个会的用意。

贾支书的开场白有点花里胡哨，他说，明天三队开会定责任制，是包产到组还是包产到户，至今我不知情。茅书记说他不便参加，又要我们大队干部参加，我猜他的意思，公社干部是铁饭碗，吃商品粮的，怕与吃带壳粮的社员说崩了，下不来台。我们与社员一样，都是吃带壳粮的，说话合脾胃，所以我们参加。这个我懂。可他又叫我们只看戏莫唱戏，去了不说话，连帮腔都不行。这我就不懂了，那何必不去。原本不想开这个会，明天去了，一人发个口罩把嘴儿捂住就行。可又一想，繁全主任，祥斌连长，青翠主任，你们还是三队社员，是可以说话的。这才把你们几个叫来，共同想想看，去了咋个说。

大队依照公社开会的规矩，一把手最后拍板，贾支书先前只是个开场白，算不上正式发言。接下来该二把手表态，繁全没法推，也没有想推，直截了当：依我说，这分到组是分，分到户还是分，生产队搞到今天也实在是统不住了，就是一妈所生的兄弟，也要分家过日子。过去是爸妈不开口，想分分不成，现在爸妈开口了，分是说不脱的，只是咋个分法，不能啥都迁就私人，个个往自个胯下刨，当爸妈的倒没人管了，这不行。现在是生产队给社员分东西，山梁上吼一声，猫儿狗儿飞一样跑来，若是分干分净了，以后的公粮，提留，军烈属，五保户，你可得像讨口样在他后面追着要。要我说，我就说这些，分可以，国家和集体的先要说好留足，先说后不乱。

照规矩，该大队会计贾自立说，可他不是三队的社员，只能搁后。

轮到祥斌说话，简短有力，我是军人出身，讲服从，听上面的。繁全叔说那些，我想上面早想到了，上面都不担心，我们就不多操心。真有那抗粮抗税的，说声要收拾他，政府一声令下，民兵就动手。

青翠主任忧虑大，担心五保户姜老婆婆没人管，担心曾老四一家大小咋办，六个人的庄稼一个劳力，累死累活也会忙不出来，没了集体他求谁去……

三队的人说完了，大队会计说了自己的担忧：家咋个分？哪个生产队都是一本烂账，补款户没钱补，收款户收不到手，说一声分下去，收补如何兑现？

大队团支书欧阳生没来，要准备明天的会，来了也会说不到一起。他历来主张分下去，说到集体这两个字，他像有气，总嫌集体管多了，管吃管喝管生管死，就是爸妈管亲生儿女，也没管得这样尽。

可农民不管行吗？

治保主任曾繁建突然说：今天下午，我在码头上看见曾老幺了，穿一身新衣服，抖双黑皮鞋，带一个城里妹儿，摇头摆尾回三队来。昝大爷不信，问：他不是在街上混吗？还记得回来过年。祥斌厌恶地说，年年这个时候都要回来，一年四季一根草没扯过，还得照样给他分基本口粮分肉。

其他的人不知情，觉得不该让他占便宜，惯出坏毛病来了。应该坚持不劳动者不得食，非要他拿现钱分粮，少一分也不行，不信治不了他。

繁全是曾幺娃的隔房大哥，苦笑着摆摆头说，年年都是那样斗硬的，一手交钱，一手分粮。治不了他，烂龙有烂龙的招数，他早就联系好了买家，黑市上五六角一斤的谷子，他只要三角一斤，从生产队一角钱一斤买出来，再加价卖出去，每斤净赚两角钱，几十块钱轻轻松松揣在包里，拎着猪肉挂面又回城里去了。

曾繁建忿忿说，要治这种人，只有包产到户，没了集体，看他去赖谁？

贾支书等大家说得差不多了，慢慢说，明天这个会呀，我看玄。弄得好，决算分配搞完就散伙，弄得不好，决算都会搞不下去。听说欧阳生决算

昝大爷是资格的穷人后裔。

要对半分，基本口粮和工分粮各占一半。我看那些补款户会把他衣襟扯烂，全部要到他家里过年。有人笑道，他那个知青点，随时都可撂了不管。贾支书不解气，那也说不定，知青点可以撂了，他镇上的家不会撂了吧，照样可以去，街上人多，抓扯起来看闹热的还多些。

话到这里，贾支书突然想起还有个人没说话，赶紧催昝大爷，你这个贫协主席不得偷懒，也得说几句。

贫协主席管监督，平时没人想他监督，他也乐得少管闲事。这次贾支书说事关重大，绝不能少了他这一路大神，通知时才少有地没忘了他。

昝大爷是资格的賨人后裔，古賨人"昝罗龚朴度鄂夕"七大姓居首。住柿子坪，是四队队长。四队居住分散，除了柿子坪有几户人外，二十多户就有十多个住处。说是个生产队，也就是民国时候收编土匪样，合作化时给的一个番号，从来没有集体过。生产队长也不用调工派活，自然也不管社员的走东去西。粮食也是自种自收，不用预决算，自然也不用会计，记分员。到年终大队要统计产量，给山上传个信去，昝大爷下来，依据当年收成，在去年的数据上加减。有时昝大爷都不用见面，由大队会计直接加减就成。如同一剂医百病的验方，几十年管用。至于最初的粮食产量，昝大爷也不知是咋来的，没人质疑过。好在四队不是产粮队，不仅没有征购统购任务，反倒年年吃供应粮。就为有个存放供应粮的地方，生产队才置了一口粮仓，山上的人管这口仓叫保管室，保管员是昝大爷。

公社供销社在柿子坪设了一个供销点，在昝大爷家放了一个货柜，三层有两层空着，剩下一层摆火柴草纸。有几件铁器、锅勺、柴刀。曾经进过两斤水果糖，放了半年，后来稀了，不要糖票也没人买，此后再也不敢进货。两口坛子，一个装煤油，一个装酒。有一个老瓷盆，装着全队的供应盐，售货员还是昝大爷。

平素时，隔个十天半月，昝大爷要去全队走走，二十多户走完得两三天，好在这些社员去镇上赶场，去来要到昝大爷家坐坐，喝一口老荫茶，再聊几句，昝大爷也借机把山下各种会议给传达了。

接到开会通知，昝大爷很不想来，包不包产与四队没关系。经不住贾支书催促，冒着雪来了。听了半天，没自己半毛钱的事，独自闭目养神。可贾支书见众人说了他没说，生怕亏待了他，点名要听他的。无法，昝大爷只好开口：依我说，你们山下的人个个毛躁，性子急，当初咋不从你妈的肚脐眼钻出来？闹合作化那阵子，你们生怕慢了加入不了，现在说声要分，又生怕慢了分不成。我就想不明白，你们好田好土咋会吃不饱？别是人不对怨屋基，若想单干，不用分田地，你们直接来山上住得了。

这话惹翻了一屋人，谁都知道，山上若不是年年有供应粮，锅儿早吊起当钟敲，而今倒说起风凉话来。祥斌挤对他，要不是你山上那几口小煤窑和几根树棒棒，你饿饭的样子比山下的人还难看。

昝大爷不介意，仍笑着说，我那山上穷是穷，穷得稳当。早些年，天大旱，就我那穷地方没饿死人，不信去看看，许多家的老婆都是那时候娶的。那时候的山里娃吃香，初中没毕业就有人把妹子送上门来。

大家都知道，早些年是哪些年，是昝大爷最得意的那些年，四队山高皇帝远，分散单干的山民可以乱挖乱种，乱采乱捕，让山下社员着实眼红了好几年。而今山下人闹包产，不就学山上的样吗？这让一向被人瞧不起的昝大爷有些飘飘然。

贾支书脑子一下来电，突然想起好些事儿可以向四队学呀！譬如，咋照顾军烈属？咋收提留？甚至咋开会传达落实上面任务什么的？

昝大爷服软不服硬，几句恭维话弄得他怪不好意思，说，学啥学，一个大队的，有啥问吧。

不知哪辈传下来的成见，城坝的人一向瞧不起柿子坪的人，嫌山上的人笨，缺见识。眼见昝大爷把奉承真当回事，大队会记贾自立忍不住酸几句，昝大爷，你可得好好教教我们，对了哟，我今晚就来感谢你。

哈哈哈，一阵哄堂大笑。

昝大爷知道是笑话他。那是早几年的事，山上一个远房老弟死了，丢下一个儿子，小名山娃。当娘的好容易把孩子拉扯大。娶媳妇了，新婚第二天一早，本该回门，新郎却拉着新娘一路哭哭啼啼去公社离婚，说昨夜忙到天亮，就没做成那事。

眼下昝大爷脸色变了，说，这好笑吗？你们赶邓文书差远了。

当时公社邓文书没笑话山娃，知道山里人单家独户缺这些见识，尤其是眼前这孩子跟妈妈长大，更怨不得他。于是把围观的人轰走，叫进寝室，慢慢开导。

山上人实诚，回家不等天黑就试开了，居然就对了。高兴之余，没忘了感恩，开门就往山下直奔公社去。到公社正是半夜三更天寒时，大家都睡下了，他兴奋地拍打邓文书的门，边拍边喊，对了哟！对了哟！邓文书以为是啥急事，哈着气，披着棉大衣起来，哆嗦着开门问啥事。山娃兴奋地报喜，对了哟！此时，公社的人都起来了，大冷天，实在不能多说，只能打着冷噤祝贺他，对了就对，不要四处说。

昝大爷听贾自立又拿这事笑话他，气更大，说，山上人实诚有错吗？不像你们平坝的人从小这事见得多，不教都会。

见昝大爷动气，众人知趣闭嘴。见他起身要走，一帮人死死拉住，贾自立赶紧赔礼道歉。

繁琴从大先生家回来，死的心都有了，嘴里喃喃不休，他不是我哥，他不是我哥。心中一个恨字生出无数把剑，有刺向喳闹婆的，恨她将这张纸捅破，让隐私裸而精光摊出来；有刺向母亲的，明知道实情，为啥瞒着；更多刺向自己，十多年兄妹相称，只道是随母亲的婚姻称呼，咋不留个心思，打听打听，心上的人是否亲哥哥。这许多沾满怨恨的箭，独独没有一支是射向欧阳生的，真要恨他，啥事没有，拍拍手分开，兄妹还是兄妹。可这是长倒刺的箭，射进去伤心裂肺，拔出来肝胆相连。过去的日子和未来的日子，思前思后打量过无数，包括欧阳生一辈子陷在农村，自己跟他生一大帮小欧阳，像曾老四一家，白天挤一张桌抢饭吃，晚上挤一张床争被盖……可就没想过，他会是亲哥哥！

就这样呆坐在床沿上，直瞪着眼，半天不见眼仁动一下。

戴维娅吓着了，东哄西劝，不见女儿反应，只好挨坐着，陪着流泪。

慢慢地，前面院子有了人声猪叫声，戴维娅硬撑着眼皮，不敢半点走神，生怕女儿有啥。繁琴一直僵坐着，嘴里不停念叨，他不是我哥！他不是我哥！

戴维娅烧了碗热水，端到女儿面前，劝她：喝口水吧！

他不会是我哥，他肯定不是我哥！突然，繁琴一把抓住母亲的手，热水晃出来，烫得母亲一下松开，"哗"，碗掉地下碎了。可繁琴毫不知觉，仍是不停地摇晃，你说呀，他不是我哥哥，他跟所有哥哥长得不一样，你说是不是？

戴维娅点点头，他是不一样，他跟你爸也长得不一样。跟繁轩、繁文、繁武、繁清，包括外面的繁望都不一样。繁琴的眼珠子活了，连带眼皮飞快眨了眨，真的？真的吗？戴维娅肯定地点点头，真的，他模样随他妈。繁琴仿佛看见了希望，他妈你认得？戴维娅说，认得，我与他妈姐妹相称好几年，她比我大五岁，我比她早到曾家五年。

九一八事变时，戴维娅才几岁，随父母离开东北，辗转北京、上海、南京、武汉，最后到了重庆。一次日本空袭，戴维娅成了孤儿，曾公馆一个买菜的大婶收留了她，并带回城坝老家，给曾杨氏当丫头。再后来，被曾庆彪老爷子收为五房。四姨太的父亲据说是本省人，早年出国归来，一直在重庆任教，抗战胜利后，特务横行，四姨太当时是学生，与几个同学郊游走错了地方，被当作地下党关起来。他父亲打听到彪老爷子是同乡，求其出手援救。彪老爷子让副官去把人接出来放了。四姨太她母亲再三要四姨太当面致谢，哪知一见面，彪老爷子就把她留下了。彪老爷子起义前，四姨太突然失踪，后来才听人说四姨太随一位姓罗的年轻军官走了，两人再没见过面。

多年后，当戴维娅见到欧阳生，感到好面熟，记不起在哪儿见过。一次赶场，她指给曾杨氏看，说这娃娃恰像四姐，还被曾杨氏骂了几句，说你个疯老婆子管闲事，谨防说出祸事来。直到欧阳生下乡当知青，同繁琴好上了，曾杨氏坚决不准来往。戴维娅问原因，才知是四姐的遗腹子。可父亲是谁？曾杨氏斩钉截铁说是老爷子的种。可戴维娅听欧阳邦隐隐约约说过，欧阳生的父亲姓罗，随民国政府的军队撤到缅甸去了。前段时间，欧阳邦还说欧阳生的外公外婆在。当说到欧阳生不像彪老爷子时，欧阳邦还哈哈大笑，说欧阳生与曾家没关系。因此戴维娅对繁琴与欧阳生的往来没下死手阻挡。没曾想今天欧阳邦一反常态，矢口不认，不仅不提姓罗的事，连四姐是欧阳生的亲妈都不认，推得干干净净。繁琴要她说实话，她不知实话在哪。

面对女儿的追问，戴维娅只得劝慰说，欧阳生的外婆外公还在，等开过年，我一定打听在哪儿，再远我都要去当面问个水落石出。还劝繁琴振作起来，也可问问欧阳生本人，说不定能找到答案。

繁琴含着泪点点头，总算听进去了。听说要她去问欧阳生，打死不愿意，怕欧阳生若是知道了真情，她死不要紧，担心欧阳生也没脸活下去。

戴维娅说，你若是真为他着想，天大的事只能装在心里，千万别在脸上露出来，等当妈的想法打听出实情再说。

两人正说要睡，广播响了，又是《送公粮》。

欧阳邦等繁琴母女俩走后，越想越不踏实，哪能入睡，翻身下床，去常医生家商议。

常医生白天还在为欧阳生农转非高兴，打酒与欧阳邦庆贺一番。忽听到有流言出来大吃一惊，虽说欧阳生人小，真假与否概与他无关，可工人成分却冒出个大军阀家姨太太的母亲，不用细查，先这剥削阶级的气味，足够让革命队伍拒之千里。这事不容小视，有危及欧阳生的前途之虑，常医生按治病原则，预防为主，小病早治，要欧阳邦快速过河，将流言止于出处，千万防止以讹传讹，真假难分。人生关头，暧昧不得，必须让人明白，欧阳生根正苗红，与曾家老爷子属于敌对阶级。

欧阳邦取了电筒，去厂长家里告了假，下河寻一熟人的打鱼船，径直渡过河，摸黑到了欧阳生的知青点上。老远看见土墙裂缝透出的灯光，心里一紧，这么晚了还没睡，以为真出事了。忙推门进去，见欧阳生正就着昏黄的煤油灯光在写写画画。旁边的床上，隐隐约约睡着一个人。欧阳邦顿起疑心，真担心是繁琴在此，想退回去，又疑心儿子在写检讨，正需人开导，脚在门槛上稍许犹豫，还是敲了敲门。儿子抬起头，见推门而进的是爸，起身让座。床上的人也起身，竟是一个五大三粗的汉子。欧阳邦见儿子满脸疑惑，不见沮丧，又见床上不是女孩，心一下放回原处，找不着好由头，只说我来看看。

有啥好看的？问的不好问，答的不好答，坐着的离座，躺着的起身。经儿子介绍，欧阳邦才知那人是四队队长昝大爷，来这里借宿。昝大爷也觉来人面熟，忽然记起，这不是镇上铁木农具厂的欧阳铁匠吗？

欧阳生要写东西，两人不便打扰。欧阳邦让昝大爷继续睡，昝大爷推说自己睡够了，非得要欧阳邦上床休息。只有一张床，任谁也不好独睡，只好各取一条凳子去了隔壁灶屋，点亮壁上油灯，抱柴烧水，熬了一锅粥，碗没多的，给欧阳生盛了一大碗。再将锅盖反扣在桌上，将泡菜倒在锅盖上，腾出空碗，给昝大爷一碗。余下约莫一碗，由欧阳邦直接用饭瓢舀出来吃。

已是深夜，饥寒交织，谁也没客气，热粥呼噜呼噜下肚，向着忽闪闪的灶膛，两人闲聊起来。

昝大爷问，铁匠老哥，有啥事？非得连夜来办理。

欧阳邦心里话不能在外人面前说，只说是受人之托，来此处找一味药。提到药，昝大爷来了兴趣，山里盛产药材，常年都有草药先生来山里转悠，自己跟着学了不少。既然相识了，有心要帮忙，赶紧问，你要的是啥药？说我听听，兴许我能帮上忙。

铁匠心里本无药，哪来药名，一时口快，我来寻点青蒿回去，有人患了打摆子病，医生指名要这味药捣汁喝。

昝大爷替铁匠老哥惋惜，这事办晚了，俗话说，二月蒿尖三月蒿，五月六月当柴烧。时下腊月，即使找着，也是干柴一把。说到这，昝大爷有点弄不明白，这青蒿多贱，遍地都有，用得着你劳神费力连夜过河来找？

欧阳邦笑笑说，不是我要，是镇上常医生要。你还别说青蒿贱，遍地都是，要找到鲜青蒿真难。据我所知，常医生从年头找到年尾，四处托人，至今没找到。这不，逼我亲自来了。

昝大爷不信，青蒿啥时候成了灵芝？别处不说，他平素日赶场上下路过的蒿坪，遍地青蒿，茂盛得连坟包都淹没了，咋会沾上一个缺字，你铁匠老哥要是早说，我与你装一船来也有。

轮到欧阳邦诧异，这才怪了，我亲眼所见常医生托人寻找，三江镇东南西北四个公社问遍，都说没有。若是早些年随处都有，这些年粮食金贵，边边角角都种满种净，啥田埂高粱，吊崖豌豆，没给青蒿这个野种留下一寸立脚之地，弄得青蒿眼看要断子绝孙了。要是早认识你昝老哥就好了，省得我今晚摸夜路。欧阳邦一番话，一半是真，常医生的确托人找过，也确实因粮食种满种净没找着。这后一半是假，若真有这事，欧阳生早去蒿坪扯一背篼鲜青蒿回去了。欧阳邦这谎撒得笨拙，就算是缺这青蒿，也不是一天两天了，不会一下急起来，非得半夜三更赶路来寻找，弄得像戏里的白娘子盗灵芝似的。好在昝大爷实诚，没往别处想，素不相识，铁匠老哥骗他做啥？还许下诺言，等这开春后，包在他身上，保证挑一大挑鲜青蒿送他。

青蒿的事结了，轮到欧阳邦问昝大爷，你老哥咋在这儿过夜？昝大爷一肚子不情愿，唉！明天三队要开会，搞联产责任制（上面下来的统一说法），大队所有的人都要参加。我住在山上路远，提前来了。会在这儿开，我不住这儿住哪？早知道你老哥要来，我就别处去了。弄得欧阳邦怪不好意思，连说，老哥别介意，我也是现说起要来的，这天马上要亮了，我俩就这样聊几句也很好，千万别介意。话完去包里摸烟，哪知走得匆忙，竟忘了带，忙起身去找儿子，被昝大爷拉住，别去找了，我这儿带着。取出烟袋，掐了半匹烟叶给欧阳邦，两个老人卷好烟卷，火钳夹出一块红炭，凑着点燃，呼呼深吸几口。

欧阳邦没事找事说，老哥哥，大队请你来指点指点，想必你那儿肯定搞得好，还请多帮帮我那笨娃娃。

昝大爷打个抿笑，我那儿压根儿就没搞这个。

欧阳邦想想，那就是来开现场会的，学会了回去再搞。

昝大爷还是笑，回去我也不会搞。

欧阳邦感到稀奇，那你老哥来……

昝大爷也是十分不愿，我呀！来看戏的。

欧阳邦更是奇了，宣传队已解散好几年了，哪来的戏给你看？

昝大爷看他表情疑惑，给他解释，我呢，自己都不知道来做啥，我那山上，住得分散，从来没有集体过。我这个队长与坝里的队长不同，不管生产只管生活，一年四季给大队公社搜搜情况，年终了把国家的供应粮分下去就算了事。这联产不联产，与我没一毛钱关系。

哦！这下欧阳邦总算明白了。另一个糊涂又来了，那咋牵扯上你老哥了？

昝大爷也是气，人家说我是大队贫协主席，这关系走哪条道路的大事，少了我还不行。

欧阳邦请教他，依老哥看，这分下去单干要不要得？

昝大爷很干脆，要不要得是上面说了算。依我看，没啥要不要得的，我们那儿二十多年一直这样单干，还不过来了。

欧阳邦自以为听明白了，照老哥说来，还是单干好？

昝大爷连忙制止，我不是那意思，若是单干好，我那山上早发了，还用得着穿这一身。说着把身上烂棉袄一掀，露出里面黑得不见本色的旧绒衣裤。

欧阳邦纠正自己，那还是集体好！

昝大爷说，也不是，若是集体生产好，他们又不会搞联产承包了，不也是穷得没法逼起的。

欧阳邦糊涂了，老哥哥，你这东一拦，西一拦，把我弄糊涂了。你我虽说不是很熟，但你相信我欧阳铁匠，决不是丢人卖客的角色。现就我们两个人在这，不用怕，说句实话，到底是单干好，还是集体好？

几句话弄得昝大爷哭笑不得，我怕啥？从民国政府到人民政府，我一直单干，我怕个啥？要说实话，我就实话告诉你，单干好还是集体好，我真没弄明白。若是我都弄明白了，早下山当脱产干部了，还有空在这儿跟你瞎聊。

欧阳邦想想也是，这老哥看来是厚道人，儿子明天搞这事儿，照此说来没多大把握。忍不住又问道，老哥哥，你是过来人，依你看，欧阳生明天搞这事儿，是分了好，还是不分好？

昝大爷再没绕圈，直说，依我看，还是分了好。

欧阳邦眼巴巴望着，他终于说实话了。

昝大爷伸出两个指头说，至少两个好处，第一是分了后社员可以挪动挪动，再不会赶场走人户上医院都得请假。老话说，树挪死，人挪活。人一挪动，就可以出外去打工，生出许多财路。这第二呢，社员可以做主了，种啥，种多少，怎么种，自己说了算，没人强迫你种亏本庄稼。

欧阳邦听这话，恰似说到心坎上，赶紧道谢，老哥哥，难为你指点，这些年，你们一直单干，才有这些主意。快过去跟欧阳生说说，以后真搞好了，一定不会忘了请你喝酒。

谁知昝大爷长叹一口气，别说请我喝酒，真有那一天，他们搞好了，我们山上又背时了。见欧阳邦愣起不解，细说与他听，若坝里的生产队都变好了，还有谁想上我那穷山沟来，到时候，我们山上的娃娃又会娶不到老婆啰！话完，自己也禁不住笑了。

七

  腊月二十溜，一溜年到头，二溜脚抹油，一连几天的毛毛雨，难得今天放晴。从半夜开始，漫天的雾悄无声息来了，把曾家院子裹得严严实实，若不是院子当中那盏马灯，世界差一点掩埋起来。

  几声笃笃的拐杖声由远而近。火神爷正专心致志剔骨，似觉有热气喷来，抬起头，一个佝偻的身影，伸出一张皱巴巴的核桃脸，差一点搁在书案上。火神爷熟悉这张脸，一道皱纹高一辈，皱成一团有点分不清楚高多少辈，只能含糊叫声，老辈子！你早啊！

  这被叫老辈子的，又一口热气呵出，说，没你早，你从半夜忙到现在。累了吧？

  火神爷重新低头干自己的，嘴里随便应承，累啥哟，一年到头就这么一回。

  老辈子乐了，这杀年猪的事儿，多了就不吃香了。见火神爷没应声，赶紧说正事，繁友，听说队里中午要办一顿饮食？

  往年办决算从不开伙，只有头天晚上杀猪的人吃一顿血旺面。今年不同，上午搞决算分配，同时要讨论包产的事，唯恐定不下来，下午要接着开会，欧阳队长说中午吃一顿，每户来一个当家的，下午好议事。粮食嘛，就是上次修渠道剩下的补助粮。当时担心事犯了有人进去，留下一百斤作补偿，谁进去给谁。本来该庆贵得，他最先被带走。可喳闹婆又哭又闹，只要人，不要粮，最后跪下求人，是欧阳队长去顶的雷。按说该欧阳队长得这一百斤。可欧阳队长不愿得，说自己进城没受罪，县上管吃管住不说，还给了误工补助，每天八毛，算占便宜了。这大米就拿来开会用吧。

这事儿，火神爷昨晚上才听庆素说，不知眼前这五保户咋知道了。顺口应了一声，呃。

老辈子按规矩该他叫高祖婆，婆家姓姜，没名字，户口上写的是曾姜氏。丈夫是广字辈的，往下是昭字辈，再往下才是大先生的宪字辈。火神爷图省事，含混叫她老辈子。公社、大队叫她姜婆婆。今年上八十岁了，身子骨还行，只是背驼了。娘家祖祖辈辈种菜卖，收拾菜园很在行，一分自留地，她细细末末打整，一直供镇上几家饭馆的时鲜菜蔬和佐料，收入还不错，能抵两三个全劳力干。这好事只有她才有资格，她是五保户，其他人干了就是挖人民公社墙脚。她听繁友呃了一声，知道此事真了，忙说，繁友啊，这吃饭要菜不？我那两厢地的萝卜你给我收了。

上次给曾杨氏办丧事，庆素问过她，她要镇上饭馆里的价格才卖，后来用了张部长的条子，买了菜场的平价萝卜。这次她自个又问上了，火神爷手上没停，哈着白汽说，要是要，你那饭馆的价太高了，吃不起。

姜婆婆一听不乐意了，你这娃娃咋说的，大行大市，你买人家的就合适，买我的就嫌贵了，这老辈子白喊了的。

火神爷随口说，人家的菜都没你的菜贵。

姜婆婆不愿听，一分钱一分货，他们的菜能跟我的比吗？个个的萝卜老得跟我脸一样起网了，有我这萝卜水灵吗？

火神爷手没停，说，我们乡下人也不能与饭馆里的人比，他们讲究好，我们讲究饱。你不让价，队里肯定不会要，谁买谁挨骂！

姜婆婆说，你这娃娃也是的，知道我是孤老婆子，欺负我没法挑上街去，有意压价。这样子，就按市价行吗？

火神爷点点头，说，这就对了嘛。把手中的刀一搁，喊道，三娃子，你去帮老辈子一下，把萝卜拔了挑来。

姜婆婆扶着门枋呆望，看三娃子晃晃悠悠挑起两筐萝卜，蹲在罐头瓶里的火苗忽闪忽闪，如萤火虫般慢慢隐于雾中。就这个眼神，一望就是几十年。

姜婆婆过门时，公公还在，族长位置正摇摇欲坠。同城坝贾家打了两场官司，自个几十亩水田贴进去，差点连族里居公的十亩好田也整没了。正值庆彪下山归正，有钱有势，族里有意抬他出来当族长的人居多，已带话过来，只要谦让，决不让老族长吃亏。老族长虽是口吃言钝，家景衰落，但虎死不倒威，仗着自己是继字辈，庆彪该叫他曾祖了，让他把族长的位置交给一个当土匪的曾孙，实在于心不甘，当着来人说，行啊！连这长辈也轮流当吧！话被添盐加醋带给庆彪，庆彪没说什么，只是笑笑。原以为事就这样过去，哪知一场官司凭空降下，镇上来人拉老族长上堂，老族长田产卖尽，最后还得搭上族长位置，求了庆彪才搁平。自此，姜婆婆夫家一落千丈，不久，公公死去，落下一身债务，地主转眼成了佃户。

家道中落，可辈分还在，这害苦了姜婆婆夫妇。本家中有田也不租他们，就因辈分太高，收租时黑不下脸。贾家是宿仇，更不肯租。只得找镇上招租局，租几亩田地，对半分成。时运稍有不顺，交租便成困难，而招租局的个个如狼似虎，牵猪捆人，啥事都干得出来。初先还认命，后来遇上火神爷的父亲，几句话一开导，剥削压迫啥都懂了，一声怒吼，跟着红军走了。之后的日子，姜婆婆守着一个半大儿子，靠着娘家的接济，租地种菜度日。儿子刚成人，一天上街送菜，再没回来，听说是抓壮丁走了。姜婆婆哭干了眼泪，也断不了念想，夜夜做噩梦，总是梦见父子俩在战场上相互厮杀，她在中间喊啊，骂啊，骂儿子瞎了眼，那是你爸呀！不孝的东西。又骂老头子，虎毒不食子，老东西，你咋对儿子下得了手。

土改时，菜园地分给了她，可人已近花甲，挑抬大不如从前。合作化没多久，她就成了五保户。好在还有种菜的本事，体质虽弱，尚能生活自理，日子艰辛也慢慢过去。昨天遇上庆贵，听他说又要分田下户了，心里一紧，她这孤老婆子咋过？抢先把地里的菜变现，再想想，生产队会咋个对她？想到最后，活着怎么过反倒不要紧，她得把死后的住处要到手，祖茔她是回不去了，乱坟岗早已铲平种了粮食，趁这次分地，活着就把坟地要到手。真到了那一天，实在没法活了，自己爬到地里，学袍哥人家，自己刨坑把自己埋了。

曾家大院前后三进，决算分配放在中院，挨着保管室，分肉分粮在这儿。讨论责任制放在前院。一户来一个当家的，中午管饭。中院最闹热，庆素把决算情况用大白纸写好，张贴墙上，然后再拿着账本，逐家逐户公布。愿看的看，愿听的听，一会儿就过场走完。头晚上，各家各户私自核实再三，此时只需与队上的账目碰一碰，啪，合上了，掉头去抓阄，排队割肉分粮。当家的再去前院争吵分还是不分。也有一两家算疙瘩账的，半天没理清，反复找庆素麻烦，一天一天地对工分，一分一分地对投资，最后仍是不服。庆素对此有办法，先让对方按决算兑现，把粮食和肉背回去，还有不服的，随时到他家里对账，错账包改。肉也好，粮也好，绝不少一斤一两。很快，庆素也去了前院，留下保管员和贫协主席在中院，使劲喊多了少了，与人争秤的望平。

出人意料，今年的决算想不到地平静，没人对方案评头论足，收款户没抱怨工分投资与基本口粮的比例占少了，都知是最后一年，连喊一声亏欠都懒得出口。补款户也没有喊穷叫苦，也知是最后一年，再穷再苦，喊了也没人听，用不着去讨人同情，反倒多了几分理直气壮，连半句感谢话也没有。

中院的人在慢慢减少，前院的人在渐渐增多。欧阳生见社员东一堆西一堆，估计人数只有多，没有少。该来的脸孔都见着了，索性连点名也省了，给庆素递个眼色，庆素会意，亮开嗓子喊起来，开会啰！这边的往中间挪一点，那边的挨紧一点，都坐着。今天开会时间长，不要心慌，中午管一顿饭，一户一个人，该吃的不少，不该吃的别来，打马虎眼，吃混账饮食的我都认得。没来的人听漏了，吃过了，该背时。下面请欧阳队长说事。

没人鼓掌，乡下人开会就这脾性，只要没人说话，就表示欢迎。欧阳生知道这行市，适时喊出开场白：各位，今年决算同往年一样，没有一点变化。原准备变的，想来想去没变，为啥呢？就为明年搞责任制了，好歹最后一年，谁吃点亏都没关系，别伤了和气。此外还有个想法，决算没变，就是要大家少花心思去计较过去，把精力蓄足，有话搁在这儿说。我就开这个头。

接下来庆素宣布，先请公社驻村干部胡公安讲话。同欧阳生讲话不同，胡公安讲话时，平静的人群中有了骚动，叽叽咕咕有人议论，如同他平时讲话一样，人们开始进行不同的猜测。有人猜测是来把关的，防止走资本主义道路。有人马上纠正，不是的，这次上面同意了的，欧阳队长捧了尚方宝剑回来，谁反对就摘谁的官帽子。又钻出个人来反对，他不来把关，那他来干啥？他还会说一声单干好？谅他娃娃不敢。另有高见出来了，人家是干啥的？你得弄清楚，人家是公安，抓坏人的。全公社就一个公安员，来这儿就是防止有坏人搞破坏，别借落实责任制为名，把集体搞垮了。旁边有人马上反驳，你说个卵，人家是来保证会开好，不是防止坏人破坏集体，那是以前的坏人，现在的坏人是破坏联产责任制。忽然有人提醒，别再乱说，等会胡公安知道了，头一个要抓的就是你。说这话的人是曾老幺，往年这时候早拎着肉走了，今年听说中午管饭，还有肉汤喝，不知几时也钻到前院来。这些年他被当作坏人关、斗弄怕了，听见有人说坏人，心里怪不舒服，总怀疑在说他，忍不住说这一番。没想到越描越黑，大家都想到是他心虚，轰地一笑，弄得他莫趣莫趣地躲到一边去。

胡公安刚开口说一声，社员同志们，下面就笑开了，不知为啥，弄得他一头雾水。心里正不舒服，一眼瞧见笑的人中有曾老幺，顿时两道剑眉倒竖，用让所有坏人都害怕的声音喝道，曾老幺，你想捣乱吗？要开会给我好好听，不想开会就给我滚！二十多年的公安历练，年年的治安先进，绝非浪得虚名，刹那间，如同虎啸山林，下面的笑声连同嘀咕声，活生生给堵回各人肚里去了。胡公安在难得的安静中讲下去：社员同志们，三队今天落实联产责任制，公社党委派我来参加会议，是来好好地听，好好地学。联产到组也好，联产到户也好，都是你们自己的事，你们定了算，公社都认账。真要说我今天有什么任务的话，那就只有一个，保证会场秩序，防止坏人捣乱！

话才落地，轰的一声，台下刚才起哄的那一堆人又笑开了，弄得曾老幺大声申辩，不是说的我！不是说的我！

胡公安方才知道笑的是谁，一瞪眼，曾老幺马上闭嘴。在社员的眼里，曾老幺又坏又洋气，但在胡公安眼里，他永远是一个土贼娃子。

欧阳生站起来，笑着说，各位！各位！曾老幺也难得回来，参加生产队的会是好事，大家不要笑话他。幺娃子，坐前面来，你也不要拘礼，你是三队的社员，也要发言的。好好讨论，别今后再回来，粮食和肉没分到手，连自己的庄稼地在哪儿都不知道。

话完，还是有人禁不住笑出声来。

庆素宣布，下面请大队贾支书讲话。与上面开会不同，生产队的会越往后秩序越乱，因此发言顺序是倒着来的，权力最大的搁最前面，把难得的安静早点给领导，话讲完是走是留，悉从尊便。

贾支书站起来，跟着胡公安的调子唱：胡公安说他是来学习的，我呢，连学习的资格都没有，只有旁听的份。当年，成立合作社，我们城坝村是第一个响应党的号召，今天呢，要落实生产责任制，我们城坝村三队又是第一个。我的经验，听上面的话，永远不会错的。我的话完了。接着，一屁股坐下来。

庆素站起来，拿眼神会了会繁全，见他点了头，转身宣布，下面请繁全主任讲话。

繁全起身，先作个声明，我今天不以大队主任的身份说话，作为大队干部今天只有听的份。但我是三队的人，责任制也有我的份，我必须说几句。要说代表谁，我只能代表我老婆，代表我那几个娃娃。

他家大娃去年刚结婚，儿媳妇春芝挺着肚子就坐在前面。有同辈打趣道，能不能代表春芝？

繁全一脸正色，她是我家的人，我当然能代表。逗趣的人要的就是他这句话，马上冒出一句，你能代表她，请你说说她的心里话，是生个儿子好还是生个女儿好。

轰，下面笑开了。这是一个玩笑陷阱，说生儿不对，说生女儿也不对，作为当爷爷的，只能说生个孙孙好。众人等着看他出洋相。繁全自然懂得，绕开陷阱说，生儿生女是他们的事，我只管责任制的事。话一转，从老远的事说起：合作化时，我家大娃才这么点高，拿手在胸前一比画，但他已是一个正式社员了。后来"四清"我入了党，前几年才进大队当主任，教育娃娃从小当个好社员。现在说到落实责任制，给人感觉是集体不要了，又要回到以前的单干。我昨晚想了一宿（看来昨晚也没睡），总觉得不能毛糙了，别让人误以为我们搞合作化搞错了，搞糟了，现在要退回去单干。现在就有人在说了，辛辛苦苦几十年，一夜回到解放前。

胡公安、贾支书边听边点头，心中暗暗为他加分，平常还看不出来，关键时刻说出话来一套一套的。

繁轩按捺不住了，这些年悄悄做点小贩卖，做贼样担惊受怕，好容易盼望包产到户后，出门再不用请假，生怕这事给搅黄了。眼下大队主任的话无疑是一盆冷水，给众人浇了个透心凉，恰似提出了警告，让人联想到阶级斗争。看众人脸色，不少人是被吓住了。繁轩想，这样下去不行，得让繁全少说几句。于是壮起胆子打断繁全的话说，繁全哥，你说到另一边去了，我们今天是落实生产责任制，不是来说合作化，不是来说集体生产对与不对的事。别张家坝的柿子多，拉扯到张家娃的虱子多上。

曾老八过去是中农，单干无论是回忆还是梦想，都是美好的，对繁全横插一杠子，实在忍不住。他与繁全一辈，坐在下面直呼其名，繁全，你是不是没睡醒？眼屎没擦干净，睁起眼睛说瞎话，单干好还是集体好，你心里不明白？过去请人栽秧时，哪家不割肉打酒，现在一年四季闻不到一点肉腥味，你说哪个好嘛？说着还把以前遭批判过的话又捡起来说，集体集体，肚子饿个皮皮，单干单干，顿顿吃饱饭。

胡公安眼看繁全脸上挂不住，忙出面圆场，这次落实责任制，上面反复强调，不要争论，我看不计较以前的事，只说眼前怎样搞才对，只说这个。

繁全被抢白了几句，心里憋气，非说不可，加大了声音吼，就按公社胡公安说的，以前的事不说，单说眼皮下的事。家家户户的自留地大家都天天瞧着，哪家都比集体好不是？我就没弄明白，这一个二个的，集体地里养病，自留地里拼命，为啥不能把集体的庄稼种成自留地那样好？真那样，还会挨饿吗？人不对怪屋基，恰像山上的人下来了，自己胯下的小弟弟没出息，倒怪人家的东西长得不对。

提到山上四队那事，大家又抬起一阵哄堂大笑。昝大爷受不了，赶紧发声，曾繁全，我们可是说好了的，再不拿那事儿来取笑，你咋记不住呢？说了仍不消气，嘴里蹦出几句，依我看，集体也好，单干也好，都没错，错就错在你大队几爷子乱整。

知道昝大爷耿直，有话直说，全不顾后果，贾支书及时出面劝住。先是责怪繁全一句，你也是，四队的事你拿到三队来说啥。转口劝昝大爷大量些，繁全也不是有意的。

火神爷激情上涌，不知是哪句话惹恼了他，不顾甘三嫂在家再三告诫，坐着就嗒嗒开始扫射，我看四队队长说得对，集体没错，经是好的，全被你几个歪嘴和尚念歪了。说别人家自留地好，你家自留地不好吗？

这话真还说对了，繁全长年在外忙，自留地还真不如其他人，经火神爷提起，繁全很硬气地说，这事儿我就敢讲狠话，不信你去看，我家自留地就不比集体的好。

甘三嫂忙完决算的事，也到前院来听会，就怕火神爷走火，赶紧扯住他衣袖，不停口提醒，少说几句，少说几句，人家也是维护集体的。可火神爷哪儿听得进，话到嘴边不吐不快，直冲繁全去，你好意思说，一个农民，不务庄稼，一年四季就知道东逛西逛，茅房里捡张纸，你好意思揩（开）口。

曾老八最不满甩手干部得便宜工分，抓住时机补上一句，你别说人家不务庄稼，人家每年要挣三千多工分，比你两口子挣的还多。

繁全赶紧分辩，你别乱说，庆素叔在这儿，他可以证明我挣了多少工分。

庆素被点名提及，没法躲，不得不出面说明，繁全在我们队只有两千多工分，另外一千工分是其他生产队分摊了的。

祥斌插话说，就事论事，别弄那么多弯弯拐拐的。工分评得不合理就说工分的事。县上已编好了定额手册，做多少评多少一目了然，再没有干多干少一个样的事。还是按上面的办稳妥，少些麻烦少折腾。

……

眼看争下去没完，欧阳生出来宣布，时间不早了，上午的会就开到这儿，吃了饭再接着开。各自去借碗，曾老四分饭，曾老三分汤。散会！

饭准备了一百个人的，除了六十多位家长，还有公社大队的客人，杀猪的、分肉的、分粮的保管员、掌秤的、撮粮的、监督的、生产队的一班人，副队长、妇女队长、共青团小组长、民兵排长、治保主任等，杂七杂八，足有九十六人。早上定的时候，庆素说，凑个整数吧，万一来个想不到的客人，弄得缩脚缩手的。见欧阳生没在意，又说，还有分饭分菜的也打不了保票，万一失手舀多了，到时差一两个人的也作难。欧阳生想想也是理，那就把剩下的大米用五十斤，留五十斤，再加两百斤红苕，两百斤萝卜，手一挥，够了。

曾老四孩子多，常在家分饭，手拿得稳当。他用一个大号搪瓷碗，将已拌和均匀的红苕干饭，紧紧地往里按，每人冒冒尖尖一大碗。两个猪的骨头在两口毛边大锅中翻滚，加上姜婆婆一百八十斤萝卜，分两次足足炖了四大锅。为了有盐有味，老三用了半碗盐巴，是戴维娅家上次丧事用剩下的，还了繁琴一个干干净净的盐碗。

突然多了百十个人吃饭，曾家院子的碗不够了。院子里没资格参会的人一律候着，眼巴巴等开会的家长端一大碗苕干饭，一大碗喷香的骨头萝卜汤回来，再倒进自家锅里，添水加菜，凑成够一家子争抢的午饭来。这样错开，碗就空出来借给客人。客人最多两个碗，再多没了。可客人往往又带了家属，因为包产是大事，内当家外当家都来了，两个碗一人一个，盛了饭就没有盛萝卜汤的。咋办？借个洗脸盆来，还不够，曾老八家的猪食瓢都被洗净用上了。别嫌弃，真管用，一瓢刚好装一碗。桌子不够，没关系，随便将萝卜汤往哪儿一搁，两口子各端一碗饭，你推我让秀起恩爱来。

欧阳生遇上小麻烦，父亲在哪儿吃饭？还让他稍稍犯难。问他的来由，欧阳邦没说来镇场子，只说是来看看，再多一句没有。欧阳生说今天忙，你看够了早点回去，这儿没人给做饭。欧阳邦没搭理，偏要会散了再走。心想来就是防人在会上生事，不小心把那事给扯出来瞎说，咋能随随便便离开。见父亲没有走的意思，欧阳生只得说，那你就自己弄午饭吃吧！欧阳邦点点头算应允了，可从头至尾他就没离会场一步，死死盯着庆贵夫妇，让那两口子心里发毛。到了吃饭的时候，欧阳生端着饭菜叫他去，他说你别管。欧阳生纳闷，你是我爸，我不管谁管？戴维娅来请他去家里吃饭，他也一口拒绝，说今天你千万别掺和。这时候火神爷来请，他笑嘻嘻地跟去了。这打石头的、杀猪的，离不开与铁匠打交道，早说好了，中午与他们师徒几个一起吃。打汤时，老三特地勺子下得深，差点烫着大拇指，汤菜居然被他舀出山的形状来，饭菜各一大盆。火神爷要找一户人家桌上吃，被欧阳邦挡住，生怕目标跟丢了，就在院坝当中，几根条凳并上，你推我让嗨上了。

公社大队的客人就近找了一张桌子围起，用几个搪瓷盆子盛饭盛菜。曾老四懂事，没用碗量，只管往里装，直到不能再装为止。庆素陪着，边聊边吃。欧阳生被他爸拒绝后，也端着饭菜过来，挨着庆素坐下。庆素说，你没在时，大家聊了聊，看样子下午还指不定结不结束得了。欧阳生将一口饭含在嘴里，品了品滋味，咽下说，你去安排一下，将就剩下的五十斤米再做一顿。问姜婆婆还有没有萝卜，再买一点来，把夜饭安排好。下午定不了，晚上接着定，天亮之前分与不分，必须有个了断。接着问，你爸咋没来？庆素缓缓说，上午有点事。欧阳生请他下午一定来。庆素说已单独送了一份饭回去，现在还没退回来，吃了饭，下午肯定要来。欧阳生暗自笑笑，这个大先生，还讲究无功不受禄。

庆素刚走，姜婆婆来了，挎个竹篮，一碗饭一碗萝卜，香喷喷热腾腾的。在庆素空出的位置坐下，亲热地叫一声，队长大侄侄。欧阳生赶紧放下碗筷，对老太婆作揖求饶，你千万别这样喊，把我辈分抬高了，你曾家屋里的人会恨死我。姜老太婆笑嘻嘻只顾说自己的，我这萝卜好吃不？欧阳生竖起大拇指夸道，好啊！眼下人家萝卜都生网了，你的萝卜还嫩着呢。还有不？再挑一担来。姜婆婆嘴儿笑得更圆，哪有那么多，没了。萝卜好吃，价钱你可别亏了我。欧阳生问她，跟你讲的啥价？姜婆婆笑得虽是大方，口气不容含糊，我能要高价吗？就跟镇上饭馆里一个价，繁友还怕你说给低了，亏了我孤老婆子。欧阳生听说给的饭馆的价，要比市价高出许多，不敢相信，对火神爷那头喊道，萝卜说的啥价？繁友含着饭回答，比饭馆的价低两毛钱，我已给保管员说了。欧阳生觉得合适，就按这个价，你找保管员结账去。姜婆婆还是笑，这个狗日的繁友，又给我说脱了两碗面钱。那口气不像是骂，倒像是在夸。

话被三娃子听见了，高声说，长辈子，那两碗面该给我吃，我哈哧哈哧给你拔萝卜，挑萝卜，你没给我一分钱啊！

姜婆婆笑骂道，又来一个口是心非的，专整长辈子。末了，对欧阳生说，还是你聪明，打死不当长辈子，没人整，好！

只要不喝酒，乡下人吃饭就不留连，先放碗的叫上几个人到一边去嘀咕。繁全把庆贵叫到一旁，怨他上午装聋作哑，嘴儿被啥塞住一样。明白告诉他，再不争，生产队定会被分光分净，到时候集体啥都没有了，一个空架子，你不当队长都不行。今后上面来个客人，你拿啥出来招待？别自个啥没搞着，倒贴二百钱。庆贵今天心神不安，既怕当队长，更怕一个人，指着远处的欧阳邦对繁全说，他老是盯着我，不知想干啥。繁全怪他莫名其妙，那是欧阳队长的爸，人家来看儿子，与你一毛钱的关系没有，不知你怕啥？庆贵又提出另一件事，听说上面来了文件，今后队长要社员选，别自己费不尽的力保住集体财产，得罪人多选不上，猫掀蒸笼给狗干的。繁全把胸脯一拍，还有我呢！即使以后欧阳生去了公社，还有茅书记，胡公安撑起为你说话。下午一定要雄起，把话说硬气些，你是为公家说话，怕啥！

　　大先生来了，加了一个棉围脖，提了一个竹烘笼，里面用瓦钵盛了一些炭火。庆素去曾老四家端了一把太师椅出来，是土改分的胜利果实，放在前面，扶老人家过去坐好，面前再搁一方凳，用大茶盅泡上老荫茶，找来曾老四照看着。

　　正忙时，姜婆婆拄着拐杖笃笃地来了，挨近的住户马上又端出一把太师椅来，挨着大先生放好。姜婆婆笑嘻嘻过来，大先生起身让她先坐下。欧阳生过来打趣她，你不是回家了吗，咋又来了？姜婆婆笑着回答，我就不放心你耳根子软，经不住人家东说西说，会把我的养老地给分没了，我得在这儿守着。

　　见大家都围过来坐好了，庆素吼一声，开会了，哪个先来？

　　繁全给庆贵递眼色，庆贵赶忙把手举直，大声喊，没人说，我来说几句。没起身，反而架起二郎腿，深思熟虑说：我呢，大家都知道，好歹当过几天队长，时间不长，只挂角二十年。当家三年狗都恨，现在被掀下来了。今天我在这儿，功劳不敢吹，苦劳喊了也无用，只说几句心里话。繁友老侄当过队长的，大队、公社的领导都在这儿，我说假了，瞒不过你们，也不敢瞒你们。现在大家提到集体都在骂，巴不得一把火烧了才解恨。先前老八总是在说，集体不如单干，同样是喝糊糊，单干时他家的糊糊插得稳筷子。这也是句实话。撇开大队、公社的干部不说，我在这儿给大家，也给你老八道个歉，生产没搞上去，苦了大家也苦了你。"单干好"这句话，你呢，一直在说，我呢，也一直在听。我也有几句话，憋在心里一直没说，就怕说了会怪我又在搞阶级斗争。现在憋不住了,今天当着大家的面,我得为集体说几句好话。常听大先生老叔说道,愚者不言,智者不知,我就来当一回愚者先说。

老八总说以前单干生活好,就没说你家是中农,从旧政府到新政府,你家既没有拿土地出来,也没有分土地回去,生活好没错。可你忘了,或者根本不知道,你这个中农是咋个来的?划成分的事,大先生文化高,自始至终参加了。我那时虽是年轻,也开始懂事,还勉勉强强记得一个大概,是把全队三百来亩田地,按人平均,每人摊了三亩,这就是个杠子。你家里当时是五口人,有你爸妈,有你和两个妹妹,是十五亩地,正在杠子上,所以评中农。人平三亩到四亩的是上中农,人平四到五亩的是老上中农,五亩以上的是富农,十亩以上的是地主,我们队就只有庆彪一家。人平三亩以下到二亩的呢,是下中农,二亩以下的呢,是贫农,靠租土地过日子的是佃农,打长工的是雇农,贾支书当年评的就是雇农。不知我说的对不对?请大先生老叔发个话。

大先生边听边点头,听见庆贵问话,虽不知他的用意,但事情的确如此,不假思索,抿了一口茶,回道,你还记得清楚,是这样的。

全场的人鸦雀无声,弄不懂庆贵绕山绕水要说啥,就算是真的,又咋的呢?伸长脖子听他说下文。

庆贵去台上要了开水润润喉,从会场气氛他已感觉到成功,昨晚的冥思苦想有收获,没白费那二两灯油,口气中有了几分得意。接着说:从那时到现在,土地呢,学大寨造了一些田地,可几十年水冲沙埋也不少,一增一减后变化不大。可人口呢,长了,快到二百好几十口人了。今上午我问了庆素老弟,人平田地一亩多点。也即是说,用当年的杠子,我们现在个个是贫农。老八总说过去的生活好,过去是中农,咋会不好呢?现在是贫农,咋会好呢?

说到这儿,他环顾四周,发现点头的多,摇头的少,得意地说收场话:当然,田地不是主要的,上午繁全主任说得好,关键是人的思想没解决。大家自留地里拼命,集体地里养病,出工不出力,不挨饿才怪。如果都拿出种自留地的劲头,集体生产没有搞不好的。

听庆贵开口一个老八,闭口一个中农,似乎叫阵一般。曾老八坐不住了,不说几句硬话好像活不下去,囔地站起来,昂起头问:胡公安在这儿,还兴不兴戴帽子?胡公安立即回答,上面再三要求,不打棍子,不抓辫子,不戴帽子,有话尽管放心说。曾老八把袖子一撸,露出青筋鼓起的胳膊来,对准庆贵吼,你说我是中农,中农从不剥削人,也没被别人剥削过,既不光荣,也没啥耻辱的,当了中农也不丢人。听你说了半天,我这个中农却感到有些不对,好像个个都在偷懒使巧,唯独你几个人是劳动模范。你会算账,我也算个账给你听听,是叫吃亏呢,还是叫偷懒。我家现在四口人,我两口子还能做,全年很少耽误,两个儿子不怕人笑话,穷,没娶上老婆,可人不懒,也算两个强劳力吧。今年分了多少粮食呢?1600多斤。收了多少钱?几十块。

说到这儿,停下来四处看看,没见曾老幺踪影,放下心来说,就拿幺娃子来说,他一年四季不干一天活,上午我亲眼所见,粮食转手就卖了接近200块,补了生产队后,净得了100多块。钱这么高一叠,是不是逗人爱?

旁边许多人说,你也是没比的,去跟幺娃子比。胡公安也认为不妥,开导曾老八,不是我说你,你只看见贼娃子吃肉,没看见贼娃子挨打。人家起早摸黑地干,说不定比你还辛苦,只是没拿回来上工分。

下面轰地笑开了,有人喊,你眼红你去学哟,没人拦你。

曾老八也觉没找准人,那我另外说个人。有户人家,一个全劳力,老婆喂头牛,再就是几个读书的娃娃,分了多少呢,接近2300斤。都刨去两个全劳力该得的不算,我家里剩下800来斤,他家里剩多少?1500斤啊!两个全劳力,苦挣苦磨一年,身上皮掉了几层,还赶不上几个娃娃分的粮食多!你干得多不如他生得快,这又算什么?你说是思想问题,我这个思想又到底有啥问题?

下面叽叽咕咕像开了锅,刚被庆贵压下去的怨气,一下又被挑起来了。尤其是那些候补社员,一年干到头,连基本口粮都没有,个个眼巴巴的。繁琴使劲抱住她妈,生怕她哭出声来。曾老八是中农,他可以说,你可是地主,而且是分子,多少剥削了几年,说啥也轮不到你叫屈。

曾老八说的谁,傻子也听得出来,都瞪着曾老四,看他有啥反应。曾老四无事似的巴着烟,年年都有这些话,听腻了,全当风吹过。可大家的眼光明白无误告诉他，今年不同，拿你当贼看了。尤其是干部们直直地盯住他，那意思他懂，再不吭声就晚了，趁早对收款户说几句软话，像往年那样喊点穷叫点苦把集体保住才行。真要包产包干了，看你一家人咋个活下去？

曾老四看看避不开，取下嘴里的烟杆，没磕烟灰，轻轻放下，嘴唇开始翕动。

可没等他出声，有人抢先了，一个女人的声音用壮汉的音量爆发出来，八哥，你别欺人太甚，嘴上还是积点德好。站起来抢着说这话的是繁芬，庆贵嫁了未走的女儿。性格随她妈，也是嘴上不吃亏的人。眼见曾老八怼她爸，眼里像扎了一根针一样难受，大有路见不平拔刀相助的气概，愤然出手，高声呛道：这些年，八哥你经常拿补款户出气，好像补款户就全靠你一家养活一样。今年你更过分了，拿四哥一家跟做贼的幺娃子比，说的是四哥，挖苦的可是所有补款户。我也是一个补款户，这个脸色我不想再看，气也不愿再受了。你不是闹着要分吗？这吓不了人，真分了也饿不死人。前几天我就写信给你在外面的妹夫，说了生产队要包产到户的事，他回信了，我在这里照原样念给你听听。说着从口袋取出信来，拣有关的段落高声宣读：

"至于包产到户的事，初听还是有点紧张，真担心你一个女人干不了。后来听工友劝导，真要分了，补款户并不吃亏，说不定日子还要过得舒畅些。拿我们家说吧，你与娃娃三人，每年分口粮也就千把斤，我们补100多块钱，照这几年两角多钱一个劳动日计算，要值400来个劳动日。将就这钱，去请人干活，我们家就三个人的土地，种得再好也用不了400个工。索性提高一倍工钱，按五角钱一天，肯定有人干，无论如何也花费不了200个工。私人干，每亩多打一两百斤没问题，乱说也不止收1000斤粮食，还用不着看人脸色，受人的气了……"

正说到兴头上，喳闹婆把女儿的衣襟扯了又扯，低声阻止，你搞明白没有？咋帮外人说话？硬生生将女儿拦下来。繁芬大话停下，悄悄话出来了，你扯我啥，我在替爸出气。喳闹婆悄声说，你没听出来哟，你爸与曾老八是对着来的，你爸要集体，曾老八要分了单干，这你还听不出来呀？

繁芬说，我咋会听不出来，我就是要杀杀曾老八的威风。

喳闹婆看女儿还不醒悟，气得骂她，你这个笨女子，曾老八要分，你爸主张还是集体不变，你说这些话，到底是帮你爸，还是帮外人？真是帮倒忙。

繁芬终于明白了，埋怨妈，你咋不早点对我说嘛。

喳闹婆说，我咋晓得你会赞同分呢？再问女婿是不是真那样说的？繁芬回了声，呃！那还有假。弄得喳闹婆也没招。

繁芬没说话了，下面却嘀咕声一片，不少人对曾老八的做法接受不了，尤其是补款户们为曾老四打抱不平。眼瞅着他一声不发，替他着急呀！用眼神，用下巴，鼓励他站起来，哪怕是冲着曾老八干吼两声也成。

曾老四到底没站起来，话还是说了，可不像是对曾老八说的，倒像是说给替他着急的人听。听他说的啥：人穷志短，马瘦毛长，蚯蚓也想挺直身板走路，可惜腰板硬不起。常言道三贫三富不到老，那是人家生的儿子，长大了有盼头。可我是几个女儿，大一个嫁一个，女儿嫁完了，我们也老了，成了五保户，一个穷字管到老……

这些年，全靠八老弟和各位收款户关照，这个情我们一辈子忘不了。你们生气抱怨我几句，我认了。可今天，八老弟你说得有点过了，不该把我们比作贼，骂我在剥削你。在座的都是本家，你真我实，我曾老四两口子是不是好吃懒做的人，谁不清楚？八老弟说，他一年要脱几层皮，我不敢说比你多，但绝不比你少。每年从开春办秧田，到秋后犁板田，队里几十亩水田犁耙活，哪年我不干一半以上。我那个躺包老婆，体弱多病做不了啥，可也没闲着，生产队照顾她养一头牛，一头下不了崽的老牛，她可是当命根子在喂养，只差没给它喂奶了。我那读书的几个娃娃，哪个放学都是冒冒尖尖一背兜牛草，若是哪天有事耽误了，背篼没装满，不用家长说，自己都不敢端碗吃饭……

我们尽力了，实在是挣不够工分才补款啊！拖累了你们，我也不愿意，知道你们早就想甩包袱，换作我也是一样。我真的不怨恨你们。分吧！分得干干净净也好，我们一家子没了依赖处，凭自己的命去过……

昨晚我也想过，天无绝人之路，也许过了这一关，事儿并不是想的那样糟糕。我家六口人的田地，耕田犁地我不求人，只求生产队把那头老牛留给我，喂久了，舍不得，值多少钱，你们看着估个价。我知道我还欠队里口粮款，你们会担心我拿不出来牛款。我会想办法，我还有一间房的楼板可以卖，庆彪叔家大婶曾讲好150元钱，200斤粮食，她拿去做寿料。她命好，国家给了新的，这事没成。庆彪叔家五婶坐在这儿的，有心的话还可照样换。若不成，从下场开始，我扛到市场上去卖，无论卖多少钱队里先收着，一年内我砸锅卖铁把牛钱给清。有了牛，我就可以与人换活儿。若实在信不过我，没了牛，我就是牛，谁给我牛使，我去他家使牛，一天换一天，也能把我那几个人的田地种下去……

我想过，别的我不行，论种田本事，我不说超过八老弟，至少我不输任何人，每亩比集体时多收一两百斤不算吹牛。我没其他补款户命好，外面有人寄钱回来，我就用这多收的1000多斤粮食变成钱，请人栽秧打谷子，一样吃鸭儿蛋喝哑酒。即使一点不增产，我就不相信，我六个人的田地还不如你四个人的田地产的粮多……

庆素见他越说越伤悲，一时半会结束不了，忙提醒他，老四，你别扯远了，只说你赞成还是反对包产到户的事。

欧阳生小声说庆素，别拦他，他是我最担心的，若他家包产到户没问题，整个生产队就没问题。转而鼓励老四，你继续说，把话说完。

老四见队长鼓励，又因憋屈太久，不说完真还憋不住。接着倒苦水，说，不是我话多，实在是我笨，说少了怕人听不明白。喔，又忘了，说到哪儿了？旁边有人提醒，即使不增产的话。老四接过话头，即使不增产的话，按现在产量算，一年也能收3000多斤，除去国家集体的，至少不会比我现在的2000来斤少，我还不补款了。

旁边有补款户附和，还不受气，不看人脸色。

老四终于说完，妇女主任青翠一嘴接过去，我说几句。

按大队贾支书的要求，繁全、祥斌都说了，唯独妇女主任青翠没讲。中午吃饭时贾支书找她，她指着活蹦乱跳的小儿子说，娃娃一直在哭闹，下午等他睡了，我一定说。

多亏了曾老四，下午说话细声细气，娃娃终于哄睡着。将娃揉到繁琴怀里，青翠理理衣襟，站起身来，先摆正自己的位置，说：先前都是姓曾的在说，我是一个外姓，按说三辈人打人命，只有我酒饭吃，没我的话说。可我屋里那个姓曾的大当家没在这儿，还得我来说几句。我是大队妇女主任，每年也享受了500个工分的误工补贴，照理该为集体说几句。可我又是三队社员，还是一个补款户，也有一肚子苦水要倒出来，说啥好呢？想来想去，只有说实话。

说来我也是大队干部，其实数七数八，数不到我这小蚂蚱。但我毕竟与说话算数的书记主任共事，听他们说的时候多了，渐渐也有一些长进。先前发言的说到集体怨气大，其实抱怨的还是人，都想早点分了，早点甩掉这些人。这些人是谁？别人不好说，我来说，首先是队长，还有大队干部，当然包括我。大家心里都在想，分了好，不要人安排生产，不要人安排生活，自然也就不要这些人了，以前挨饿受气似乎都是这些人的过错。

平心而论，这些人有错也有功，不能对也三闷棒，错也三闷棒。我了解他们的苦衷。就拿队长来说，定的是每年补贴500个工分，可一年四季耽误绝不止50天。实误实评，也办不到。每天他要调工排活，他就得四个作业组去走去看，越是农忙，他越要走得勤。你说他这是在耍还是在干？该不该得工分？谁也说不清。繁友当过队长的，为啥不干了？就是心里搁不平，自个想下田干活，担心别人没干好，四处去看看，又觉得工分来得轻松，担心人骂。担心过去担心过来，始终心不安，只有撂担子不干了。

现在大家都在说分了好，离开了干部万事顺畅。我也说好，只是担心分了后谁来当干部？想得很好，生产生活都不要人管了，自己会种田，自己会过日子。我看不见得，就说眼前，高温大屋窖，杂交苞谷，如果没有欧阳队长跑路，会自己跑到窦人谷来？听说杂交水稻也出来了，一窝栽一根，以前谁也没见过，没有干部行吗？人与人难免闹点矛盾，到时找谁去？总不能大事小事都往公社跑，像山上四队那样，两口子房事不会都往公社跑。

哄，又是一片笑声。气得昝大爷拉出个马脸来。

贾青翠接着说：反过来，作为三队社员，我又得多说几句。我们大坡上两个作业组，地势高，全是旱地没有水田，怎么分？给我两亩下面的水田，我也不敢要，每天往返几里路做庄稼，走路都会累死人。可没有水田，国家公粮我用啥去交？交红苕粮站不收。不给我们分公粮任务，其他人又干不干……

正说着孩子醒了，繁琴抱着哭闹的娃娃送过来。青翠接过孩子，搂在怀里，赶紧准备结束发言，最后再说一句话，不能说到包产到户，就咧开嘴儿笑，真以为一包就灵，还是得好好想一想，想好了再做。

随即低下头，解开衣襟，不管不顾，将白酥酥的奶子塞进孩子嘴里，拍拍孩子背，咿咿呀呀哄起来。

趁着空当，欧阳生到大先生面前征求意见，下面请他说说。大先生微微欠身道，我说有用吗？欧阳生说，你是曾家的长辈，是大家心中的圣人，你说话，没有不听的。大先生仍有顾虑，担心万一给欧阳生惹来麻烦。欧阳生说没关系，你怎么说都可以，分或不分都不要紧。原本就是来听意见的，你的意见最重要。大先生见推不掉，那好，我说吧。

欧阳生转身要回去宣布，被挨坐的姜婆婆一把抓住，笑嘻嘻说，我也是曾家长辈子，你咋不请我也说两句？欧阳生权当笑话听了，顺她话说，对呀！你才是老祖宗啊。你有啥要讲的？姜婆婆仍是笑，口气却异常认真，指指大先生，他说啥，我说啥。欧阳生压根儿没有想请她讲话，也想不出一个五保户除了要求照顾，还会有啥别的想法。看看天色不早了，对她说，老祖宗，你就别掺和了，有啥话下来对我讲，别耽误了大先生说正事，好吗？姜婆婆不爱听，嘿！他说的是正事，我说的就不是正事？欧阳生直截了当说，老祖宗，你那菜园地，我给你留着，天上下来的神仙也要不去，放心了吧！姜婆婆仍不松手，说少了。欧阳生一惊，你要多少？我也要分地，要一个人的田地。欧阳生认定是老糊涂了，你早上那点萝卜还是曾老三给你弄来的，再给你一大块地，你管得过来吗？姜婆婆不让步，我不行，有人帮我呀！谁？老四呀！欧阳生禁不住笑出声来，你没听老四先前说的，他那六个人的田地都为难，哪还有空帮你呀。姜婆婆说，他为难是种粮食，我种菜，正好错开。欧阳生听她当真说事，提醒她，老祖宗，你若分了地，集体可就要撒手不管了，今后若有个啥，你去找谁？姜婆婆好像啥都想好了，说，老四把他大姑娘过继给我。

听这话，挨坐的大先生连忙摆手说不行，辈分不合。给当你女儿，比我还高一辈。姜婆婆让一步，那就过继给我儿子当女儿，行不？大先生还是摇头说不行，与我一辈，可比他爸老四还高两辈，岂不乱套了。要过继，祥字辈只能当你的来孙女，该叫你天祖婆。姜婆婆一听乐了，我孙子都没有，哪来的来孙女？转身指着一般年纪的大先生说，你娃娃安心要坏我的事。

欧阳生只图了事，劝她，你在曾家找谁都不合适，今天就算了，赶明天去外姓人家找一个行不？姜婆婆马上回答，不行，真要找外姓的，除了你没更合适的。大侄侄，你行不？欧阳生正要敷衍了事，大先生手摇得更厉害，说，他也不行，他是繁字辈的，不能乱了辈分。姜婆婆看了看远处的欧阳邦，笑嘻嘻说，我看这娃娃的辈分正好合适。随即高声喊，欧铁匠！那边欧阳邦应声答道，我在这儿。姜婆婆说，你与我家老头咋称呼？欧阳邦两手一拱，叫拜兄。姜婆婆丈夫海过袍哥，与欧阳邦一个堂口，自然兄弟相称。姜婆婆转身得意地问大先生，咋个说，这下辈分不乱了吧？气得大先生直跺脚，唉！

欧阳生实在不愿听下去，连说，行！行！行！接着高声说，下面，听大先生说几句。

乡下人只要吃饱了，穿暖了，最听办招呼，何况大先生是他们素来敬仰的长者，瞬间安静下来。

大先生要站起来说，欧阳生忙按住，说，都是你晚辈，你就坐着说也无妨。哪知姜婆婆笑笑说，还有我在这儿。弄得大先生再也不敢坐了。欧阳生也只好依他竖直身子，如当年教私塾一样，摇头晃脑讲授起来：

自打盘古开天地，历朝历代，争田夺地，战乱不止。人民政府防止贫富悬殊，长治久安，实行土地公有，想出了人民公社这一旷世未有的举措，我们曾家上下人等，当初无一不拥护，无一不踊跃入社……

从此以后，贫富差距没了，大家一样穷。这两天，我昼思夜想，是何缘由竟至于此？思来想去，终无结果。今天听了诸位高论，让人耳目一新。庆贵说是人口增加，土地减少缘故。听说上午繁全说是众味难调，人心不齐所致。这些均有道理，可如何救治？在座众口一词，分了就好，连姜老人家都要求分地，让人意想不到……

自古以来，农民半年忙碌半年赋闲。从今往后，农民若能农闲之时，各尽所能，各得其所，空手出门，抱财归家……

欧阳生算是听明白了，就要他一句干脆话，分还是不分？

大先生脸上写满歉意，我，只能说到这份上。

全场寂静，都在品味，突然一片议论声起，如一把盐撒进油锅样炸开，人群中爆出一片喊声"分"！

胡公安见状，问贾支书有啥说的不？贾摇头。再问繁全，繁全一脸苦涩。问其他人，还是摇头。昝大爷不耐烦，说，别问了，快点分吧！再不分，社员会怀疑你几爷子贪便宜上了瘾，舍不得丢手。胡公安瞧眼下情形，忙催促欧阳生，不再议了，你一句话定了算。

欧阳生心里原本是包产到组，瞧众人吵吵嚷嚷，个个憋一口气，非得分干分净，而这也是他最担心的。见繁全几位大势已去的样子，没法指望他们再出面顶挡，只得一嗓子吼去：吵啥！指着闹得最凶的曾老八说，你别高兴早了，要不了两年，你会不如曾老四。暗想曾老四说的不是没道理，你走着瞧！随即高声宣布，就依大家的，包产到户，明天开始分田地。但话说前面，先说断后不乱，以后该给国家的咋办？

下面齐刷刷一声喊：交！

集体的提留咋办？

仍是一声"交"，那力度，远不及先前响亮。

欧阳生跟上一声，好！

欧阳生亮开嗓子大声说,大家说的都有道理,
分有分的道理,不分有不分的道理。

八

  欧阳邦告别曾家院子，晃着电筒跨上渡船，从船舱里传来甜甜的招呼声，欧阳伯伯，进舱来坐。欧阳邦用电筒从低处照照，竟是繁琴和她妈。惊讶问道，这么晚了，你们还上街做啥？
  去问个事。碍于船工在，三人再无多言。
  上岸后，进了向阳门，欧阳邦见母女俩跟着，转身又问，你们去哪儿？要不要我领你们去。
  戴维娅说，去你那儿，看你愿不愿领路。
  夜深，街上很少行人，路灯朦胧。戴维娅的话比夜色更深沉，让欧阳邦心神不安。停下脚步问，有啥事，你们就在这儿说吧，完了我找船送你们回去。
  戴维娅嫌街上无遮无拦不方便，高矮要去家里说。
  回到家里，欧阳邦烧了开水，里面放上红糖，用搪瓷碗端出来，说，趁热喝吧，抓紧把事说了好回家。
  戴维娅说，不用赶我们，事情说清楚了自然走，说不清楚，我们今晚就在这儿说到天亮。
  欧阳邦想，可能是庆贵家的风言风语。劝慰道，今天我就盯了他们一天，他们没乱说，你们也不要介意。真有啥，还有我呢。
  繁琴推推她妈，戴维娅知道催她入题，说，其实呀，庆贵说不说，我们不在乎，只在乎他说的是真还是假。

欧阳邦觉得母女俩神态异常,真不在乎,你们深更半夜来这儿做啥?劝道,我早说过,庆贵说的都是假话,你们应该相信我。

母女俩感到委屈,说正是相信你,深夜才来找你。你说庆贵全是假话,但真话是啥?你没说。换句话说,庆贵的假话假在哪?你得让我们明白呀!

欧阳邦为难了,与她俩解释,有些话我真不能说,说了你们也不相信。

母女俩不甘心,你话没说呀,你不说咋知道我们不信呢?

被逼呛了,欧阳邦想推也推不掉,只得精挑细选,拣自己认为能说的告诉她们,分寸拿捏紧,多一个字都得掐下来。欧阳邦说,我犟不过你们,这样说吧,欧阳生不是我生的,这是真话吧?欧阳生的爸妈我没见着,这是真话吧?就这些,信不信由你们。最后忘不了表白几句,我好歹也是袍哥人家,丢命不丢人,点水卖客的事,打死我也不会做,你们别再逼我了。

戴维娅见话说到这份上,扯扯繁琴,意思是问不出啥,我们走吧。繁琴不甘心,她要用命换个水落石出,叫声,欧阳伯伯,你想过没有,欧阳生的身世不只是我母女俩关心,还有人关心。

欧阳邦以为说的是喳闹婆,轻蔑地说,谅她不敢乱来!

繁琴提醒,欧阳伯伯,你也别说敢不敢的事,喳闹婆已在队里闹开了,知道的人不少,一封告状信上去,你咋知谁写的?到时胡公安甚至区上、县上来人找你,你袍哥人家也得服政府管,到时候还得实话实说。

欧阳邦嘿嘿两声,笑繁琴小看了自己,从小为朋友两肋插刀,什么风浪没见过?别说区上、县上的人来了,就是天上的神仙下凡,我不说还是不说。

繁琴又叫了一声欧阳伯伯,你义气谁都知道,不知你想过没有,欧阳生很快要成为政府的人了,政府用人,肯定要用身世清清楚楚、明明白白的人。欧阳生跟你姓欧阳,你的儿子,你弄得他的身世不清不楚、不明不白,政府说声不要这个人了,到时是政府着急,还是你着急?

戴维娅插话,是啊,身世不明,过去袍哥都不会要,现在政府还会要?

几句话让欧阳邦为难,事关儿子前途,不是一个装痴卖傻那样简单。想了想,还是拿不准。其实他心里也是一团乱麻,真让他说,他也未必能说清楚。当时,袍兄曾庆彪要他帮个忙,去重庆领养一个男婴,除路费之外,另给钱在镇上买了现在的住房。曾庆彪只要他把这孩子养大,并保守秘密。他所知道的仅此而已。听戴维娅说政府也不会要身世不清的人，果然急了，对繁琴说，你们先在此坐会儿，如困了，去我床上休息，我去一个地方问问再回来。说后开门离去。

听了欧阳邦的诉说，常医生踱来踱去，两只手背在身后，不停地握紧，松开，仿佛要把左右为难的事，揉成一团面，一股烟，一汪水，直到揉软揉散揉化。可这事如同长着硬核，无论怎样使劲，非但没有消失，反而更加硌人扎手。谁都会想到封口，常医生没这胆量，欧阳邦没这本事，硬不能杀人，软无钱收买。何况喳闹婆那嘴儿大得无边，搬座山去未必能堵住。依据当初的承诺，有事由欧阳邦凭着侠肝义胆去扛，眼下听欧阳邦一说，扛是扛不住的，不扛尚有回旋余地，一扛就露馅。那就实话实说吧！可清楚了就不清白，上面用人说的是身世无须清白，但必须清楚。那是因为清楚了好防备，决不会因为你身世不清白受到重用。看来实话也不能说。

可不说实话行吗？常医生问欧阳邦，你能对付吗？欧阳邦一副死扛的架势，我啊，你还信不过？

常医生也希望所有冲击在欧阳邦这儿化解，对他的真诚绝不怀疑，可对他的机智不敢大意，有心试一试，若有人问你，孩子是哪来的？

重庆捡的。

你咋知道重庆有这个男婴在等你？

袍兄告诉我的。

哪位袍兄？

曾庆彪兄。

曾庆彪三个字一旦现面，啥事全暴露了。瞒都瞒不住，你却一盘子直接端出来。常医生叹了一声，到底只有义气加力气，缺点灵气，才两三句话就露馅了。指靠一个直肠子的铁匠去哄骗人，实在是骗自己，趁早别打这主意。

又踱了几圈，常医生问，你与欧阳生说过他身世没有？

欧阳邦刀砍斧劈地说，没有！他至今只知是我从重庆把他抱回来的，此外再不知道什么。

常医生如同行医摸准了病症，松口气说，这就好了，你把一切承担起来，孩子不知就不存在隐瞒的错。出身不由人，道路选对了，应该无大碍。

欧阳邦听出来了，要他实话实说，也分外高兴，附带还替繁琴母女俩高兴，说，这下对了，那母女俩会高兴死了，婚事再没人说三道四。

常医生听说婚事，问谁的婚事？知道说的是欧阳生和繁琴，眼神里一丝酸楚析出，急说，这婚事不成最好，两人好不到老，喜少悲多。欧阳邦不解，在他看来，个头模样多般配的一对，选都选不到这样好，你咋说不好呢？马上要常医生说出理由，别拿老眼光不改，再来包办婚姻。

常医生闭上眼睛，不愿让欧阳邦看出伤心。他哪是想包办，他是在替欧阳生着想。都从年轻过来的，知道少男少女钟情些什么，相貌人才。说到般配，欧阳邦无非指的这个。自己当年就因一时眼花，闹个老来无伴。担心欧阳生也走自己老路。想到此，他要欧阳邦假话真说，依了曾家的说法，成了兄妹成不了亲。

轮到欧阳邦不明白了，啥叫假话真说？不就真说假话得了。为啥呀？

常医生说别管为啥，只为两人的家庭不合适。

欧阳邦越加不明白，啥年代了，你还讲门当户对。越想越不对，这不是你的为人。

常医生只得把话挑明，门当户对还是要，不讲贫富，不讲权势，但家教总得讲吧。欧阳生在你家长大，你教了他啥？诚信第一，义字当先，就算这是袍哥规矩，总还傍道而行。我看着他长大，他跟我学了什么？别的不好说，勤奋好学，洁身自好总有吧。你又去看看你说的那母女俩，母亲是个混血，夹杂了洋人的血统，全然没有中国人的羞耻心，人称洋马儿，谁都可以骑。她教出的女儿，会是什么样子，不用走访，猜都猜得到。

欧阳邦这才知道常医生说的门当户对，原来是指家教门风。可繁琴这孩子实在逗人爱，刚才说自己那一番话，入情入理，不像是淫荡之人。转而对常石说，我看繁琴这孩子不会是她妈那样的人，今年都二十出头了，可没听见半点不好名声。即使受她妈的不好影响，结婚后，经欧阳生的帮助和你我的管教，就有啥不好的也会改过来。

常医生犹豫了，有些拿不定主意，对欧阳邦说，那就别把话说死，凡事往后推一推，看看情形再说。再把欧阳生叫回来打声招呼，近期别去招惹人，尽量避免与人结怨，减少麻烦。生产队的事，能推就推，能拖就拖，实在要办的事，也让队里其他人出面。无论如何，录用通知没下来前，不能有任何不好的反映。

欧阳邦回到家，母女俩仍干巴巴坐着等他。欧阳邦自己倒了碗水喝，按常医生所教的话对母女俩说，我去找了个朋友，他与欧阳生的外婆熟，答应写信去问问，有了回信，我会及时告诉你们。

戴维娅听事情有了着落，心想等就等吧！起身拉繁琴，我们走吧。繁琴甩开母亲的手，妈，不知你急啥，他这话等于没说。转脸对欧阳邦甜甜地叫了一声，欧阳伯伯，我知道你为难，怕伤了我们。其实没啥，只要是真话，我们能接受。你如果实在为难，请告诉我们，你朋友在哪儿？我们自己去找他。他如果也为难，请告诉欧阳生外婆的地址，我们自己去问。欧阳伯伯，你说好吗？

欧阳邦眼直了，撒谎编故事不是他的长项，让繁琴几句话就给问住，不知怎样答才好，只能敷衍道，这不好吧，就十天半月的时间，还是等一等好，不要太着急。

繁琴听他口气不干脆，为难之外，还有几分心虚，索性再使一把劲，叫声欧阳伯伯，你实在不愿说不勉强。你可别怪我们着急，你是不知情，我若说出来，你会比我们更着急。

戴维娅惊讶地看看女儿，你有啥事我咋不知道？欧阳邦没被吓住，说有啥让我着急的，大起胆子你说嘛，看你欧阳伯伯会不会吓趴下。

繁琴看他无知无畏，有意捏一把，做出不愿说的样子，起身催道，妈，我们走，跟他爸说不清，我们去找他本人说，走！欧阳邦一下急了，知道他们要去找欧阳生的麻烦，忙伸手拦住，你们找他干啥？

繁琴不容商量的口吻，说，他做的事他知道，我们走，不能上辈身世不明，下辈身世又不明。

繁琴看似说得含含糊糊在隐瞒啥，可又分明是在告诉人，下辈人似乎是有了，就在她肚子里。如同一盆火在屁股下面烘烤，让欧阳邦一下坐不住，马上把住门，死活不让开，一个劲劝母女俩坐下说，啥事都好商量。

母女俩重新坐下，繁琴话又开始软和，欧阳伯伯，别怪我们不尊重你，我们也是被逼无奈了。我们孤儿寡母，遇上这样的事，说不着急是假话。本想直接找欧阳生，他做的事该他承担。可又一想，他正是跳出农门的紧要关头，担心他万一承受不起，真把他逼得有哪样，我们也不忍心。我也想好，这个错也不错在一方，我也有责任，只想在你这儿讨个实话，我和他到底是不是兄妹？不是，我替他担着，生和不生由你欧阳家定。若是亲兄妹，千万别让欧阳生知道，我自会去了结，生死与他无关。如果欧阳伯伯连句实话也不给我们，我们只有找欧阳生，让他来找你们。哪样做才对？欧阳伯伯，你教教我们！

欧阳邦一下慌了神，赶紧说，你们再坐会儿，我去去马上回来。

繁琴不愿再等，说，你去找你的人，我去找我的人，没心思在这空屋里傻等。两人起身又要走，欧阳邦不敢再动步，忙劝两人坐下。只得将他知道的欧阳生身世从头说来：

当年，的确是庆彪兄安排大嫂来找我，去重庆接一个男婴回来抚养，并给钱买了现在这房子。在重庆，见着欧阳生的外婆，亲手把孩子交给我。孩子母亲没见着，他外婆说死了。他父亲是谁？他外婆没说，我也不好问。后来也曾问过大嫂，这孩子你们咋不收养？大嫂说，这娃与先前的繁轩繁琴不同，她妈指定要送给老家一个穷人养，你是一个袍哥，重情义，打铁出身，又无家室，正缺后人，最合适。这就是真话。

听了半天，繁琴所关心的还是没弄明白，说，不可能就这些。

欧阳邦反过来求饶，就这些了。

戴维娅顿时心生怀疑，质问他，你以前说的那些话哪来的？什么与曾家没一分钱的关系，什么他外婆还在，姓罗的青年军官又是咋回事，你说！

欧阳邦头上冒大汗，比火炉前打铁还热，连说，我再想想，是有那么回事。后来见你家繁琴与欧阳生好上了，我又去重庆找他外婆问过，他外婆又把先前那些话收回去了。

繁琴听来仍是一头雾水，怀疑他有意隐瞒，生气说，你不愿说算了，你把他外婆的地址给我，我们自己去找。

欧阳邦感到再说下去，自己会被逼疯，忙去里屋找出一个信封来，把里面的信抽出来，空信封交给母女俩，说，这还是前几年来的信，不知还在那儿住不。

赍人谷这几天好热闹,跟人比赛似的办婚事,
好像月老欠了他曾家的,要拼命牵线还债。

赛人谷这几天好热闹，跟人比赛似的办婚事，恰像月老欠了他曾家的，要拼命牵线还债。新媳妇全是土地婆生的，自带田地。仅一个择期，合生辰八字，就让大先生抓狂，十多起赶在一块，还得是佳期绝配，保证婚后家家六畜兴旺，五谷丰登。面对这帮曾家晚辈，匆匆来，又匆匆去，脚步声像鼓槌，擂得心颤抖。大先生颇生感叹，圣人家风，荡然无存啰！记得家父生前常念叨，宁卖祖宗田，不丢祖宗言，不单是方言，还有祖训和家传。瞧眼前这帮后人，为一亩三分包产地，全然不顾家族声誉，祖宗教诲，犹如一群乌合之众，结婚跟赶场似的，吆喝一声就上路。心中默默捋了捋，从提亲、会面、看房、清话、下聘，立婚约到开庚，择期、送亲、迎亲、拜堂、回门，千年传承下来的习俗，代代都这样走过来的，自有讲究，一步少不得啊！提亲能少吗？少了不成了抢人拐卖？会面，必须的。即使过去婚姻包办，男女双方可能没见面，但双方家里人是见过新人的。即使现在男女也必须见面，这不能少吧？看房，是每个当妈的对女儿的关心，女儿未来去处，能不看吗？不仅住处，还有田地、出产、出门方便等，哪一样都得让母亲放心才行。看完房得给人回复，答应与否，对方等你一句话，所以叫"清话"。不同意，事儿到此终止。若有意，这时才有下聘一说，聘礼才会有人收。接下来自然是立下婚约，此后，双方不得与另外的人谈婚论嫁。谁要悔婚，谁就缺德，那是要花大代价才脱得了干系的。

眼下为了一亩三分包产地，前面都省了，直接下聘礼，一叠钞票通吃。这女方的家长也是放得下心，眼皮一奁，收钱就把女儿的生辰八字开了，就来找人择期，这为人父母也太不把女儿的婚事当回事。造孽啊！

真按风水先生的行规，这些活儿是没法接的。这些话还不能对人说，真说穿了，从此后辈不信这些传承，不认天命，不敬鬼神，那情形更可怕。大先生话不能说，活儿还不得不干，即使走过场还不得不走。

屈指算来，离除夕没几天了，明天腊月二十三，送灶神爷上天言好事，这一天若是办婚事，灶神爷会咋想，我一离开你们就办喜事，怕我喝你们喜酒啊？这无论如何不妥。再往下推算，今年腊月二十九是除夕，二十八家家要推磨准备年饭，这两天也不宜。余下二十四到二十七，四天中除去一个黑道日子，只有三天。大先生东将就西将就，勉强将十余家婚事打包糅进这三天里。至于合生辰八字，那就免了，只说般配，有点不尽人意，但也关系不大，收拾收拾就好了。

说关系不大，是大先生对自己说的。他心里明白，这男女双方早约好了，我这里说好说歹，不起作用。人家不知费了多少劲，才撮合一处，婚是铁定要结的，何苦去说一些扫兴的话。

佳期批语开出去了，可没多久，又陆陆续续退回要求重来。缘由是今年特殊，不能只看天意，还得看人心，必须得考虑干部能否到席。特别是生产队长，必须请到上席就座，说白了，这个婚就是结给他看的，他点了头，才分得了土地，这婚礼才算成功。照先前的日子，队长从这家喝了喜酒，再跑半个小时到第二家，别把队长累坏了还走不完。大先生只得重新安排，午时阳气最盛，这个时辰不能动。再依居住地点，紧邻的几个院子安在一天，一张包含天意人心的婚礼日程，凑凑合合出来，换张红纸重写一遍交给婚家。对和不对都是它了。

婚家捧着红帖子，一个接一个找着欧阳生，你看，大先生日期都看好了，请队长无论如何给个面子，到时来喝杯喜酒，说上几句吉利话，让新人沾个光。

开初几个，欧阳生来者不拒，后来多了，欧阳生开始生疑。把小先生找来，问是咋回事？你爸是不是说了啥？比如明年是寡年，不宜结婚，今年要抢着办了之类的话。

小先生说，这事不怪我爸，只能怪你。

欧阳生一脸不信，咋怪起我来了？

小先生肯定地说，只能怪你。当时会上有人问你，哪些人才能分田地，你记得不，你是咋回答的？

欧阳生没忘，当时说了有一个算一个，这有错吗？小先生气他至今糊涂，你错就错在没把话说断，有一个算一个，包括哪些人？到什么时候截止？全没有说明白。

欧阳生还是认为再清楚不过了，就是生产队现在的所有社员，包括那些受委屈的候补社员，有一个算一个。这还有啥不明白的呀？

小先生说，人家听的意思不一样，以为只要家里有一个人就算一个人。

欧阳生问，这不一样吗？

小先生提醒他，大不一样。现在人家赶紧娶媳妇，就是赶紧增加人。人家给你的喜帖，那就是一个通知，告诉你，我家又有一个人了，所以家家办喜事都来请你去。你以为那喜酒好喝啊，喝了要认账的。

欧阳生仍没当回事，还笑笑说，只要办了手续的，我说话算数，有一个算一个。

没等他说完，小先生告诉他，有屁的个手续。这队里的人，除了工干家属，单位有要求外，没有一个办结婚手续的。祖祖辈辈传下来的规矩，喝了喜酒，拜过堂就算结了婚。

欧阳生手一挥，不行，以前我不管，这次结婚的，一律凭结婚手续分田地，时间就定在动手划田之前。喜酒我一个都不喝，免得吃了人的口软。

小先生问他，繁轩的婚礼你参加不？听说你是当着女方答应了人家落户分粮的，包括生孩子上户在内。

欧阳生认为繁轩不同，都快三十的人了，他办手续没问题。没想到小先生告诉他，繁轩也没法办手续，女方不到十八岁，差两年。

欧阳生一下蒙了，这咋办？对小先生说，那就退一步，男女总得有一方到年龄才行。小先生表示这也做不到，有的娃娃都满两岁了，爸妈还没到结婚年龄，早已在队里分粮了。欧阳生记起常医生的话，尽量不要招惹谁，遇事要抓大头，眼下的大头就是平稳地把田地分下去。于是说，把这几个人都算进去，明天上墙公布，全队统一抓阄排号，按顺序四个作业组同时动手，年前划分到户，此后一律不认。小先生想想又问一句，你要不要一份？欧阳生笑了，还是给我留起吧，毕竟通知没拿到手。

分手时，欧阳生问繁琴到哪儿去了？这两天没见着人。小先生告诉他，母女俩在他那儿开了个证明，说去重庆办个事。问啥事，小先生怪怪地看着他，你会不知道？

这一批十多个新郎，数曾老幺最简省，不要媒人，不办婚礼，自然不找大先生择期合八字，带一个女孩子去小先生那里，说声，叔，我也安家了。这就是你侄儿媳妇，分田地时别把她忘了，改天请你喝喜酒。

小先生一看，两个人穿得花里胡哨的，哪像种庄稼的人，听他说要田地，而且还是两个人的，暗自发笑。既然人来了，不得不说他几句，幺娃子，别怪叔不提醒你，田地给你是种庄稼，不是给你练拳脚，从今往后再没有基本口粮的说法了，要吃饭得自己动手。

幺娃子似乎弄懂了才来的，说这些我知道，只是叔你别忘了，我是两个人的。

小先生说欧阳生定的规矩，问他要手续，幺娃子变脸变色地不爱听，叔，一家人不能拿两样心待，全沟的人都没交手续，独独向我要，这分明欺负人嘛！弄得小先生没话回他，只得给他记上，还得让他抓阄，依顺序划田地。

这事好玩，在每场婚礼上流传。繁杰想想心里不是滋味，回去找他爸庆贵闹，说有爸的还不如没爸的，也要娶老婆分田地。

庆贵骂他，你能干，你自个带上女娃娃去，找你庆素叔要。没出息，只知道回来找大人闹。骂是骂了，想想也不怨孩子，孩子的婚姻大事是得大人考虑。这个小儿子初中没毕业就回来务农，人本分，一晃也快二十了，在乡下到了娶亲的年龄。说过一门亲事，正凑彩礼，听他一闹，让两个老的有了想法，早娶晚娶都是要娶的，过了这几天，娶回来没了田地，要吃大亏。急忙找来繁芬，要她帮补千儿八百，把彩礼凑足，就这两天把人娶过来，好分田地。

繁芬刚说声与繁杰他姐夫商量，喳闹婆就吵闹起来，骂女儿不要良心，这些年在娘家，占爸妈多少便宜，为亲弟弟娶亲周转几个钱，竟挖肉一样舍不得。

繁芬气得跑去公社打电话，跟老公吵，扬言若不寄钱回来，就老婆娃儿到单位上来闹。

过了两天，事儿终于说妥，姐夫垫钱，女方松口，大先生择期。可小先生不答应了，道声庆贵哥，你也当过队长，遇事咋不早点拿主意？指着墙上分田地的花码，你看看，田地都分了，一个萝卜一个坑，你现在来找我，我到哪儿去拿田地给你。晚了！

费这么大的事，突然听说晚了，喳闹婆一下跳起来，扯下花码撕得稀烂，分！分！分！分他娘的卵，个个都没事，连幺娃子街上随便领个女娃娃回来都算数，轮到我们就过时了，天下没有这个理，分了也得重新来！

庆贵没闹，毕竟与小先生联手多年，脸一下变不过来，压住气问，这事找谁才能改过来？

小先生说，自然是队长哟。不过找他也为难，田地已分结束了，为你一个人抹了重来，其他社员不答应。

庆贵眼睛瞪圆，当着未来儿媳妇的面，他咽不下这口气，我不管谁答应不答应，我只问他欧阳生要一个人的田地。你带个信去，大家将就点，逼急了，谁也别想清静，闹翻了都不好看。

话很快带到欧阳生耳朵里，欧阳生只当耳边风，你想闹就闹吧，别说人闹翻，就把山翻过来也无法，一块田地一个主，谁也不怕谁。

几天不见繁琴母女俩，城坝三队的人感到缺了啥，风吹起，响声也起皱褶。除了曾家院子那间老柴房，人们想不出她们还有别的去处。草木起疑，摇头晃脑猜测起来，临近过年了，她们遇上了啥？多数人认定是嫁人了，因为她俩都有嫁人的资格。还有可能，霉运到了，遇上了人贩子，刚好是上次严打漏网的那几个。

欧阳生不相信这些流言。小先生说在他那儿开了外出证明的，是到重庆去办事，没听说有拐卖人口到大城市的。母女俩去重庆做啥？欧阳生问小先生，小先生只听说去找人。反倒问欧阳生一句，你最应该知道。欧阳生只知道开会那天晚上，严格说来是第二天的凌晨，鸡已叫了，广播还没响，《送公粮》还没开始，繁琴来找他，神态疲惫，语气有些酸楚，硬性推开欧阳生尚未合拢的双臂，生分地叫了一声，生娃哥。面对欧阳生诧异的面孔，繁琴凄婉地说，今天就问几句话……

两人之间顿时竖起一道冰冷隔墙。

欧阳生记得她的问话，生娃哥，你知道你爸妈在哪儿吗？欧阳生愈发惊奇，这是一个谁都知道，谁都不愿问的事，咋今天她想起要问？欧阳生机械地摇摇头。不等回答，繁琴又问，你恨他们不？仍是摇头。又问，你爱他们不？欧阳生平淡地回道，说不上。恨和爱都缺理由，他们舍弃我，肯定有原因，这原因是可恨还是可怜，是无奈还是无情，我不知道，哪来的爱和恨？

繁琴不认为爱和恨还需要理由，抛弃就是可恨。

欧阳生说不一定，你看书上写过，战争年代，有孩子生下来就送人的事，多少大人物也无法幸免。

繁琴想想，似乎认可。又说，假如你的父亲同我的父亲一样，留给子女的是羞辱和苦难，你会原谅他们吗？

欧阳生听了莫名其妙，我的父亲咋会同你的父亲一样，即使同样的苦难羞辱，要么更深重，要么更微末。

繁琴解释，我说的是假如。

欧阳生顺着她的话说，假如是一样，我认为留给后人的苦难和羞辱，绝不是爸妈的本意。我也会认了，毕竟他们给了我生命。

繁琴说，我不会原谅，我会把生命还给他们。

欧阳生正细细琢磨其中含意，繁琴又问，人死了有魂魄吗？

欧阳生表示不相信，人死如灯灭，啥也没有。

繁琴坚持说有，你看每到清明年关，家家户户都去上坟做啥？

欧阳生说，那是一种怀念，是活起的人对死者的情感牵挂。

繁琴问，你会牵挂我吗？

欧阳生笑着说，你活生生的一个人，我想你时，把你搂在怀里就是了，还用得着牵挂。不解问，你咋说这晦气的话？

繁琴有点满意，嗔怪道，人总是要死的嘛，说了就灵了？

欧阳生而今想起来，那晚她是来告别的，自此再没见着她人影，愈想愈怕。

大先生、欧阳邦、欧阳生被紧急召唤到常医生处，四人的眉头皱成迷宫，东寻西找这母女俩的去向。

欧阳邦很是自责，那天晚上他也是被吓昏了，听繁琴说怀上了，一时慌了神。千不该，万不该把地址拿出来，这母女俩十之八九是去了重庆，找欧阳生外婆问究竟去了。愈说愈后悔，那是几年前的旧地址，两个乡下女人初次进大城市，不知会闹出些啥事来。

听他一说，大先生忧心忡忡，我也是性急点，忙忙地把真相说了。眼下，我只担心她母女俩去的路大，回来的路小，若是真的有啥误会，依她两人烈性子，恐怕见面已是别路。

常医生十分担心真相显露，不怕母女俩知道，她们终究会知道的。只怕她们这一闹，让上面的知道了真相，会影响欧阳生的录用。责怪欧阳邦处事不慎，怎么也不该去招惹庆贵夫妇。没那两个祸秧，就不会吓走母女俩。

欧阳生听他们左一个真相，右一个真相，自己蒙在鼓里。尤其听说繁琴怀上了，很是生气，说，没那事！别听她瞎说。又问三位，啥真相？能不能让我知道。大先生看看常医生，常医生看看欧阳邦，欧阳邦见两人的意思是该说的时候了，对欧阳生说，娃娃，实话告诉你，我不是你亲爸。

欧阳生没觉什么意外，这我早知道，你一个单身汉哪来的孩子。我是你从重庆磁器口捡来的，父母早死了，是不是？

听欧阳生牢记在心的，竟是自己多年哄骗他的谎言，欧阳邦五味杂陈。从小到大，为欧阳生要妈妈，欧阳邦不知训斥过多少回，用先前的谎言强迫孩子记牢。有几次，孩子受不了街上人的嘲弄，回来吵着要妈妈，欧阳邦咋哄不起作用，把他铁匠脾气惹犯了，打得孩子屁股青一块紫一块。想到这些，欧阳邦喉咙发硬，如一节骨头哽住，说声，我对不起你，这些年没给你说实话——张开嘴再也说不下去。

大先生见状于心不忍，接过话说，孩子，别怪你养父瞒着你，他只想你身世清白，是为你好。见欧阳生点头应允，想他理解就好。索性替欧阳邦把话说了，过去你小不敢告诉你，只为你生父不能提，他是曾庆彪，你妈是四太太。

啊！感到惊奇的不仅仅是欧阳生，还有欧阳邦、常医生。面对三人瞬间定格的大嘴，大先生也惊讶了，我说错了吗？

自从欧阳生被抱回三江镇，大先生听曾杨氏就是这样说的，从未变过，以致他始终认为欧阳邦和常医生心里的真相，同他的一样。

欧阳邦的惊讶不仅因谜底不一样，让他感到意外的是这样的话出自大先生之口。这位德高望重的长者，说出了未经核实的流言蜚语，加深了他对繁琴母女的担忧，从大先生嘴里出来的话，足以让母女俩自杀无数次。

常医生叫声老哥哥，你这话从哪来的？大先生回答爽快，曾杨氏说的呀！生前一直这样说。常医生微微点头，他知道了真相是怎样变味的，更加担心繁琴母女俩的生死。对三人说，真相以后再细说，眼下要紧的是把人找着，最怕那个姓温的神经老耄也张口乱说，那母女俩怕是回不来了。

  繁琴这次出门，忧喜掺半，第一次进大城市就进了派出所。派出所为了确认，依信封上的地址，把搬了家的温老太婆找来对质。公安面前不敢有半点假话，温老太婆承认女儿曾嫁给曾庆彪做小，但外孙欧阳生父亲姓罗，与曾庆彪没关系，更与眼前这两个女人无关系……
  幸好乡上那天接电话的是茅书记，拍着胸脯担保，两人只是血缘里通外国，再无做任何坏事的可能。派出所因此定为"盲流"，享受吃宿坐车不要钱的待遇，一站交一站，最后由胡公安领回乡上。这遭遇够丢人的，整个城坝村除了幺娃子外，没人敢比。但这所有的懊丧抵不了温老太婆一句话带来的兴奋，"欧阳生父亲姓罗"，足够繁琴在床上翻筋斗乐的。
  戴维娅是过来人，喜和忧对她来说不会久留，提醒女儿，镇上两个老人处还得早点去走走，早点讨得他们的喜欢，这婚事才牢靠。
  没回曾家院子，直接去找欧阳邦报喜。还在街口，娘俩老远瞧见欧阳邦坐在门旁，条凳上还有两位街邻，正口沫四溅聊得起劲。娘俩赶紧准备表情，一堆笑意坠挂脸上。娘俩笑得有点过头，仿佛下南洋发大财回来。街邻感到诧异，用手推了推欧阳邦，再朝街口努努嘴。欧阳邦立刻变了脸色，如大祸临头，示意街邻起身，抄起条凳就往屋里钻。
  繁琴紧赶几步，抓住条凳后两只腿，没让他关门。毕竟不是打架，欧阳邦不能动粗，顺势将条凳骑在门槛上，人横坐条凳上，用背对着娘俩，直接不让娘俩进门。繁琴知道他为重庆之行生气，被遣送回来，在他看来是难以接受的丢人现眼。繁琴暗想，难堪的是我们，我们都挺过来了，你有啥丢不开的？可他毕竟是欧阳生的养父，还得恭维着，觍着脸叫声欧阳伯伯，我们去重庆，事先可是经你同意的。
  欧阳邦一下惊叫起来，我咋同意的？你要死要活的，又是怀上了，要找这个找那个的，我说再问一下也不准，不松口行吗？咋啦！现在还赖在我头上了？
  戴维娅劝他消消气，不怨谁，有错的是我母女俩。这事儿也过了，也弄明白了，早晚是一家人，你这把人拦在门外，算个啥？

欧阳邦没起身，仍是高矮不让，在骂声中，繁琴总算听明白他生气的缘由。

昨天，欧阳生被通知去了县里，上面找他谈话。走之前，茅书记问他为啥隐瞒身世？录用的事，怕是没指望了。欧阳生忐忑不安，欧阳邦想得更严重，说不定也会像这母女俩一样，被遣送回来。正着急，这母女俩撞上门来。

戴维娅不服气，这事儿可与我们无关，在重庆虽没有严刑拷打，也够吓人的，我们够可以了，守口如瓶，有关欧阳生的事，半个字也没吐。至于县上怎么知道的，人家重庆有档案呀，连常医生下放渠县都登记得一清二楚，哪还用着我俩招供。既然有人告黑状，散布谣言的人还缺吗？除了我们，知情的大有人在，譬如庆贵呀。

欧阳邦一听提到庆贵，更加是气，因估计庆贵为他孩子分地要闹事，他亲自托大先生登门化解，已许诺，只要欧阳生录用通知一来，他那份土地就归庆贵。你说庆贵还会去搞二搞三吗？所有的事儿都坏在你母女俩身上，去重庆的事连赛人谷大人细娃都知道，上面会不知道？

繁琴一身豪气上来，噼噼啪啪一通豪言壮语：就算全是我的错，我认了，不躲不闪。欧阳生当官，我是他的老婆，欧阳生霉了当农民，我还是他的老婆。他讨口，我给他挎提篮，他坐牢，我给他送饭。康庄大道我跟着，黄泉路上我陪着，这够了吧！你还要什么？若是欧阳生当官用得上，我这还有一条命。需要，你说个死法。

这番侠肝义胆，把欧阳邦这位老袍哥镇住了，先前只觉她丢人现眼，可而今，人家天大的事一身担，此番侠义，搁在当年袍哥堂口上，那也是一个顶大的彩头！

正当欧阳邦发愣时，常医生从街对面过来了，那神态姿势，长者风范中透出威严。真相早已坦露于世，他作为外公的态度也要明朗。自己当年也是一时心软，依了父母的势利选择，娶了不识大体、蛮横剽悍的温世洁，害了女儿，害了自己。眼看着繁琴俨然是新一代的悍妇，老人家顾不得斯文，及时出手，一心不让外孙重走自己的老路。

常医生几步跨过街，目光如剑，母女俩忙将身子摆正，欧阳邦也从门槛上立起身来，抢着与他打招呼，常医生早！常医生微微点头，先指责欧阳邦，亏你还是一个长辈，不知待客之道，大街上争论后人大事，让人笑话不笑话。话完，前去方桌上首坐定。欧阳邦跟着进屋，抱出碗来上水。母女俩也相继跟着进去，依常医生的手势在下首相挤坐下。

待大家坐定，常医生说话了，看似说欧阳邦，却句句说给母女俩听的：不是我想说你欧阳邦，这事儿从头至尾都是你的错。你的儿子，无论摊上多大的事儿，哪怕是杀头灭门，也无关曾家姑娘半点干系，可你却让人家操心操上门来了。亏你还在江湖上混过，竟没半点担当。

转过来对母女俩说：既然你们啥都知道了，我也有话直说。先替我的外孙感谢你们过去对他的关心帮助。但什么事都得有个界，关心也不能过度，所有事情到此为止。今后无论欧阳生会遇上什么情况，请你们让开，均与你们无关。无论过去你们说过什么，做过什么，我概不计较。可今后无论你们出于什么心思，再管欧阳生的闲事，我都不欢迎。不知我的话，你们听懂了没有？

母女俩听得一愣一愣的。对欧阳邦的霸王硬上弓，她们不怕，你硬我比你还硬。可常医生一番话，竟让她们找不到还口的地方。人家一句话挑明两位年轻人的关系，就是普普通通的社员关系，谁对谁都没有责任，也没有义务做什么，或不做什么。要你洁身自好，要你不乱插手，天经地义，可也是绝情绝义。

戴维娅一脸绝望，心中早已预料的结果，没想来得这样快速决绝。

繁琴眼泪被怒火炙干，逼视着两位男性长辈，不能示弱，也不能逞强。好一阵心态才平静，她问道，常爷爷，你说这些话与欧阳生商量过吗？是他的意思，还是你的意思？

常医生淡淡说道，有理行天下，他说与我说会不同吗？

繁琴语气肯定地说，我与欧阳生有关系还是无关系，常爷爷你说了不算，欧阳伯伯说了也不算，我妈说了也不算，只有欧阳生说了算，只有我说了算。先前那些话，你说可以，欧阳伯伯说也可以，若是欧阳生说出来，我会要了他的命。欧阳生无论当官还是当农民，我都一样跟他侍候他，这不是管别人的闲事，这是我一辈子的大事。我也请你们当长辈的不要来包办这事,说句不中听的话,那才叫管闲事。

照繁琴的说法,她与欧阳生的事,除了两个人,谁管都是管闲事,再往下说已无意思。

大家不欢而散。

欧阳生回来了,录用通知书给了,只是拟任职务栏中,副书记画了一杠,填写上干事。就这干事,还专门请示了王书记。人事部门照老规矩,身世不明,不予录用。据送审的同志说,王书记思忖良久,说了一句,一个孩子,他知道啥?别等几年又来纠错。批了个录用。

回到三江镇,几家人都找来了。

大先生一反常态,拉住欧阳生语重心长说,孩子,过去我反对你与繁琴来往,那是我昏聩糊涂,没弄清究竟。可现在你若变心,那是亏了良心,是在羞辱老曾家。繁琴纵有千般不是,咋管咋教是你欧阳家的事,可始乱终弃那是畜生才干的事。

欧阳邦没说多的,只等儿子一句话,他自会来个壮士断腕,快刀斩乱麻。

直到大先生告辞,欧阳生也没吭声。

常医生对外孙讲,婚姻是你自个的事,但我得提醒你,相貌差点没关系,经济差点更没关系,唯独文化差了,十多年的学校教育缺失,凭谁也没法弥补。你得三思而行。

繁琴单独来了,从公社找到镇上,再从镇上找到知青点,几个来回,终于在知青点把欧阳生堵住。他正收拾东西搬家。繁琴一步跨进门,反手将门带上,张开双手朝他扑去。欧阳生一手挡住她,拉开房门,让阳光给繁琴一个警示,今天的太阳不是以往的太阳。

得知繁琴去重庆的缘由,欧阳生又爱又怕。既为她的真挚感动,又为她的任性担忧,真怕有个三长两短,瞬间便成永别。后来重庆来电话,繁琴的举动牵连上下左右,让自己的仕途险象环生,差点一个趔趄摔在农门门槛上。

幸亏英姿知道得早,及时找她父亲面见王书记,说了什么不知道,少不了海峡两岸加起义将领,王书记听进去了,才有了签字时的宽容。在英姿家庆贺时,欧阳生得知其中曲折,对英姿的感激和对繁琴的怨意一并萌生。回家后,外公语重心长的教诲,又使他有了情感之外的比较,繁琴和英姿,突然在脑子里撕扯一团，帮谁不帮谁？一时竟让欧阳生拿不定主意。

此时，欧阳生的生冷，一下冻醒繁琴，双手软下来，端端正正站在对面，叫声生娃哥，一时不知所以……

自打迈出家门去重庆，繁琴就有了死的准备。一旦坐实她与欧阳生是亲兄妹，再没打算回寳人谷。无论死在江水里还是河水里，都比死在曾家人的口水里强。当听说欧阳生与自己不是兄妹，繁琴如同捡了一条命回来，世界都是全新的！庆幸、喜悦盖过一切，竟连遣送是啥全然不顾，只要是回家就行，把押送当作护送，一站交接一站，欢天喜地享受免费旅游。直到进了三江镇派出所，听见民警训斥，才知被遣送是丢人的事，而且是丢了全三江镇的人，当然也丢了欧阳生的人。

委屈羞辱愤懑骤然而生，母女俩回到家关上门，饿着肚皮怄了一通宵闷气。相互劝解，事儿不出也出了，别人咋看不管他，只要欧阳家不计较就行。

谁知见面后，欧阳家老人冷冰冰拒人千里，更让人揪心。从欧阳家出来，繁琴不要母亲跟着，独自寻欧阳生探问究竟。这一切皆因欧阳生而起，不知他咋想？本想在他怀里痛痛快快哭一场，将一腔苦水倒出来，换他一句体己话，一阵抚慰，一个热吻。不想一切空望，见着的是一脸冷漠，成了全然无关的陌生人。那生硬的一推一让，让繁琴猛然想起，生娃哥已是吃商品粮的干部，难怪几天找不着人，即使人寻着了，情感已不见了。以前的农民生娃哥正在消失，眼前的这位干部碰巧也叫欧阳生。一种不祥之感滋生，欧阳家老人的话在生娃哥这儿应验了。繁琴怯生生地说，生娃哥，我给你丢人了。

岂止丢人，欧阳生说，你差点让我丢了饭碗，丢了前程。这下好了，工人阶级要变成剥削阶级了。

啊！连成分也要改呀？这可是关系子孙后代的事。繁琴眼直直的，头晃了晃，砰的一声撞在门枋上，人顺着滑下去，留下鲜红一竖，如同一个感叹号，停在地上那一汪血泊里。

欧阳生先是一愣，赶快过去，一把搂住。任凭繁琴头歪在怀里，一滴一滴往心里流血。

繁琴缓过气来，哽咽着说，今后再不敢了。只要你能跳出农门，即使嫌弃我这个农村社员，我也不怨你，只怨自己命不好。你怎样说，我都听你的。

　　欧阳生苦涩地笑了笑,把繁琴搂得更紧,用下颌抚摩她的头发,不无忧心地说,啥都不怕,只怕你性子太野,我管不住,你也管不住自己,会生出许多是非来。繁琴双手死死抱紧他肩头,头埋得更深,话语伴随眼泪出来,再不敢了。欧阳生用手轻轻梳理她的鬓发,一绺一绺理向耳后,露出精致的五官。他抬起头望着远方,兀自言说,今后的日子长……

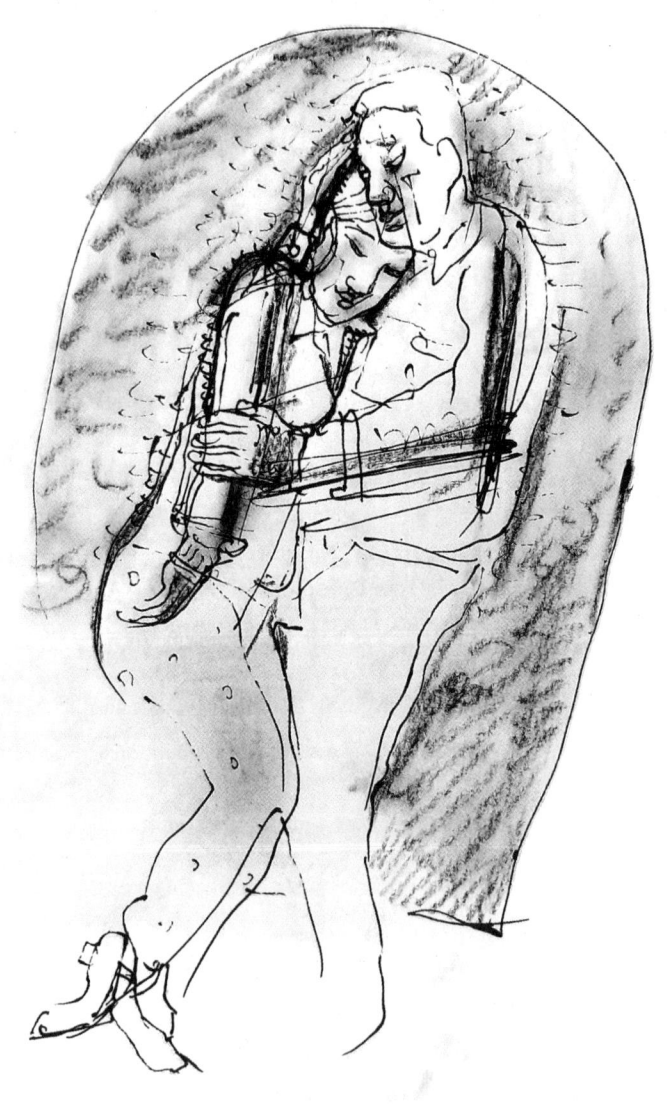

欧阳生一愣,赶快过去,一把搂住,任凭繁琴头歪在怀里,一滴一滴往心里流血。

九

这几年，天变得很乖，成了农民的丈母娘，要风给风，要雨给雨。人发奋，天作美，杂交种和化肥发力，粮食一下从地里涌出来，往仓里流淌的哗哗声，掩埋了喊饥叫饿的声音。产量统计再不为难，没了讨价还价，上面说你报多少是多少，下面说你要多少报多少，最后一句话，有多少报多少。

庆贵又当了队长，乍一听没人相信，可细细想来，他当队长也正常。田地包干后，村社干部两手空空，既无权管人，又无权管事，队长成了不痛不痒的职务，凑数的活儿，当或不当，对谁都正常。

到了报产量的时候，庆贵懒得挨家去统计，就自家产粮约了约，报了个增产一成上去。好在一肥遮百丑，只要是增产，没人计较增多增少。家家户户一下多出了几百斤上千斤，从来只缺粮食，突然有了粮食缺储具，弄得家家手忙脚乱修粮仓。

老四家粮食增加最多，不仅楼板没卖，还买回木料建了一个仓，第一年收了半仓，第二年就上了顶。

谁也没想到，受益最大的是山上柿子坪四队。历来靠买粮吃，现今粮食多了，粮价从半空中跌下来，七八毛一斤的大米，嗖的一声降到三四毛。可木料需求却因建房修仓增多，价格同样嗖的一声上去。这一上一下，弄得山上的人像坐了花轿，晃悠得合不拢嘴儿。

繁琴这两年活得累，农活累不算累，心累才叫累。自从欧阳生到了公社，一年升几级，先是公安员，没到半年，胡公安当了副书记，空出位置，欧阳生当了公社革委会副主任。

到了年底，公社革委会改为公社管委会，胡公安当了管委会主任，欧阳生接替他当了党委副书记。又过半年，人民公社没了，招牌换成乡政府，胡主任说好改为胡乡长，正往上飘，谁知咚的一声，他老婆掉了一个娃娃下来，第四胎。胡乡长跟着咚的一声掉下来，又成了胡公安。这乡长位子，往旁边一挪，暂时由欧阳生蹲着。

按说少了出身成分的焦虑，夫荣妻贵，繁琴该高兴才对，可她高兴不起来，成天担忧这"妻"不成"贵"会飞，吃饭不香，睡觉不稳。繁琴把愁绪理了理，发觉感情在名分上起了疙瘩，名不正则言不顺。繁琴认为是铁定夫妻，欧阳生却让婚姻不揭牌，要先立业后成家。就因没正式结婚，弄得人家叫乡长娘子，繁琴答应起来声音软绵绵不硬朗。

这婚早该结了，自打重庆回来，女方就不停地暗示提醒催促，可男方始终懂不起。两位老人心有余悸，畏惧城乡通婚如跨界结合，祸福难料。嘴里还不好说嫌弃话，生怕日后落下话柄。问欧阳生本人，他说要打报告上去批。可一等二等没批下来，只因法定结婚年龄到了，晚婚年龄没到。繁琴气得想爆粗口，你这领导管天管地还管我生辰八字？粗话差点说出口，被欧阳生一眼给瞪回去。在繁琴心里，过去只有爱，现在更多的是怕，城乡之间如万丈深渊，欧阳生随职务上升，轻飘飘过去了，她还留在乡村这边东张西望。飞过去的是仙是龙，飞不过去的是虾是泥鳅。飞过去的不仅是一个人，还有两个人的希望，两个人的幸福。苦了的是乡村这边的守望者，眼巴巴地望着城里边的繁华，全然不顾今后的日子何样，一味地望着。人飞不过去，先把心抛过去，幸福抛过去，留下躯壳和痛苦，却始终不知背过身去，去拒绝，去寻找。

繁琴成天泡在糨糊里，感到被抛弃的恐惧，却找不到被抛弃的依据甚至迹象，渴望用一张纸拴住欧阳生。见申请书久久批不下来，蛮横劲上来，逼问是谁不准，她要去讨个说法。听说一个叫张英姿的女人不准，认定是有歪心，别人结婚碍她啥事？

听人说张英姿是管计划生育的专职干部，繁琴认定必是过来人，不是大姨就是大嫂，起码得是个大姐，总之到了爱管闲事的年龄。真见了面，差点把她下巴惊掉，却原来是一个嫩得能挤出水的小姑娘。更让她惊恐的还有，这小姑娘竟与欧阳生熟悉，那个黏乎劲，差点赶上自己。繁琴顿觉胃里发翻，酸溜溜地想吐，真想照对方脸面直接呸一口。待打听清楚后，想呸又不敢呸了。欧阳生告诉繁琴，在张英姿面前，你最好本分点，你知道胡乡长是谁拉下马的吗？就是她！若是你不嫌事大，就去呸。瞅准了，端端正正一口呸去！这样你妈才有理由奖赏你两个耳光，然后她替你去给人道歉才有话说。繁琴才不信，哪有胳膊肘往外拐的妈。欧阳生赌她，不信你回去试试，就跟你妈说，你今天把张部长的女儿呸了，我敢打赌，她一定会奖赏你。

繁琴回家真给她妈说了，当然没呸也就没说想呸她的话。只说张部长的女儿调三江区工作，专管计划生育，欧阳生的结婚报告就在他手上。戴维娅欣喜异常，马上要繁琴去镇上请客。特别嘱咐繁琴，顺便把欧阳生请来陪客。繁琴哭笑不得，世上真有胳膊肘往外拐的妈啊，嘟着嘴儿说，要请客你去请，我不想请她。

戴维娅不知女儿生哪门子气，只道是小孩子家嫌麻烦，怪她年轻不懂事，早些年若不是张部长关照，不知要多吃多少苦。女儿过去最是恩怨分明，啥时候变成个忘恩负义的抠门丫头。嘟嘟囔囔转身去找繁轩，要他去镇上请客。

繁琴拦住她说，关照我们的是她爸，不是她。你知道她来做啥吗？戴维娅觉得女儿问得没道理，人家来做啥不重要，重要的是她爸照看过我们，该请人家来尽尽地主之谊。繁琴眼泪快急出来，冲着当妈的嚷，还不重要？人家是来追欧阳生的，正跟你女儿争男人，你还去感恩呢？

有这事？戴维娅的脚一下生了根，实在不信，你这消息哪来的？

哪来的，我看出来的。两人见面就黏在一起，巴不得把欧阳生一口吞进肚里去。

戴维娅有些信了，总疑心欧阳生不急着结婚，肯定外面有女人，这下有了着落，怕是心早已飞了，八成就是在等她。可实在不愿真有这事，总往好的方面想，不是结婚申请没批下来吗？

咋批得下来，你等吧！申请书就在那个女人手里捏着，恐怕早烧了扔了都说不定。

戴维娅有些拿不定主意，想想说，我这就去找欧阳生问问，他心里咋想的？不能转眼不认人。真那样，我要去找茅书记。官没当多大，倒成了陈世美，哼！不信政府不管他。

繁琴拦住她妈，你忘了去重庆惹的祸？少去生事，人家欧阳生才没看上她。

戴维娅终于放心，那就对了。转念又觉不对，那你生气又为啥？不行，这个客必须请，真要是你说的那样，也好当面挑明，让她知趣退出。

张英姿接到邀请，第一个想到要欧阳生陪她去。欧阳生感到诧异，繁琴家请客，咋会少了自己，这可不是前两年缺吃的怕客多，而今是客人越多越热闹。转念想，也许她们之间有什么话不想让我听见。便对英姿说，你去吧，我手头还有点事要办。

英姿听他口气，隐约感到是在推辞。弄不懂他为何缘故，半是调侃半是试探，你一个大男人，咋会为一个请字没说到，竟与未来的丈母娘闹起别扭来，为人怕是有失厚道。

欧阳生笑了，我不是在与谁闹别扭，不干丈母娘的事，何况这丈母娘还没转正。

英姿心里暗喜，不再坚持，何况在外人眼里，欧阳生已是人家的女婿，硬要他陪一个未婚的姑娘，去丈母娘家赴宴，多少有点不妥。但离了欧阳生，独自去一个陌生的家里做客，也很无趣。随口说道，那我也回绝了，就说我也正好有事要办。弄得欧阳生连忙劝道，别！你还是要去。

终究那顿饭谁也没吃成。

英姿与欧阳生一批录用，当了计生干部。自那次接触后，欧阳生就在她心里落户当了户主。当初只觉人有趣，欧阳生憨萌如熊猫。渐渐地有了关注的热情，开始从父亲那里，然后是知青伙伴那里打听消息，凡有关欧阳生的一切都不放过。再后来她被录用为国家干部，放着县城不待，竟主动申请到基层任职，直接到了三江区。到任第一件事，便是把欧阳生的结婚申请给压了，没到晚婚年龄，理由简单有效，正大光明。可她心里雪亮，用国家干部的晚婚标准，去硬套在繁琴这个村姑头上，多少有点假公济私的嫌疑。

对英姿的霸道做法，欧阳生没找任何人说情，心里甚至有几分乐见其成的味道。繁琴三番两次要去找英姿理论，欧阳生连哄带吓，也仅是表面劝阻，内心里，甚至希望两人打上一架，给他一个理由，选择强者或同情弱者，竞争产生情趣。他与繁琴走到一块，原本是青春不小心擦出了火花，遇上干柴燃起烈火，幸好没酿成安全事故，怨不得谁，也怪不得谁。就当初的选择，至今想来也没啥欠妥。少男少女，情由貌生，搁到眼下，带着繁琴去人群中走一圈，引来的眼线仍是密织火辣，那份感受足够人享用。只是当初同是社员，目光只能在社员中转悠，看上繁琴如同乡下一群土斑鸠中选了只锦鸡，没觉有啥吃亏。而今自己是乡上领导了，选择的范围一下扩展到城镇，再带着繁琴去城里转上两圈，人群中抛来的眼线，多少有点嫌弃和惋惜的意味，繁琴身上那股俗气掺和在洋气中，咋洗咋擦都弄不掉，胎中带来的贼牢固。欧阳生甚至有过假设，当初换作是英姿，重庆两路口派出所会咋处理？是否也会把人遭送回家？

作为当外公的，常医生眼见繁琴黏住欧阳生，使劲掰不开。规劝不听之后，感觉命运捉弄人，性格如水火的两个人，却能水火交融。暗自长叹，娃娃，有你怄气伤心的时候。养父欧阳邦后来变化大，认定大丈夫在世，信义为重，既是要了人家贞节，切不可毁了人家的名节，也毁了自己的担当和义气。

欧阳生的担忧，与他们不同。对外公的担忧，他觉得为时尚早，真到了那天，再说那话。对养父的顾忌，他觉得多少有点多虑，在他之前，繁琴已有过两次相亲，贞节早不知掉在哪儿。只是自己这些年艰辛为啥？就为一步跃出农门。自己做到了，不能因一个婚姻，把子孙后代留在农门内。欧阳生是得想好，娶个乡下老婆，艰辛对自己已成过往，对后人却是未来。

欧阳生身边就有很多城乡通婚的例子，茅书记，胡乡长……乡政府一抓一大把。茅书记与老伴是娃娃亲，参加工作时，本人还是一张娃娃脸，身后却是儿女双全。茅书记常说自己是戴发修行，替自己、替儿女赎罪。现在儿女都大了，一个个伸出手来要工作，愁得他四处爹告娘找关系。大女儿好不容易找了个工作，在二轻局下面的碗厂上班，生产那种蒸扣肉的土碗。上次曾杨氏办丧事，就在那儿买的，算他大丫头的销售任务。前一个月女儿出了事，未婚怀上了，不敢吱声，最终在寝室里难产，被人发现后送医院，大人的命是救回来了，孩子死了，工作丢了。为此，茅书记一夜白了头。听人提及欧阳生要娶乡下女人，茅书记就摇头叹气，啥话不说，转身就走。

胡乡长的事儿更简单，当兵前订的婚，提干后部队要求严，别说改婚约，连婚期都不准改。你说部队战备忙，没时间完婚，那好，新娘子送到部队来，由首长主婚证婚，战备生产两不误。胡家嫂子生得人高马大，胡家父母选的就是丰乳肥臀，图个人丁兴旺。每次看见同样高挑的繁琴来乡政府，胡乡长脸上总有一丝苦笑，对欧阳生报以过来人的同情和怜悯。这次受处分，胡乡长十二分地不情愿，四胎呀！胡乡长早在三胎时已认命，可老婆倔强，非得要个儿子，生怕辜负了九泉之下公婆期望，要用倔强来证明自己的生育能力和公婆选人的精准。儿子下来了，乡长也下来了。每次垂头丧气回到家里，老婆总是笑嘻嘻把儿子搡到他怀里，给他找点情感补偿。若是哪天他笑慢了一点，老婆嫌弃话就出来了，看你那张鬼脸，像是我在哪儿偷人生的样。事业和家庭的跷跷板上，事业没了，家庭温馨上去了。老婆豪情不减，乡长丢了算啥，等我儿子长大后再当，不仅是当乡长，还要当区长，当县长。这些豪言壮语，胡乡长只有憋在心里，从不敢在人前说，就怕欧阳生和区上县上的领导听见了多心。

欧阳生在去婚姻殿堂的十字路口，迟迟不敢决断，总有一个怕字在心。繁琴蛮横，她对欧阳生恨也可怕，爱也可怕。恨，她对欧阳生敢下狠手；爱，她对欧阳生的对立面敢下狠手。皆因她无知无畏，出手凶狠，招招夺命，不知轻重，不知进退。仅仅如此，欧阳生尚能对付，智力体力足可碾压繁琴，只需看看足足两年不结婚，繁琴能耐住性子等待佳音，足见信服欧阳生。令欧阳生纠结的是，怕字之外还有一个爱字伴随。这个女人对别人下手狠，对自己下手也狠。包产到户后，两个人的田地，就她母女俩干，耕田犁地全自己来，成了茅书记时常挂在嘴边的一个典型，证明包产到户调动了人的积极性，连一个未出阁的大姑娘都挽起裤脚下田，耕田犁地不输任何人。对这种能干，欧阳生没看上眼，只需一股蛮力就行。让欧阳生惊奇，甚至带有几分佩服的是她养猪，这两年不知哪位高人指点，像是猪八戒转世一样，深谙养猪之道。人家一年出一头肥猪算能干的，她是半年送一次，每次六七头,每头全是一百五十斤以上的头等,惹得方圆百里的人都来取经。区上还请她去各乡传经送宝。她话说得不少,归结一句,就是我吃啥,猪吃啥。这算啥经验?说了等于没说。人吃啥猪吃啥,纯属屁话,真要那样做,卖了猪还不够粮食钱。

欧阳生隐约知道一点她的秘密,好像不过是一个小儿科。繁琴不知哪根筋连通了,竟去外公常医生那里要了一剂方子,驱虫、催眠、生长素一包在内,本是治小儿夜哭、发育不良的,被她加大剂量,去兽医站按配方抓回药来,鼓捣鼓捣,碾成粉末掺和在饲料中。别说,还挺灵的,猪儿吃了疯长,半年不到就成了头等,钱包一下鼓胀起来。

这一切,外公告诉欧阳生时,明显带着欣赏的口吻。欧阳生问外公,你素来看不惯繁琴,嫌她风风火火女汉子一样。近两年咋一下就顺眼了呢?常医生自己也奇怪,自打上次摊明意见,表示不赞成她与欧阳生交往后,再见着繁琴,就感觉一天变一个样儿。有时揉了眼睛看不够,还得再擦擦镜片才行。过去那股剽悍劲散失殆尽,换来的是文静温柔和举止得体。常医生想起老话说的,读书万卷不如高人指点。为此,还特地问过外孙,繁琴是否经过高人指点,譬如大先生或其他人,不然变化没这样大,脱胎换骨般,差点认不出来,或认出来了还不敢相信。

欧阳生经认真回忆,告诉外公,啥高人指点,不过捏住鼻子练了一阵子戏曲。

主意是戴维娅想出来的。眼见女儿举止粗野,不受男方长辈待见,想到自己做姨太太时,曾杨氏对各房太太的管教,举手投足,一笑一颦都有要求。稍有违背,轻则一阵斥骂,重则扣你月例,从此天天找你岔子。而今,面对从小野惯了的繁琴,自己无法约束。想来想去,最终憋出办法来,照搬老一套,学戏曲。过去大户人家,听戏是一大享受,太太们多会哼上几句,尤其是年轻的太太们,个个是近乎发昏的票友,肚子里时常揣有几本戏。戴维娅瞅住女儿的弱点,每天入夜,母女俩关上门来排演,如何低眉顺眼,如何含羞嗔怒,如何款款移步,如何娓娓道来……后来常医生遇见的繁琴,不再是一个社员向阳花,花如幽兰,叶似含羞。初经训练,本色演出,有模有样,中规中矩。常医生眼前一亮,过去的那点厌恶,在繁琴感人的表演下遁形匿影。

　　只是苦了繁琴，妈妈要求她一不怕苦，二不怕累，把常外公当观众，你就演给他看。你只要做到自然，不露兰花指，不抛媚眼，你就不会穿帮。繁琴一试就灵，屡试不爽，愈发上劲。只是累人，没有剧本，没有导演，一切靠临场发挥。每次去见了常外公回来，总是大汗淋淋，哪怕是寒冬腊月，内衣也能拧出水来。繁琴百感交集，女汉子装扮娇娘，不比使牛耕田轻松。想到以后的日子，再累也值，既然能瞒过常老爷子的法眼，等闲俗人眼里自然完美。最要紧的是，斯文久了，"装"也成了习惯，习惯成自然，假斯文也就成了真斯文。欧阳生看着看着就看顺了，不觉荒腔走板，仿佛她从来如此。偶尔见繁琴冒火横来，反倒诧异，甚至认为是在哪挨了闷棒，被打回了原形，要不是谁又惹恼了她，喝闷酒现出了真身。每到这时，赶紧得皱着眉头去揣摩，是谁惹她了？生怕久了变不回来。

　　老四家的老牛回到他家，已是分田下户第二年下半年的事。

　　分集体财产时，老四名下是负数。依心情，老四不想去开会受气，别人多少会拿点东西回家，自己则要拿着欠条求人当债主。不去还不行，他家那条老牛得牵去还给集体。驹包老婆不顾气喘非得跟去，她要当着牛的面给新主人交代几句，生怕亏待了老牛。尽管老四一家哭着喊着要这头牛，老四也给出了200元的高价，可没有收款户愿意欠账。这远非兄弟分家可比，只有利益没有情分。钞票虽是一张纸，可情比纸还薄，好话和眼泪终归不如钞票受用。曾老四眼泪汪汪拿着欠条没人接手，家里等着粮食下锅，驹包老婆差点一口气憋死。后来还是村社干部出面，收款的每人头上欠点，欧阳生最多，收款58元认了30元，繁全认了10元，祥斌认了8元，庆素认了8元，还差点尾欠2元，大先生狠狠骂了曾老八一通，逼他嘟起嘴儿认了。

　　生产队给老牛批价150元，最终是曾老八极不情愿地接手，集体没了，不要就会找不着地方要。一个农忙季节过后，老牛偏偏倒倒站立不稳。老四的驹包老婆见一次哭一次。老八叫来牛贩子，以50元肉牛价准备出手。老四闻讯赶来，用圈里两头猪另加20元现金换过来。当天晚上牛就与人一齐开伙，到秋季时又能干活了。老牛也怪，每次路过老八家门时，总要尿一泡尿，留下满地的臊味再走。

老牛毕竟老了，在老四家又干了好几年，实在是拖不动犁耙了，老四家不忍心杀，索性放养。每天清早将缰绳盘在牛角上，拍拍牛头，老牛自个沿着青石板路去了河滩。渴了喝河水，饿了啃青草，太阳大了去树荫下躲躲，雷雨来临及时回家，绝不啃食庄稼，绝不跟生人走。晚上回到牛圈里，一背篼鲜草、一盆熟食早已备好等它享用。

又到该耙冬田的时候，老四瞅瞅老牛，没打算用它，同别的养牛户说好，花几块钱租牛用半天。早上听见老四收拾铁耙的声响，老牛没去河滩，竟早早在地坝候着，哞哞呼唤主人去上枷担。

老四扛着铁耙，老牛竟一步不离地跟去。老四闪着泪花，拍拍牛头说，你老啦！去河滩吃草吧。见老牛不愿走，喊三姑娘过来，硬拽着去了河滩。

事不凑巧，养牛户的冬田头天没耙完，上午自己要用牛。老四将耙搁在田里，自己回了家。正说抽空做点篾活，忽听老牛哞哞叫个不停，让三姑娘祥兰去看看。祥兰上初中了，回家要生活费没给，嘟起嘴儿没动。当妈的起身往外走，老四吼住她，干啥去！

我去繁琴那儿给祥兰借点钱。

老四急忙招手，你回来。等躺包老婆坐下，老四提醒她，你去咋好意思开口，那年欠人家的三十元还没还。

你不说凑齐了吗？老婆把当年那些欠账记得一清二楚，今年这家，明年那家，陆续还了，只有欧阳生这笔，一则最多，二则欧阳生从没提过，挪到最后。

人家没收，说我手头紧先用着。

老婆大喜过望，你快拿出点给孩子呀！

我还繁轩了。年年欠人家化肥款，再不还一点，下次定会不赊你。

说话间，祥兰出去了。没多久，祥兰回来说，老牛要耙田。躺包妈好生奇怪，一个小孩子家，你咋知道牛要耙田？三姑娘嘟着小嘴说，不信，你去看嘛。老四走在前头，一家人跟着去了冬水田那儿。老牛已在田里铁耙边候着，见主人来了，格外兴奋，哞哞叫得欢。

老四见老牛精神特好，耙冬田只是水冷，不是特别费力，抱着试试的心理,下田给牛戴上枷担。不等老四吆喝,老牛迫不及待拖着铁耙走了,步子出奇地稳健。老四喜出望外,忙叫祥兰去弄鲜草,把早上没吃完的稀饭热了送来。

不大的一块冬田,是留作来年做秧田的,不到吃午饭时就耙完。老牛虽是喘着粗气,但步子从未停过,给人感觉劲头还胜过前几年。干完活后,老四把缰绳仍盘在牛角上,还是拍拍牛头说,回家,还是去河滩?你自个定。

说完,老四扛着耙往家走,回头看,老牛慢慢悠悠地跟在后面。

那晚,为了奖励老牛,除了一背篼鲜草,还特地煮了白米粥,满满一盆端去,听老牛哞了一声,全家人才放心睡去。

第二天清早,到了往常的时候,不见老牛出来,躺包老婆去牛圈一看,老牛已双眼紧闭,鼻孔没了热气,鲜草、白米粥一口未尝。牛背上搁着祥兰的书和本子,上面压着一张字条,躺包老婆立即哭喊起来,老四哎,老牛死了,祥兰走了。老四闻声过来,先看纸条,上面写着:爸,妈,老牛死了,不要再去伤害他,我去挣钱给你们。

牛贩子闻讯赶来,没嫌弃是死牛,大大方方给了三十元。钱给女人,女人没接,钱给老四,老四将钱挡往一边。牛贩子感到不可理喻,这一家人给钱不要,没见过,许是这两年吃饱了。

老四请来大先生,千万要给老牛选个好去处。大先生东瞅西瞅,指着牛圈西边对着的一个小沙凼,就那最好,犀牛望月,保主人家六畜兴旺,五谷丰登。老四笑笑,农户人家,有这就够了。大先生说他不识好歹,忘了老牛助牛郎娶织女的佳话。老四勉强一笑,我四个丫头,有织女也不会上我家。大先生言之凿凿,老牛会帮你找个好女婿,不信,今后慢慢看。老四两口子笑了,托老辈子吉言,唯愿成真,到时一定不会忘了谢你。

老四请来几个人,把水道避开,将就沙凼深挖下去,将老牛埋好,上面栽了几窝茅草。

当晚,两口子都梦见了老牛,慢悠悠从河滩回来,背上骑着个男子,径直进了女儿房中。

接到邀请,欧阳邦约上常医生,早早过河,来到曾家大院繁琴家里。

大先生赶过来陪客,用山上自采的雨前茶招待客人。繁轩领着一岁半的大儿子,任珍挺着大肚子,也从新建的小楼房过来作陪。旧房三百元卖给了繁琴,收拾收拾,就做了客厅。母女俩出来见了面后,仍回灶屋忙去,留下几人闲聊。

欧阳邦自上次来过后,又隔了几个年头没来,沿途见地里庄稼长势旺盛,隔三岔五有新房出现,倍感新奇。临近曾家大院,又见山坡上冒出一幢三层小楼,带阳台,刷乳黄色涂料,在一群青瓦屋面的农舍中分外耀眼。早听说繁轩这两年贩运柑橘到北方发了财,修了新房,老远就在寻找,心想这就是了。当着繁轩的面祝贺道,老侄的小楼房修得洋气啊,金光灿烂,一派富贵人家气象。

繁轩知他是搞错了,解释说,你看见那半坡上的小洋楼,不是我的,我呀没那本事,那是三娃子上半年才修的。

欧阳邦这才弄清曾三娃也发了。自包产到户后,曾三娃一直在外承包工程,连师傅火神爷都在他手下打工。而今已是乡建筑工程队经理。

繁轩的新房离曾家大院不远,是二层楼的小院。大先生说,也不错了,比过去的小地主、富农还住得好。

欧阳邦想起当年开会分田地的情景,关心问道,曾老八和曾老四的情况咋样?

提起曾老八,繁轩略带一点不屑,他一辈子中农命,粮食每年倒是多打几千斤,可粮价跌了,卖不了多少钱。两个儿子,至今还有一个没娶媳妇。

大先生替曾老八知足,说,也不错了,饭吃得饱了,再不羡慕豌豆面糊糊能插稳筷子了。就为那年说了些过头话,现在见了往日的补款户,怪不好意思。当年欧阳生的话,还真说准了,现在曾老八的日子,就还赶不上曾老四好过。

说到曾老四,大先生把他家老牛通灵性的事,细细末末说了一遍。末了还说,畜生都通人性,知道感恩,好心总有好报。只是祥兰那孩子,不读书可惜了。

提到老四不卖老牛,放着三十元不挣,却给老牛择地安葬的事,众人唏嘘不已。繁轩说老四厚道,还有这几年日子好了,若是前几年,别说有人买,就是没人要,他自己也会剥了皮吃肉。大先生知情,深有感触说,衣食足,礼仪兴,古人说的一点没错。这几年做贼的没有了,坡上的粮食都不用人守,自家屋里煮熟了的都吃不完,谁还去坡上偷半生不熟的。

欧阳邦见说到老四,想起他家大姑娘过继给姜老太婆的事,一问才知,真还过继了,现跟姜老太婆生活在一起,经不住宾人谷曾家强烈反对,辈分没变,还是祥字辈。按大先生的说法,辈分再高也不能乱了规矩。

任珍夸那姑娘勤快、聪明,跟她天祖婆学到种菜技术,每年卖不少钱。现在二姑娘读中等师范学校,全靠大姑娘供养。

话题转到繁琴身上,只因她端醪糟蛋出来,身影让人眼前一亮,话题就粘在她身上。

欧阳邦为自己未来的儿媳妇得意,自夸的意味很浓:繁琴这孩子,以前集体生产时,只知她做事手脚利索,每年挣的工分多,这一分田到户,持家的本事也显出来了,一年挣的,抵得上欧阳生好几年的工资。任珍嫌夸得不够,接过话顺着繁轩称谓:繁琴妹素来能干,一年喂十多头肥猪,若不是亲眼所见,打死我也不相信。

很少开口的常医生说话了,语气犹如烧了几把火热乎起来,摸着下巴说,人是能干人,只是这曾家大院太小了,光是喂猪不行,还得出去谋事才行。

任珍赶紧接过去说,繁琴妹子迟早是城里人,与欧阳生老弟般配得很,别看她眼下是农村户口,凭她的本事……

恰在这时,欧阳生一阵风刮进来,连说来晚了,得罪得罪!屁股一抬,端过桌上醪糟蛋就动手。

欧阳生眼下屈任乡上副书记,乡长职务还须按规矩来,得明年春上开会乡代表们鼓掌哄抬上去。虽说是板上钉钉的事,可欧阳生素来不喜人说他当官的事,一则怕与人说生疏了,二则怕德不配位,当上去干不好无脸见人。周围抬轿的人比坐轿的人着急,感觉年纪轻轻就成了一乡之长,出人头地了,不得了。就连在座的几位长者,有时也分不清欧阳生与乡长是不是一个人。多了个乡长的名分,总觉人都长高了几分,再见面时说话的口气变了,少了随和,多了庄重。自然话语权就如公家开会一样,不知不觉转到当官的手上。

欧阳生问繁轩,你今年的柑橘还去北方卖不?

繁轩对准乡长与准妹夫孰重孰轻分得清,毕恭毕敬回答,还卖呀!有钱不赚,傻了会让乡长老弟见笑。

欧阳生要他好好想想,能不能再做点别的买卖,譬如粮食,北方的黄豆、豌豆、高粱运回来都是俏货。酒厂、豆腐坊正眼睁睁望着呢。

繁轩谦恭地提醒欧阳生,商场不是官场,这做买卖的规矩大,管事的公公婆婆多,不是你想做啥就做啥。拿粮食来说,粮食局下面的供销公司把持着,把外面的人看得紧,脚插进去斩脚,手伸进去断手。不过,只要心细一点,也还是有许多生意做,比如眼下就有一笔生意,就看乡长老弟敢不敢让我去做。

欧阳生初涉公事,许多政策不尽了然。当地粮食市场早已放开,粮票都被小娃娃当纸牌玩了,可长途贩运还卡得死死的,有点弄不懂。听繁轩说有生意可做,胆大就赚钱,问做啥?听说是化肥,知道是生产资料,属供销社专营,自己没那胆量去惹祸。可又禁不住好奇,问繁轩,今年化肥供应取消计划,敞开卖,你运回来卖谁?

繁轩笑这个准妹夫大事精明,小事糊涂,敞开卖的是县化肥厂的碳铵,比臭狗屎好不了多少,还又贵又恶,逼着人买。我说的是蛤蟆蛋(尿素),又便宜又好,不愁没人要。

听说是尿素,欧阳生问清来路销价后,问繁轩,靠得住吗?

繁轩点点头,繁慧姐姐在那边就管化肥生产销售这一摊子事。

欧阳生压住声音以示不可张扬,明天到乡上来,同供销社主任商量商量。说完转过脸来,换个话题问父亲,听说镇上今年要抬彩亭?

欧阳邦说,有这事,我已在给他们打造铁架了。

大先生插话,已有好多年没见过了。

常医生也回忆,还是我回来那年见过,停了多年,咋又想起来了。

欧阳生说,过去想搞,一则没有钱,二则怕说是封建迷信的东西,没人敢提,提了也没人敢办。

常医生长长地哦了一声,现在敢是敢了,可钱从哪来?据我所知,搞一次花费不少。

欧阳生一下笑了，镇上与区上联办，给了名额评万元户，评上的到区上开会，披红挂彩，打马游街，风光得很。请评上万元户的自愿赞助一点，多少不论，估计还会用不完。话完问繁轩，怎么样？你算一个。

　　繁轩连连摆手，像是躲祸事一般，出点钱是小事，就怕出了名走不脱。虽说不搞阶级斗争了，可让人惦记你是一个有钱人，到底不是件好事。

　　欧阳生见他往后缩，知道他心存戒备，遇事不愿出头，也就不勉强。

　　说话间，午饭准备好了，繁琴母女俩忙着上菜，重重叠叠一大桌，每人面前一个咂酒罐。

　　欧阳生没等坐下，抢先吸了一口，酒味又浓又甜，肯定放了蜂蜜和烧酒。咂咂嘴唇，喊了一声，好过瘾哪！

　　开席前照例调整座位，依辈分安排，常医生与大先生同辈，在上首坐定。繁轩是男性主人，与任珍坐下首。欧阳邦安排在右边上首坐。欧阳生正要挨着父亲坐，被繁琴一把拉往左边上首坐下，说，你是曾家女婿，上首该你坐。戴维娅与欧阳邦曾有过夫妻情分，挨着坐下。繁琴上完最后一道菜，也在欧阳生下首入座。

　　照例该主人持杯开席，说明请客的缘由，喊一声请，众人方可举杯动筷子，宴席才正式开始。

　　今天的主人是繁琴与她妈，都是女流，在过去连入席的资格都没有，更别谈开席。

　　大先生虽是曾家长辈，但住处隔得远，跨根田坎就算客，自然该娘家兄长主持。繁轩举杯发话：今天是繁琴妹子生日，长辈面前不敢说宴请祝贺，只是想告诉各位长辈，她又长了一岁。繁琴妹子与欧阳生老弟几年前许下姻缘，历经几度春秋，而今已到了开花结果的时候。繁琴妹与五妈备下薄酒，托诸位长辈吉言，讨个佳期。

　　这番话原本是繁琴请客的心里话，可当着众人的面说出来，似乎有点求嫁的意味，忙接住话头说，繁轩哥，瞧你说的，好像生娃哥不愿意，非得请客说情一样。生娃哥哪是那种人，早已择定婚期，只是没说出口而已。是不是？生娃哥！说罢低下头，用手扯了扯欧阳生的衣袖。

　　众人推开手中酒罐，眼盯着欧阳生，静听他表态。

欧阳生不知繁琴请客用意，只当是寻常一次生日宴请。而今被逼到墙角，不得不表态：不怪繁琴着急，照老规矩，是该早点完婚。我也急呀！可眼下我是一个公职人员，不来不怪，来了受戒。当年繁琴他爸说过，端人碗，服人管，我也得服人管。虽说是我两个人的婚事，毕竟得按规定报批，一旦批下来，马上就办。到时一定请各位赏光喝喜酒。说完端起手中酒罐，喊声请，自个埋头先咕咚咚咚深吸了几口。

繁琴不满意他今推明缓，又不敢与他争吵，更不敢四处找人诉说。眼见欧阳生又打太极，禁不住说，生娃哥，这婚期你定，你等得我也等得。只是担心这报告迟迟不批，里面总有什么原因，若是因我繁琴身上的缘故不批准，说在明处，能改的我决意改，须缓几日的我就等。若是还讲成分出身，我这个地主子女配不上，或是嫌弃土农民，只要有这个规定，我认命就是了。一切以生娃哥你的前途着想。说完，翘着嘴儿又去扯欧阳生的衣袖，生娃哥，你说是不是？

欧阳生忙应声，你问我，我又去问谁？我若像你一样，也扯住乡上区上县上的领导问，请你们说在明处，繁琴到底配不配得上我欧阳生，人家会不会笑我是神经病？我若又问，繁琴身上到底有啥毛病，指出来，她改了好结婚。人家保准会说，她啥毛病没有，只是脑壳进水了。我若再问，有没有规定，农民不准嫁乡干部？人家大牙不笑掉才怪，肯定会说，你等着嘛，明天就给你出一个新规定。繁琴，难为你，不想那么多行不行？说罢，举起筷子喊声，吃菜，请！

繁琴很不满意，说来说去，仍没个准信，盯住大先生求助，大爷爷，你是曾家的长辈，你说看，曾家的姑娘有那样不懂事吗？

大先生举起筷子又放下，说，我也就一乡下老朽，岂能妄评乡长婚事。只因繁琴是我曾家姑娘，姑妄言几句。你俩既非父母之命，也非媒妁之言，依旧习谓之乱。而今一方要拂手而去，应了始乱终弃之说，为君子不耻。若依当下世风，脚踏两舟，得陇望蜀，亦非公职人员所为。来前我算了一卦，若老朽没有算错，新人已上大学。欧阳乡长，恕我冒昧多言，今日君负人，明日人必负君。种恶因，得恶果，日久必验。

大先生一番间文夹白的话虽略嫌晦涩，在座毕竟都是知情人，个个心知肚明。就是欧阳生本人，也暗自吃惊，张英姿上大学的事竟被大先生言中，自己正为此犹豫。英姿来信叫等她四年，四年之后的事谁能料到？如今我因城乡之别抛弃繁琴，他日英姿同样会依城镇之别抛弃自己。上次报告因晚婚年龄不到，被英姿拦下，自己借机推诿。而今繁琴请客，就是明白告诉大家，她晚婚年龄到了，条件具备，再无借口可推。可她不知道，要批还得当事人再打报告，否则人家会当你响应晚婚晚育号召加以鼓励。真要推诿，借口还是有的，可眼下又感觉不能推。

欧阳生眼看蒙混不过，准备明说。没等他开口，欧阳邦说话了：爸是粗人，袍哥人家，只知人活世上，信义为重。若是言而无信欺哄女人，那可是三刀六眼，自己挖坑自己跳的大错。虽说人民政府早就不信这旧规矩，可当爸的没忘记，还认这个理，伤风败俗的事，当爸的眼里也容不下去。

常医生说话了，我常跟你说，婚姻要审慎。眼下的结果，是你不听话，自个选择的。做人要有担当，自酿的苦酒自个得喝。我过去反对你俩婚事，是要你多考虑。你说你考虑好了，我也只有同意。而今你又不表态，是否心存悔意？这事总不能反反复复由你一人任性而为。真要分手，你得给出一个理由，让繁琴服气，也得让我们当长辈的信服才行。

欧阳生原本只是犹豫，并非执意分手，见话已挑明，没退路了就不退，故作不解，转脸问繁琴，我说过分手吗？繁琴摇头，没有，生娃哥不是那号人。欧阳生说，那你着什么急？繁琴很委屈，我不是着急，我是怕再不提醒，你会忘了结婚这回事。

欧阳生抱起哑酒罐说，我看大家都指望着繁琴生孩子长辈分，我也想当爸。这样吧，拜托大爷爷择个日子办了，只是这婚期别与上面的会期撞冲才行。

欧阳邦怪他不通情理，谁知道上面啥时候开会，你这不是叫大先生为难吗？

欧阳生说，不会的，大爷爷会算，难不倒他。

……

大先生临走时有些犹豫，跨出门槛又退回来，把母女俩叫答应，这可是你们逼我说的，今后别骂我。

繁琴说，谢谢你还来不及，咋会骂呢？

大先生还是不放心，你们可得记住，不骂我，这话可是你们亲口说的。

那夜是个暖月，月光像中秋的糯米饭，热乎乎粘人。

送两位老人上了渡船，欧阳生转身上了回乡上的土路。繁琴要跟去，欧阳生不许，今晚乡上人多眼杂，去了也是白去。

繁琴脚停住，身影却在夜风中摆动。

欧阳生走了一段路，回望渠江，渡船渐近对岸，月亮还在江心，繁琴仍在岔路口。见他回头，繁琴扬起一只手，身影随之飘忽起来，仿佛一个裹着黑衣黑袍的精灵随风起舞。

欧阳生背过身去，循着自己的身影，似乎在一条不归路上踟蹰前行。如果没有英姿，或是有了英姿没有那次相逢，这条土路无论通向哪里，自己会毫不犹豫和繁琴结伴而行。没有比较就没有伤害。正是英姿让自己想到了女人的另一面，除了让男人进发，还得让男人适时止步，如同拴马的桩、泊船的锚一样。土路因此有了另一个去向。欧阳生不由得在爱情的行程中停下来，前顾后盼，小心打量以往的梦想、眼下的实情、往后的憧憬，试着用英姿的形象去替换繁琴。只有到了这时，爱情才从高矮胖瘦回到油盐柴米，不管不顾的激情冲动之后有了冷静思考：人生、婚姻、家庭搁在哪儿？两个女人背后是两重天地，结婚证就是一张路条，通向乡村或通向城镇？

欧阳生的人生从城镇起步，街道、铺面、熙熙攘攘的人群、悠扬婉转的吆喝，构成儿时的记忆，萌发人生的追求。他想今后的日子里，街道更宽，铺面更大，熙熙攘攘呈现在广场，悠扬婉转回荡在舞台。其中应有他的家，再不是三个光棍支撑的栖身地，不能仅有养父铁锤对铁砧的撞击，仅有外公用饭盒盛装的叹息，无论如何应该有位主妇，让家庭完整，生活圆满。

为了这个主妇的人选，多少次在梦中，他轮番将两个女人放在灶台旁、讲台上、宴客的酒席中、老人的病床边比较，始终没有决断，宽容点都可以，严格点都差那么一点。

当爱情彷徨的时候，生活没有停留。繁琴挤进富裕的行列，英姿跨入大学的校门。直到这时，欧阳生突然醒悟，选择是双方的事，女人也有选择的权利。当欧阳生遭到英姿家冷遇后，确信自己也仅是女人的一个选项而已。再接到英姿的来信不再激动，冷静地审视信上说的四年等候期，只当一句宽心话，甚至挪动了思考的位子，换作自己也会那样写。

世上原本没有最好，只有最适合，知道脚可以收缩，鞋子顿时宽松，繁琴一下完美起来。先前酒席桌上，话一经挑明，欧阳生啪的一声，将自己、将子孙一并押上……

婚姻毕竟不是下赌注，不能立见分晓。获得的，自以为适合自己，可没人敢打保票，永远适合。舍去的，却是实实在在的留恋，多少有些心不甘情不愿……

这暖月，颜色偏红，望望就叫人生热发闷，欧阳生解开胸前一排纽扣……

十

为女儿的事,茅书记弄得灰头土脸,好几天没来乡政府。小事,欧阳生顶过去,大事不敢擅自做主,理了理,将事打包去他家请求定夺。

茅书记住茅家湾,靠里一小院,称下茅家院子。茅家祖上传下老屋,立规矩,若兄弟几人,除老幺,其余兄长均得出去。茅书记是这一代老幺,守着老屋。出事后,女儿接回来,父女俩再未出门。这种事,没人自讨没趣过问。欧阳生来,纯为公事,这些天的第一位客人。

欧阳生绝口不提烦心事,客套话一并免了,开口直奔公事。区上给了十个指标,选万元户,年前区上要开会表彰,个个披红挂彩街上游行。区里姜书记说,允许一部分人先富起来,不能光说说,要有榜样,是骡子是马,牵出来遛遛。

茅书记大度,说,你定了就是,专程来这儿是过分小心,像我不放手似的。还说年轻乡长,拿出气魄来,大胆干,别怕,后面还有我呢。

欧阳生心想,就知道后面有你,才不敢擅自做主。这事说大不大,说小不小,原打算各村自报,再开个会定了报区上。万万没料到,看似简单的事,三番五次定不下来。仅一个万元户的标准和职业,区上连发三个通知。先是年收入一万元,职业不限……

茅书记打断话,农民嘛,还是以种养业为本,榜样得从这里面找,不然带坏了头。欧阳生说,开初,都这样认为,哪料要么村上不报,要么村上报了本人不认。年收入一万，单靠种养业办不到，种粮得十万斤以上，养猪得一百头以上，听说全区没找出一个合格的来。难！区上又来一个补充通知，年收入放宽到毛收入，一律接市价计算。这样种粮由十万斤降到五万斤，肥猪也由一百头降到五十头，还是没人合格，种养业中仍旧一个零。估计再降一半都难。其他职业大家认为是歪门邪道，谁出头谁讨人嫉恨。区上为此再下一个补充通知的补充通知，说上面的意思就是要纠正以粮为纲的旧思想，要的就是种养业之外的万元户。这个一万元嘛，可以是一年总收入，也可以是近两年的总收入，譬如存款，譬如修房，大项开支都算在内。

茅书记表示不认可，收是收，支是支，不能搅混了。

欧阳生告诉他，区上说了，没有收哪来的支？有支必有收。

茅书记点头，这样说嘛，够格的就多了，你们定就是。

欧阳生说，还是不行，种养业没人够格不说，其他职业够格的人呢，顾虑又大。见茅书记盯着他，好像是问，这有啥顾虑的？欧阳生干脆指名道姓说，第一位是乡建筑工程队的曾经理，你知道他情况，单凭他家那栋小楼房足够了。他死活不干，找到我说，如真要逼他，他带着建筑队去投靠别的乡。

没想茅书记替他打圆场，他来找过我了，说得也有些道理。他手下有上百人，修洋楼就他一家。人家会问钱哪来的，若说赚来的，那该平均分，工人个个有份，不然就是剥削。现在雇工有规定，三到五个人，多了不行。他有顾虑很正常，我看他就算了，别把人逼走了，好歹一年给乡上交了三万元管理费。

欧阳生又举了一例，还是城坝三队人，曾繁轩。同样修了新房，无论年收入、总收入、纯收入，都够，可死活不让报。

茅书记深吸一口气，不可理解，他为啥呀？

欧阳生转告繁轩的担忧，都说是不再打击投机倒把了，可各种条条框框还在，万一出名后，惹来害红眼病的，捅出一两个窟窿，他吃不了也兜不走。说到这，欧阳生往前凑凑，低声说，最近他想给乡上弄点尿素回来，就怕张扬了惹出祸事。

茅书记暗想，这几年增产，离不了化肥和杂交种，随即点头称是，那，他也免了。

接下来，连说几个都不行。茅书记眼珠转转，这样行不？在乡里那些匠人中找找，比如裁缝、木匠、石匠、砖瓦匠，煤厂里的管窑师……

欧阳生想想，这也是一个路子，回去试试看。内心佩服，姜，到底还是老的辣！

欧阳生接着说到乡办企业的事，上面催得紧，乡企业办公室还未成立，今年产值指标就下来了，全乡一百万，全区六个乡中最多的一个。眼看要到年底了，这可不是变戏法，到哪儿去找钱来完成？

谈到产值，茅书记提醒他，不是钱，是指标，与钞票无关，与笔有关。

欧阳生仍急，我知道是填几个数据。就是鬼吹，也得有个鬼影，凭空编造出来，羊毛不粘狗腿呀！

茅书记想得更远，今年好办，把乡上油坊加工收入，包括上半年菜籽油，下半年桐籽油都算上，报个三二十万；傍山的几个村办茶场、小煤窑可报几十万；乡建筑工程队是新建，报几个竣工项目上去，多的都有。稍后，不无忧虑地说，只是基数抬高了，明年增长难。

欧阳生佩服茅书记那记性，全乡事儿如刻在他脑子里，随口就来。很满足说，足够了。到明年，还不你茅书记一句话，人家能完成，我们照样能完成。

话太直白，茅书记笑了，搞久啰，你也会的。

公事说完，欧阳生给茅书记说到自己婚事。结婚报告重新打了，即便按双职工要求，晚婚年龄也到了。婚期正在商定。请茅书记催一催区上，早点批下来，有了准信后，好准备婚礼。

茅书记突然问，你真想好了？

欧阳生点点头，呃！

茅书记淡淡一笑，上次的报告早批准了，在我那儿压着，看你满不在乎，没急着给你。区上还夸你响应计划生育号召，主动推迟几年结婚。现在既然定了，随时可以办。只是……茅书记欲言又止，好一会儿露出一句，繁琴也不错。

欧阳生知道他心里想什么，语气平和说，我认命，后人的事儿，等有了后人再说。

听说有六十吨尿素货源，乡供销社主任孙杰头发一下竖起来，自己搞不清是兴奋还是惊悚，当着欧阳生面与县供销社通电话。县供销社办公室不相信孙杰撞了大运，找来分管副主任直接跟繁轩核实。繁轩很干脆，若是不信，派一个人同我一路过去办，款直接汇到化肥厂，放心，人家大厂，前几年引进的，年产几十万吨，不在乎你这点小钱。提货单拿到手后，再把我那点佣金给清。

丢下电话，繁轩责怪孙杰胆小，不像男子汉，一碗饭非得找几个人来分吃。

孙杰说你别牛皮哄哄的，鱼嘴里的水，有进有出，多一个人分账，就多一个人分担风险。你曾繁轩能干，你自己干呀，来找我做啥？一句话呛得繁轩打不出喷嚏，自己何尝不想独吞，只怨肚子太小，吞不下去。没本钱是次要的，关键是拿回来不敢卖，头一个就是你孙杰要来作怪，这不准，那不准，搬一大堆文件出来，像一头饿昏了的公猪，不要命地往槽里拱，不仅抢食，还会张口乱咬。

孙杰点醒他，就算我装眼睛瞎耳朵聋，信用社钱主任那一关你过得了？县上明文规定，除本县化肥厂碳铵外，任何外地化肥都不准发放贷款，无论是买化肥的农民，还是卖化肥的供销社，包括你小子。

繁轩打听过，上面确实卡得严，已撤了好几个乡的信用社主任。就为这个，才来找你孙杰合伙。说到这，突然想起问孙杰，钱主任那儿你咋打算的？

孙杰说，进货的钱嘛，你听见的，县上同意安排人去，自然会解决。只是拉回来卖的时候，钱主任那儿能不能给农民贷款，还得靠乡上打招呼，说时嘴儿朝欧阳生努努。

欧阳生只想买到好化肥，对县化肥厂的碳铵恨死了，一股尿臊味，人和庄稼闻见直往下蹲，还贵到吓人。见两人提到上面规定，给他们打气，过去我不敢，现在我不怕，制定文件的王书记调走了，到地区乡镇企业局当局长。新来的谭书记，是他过去的秘书，后来地区洪书记提他当的地委副秘书长，现在又调回来了，据说跟王书记想法不一样，说不定早就想取消那个规定。再说，对农民，对信用社、供销社都有利的事，谁会当大嘴巴给上面告状？到时候即使上面知道了，化肥早已撒下田，谷子都收回来煮成饭吃了，想不放手都难。

繁轩多少有点担心，坛子口好封，人口不好封。叫声孙主任，话说前头，我那点佣金不会打收条的，别好事做了还贴钱走不脱。

孙杰说，我也怕，所以才找县联社主任出面，真有事，他们在上面自会罩着。怕就怕钱主任那儿，到时他装洋相不放款，农民看着好东西无钱买。

欧阳生微微一笑，放心，我有办法治他。

私下里，繁轩问欧阳生，到底有啥办法？

欧阳生瞪他一眼，你办好你该办的，其他事少操心。

繁轩讨个没趣，我也就问问，别尿素拉回来了，农民没钱买，堆在乡上是祸事。

欧阳生耐不住他一路嘀咕，只好给他透一点气，你说在化肥这事上，真要闹僵了，农民是听乡上我的，还是听他信用社的？

繁轩说，你为农民好，肯定听你的。这与信用社贷款有啥关系？你总不会叫农民打他一顿。

欧阳生没理，他也不好再问。

钱主任贷款的事还没说好，繁轩先买好化肥回来了，揣着一大沓钱，未回家先到繁琴这边。问婚礼准备得咋样，然后摸出一沓十元券，搁繁琴手里，说，爸不在了，按理该当哥的办嫁妆。哪知妹妹能干，啥都有了，当哥的只这点心意，权当哥哥给妹妹添点嫁妆，妹别嫌弃。

繁琴手里拿着钱，感觉沉甸甸的，有点托不住，一千元，在街上可要买半间铺面。繁轩出这么大情，还说别嫌弃，弄得繁琴手脚无处放。看着手中钞票，激动地说，这咋要得，让你破费这么多！

繁轩说，妹夫那儿替哥多说个谢字，今后还得他照看。

戴维娅抢着替繁琴说，一家人，应该的，应该的。

欧阳生面前，繁琴说繁轩送了重礼。欧阳生只当兄妹之间该有的事，笑笑说，这豪爽像你们爸。又问繁琴，手上钱有多少？

繁琴说，把这钱加起，接近五千元。欧阳生催她抓紧去信用社存了。

繁琴说，打家具，买衣服，请人打整新房，样样要钱，你不嫌存进去再取出来麻烦。

欧阳生说，听我的，先存进去，等供销社尿素卖完了再取回来。

繁琴犯难，支钱咋办？

欧阳生要她先赊欠着，明天化肥就到，最多也就几天时间。

繁琴以为他是帮钱主任，揶揄道，是不是请你喝了酒，你来帮他揽储。

欧阳生暗笑，还帮他呢，是要他帮我，说，行了，别多问，去存钱又不是送钱，像割你肉一样。

尿素到了，广播一响，大路小路的人拥向供销社。需贷款的农户把信用社堵得缝都没有，可谁也没贷上，钱主任正在乡政府办公室诉苦。像他老婆怀了超生子女样，哭丧着脸，要人救他出火坑似的，哀求欧阳生放过他，说你知道的，为贷款给农民买县外化肥，已处理了好几个信用社主任。我有一家人吃饭，真把饭碗砸了，一脚踢回农村，田地都分没了，我一家人咋活？

欧阳生安慰他，有那么严重吗？县上处分的，是贷款买县外化肥，我们这是买县内供销社的化肥呀。

钱主任说欧阳生，你就别逗了，县内哪来尿素，这分明是外地拉来的。三岁孩子也瞒不了。

欧阳生见他不敢松口，又出主意，说你实在怕，就在贷款书上写明，购买县内化肥，不就结了。农民拿去买尿素，那是农民的错，让县上处理农民去。

钱主任怪欧阳生说得轻巧——挑根灯草，眼皮底下的事，说自己不清楚，谁信呀！

三番五次总不听，欧阳生使出撒手锏，这样子，你钱主任在镇南乡地盘上，不想为镇南乡农民分忧，我们今天迁就你公事公办，不让你为难，也不让你担风险。对外吼一声，都进来吧！门外早就黑压压站满一地坝人，各村支书带头，随欧阳生的喊声，全往里拥。繁琴繁轩兄妹站在最前面。

钱主任认得这些人，全是他的储户，不知鼓捣他们来做啥。

欧阳生见他傻乎乎看着自己，催他，看我干啥，赶快给他们取款。接下来干脆把话挑明，他们把钱取去借给谁，是不是去买化肥，去买什么地方的化肥，你可管不着，县上也管不着。这样做你不为难吧！

钱主任一下明白了，欧阳生要搞民间借贷，抢信用社饭吃。他像被踩住痛脚，惊乍乍叫唤，你这要不得哟，这是破坏金融秩序，犯法的。

欧阳生一脸坏笑，犹如小孩恶作剧，我违了啥法？储户要取存款，关我啥事？我没从中得一分一厘，我犯哪门子法？大家说说，是不是这个理？

繁琴兄妹声音最大，高声助威，对的！

繁琴还指着钱主任说，你这怕是要不得哟，我存款时不违法，取款就违法了。你越这样说，我越是要取。

钱主任看来的人都是些大户，暗地算了算金额，取出来买化肥还有剩。真按欧阳生说的办了，吃亏的是信用社，眼睁睁看着利息化成水。可不给储户取款，无论如何说不过去。想请示县信用联社，还得央求欧阳生，全乡就乡上这部电话，摆在欧阳生手边。钱主任小心问，我打个电话行不？

欧阳生满不在乎，你打吧，就在这。

电话里，钱主任向县信用联社主任汇报，今天许多储户来取款……

上面感到莫名其妙，存款自愿，取款自由，你不知道呀！

钱主任当着欧阳生，不敢牵扯别的，只说，人很多，挤兑。

上面还是没理解，再多也得取呀。

又汇报，是拿去买化肥。

上面更生气，你管得宽，人家的钱，你管人家做啥？

越急，钱主任越说不清楚，当着欧阳生，始终不敢说是乡上鼓捣的。没等他再说下去，上面啪的一声把电话压了。

钱主任憋着话，就这样去贷款实在不放心，真开了政府管贷这个口子，今后日子更不好过。心想再拖一拖，对欧阳生说，我这儿钱不够，马上派人到区营业所调钱回来行不？

欧阳生知道他要去通风报信，阻挡道，钱不够没关系，叫孙杰来。

孙杰立即应声，我在这儿。

你去给你的职工说一下，卖化肥的款，随收随存，要保证钱主任用钱。

孙杰高声应道，就是了，没问题。

钱主任看四周的人，全拿冷眼瞟他，没几个好脸色，心里冷飕飕的，不知啥时结下这怨恨。若要这样硬扛下去，信用社一大笔利息被人抢了不说，还开了一个民间借贷的头。有了初一，不愁十五，养成习惯容易，纠正难。牙一咬，犹如嫁了土匪，索性依了，避开化肥二字，以发放其他贷款为名填单，能自保则万幸，不能自保时，还有乡上顶着。欧阳生尚未娶老婆，他豁得出去，我只有陪他了。对欧阳生说，也别说去取款了，有要用钱的，凭村上担保，贷款就是。拿钱做啥我不管，只是不能拿去买化肥。有人脑子笨，嚷道，不买化肥不行。旁边有人捅他腰，不说行不行？

不到两天，化肥卖完了，孙杰每晚打电话问县供销社，都说平静，没听到什么。真有什么，他们自会说话。

与供销社风和日丽不同，信用社则雷电交加。县信用联社得知真相，大骂钱主任好大胆子，县上明文规定你敢违反，真是钞票摸腻了想回家摸锄头。骂过之后，自己的人还得顾着，再三叮嘱要保密，别闹出什么其他来。

纸终究包不住火，庆贵的女婿姓张，县化肥厂当供销科长，回家听老婆说了乡上卖尿素的事，尽管繁芬再三叫丈夫不要管，别把家乡父老乡亲全得罪了。职责所在，张科长不说不行。没等话冷，他就赶到镇上去，用电话把事吹到厂长那里。厂里化肥早就爆库，饭堂都堆了半边，弄得再好的菜品都串了味，无论麻辣味还是酸甜味，统统有一股尿臊味。厂长正犯愁，听到这消息，臭气熏天立即变成火气冲天，赶到分管的县委副书记、副县长那里抱怨一通。接着由两位领着，到县长书记那里泪水哗哗流，几百工人要吃饭，上千万贷款要还，几千吨库存碳铵散发着尿臭味，现在闻着熏死人，再等几天失效，没臭味会逼死人。一句话，几百人就业，几千吨碳铵保质保效，一个厂子生死存亡，命悬一线。

没等新来的谭书记表态，老县长已攥紧拳头对自己的膝盖猛捶，仿佛是对自己无能的自责。谭书记翻来覆去看县上的决定，几百人，上千万，上千吨，一团乱麻缠绕，线头在哪？

县信用联社主任来了，哭丧着脸，已处分好几个基层主任没起作用，得换个方子，不能一个化肥厂生病，信用社、供销社都吃药。

谭书记正待说话，电话响了，前届王书记打来的。一声小谭书记，让两人的心一下贴得紧紧的。寒暄几句后，王书记提到渠县镇南乡卖尿素的事，先是对他当初制定的决定给予解释，声称当初没认真调查，实属仓促决定，早已跟不上改革的形势发展。还说谭书记尽管废除，不要念及旧情而有所迟疑。接着说镇南乡的尿素，虽是供销社经营，但乡企业办公室出了不少力，如真有不妥当，一定要对乡镇企业网开一面，对新兴事物给予呵护，对他这个管乡企的老兵，也算最大的支持和尊重。

谭书记连连应诺，末了恳请老领导多来指导工作。搁下电话，对一屋人说，捆绑不成夫妻，强买强卖搞不长久，县化肥厂老是躺在政府怀里也长不大，此路不通，另寻生路吧！

欧阳生撅起屁股等着挨打，没想到，事儿就这样不了了之。听说王书记专门打电话说情，乡上赶紧成立乡企业办公室，曾繁轩当主任，抓紧把假话变成真话。

镇上常医生听说了，笑笑不以为然，不怕欧阳生不爱听，说，你们这是小娃娃过家家，把市场当摆设，任意把玩，这次让你歪打正着，侥幸过了，管不了久的。

温老太婆近来好事多多，仿佛一夜之间，菩萨进门，祥瑞笼罩，好事挡不住，一个挨一个撞上门来。先是老伴常石恢复工职，补发一大笔钱。自家小院子，连带几间门面，只因当年没收忘了行文，而今也随政策落归名下。过去的同事瞬间成了她的租客，更让她乐的，是欧阳邦来信说外孙要结婚了。

几十年了，朝思夜盼，就望这一天。夜深人静，常常由女儿想到外孙，由外孙想到女儿，盼望亲人见面，亲情圆满。这天当真来临，她又怕了，如同这孩子是抢来的偷来的，既怕孙子知情记恨她，又怕孙子不知情不待见。

上次随老头单位上的人去渠县落实政策，她大吵大闹要常石回城，常石没答应，连她要求同外孙见一面也不许。经不住老太婆再三哀求，常石咬咬牙才松很大一个口子，同意她远远打望。理由与从前相同，别让那灰暗的身世，黯淡了外孙的前程。

隔着一条不算宽，却几十年也迈不过去的街面，温老太婆凭借一双老花眼，心急火燎地看见了自己的外孙。五官似乎像妈，不知是单眼皮还是双眼皮？鼻梁是否高挺？没看清。但身影、说话走路的姿态，与他那姓罗的父亲一般无二。不知这小镇的人啥眼神儿，竟怀疑他是曾庆彪的种。当初是逼曾家援手，安置好小外孙，才虚说是曾家骨血。哪知当初只图好过难关，后来才后悔，留下无穷后患，为此与老伴常石闹翻。老伴骂她蠢，即使要送穷人把出身染红，也不能与反动军阀牵连，岂不是抓把锅灰往脸上抹吗？后来老伴犯错误，受处分，竟主动要求去乡下改造，还不是惦记着外孙。难得他这番心思，几十年熬过来了。而今，外孙终于成人，还有了出息。想到这，老太婆又后悔起来。前几年外孙媳妇母女俩来重庆，自己为脱干系，捂着良心不认，差点把婚事搅黄。想起来，老脸都没放处。多好的外孙媳妇，自带几分洋气，高挑俊俏，一看就是豪门贵族的后裔，绝不是久居人下的俗人。

　　得知外孙结婚，她去信要求参加婚礼，不知老伴同意不？如今没了顾忌，凭手上几个租金，要给外孙儿外孙媳妇添几样东西，不知买啥好。听说乡下不缺饭吃了，粮食有的是，再像以前送吃的不行。街上商店货柜里满满的，再不要啥工业券，有钱啥都买得到。送点啥呢？温老太婆想了想，时下讲究三转一响，手表，缝纫机，自行车，半导体收音机，那就买吧。不知老头子是啥想法？也该给他买点啥去。想到老头子，温老太婆眼眶湿了，整个房产证上还是他的名字，按说，这钱咋花，该他定。可他死活不愿回重庆，直白点说，是死活不愿与自己一起过。要不然，自己早去渠县了。老头子脾性倔强，可都几十年了，是石头也该风化了，他为啥一点没改变呢？

　　嫁到常家，不是温老太婆的意愿，也不是常石的意愿。那时也不依本人的意愿。双方老人说行，就成了。常家看重女方容貌漂亮，年轻时全县出名的美人，要不然，常石打死也不会同意这包办婚姻。一个出洋回来的香饽饽，咋会向乡下土财主低头。也是娘家父母贪图虚名，女儿全县出名的一朵鲜花，咋整都得挑选一个全县出名的才子。常石正好，不仅在全县，就是全专区也没多的。因此，温家像根藤条，缠着绕着就把女儿送到了常家。

　　婚后，双方才知后悔。不是先前情况不准，郎才女貌没错，甚至比听说的还好得超乎想象。双方大人高兴得把岁月忘了，皇帝都没了，还抱着郎才女貌的说法不放。自己最先发现嫁错了，一朵鲜花插在牛粪上，丈夫留过洋，至多也就是犀牛粪。丈夫除了比别人多读几本书外，别无长处，无官无职，无权无势，教书挣几个钱，仅够养家。女儿被抓进去，不就因他一个穷教书的束手无策，才求到姓曾的门下。只怪一时糊涂，心想去当面谢谢，全了礼节，套个近乎，以后有个靠山。不曾想曾庆彪是个色鬼，竟瞅中女儿不松手。为这门婚事，女儿自个认命，总比坐牢好。父母之间却闹翻了，老头子自此恨老婆误了女儿终身。温老太婆委屈，自己当时就图攀个高枝，哪知天下说变就变，一个大司令，一夜之间成了落水狗，福气没沾上，倒惹上"反动"二字，倒霉几十年。唯一庆幸的，自己那个苦命的外孙安排了稳当去处，有个好出身，免走多少弯路。

想到这儿，温老太婆又莫名胆怯起来，依老头子犟脾气，去和不去非得老头子开口，毕竟是他呵护外孙至今。为送外孙回老家，老头子骂她是蛇蝎心，恨她的心恐怕至今都没变。真要自作主张去参加婚礼，实在怕他当场说出啥来，让晚辈们知道真情，别人不说，自己都没脸见人。尤其是外孙媳妇，已有一个坏印象，再经不住抹黑。对那个倔老头子，二十多年离别，不仅没淡忘他，反倒想起他好来。尽管不待见自己，终归自己有错在先，怨不得他。

温老太婆去了一封信试探，老头子破天荒回信，很简单几句，你毁了女儿，不能再毁了外孙。婚礼你就别来了，到时后人自会到重庆来见你。

那些三转一响，只能托人捎去，好在听说新人高兴。

大先生到姜家时，姜老太婆娘家侄子侄孙早到了，正在床前听她交代后事。房子给曾老四家祥梅先住着，若在外的曾家父子有人回来，自然归还父子俩，若没人回来，归祥梅所有。祖茔一时回不去，早给生产队说好，葬在前面菜地里，等候那父子俩回来。丧事从简，没钱铺派。这里有用的东西，由娘家人拣两件回去做个纪念，剩下的留给祥梅，权作她生病伺候的酬报。

说话时见大先生到了，姜老太婆喘着气，示意祥梅端凳子请他坐。大先生感到意外，前几天路过这儿，还见老太婆坐在地坝边晒太阳，她还打招呼，要大先生进屋喝口茶再走。就这几天时间，老太婆竟变了个人样，脸白得如一张纸，人瘦得像被人剔去肉后，用张皮裹着，眼眶深凹，颧骨突兀，硬生生的仿佛要从脸皮下顶出来。乡医院院长来看过，摇摇头说，准备后事吧！

老人意识尚清醒，只是说话费力，断断续续如秋天屋檐的滴水。除了娘家侄子侄孙外，最要见的是大先生。让大先生挨着坐下，指着枕头很费力地说，拿，拿出来。

祥梅懂得她意思，从枕头底下摸出一个包袱，蓝色的蜡染方巾包裹，层层打开，里面有一个存折，上面竟有3500元余额。另有两本发黄的线装书，老太婆伸出发抖的双手，紧紧拉住大先生，断断续续说，修——家谱，然后艰难地露出笑意，该你——当——族长了。

姜老太婆走了，寅人谷年龄最大辈分最高的老人走了。按照遗嘱，葬在菜园地里。大先生请来曾家庆字辈和晚辈中有出息的，把存折和曾家老谱连同老人的遗嘱，逐一当众说明。众人说，祠堂也该修了，一下办吧。推大先生领头，小先生具体做事，依老的几大房分头出人登记。在外的由小先生领人去联络，修谱和修祠堂的费用一起算，除姜老太婆捐助，曾氏子孙每人暂出100斤大米，不足再筹。

当场就有曾三娃捐10000元，繁轩2000元，火神爷500元，……戴维娅也捐了500元，只要求死了回祖茔，钱没人收。

祠堂的维修好说，修旧如旧，保持原样。可续谱就不能照搬老一套了。话是曾三娃说的，他出钱最多，自然说话分量最重，更主要还是他说得有理。翻开老谱，他指着一排排"梯等式"说，古人条件差，只在乎血缘脉络清晰，给后人留下的信息总觉太少，弄得后人连前辈高矮胖瘦搞不清楚。这次修谱，有照片的尽量印上，还得添上生于何时何地，卒于何时何地何因，有何遗传特征和承传自哪位长辈……钱不够，我们再筹。

小先生第一个赞同，还举例说，如庆彪家五嫂子有洋人血统，黄头发，高鼻梁，如不写清楚，今后再出这样一个晚辈来，还不知从哪来的。

大先生说戴维娅就繁琴一个女儿，不会混淆，用不着写她。将祖先的不幸和隐私公开出来，有违"为长者隐，为尊者隐"的古训，不宜采纳。

曾三娃笑大先生迂腐，啥年代了，旧规矩该改改，把遗传性疾病注明，后人相亲也好有一个考量。现在医院看病，都要问有无啥病史、家族遗传病等，写明白还是好些。

众人一听齐说有理，后来连职业、专长，甚至高矮胖瘦都要写上，只要不是假话，能写的尽量写。

谈到维修祠堂的事，火神爷说，乡中心校的冉校长来说过多少回，都成危房了，再不修担心要出事，到时候把村小撤了，娃娃们只有到别处去上课。小先生怪村上咋不管管，说话做事远不如前些年干脆，该办就办哟，还有个啥犹豫的。火神爷嫌小先生错怪村上，而今比不得以前集体时，村上有啥该办的，把队长找来，今天开会明天动手。眼下包产到户，村上用一分钱都要从农民手里讨，干部无权无钱说话不灵，别说为公事，就是村上、队上干部那几个跑路钱，都拖欠好几年了，弄得没人愿当干部。我们队庆贵早就在耍赖，辞职这么久了，村上还不敢松口，就怕准了无人接手。

小先生想也是，指望村上来办，难。小先生对父亲说，索性还是你来领起，以修学校为名，曾家后人凑钱把祠堂一下维修了。大先生推说自己年龄大了会误事，要曾三娃来挂这个帅。曾三娃劝大先生放宽心，你只要把旗帜举起，我自然会在后面跟着来，建筑队自家有，钱，大家筹，自己再拿一万元出来先用着。把这个事办好了，族谱上最新的族长就是你。

大先生微笑应允，只是这样做，村上、乡上同意不？

繁全打保票，你尽管做，村上有我在这儿，乡上嘛，叫繁琴跟欧阳生说说就是。

姜老太婆的丧事办得简单，一则死者生前有交代，二则坟地离家太近，四个壮汉抬上还没走几步路就到了。没办宴席，没请锣鼓，但曾家晚辈全来了，该讲究的事，择期、看坟地、倒杖、出殡……一样没少。没有后人，祥梅的父亲曾老四戴重孝，端灵盆。街上大小馆子都送来花圈，送行的人连四周的田埂都站满了，那份热闹，许多有儿有女的还赶不上。

欧阳生一大早特地从乡上赶过来，和贾支书等村上一帮人一起来送行。而今没了贫协主席一职，山上昝大爷也就算不上村上的人，没通知他，他却带几个人头晚上赶来，帮着忙这忙那，一个通宵没睡。昝大爷家与姜老人家是世交，老族长家业鼎盛时，山上一大片山林交昝家经管。那几年闹灾荒，昝大爷隔三差五来看望姜老太婆，每次从未空过手，多少带点食物帮补帮补。因这缘分，老人家指定他为遗嘱执行人。

按乡下规矩，人死后，先垒一个坟堆，待孝子三年守孝期满，再正式修坟。眼下姜老太婆无后人在家，火神爷带一帮徒子徒孙，没要人安排，从石场抬来石头，不仅砌了坟头，还绕坟砌了三轮清方条石，比一般人家的祖坟还略微讲究些。碑文是大先生撰文并由他亲自书写，落了在外面的父子俩的名字，无论多久回来，不用旁人指引就能一眼认出。

全区选万元户如同找蛐蛐，听叫声到处都有，真要找出来，却没了影。镇南乡好不容易凑了几个，还有一半喊冤，怕钱说多了，再评成分不得了。欧阳生三次光顾，火神爷才勉强由甘三嫂替他点了头。也是害怕再划成分时，一不小心，划到剥削阶级那儿去了，这让地下的烈士有知，会爬起来咓自己。欧阳生开导他，就算是要咓，也只会咓那些好吃懒做的，烈士用生命打下好江山，不受压迫，不受剥削，你还好意思穷？火神爷仍是不开口，甘三嫂悄声帮他说，要论钱多，谁也比不上曾三娃，你们咋不……欧阳生不等她说完，啪的一声定板，他不行！雇人太多，你不同，凭技术吃饭，硬气！

雇没雇人，是当年划成分的依据，一时半会儿还忘不了。要打消顾虑，得有人当典型示范。二队的贾老裁缝就因这个被贾支书抓住了，不当万元户还不行！贾裁缝顾不得辈分高，再高有事也得低头，平常称侄侄，这次是恭而且敬称呼贾支书，我就收了几个徒弟，还是人托人介绍来的，其中也有你介绍了一个，咋一下就走不脱了，非得戴个万元户帽子，等着今后挨斗。贾支书反复说，你是我本家叔叔，我就害别人也不会害你，一千个放心。就为大家害怕富，才选你带这个头，打消打消大家顾虑。贾裁缝还是不明白，三队曾繁轩那才叫富，一趟生意就抵我半年收入，咋不选他？贾支书神秘兮兮地凑过来说，他呀！没通过，投机倒把还没取消，他想当还不行。语言亲切、温馨，似乎送了个大礼，不由得裁缝叔叔不收。

茅书记拿着名单挠挠头，总觉哪里有欠缺，这几个稀有品种，全是乡下手艺人，要是种养殖业中冒出一个就好了，哪怕只有一个也算正道上有榜样。胡公安说，找了无数遍，钱都差得远。茅书记问欧阳生，你那未过门的老婆咋样？听说她一年要出几十头肥猪。欧阳生笑笑说，她呀！收入不够，下一辈人再努力争取。唯恐不信，一笔一笔算账给茅书记听，靠养猪成万元户，连本带利，每年得出百头以上。嘴里这样说，心里却在想，就是够了也不能出这个头。繁琴告诉他，养猪不赚钱，可卖饲料能赚大钱。她不愿把话

欧阳生三次光顾,火神爷才勉强由甘三嫂替他点了头。

说早了，泄了密让人抢了商机。

　　茅书记如获至宝，难得种养殖业有个榜样，抓住这话不松手，说没关系，多算几年就够了。就这一句话定了，繁琴在婚礼前几天，与十几位万元户一起，披红挂彩，被人敲锣打鼓、前呼后拥在街上如同婚礼彩排了一通。这一次可比上一次遣送回来不同，气派风光多了。

　　全区二十个万元户没凑齐，硬是缺四个，恰够八仙桌坐两桌。大会表彰、打马游街，披红挂彩做了，万元户们没几个高兴。名声出去了，实惠没捞着，倒惹来一身臊。借钱的、集资的、化缘的、要赞助的，像绿头苍蝇一样嗡上来。火神爷弄得不敢在家久待，见着欧阳生就喊"上当"。此后，再没评过万元户，再没傻子干这费力不讨好、帮人炫富的事。

　　唯独繁琴高兴，提到当万元户笑嘻了。经这一宣传，四乡八里响遍，寳人谷出了个叫曾繁琴的姑娘，年纪小，个子高，养猪有一套。前来参观取经的人差点把路踩断。先是来看看问问，后来干脆买饲料回去，渐渐地饲料比人还叫得响。繁琴索性养几只猪做样板，精力花在饲料上。在屋后搭建一个加工房，添置粉碎机、搅拌机，专门做饲料生意，万元户由假成真。

　　多少年后提起，繁琴还止不住乐，说她那些年哪，结了两次婚，一次与欧阳生，一次与猪饲料。人管了半辈子，猪饲料管了她一阵子。

　　大先生把婚期选在冬月十六正午，月亮和太阳正当可爱时。佳期连同两人生辰八字的批语，同在一张帖上。大先生用正楷誊写好，亲手交给欧阳邦，请他看后再给常医生过目，若有不妥，尽管说。

　　欧阳邦看不出啥来，只觉字写得特好。抓紧找到常医生，递上帖子说，大先生要你再斟酌斟酌。常医生口里说我不懂那玩意儿，手却伸过来接，对上面的子丑寅卯、金木水火土不感兴趣，倒觉那几句评语有意思，不知不觉念出声来：

　　　　龙腾虎跃前世定，千里萍水喜相迎。
　　　　少时夫妻老时伴，空留一段相思情。

常医生吟罢这半似旧诗半似偈语的评语，摇摇头含笑露出一句，这个大先生，释儒道兼修，难得他有这闲工夫。

欧阳邦见常老人家又是点头又是摇头，不知吉凶祸福，只知上面学问大，忍不住问，上面说的啥？常医生说，日子定在冬月十六。欧阳邦听了叫好，冬天大太阳，晚上大月亮，圆圆满满的好。再问，还有那几句押韵的你没说。常医生只得细说，第一句龙腾虎跃前世定，大约是说一个属龙，一个属虎的，是前世定下的姻缘。第二句嘛，千里是指隔条河，萍水相逢嘛，是指偶然相遇，两人自由恋爱，媒人都没有，倒也贴切。这第三句是个老话。第四句我也不懂了，既是百头到老了，哪来的空留，哪来的相思情。未必两人中途要分开？这大先生尽出谜语让人猜。不管他啥缘由，依他就是。

宴席摆在曾家院子，欧阳邦虽有点小不忍，但终究是对方全资操办，没钱就得话少。还是请的魏大勺，这些年他吃香，发啦！前次万元户打马游街，他走在最前头。仍是坝坝宴，但与上次曾杨氏的丧宴窘困大不同，肥猪杀了两头，自家养的，说声不够，再拖一头杀了就是。其他如粉条、挂面、黄花、木耳，既不要票，也不要批，包你足用。菜蔬嘛，二姑娘早把生意定了，到时鲜摘鲜用。鸡鱼鸭全是整个装盘。繁琴舍得下手，也拿得出，饲料生意正旺着呢！

欧阳生看了日子，也哑然失笑，这大先生也是，当初一句闲话，他竟认了真。日子选在元旦，没人开会，也不会撞期。

戴维娅总觉少了媒人还是不妥，如同宴席少了酒样。当年她进曾家，都知是丫头扶正，可还是把镇上学校校长找来，安一个媒人在他头上。想来想去，竟找到火神爷家的甘三嫂，媒人安在她名下。居然一说就允，半点犹豫都没有。有人猜测，戴维娅找过去的冤家说媒，是看中火神爷背后的市委书记，想借梯上楼。而火神爷答应爽快，外人都认为他看中欧阳生年轻有为，像树苗一样长势好，以后有个依附。仿佛都有道理，但都没说准。戴维娅想的与火神爷想的一样，都与别人猜的不同。戴维娅从曾家院子老四家的舫包算起，全队女人挨着过滤一遍，连喳闹婆在内，全不利落，拖儿带女，今后保不准以媒人的情分找欧阳生办啰唆事。只有火神爷家老两口硬气，从不开口求人。这媒人非他莫属，外人抢也抢不去。火神爷自然乐意，一直对欧阳生有好感，不媚上，不欺下，踏踏实实为人，与他交朋友，没有麻烦。即使有啥相求市上洪书记，他也乐意跑一趟。

魏大勺这几年发大了，肚子大了一个号，时常带上厨房家什四处转悠。朋友都主张他在镇上开餐厅，可他不听劝，嫌镇上同行多，竞争激烈，远比不上他这样自在，带几个徒弟，置一套家什，轻轻松松来钱快。接了繁琴家活儿，曾嘀咕大先生择期不准，与城坝村几处婚事撞期，会办起酒席无人吃，不知内情的人会以为厨师手艺不好。有人劝他把心揣稳，再多的喜事，也盖不过乡长的喜事，到时客人只会多不会少，有的是人慢慢吃饭喝酒，保证你名声钱财两不误。

繁琴终于把自己嫁出去了，而且是自己心仪的人，是街上吃商品粮的人，是有头有脸的人。结婚那天高兴昏了，竟忘记了哭，是宾人谷有史以来头一个没有哭就嫁出去的女人。当妈的提醒她，你这没良心的女娃子，再恨妈，你也得装个依恋不舍的样子，把个乐呵全放在脸上，也不知害臊不。

繁琴才不理妈这一套，我又没离开你，愁啥？哭啥？该乐还得乐。爱打闹的娘家嫂子们取笑她，平辈的捉弄新人，照规矩新人是不能还口还手的。她才不呢，在洞房听说庆贵的傻儿子约几个人猛灌欧阳生酒，她把盖头一掀，从洞房冲出来，扳着对方手腕，对喝三大碗，活生生地把人放醉，现场直播醉态，她才笑呵呵回洞房，重新把红布盖好，坐在床沿上哼小调：

　　背时哥哥不是人，
　　把妹哄进矮树林，
　　走拢就是一绊腿，
　　不管地下平不平。

遭罪的是欧阳邦，到亲家这边来喝喜酒，曾家人多，大人细娃都来敬，再大酒量经不住来者不拒。饭还没上桌，欧阳邦醉成一摊泥，被人扶进屋内，没地方搁，就搁在亲家母床上，直睡到第二天早上才醒来，自此留下一个醉后上错床的笑话。后来一提及，欧阳邦就满脸通红，摆着手连呼谣言，谣言。

大先生陪着常医生首席就座。与众人不同，两位的笑容更显得珍贵些。面对一拨又一拨来敬酒的晚辈，两位老人端起酒杯做做样子，尽尽礼仪。都当他俩年老不胜酒力，无人多劝，也没人多想。两位新人来敬酒，给两位满上，老人这次爽快，一饮而尽。常医生对外孙连说，珍惜珍惜。大先生则对繁琴连声叮嘱，琴啊！你可得给曾家争气，好好帮衬欧阳生，相敬到老啊！

两位老人当晚没走，也没睡，就在繁轩修的新房子里唠了半夜。这几年变化太大，不饿饭了，按说没有比这更大的好事。可家家打着饱嗝冒出来的仍夹杂许多怨气。就眼前这对新人来说，在赛人谷算有权的配上有钱的，再没有更般配的了。可在两位老先生眼里，却是凑合的意味更浓。收亲结缘确是长辈责任，心里纵有万般隐忧，还得挤出笑来应酬，终归了却一件心事。说是了却，又心事重重，像是下了一件吉凶未卜的赌注。大先生仿佛是把一个弱女子送进了豪门，名声固然好，可是否受夫家待见，是奴隶还是主子，未可料也。好像当年戴维娅进曾家，丫鬟和太太的位子，就如一条凳子的两端，屁股挪挪就成。

常医生则忧虑外孙生活从此不平静。外孙婚礼，欧阳邦曾提出请欧阳生外婆参加，常医生始终没答应。上次繁琴去见面给两家带来不少影响，如再出现在婚礼上，遇着熟人问起两位老人常年分居的缘故，自个都脸上无光。照实说吧，恐怕繁琴多心，必然说原来外公迟迟不答应婚事，却是嫌弃自己没文化。另编一套吧，实难自圆其说。据说前些日子落实政策，老太婆收回了几间门面，正处闹市区的黄金口岸，几次来信要欧阳生回去继承。就凭这见钱眼开、不顾外孙事业的举止，足以说明这老太婆不可救药。若依了她，今后时间长了，还不知会把外孙带进哪条沟里去。

大先生对常医生道出自己隐忧，古人说，衣食足而礼仪兴。这人吃饱了，照理说更知廉耻，重孝悌。你看这两年，妇女抛弃子女跑外省的没了，子女不供养父母的少了。可古人又说，饱暖思淫欲，一些发了财的人，仗着手中的一点钱胡作非为。听说曾三娃子在外面养了好几个女人。大先生拉着常医生的手，意味深长说，亲家公啊，说句不怕你多心的话，就怕欧阳生日后发达了，会不会像曾三娃子一样，嫌弃乡下的黄脸婆。

常老人家回道，照你说的有钱就变坏，那也应该是繁琴更值得担忧，她挣的钱比欧阳生多呀。两个人自己走到一起，好歹赖不着谁，如说有点担忧，我还真担忧繁琴，发了财，进了城会不会把乡下干部一脚给踹了。

大先生哈哈一笑，这你放心，我们曾家的女子不是那种人。

常医生也哈哈一笑，我家欧阳生也不是那种人。

十一

繁琴比欧阳生更在乎人丁兴旺，紧催慢赶，儿子来了。小欧阳的模样比他爸洋气，比他妈土气。就凭这，爸妈不好争功。繁琴喜欢儿子，却不喜欢坐月子。别的不说，蛋吃怕了，见天十多个鸡蛋，出气都带鸡屎味。刚说句不想吃蛋了，戴维娅差点捂住她嘴，小声说，小祖宗啊，这话要是传出去，可不得了呀，鸡蛋你都吃腻了，啥意思？不比地主还地主，小心批斗你。

别怪繁琴嘴叼，啥吃多了也腻。乡下坐月子禁忌多，这不能吃那不能吃，坐月子像掉进鸡窝里，转来转去都是鸡蛋。这送礼的人像是约好的，你一百我一百，净是白花花的鸡蛋，趁你坐月子送来，如同帮他孵化似的。戴维娅先是欢喜，渐渐愁了，一辈子没见过这么多鸡蛋，突然凑在一起成了危卵，想找个稳妥地方搁放竟让人犯难。还不能送，更不能卖，让外人知道了，会说地主婆又在显摆，若再追一追你生蛋的鸡在哪，啥事都有可能出现。

烦恼之余，繁琴免不了问妈，你当年坐月子咋过来的？只以为她会附和几句，说几句鸡蛋吃多了倒胃口之类。哪料妈哑然一笑，我坐月子那阵，没吃几个鸡蛋。繁琴不信，妈是嫁了一道又回来怀上我的，生我时，爸还是起义将领，家里用人还在，咋就吃不上鸡蛋呢？戴维娅告诉女儿，不是吃不上，是压根儿没拿鸡蛋当菜看。自跟你爸结婚，碗里很少见过鸡蛋，山珍海味都吃不完，哪还顾上鸡蛋。也就前些年饿怕了，提到鸡蛋才流口水。繁琴想想也是，繁轩那儿子，这才多大点，早上不吃鸡蛋老挨骂。任珍要他看看电影里那些穷人，不吃窝窝头都要挨打。可那小子嘴滑，说，人家是不吃粗粮该挨打，没听说不吃鸡蛋也该挨打的。戴维娅喜欢那孩子乖巧，夸他命好，生下来遇上爸妈发财，没吃过苦。话到这儿，问女儿，你想吃啥？叫欧阳生悄悄买回来。繁琴说他怕有影响，引起左邻右舍的人眼红。戴维娅深有同感，也是的，还是少招点风好。不过也不用怕，万元户都当了，吃点好的又有啥？你跟我说，我去跟你悄悄弄回来。老是醪糟蛋不行，别说你吃，我闻着都腻了。

戴维娅悄悄下河去，找渔船上弄些河鲜回来，变着花样弄给女儿吃。隔一段时间，找后山昝大爷，弄些山上鲜菇、竹鼠换换口味。好在年轻时吃过，弄得适口，繁琴吃了直夸妈手艺好，干脆开馆子得了。

小欧阳一天天长大，户口上哪，成了一个不是事的事。乡下户口不值价，没人拿它当回事，孩子生下来，去生产队会计处说一声，到年终人口统计时，会计在新增人口一栏填上张三李四就是。常有父母忘了去招呼，或者深山里的人没及时报，拖个一年两年再补上也常见。有了计划生育后，一家生孩子，全村都关注，别说一个大活人，就是怀在肚子里也免不了群众的惦记。育龄妇女格外受人关照，隔段时间都要去检查，极少漏掉。

这事搁小欧阳头上，与计划生育无关，头胎嘛。问题在于父母人在一起，户口不在一起。

繁琴很为难，想说吧，明摆是讨贱，自己若不是农村户口，孩子稳稳地上在乡政府大户口本上，吃商品粮。不说吧，心里痒痒的，总有一丝念想，能不能给乡上胡公安通融通融，与他父亲一起上在乡政府户口本上。凭欧阳生乡长的名分，应该不是啥难事。忍了很久，为了孩子早出农门，犯贱也得与老公说。

碰上天气好那天，趁欧阳生脸上有了笑意，繁琴抱着孩子到老公面前，不看老公，貌似不经意，对着孩子唔唔逗哄，乖娃娃哟，你笑得好乖哟，爸爸回来你好高兴。喜欢爸爸不？哟，笑了，笑了就是喜欢，喜欢就把户口上在爸爸那里去，大了去镇上爷爷那儿读书。听懂了吗？听懂了就笑一个。哟，笑了，笑了你就懂了。话完瞟一瞟欧阳生，担心孩子懂了，他没有懂。

欧阳生没把孩子户口放在心上，从娶繁琴那天起，就知道孩子户口会在哪儿。种子播在乡下人的肚子里，咋长都不会在街上生根。对繁琴的试探没在意，偏过头来，用拇指拨了拨孩子脸蛋，见他笑得甜，自己嘴儿努了努，唔，想跟爸爸住，你得好好读书，上大学，到大城市去，有了出息再接爸爸去养老。嗐！他真听懂了，你看笑得好甜。

繁琴见他心情好，直接挑明，你找胡公安说一说，户口就落在乡政府，以后好去镇上读书。欧阳生仍在逗孩子，说，有那好事，茅书记早办了，也不会为女儿的事怄气。说这话时，原本高兴的脸上掠过一丝不悦。

繁琴一下意识到错了，不该提这事。丈夫说得也是，能办的话胡公安自个子女早办了。可这乡长不是白当了？心犹不甘，又试探说，现今时兴改革，这样那样都在改，这户口也许要改一改。欧阳生意味深长说，听说是要改，现在不行，等改到你头上再说。好好教娃娃读书，考大学才是正路子，不然的话，跟你一样，当农民，去打牛屁股。

繁琴听来好堵心，农民咋啦，农民也不比你差。若不是我们农民那点农业税，你乡上几爷子工资都发不起，个个喝西北风去。繁琴现在是乡企办旺盛饲料公司老总，上交承包费比丈夫工资多，一个人抵他十个人还不止。正因这样，几个承包人全在叫苦，年年闹着要修改合同，千方百计少交一点。繁琴是乡长家属，欧阳生逼她带头，每年比其他人多交点。而且一口价，乡上定多少交多少。每到年底，总为这事与丈夫闹上十天半月。

繁琴早在欧阳生耳旁嘀咕，再不能涨了，每年上万的管理费交乡上，自己总觉亏，熬更守夜挣几个钱，为啥要白白交上去。见老婆不愿交管理费，欧阳生竖起一根指头，像是鸣枪示警，点了两下放平，对准繁琴，你个笨女人，这是拿钱买保险。没有乡镇企业这块牌子，你摊子敢铺这么大？敢雇这么多人？安个投机倒把的名就把你灭了。说了多少次，这样的话不要再说了，要知足。

繁琴不是不知足，只是觉得便宜了曾三娃和繁轩。管理费同样是交几万，他两位左手交出去，右手又千方百计剜回来，吃喝玩乐全在乡上报销。乡上的人就听他们的，像亲爸一样，咋说咋办。又是给买车子，又是给报差旅费，年终还发高额奖金。自己呢，除了合同上的啥也没有。

欧阳生也知委屈了老婆，谁叫自己是乡长，偏偏她嫁给了自己。繁琴受了多大委屈，他心里有数，比较那两位，繁琴也不算太亏，虽说人家奖金得的多，干的可是风险活。繁轩的运销公司，赚的全是铁路上的钱，人家那些车皮计划、物资指标不会白来的。

曾三娃那些项目全靠拉关系，不是风吹来浪打来的，花销惊人。别看曾三娃在乡下人五人六，在甲方面前就是一个当苦差的奴才，随便脸面大点的人，手一指，说声把账结了，曾三娃就得赶紧掏腰包，生怕迟了得罪主子。这个中奥妙，谁都清楚，谁都不说。就繁琴不懂，成天叽叽喳喳抱怨。欧阳生暗地里算过，繁琴并不吃亏，过去一间小小加工屋，一台小粉碎机，能挣多少？现在几间大厂房，十多台机器，虽说分成比例少点，总数比过去多。乡上虽说多分一点，可扩充厂房，调整土地，购置机器都算在乡里账上。繁琴没额外支出，收一个钱，是一个钱，还有一个好名声，有啥不好，这个贪心老婆。

就为这，欧阳生狠狠教训了繁琴，指指戳戳好一阵子。

同以往一样，繁琴仍是不服。自己少得一点是小事，见不得乡上几爷子把企业当钱柜，只要提到花钱的事，第一个就想到去企业拿，也不管企业死活。屁大一个企业，办公室、保卫科、接待科设齐，鸡大蚂小一大帮人，赚点钱还不够塞这些人牙缝。

戴维娅是过来人，常常劝女儿听女婿的，皇上都不准内宫干涉朝政。我那些年问都不敢问你爸的军务，女人听男人的才稳当。几十号人打工，不搁在集体名下，搁哪儿？若搁你头上，该扣多大个帽子。别像你爸当年一样，再多的钱财，一个会议就给没收了。欧阳生是乡上头儿，他知道的比你多，别把人吵烦了，说声不回家，你再多的钱也唤不回来。

繁琴不怕，就他那几个工资，还不够给孩子买零食吃。有他不多，无他不少。嘴里虽这样说，心里可不敢这样想，他真要不是老公，她也得巴结恭维乡长。看看曾三娃和繁轩，哪一次来也没打空手，前些年大包大包拎着，这两年干脆免了，多少都一个袋子包下。繁琴深知，而今的欧阳生除了是老公，更是乡长，是乡长加老公，1+1往往大于2，这道算术题她懂。

繁琴现在有钱了，不是一般的有，有得让她自己都感到惶恐。十元券一百张一摞，每凑齐一摞就做一次梦，跟在锣鼓后面去镇上披红挂彩游走一番，再不是上次缩头缩脑的鬼样子。为那张旧照片上的丑样子，繁琴至今感到好笑，不就一个万元户嘛，至于怕到那样子，像是偷的抢的样。钱来得太突然，被财神撞昏了似的，莫名其妙地高兴和害怕。还别笑当初害怕，至今仍没怕够，每当要她上台去发言领奖，不管是乡企的还是妇联的，是区上的还是县上的，会好几个晚上睡不好，心咚咚跳，不知紧张啥。

细想起来，心跳也不全是钱带来的。她同嫂子任珍闲聊过，问她有钱了怕不怕？任珍说没感觉啥怕的，嫁人就图这个，真有了钱欢喜还来不及，咋会怕呢？若论有钱，任珍两口子比繁琴还多，不仅早干几年，而且下手狠，胆子大。短短几年，全县化肥市场被繁轩切成几大块，他想吃哪块是哪块。县化肥厂拿他没法，人家是乡镇企业，是新生事物，异军突起，货硬价低，还同各乡的头关系好。外人只有羡慕的份，连喳闹婆的女婿都辞职了，投到他名下跑销售，多气派。繁琴佩服任珍有定力，感觉跟自己就不一样。

任珍说过，我不能跟妹妹比，若说到怕啥，嫂子我也不是一点没有，就怕你哥哪天心花不回家。虽说我是你嫂嫂，可别嫌我多嘴，现在的男人心花的多，你得多个心眼，谨防哪天我那妹夫心花了，一夜之间成了别人妹夫，我们想沾点光都挨不上，那才叫怕。

那咋知道他心花没花？繁琴讨教任珍。

任珍没开口，先扑哧一声笑了，你哥说了一个方法，让男人躺着，你用指头放他鼻子试试，凡出气的肯定心花。

虽是笑话，繁琴听来却是实话，是男人都心花。更喜任珍是个实在人，说实话。每次她与欧阳生拌嘴，最先来劝和的肯定是繁轩任珍两口子。两口子文化不高，可说话实在。繁轩曾说过，妹子，你我现在有点钱了，可千万别慢待了妹夫。见繁琴脸上有点不屑，知是嫌欧阳生挣钱少，连忙开导，妹子，听哥说，若说像我们这样挣了钱的，全镇南乡不多，可也不少，十多个总有吧！可乡长有几个，只有一个。没有了你我这几个钱，妹夫照样当乡长，若没了妹夫当乡长，你我就不一定能挣钱。

繁琴想想也是，曾三娃算最有钱了，惹烦了欧阳生，说声要给他建筑工程队再配一个副经理，曾三娃就得赶紧说好话。这叫啥？叫一物降一物，青菜降豆腐，如同欧阳生配上了我繁琴，繁轩遇着了你任珍。

听这话，任珍急忙纠正，琴妹子，这话你心里想想可以，可千万说不得。繁轩更干脆，想都不能这样想，想了就会说，说了就会乱。接下来告诫妹子，不是我说你，别滚在钱眼里看不见人，自己不注意一点，你说话无心，可听的人有心。繁琴只当指的是欧阳生，冲口而出，他有心又咋样？谅他不敢乱想。

任珍扯扯繁琴衣袖，妹子，你哥哥早说过，要我提醒你，得小心点，张英姿回来了。

繁琴知道张英姿回来的事，听说是县上专门引进的大学生。因为有了儿子这条保险绳，繁琴没感到有啥威胁，反倒有些庆幸，自己早下手为强。当初抓紧不松手，没给对方留机会，这会儿回来，晚啦！可当听说张英姿当的是局长，心里又打鼓了，别的局尚可，偏偏是乡镇企业局，不仅压着欧阳生，还牢牢管控着自己。繁琴的心又重新悬起，对欧阳生她是放心的，主要是对他们单位放心。当年的乡政府，曾发生过一件事，茅书记那时还不是书记，是副乡长，风闻武装部长与妇女主任关系暧昧，硬是下决心，防特务样，三天三夜派人盯着，活生生抓了个现行。男的因女方是军婚进去蹲牢房，女的因生活作风败坏被撤职。在这样的单位，婚姻如同进了保险箱，安全牢固，繁琴放心。

可是人呢？这老公可不是一件物品，搁在保险箱保证不掉可以，保证不变质就难了。一个活鲜鲜的人，一个指望着他带来温暖、带来依靠的活人，大意不得。自打听说张英姿回来，繁琴对丈夫提高了防范等级，每次欧阳生进城回来，总要细看几眼，好像是有些变化，又说不上哪儿变了。好像眼神不太对，过去看自己是直勾勾的不转弯，现在眼神一碰，男人总是一闪就滑过，停不住似的，有点游移，有些漂浮。笑也似乎也有些异样，都有了孩子的老夫老妻了，还有事无事都在笑，有点过了，像心里有啥好事要遮掩，本想闷在心里却掩不住露在脸上了。这啥好事让他笑口常开？都说女人的直觉特准，可直觉不能当依据。

为了寻找依据，戴维娅被女儿逼着去了张家，借串门为由，仔细访了访，结果事情越访越糊涂。戴维娅用关心的口吻问张部长，咋没见着你家姑爷？张部长呵呵一笑，别说是你，我也没见过。戴维娅哦了一声，故作感叹，你们城里人不比我们乡下人，看重的是事业。像英姿这样的姑娘，全县也难得有几个，婚事是得经心些。张部长笑得更响，年轻人的事，她自个做主，我们老的也省得去操心。戴维娅总想探出个准信，顺着话说，那也是，可当父母的说是不操心，又有谁能做到？英姿姑娘一看就是个有主见的人，不定早有了，没给大人说。张部长收起笑容，认真说，前几年带了个小伙子回来，人品不错，是大学的同学。说好快结婚了，这不，英姿又调回来了，不知是婚期推了，还是人变了？问她不说，只是说大人不要管。正如你说的，大人哪会不管，可操心不讨好。

戴维娅把这些如实说给了繁琴听，自以为打听得详尽，可繁琴听了一头雾水，说了大半天，张英姿到底结婚没有？仍是一个谜。这次城是白进了。当妈的费力不讨好，一赌气冒了一句，当初大先生不准你跟欧阳生好，你死活不干，这下跟了人家又疑神疑鬼，你这是跟谁过不去？欧阳生若是像你爸当年那样，娶十个八个回来，你不要抹颈上吊呀？真是的！

繁琴听妈说这些没出息的过时话，心里烦透了，也是你那时候的女人才软弱，若是遇上我，打死也不会答应。戴维娅咂咂舌，啧！啧！你能干了。你也是遇上现在政府好，把当官的管得严，该你讲狠。真要是你遇上我那个年代，你死了才好，你老公再娶一个就是。

小欧阳爬着爬着就站起来了，凭仗曾外祖父取名喆，成天在诊所里倒腾探索，遵循父亲当年爬过的痕迹，一天天扩展自己的世界。微黄的卷发，高鼻梁，深眼眶，加上胖嘟嘟的脸蛋，白得像扑了一层粉，配上一双赤脚，浑身的尘土和扑面的药味，犹如一个洋娃娃从泥坑里捞出来，惹得过往的人总要多看几眼。

到了上幼儿园的年龄，可幼儿班属镇上独有，乡下人在街上没户口，再逗人爱，幼儿园也没他坐的位置。乡小、村小被小学生挤爆了，再无法挤进小弟弟小妹妹。小欧阳不着急，如同当年他父亲一样，在诊所里翻箱倒柜玩。诊所的人不操心，小欧阳自带保姆，有外婆跟着。做父母的也省心，仿佛这孩子就是为上辈人生的，压根儿没他们的事。

爷爷急了，去四方托人，实在是挤不进去，好多城镇户口的娃娃还在校门外候着。当妈的不在意,乡下那么多娃娃没上幼儿园,田坎上玩泥巴长大,照样读大学当干部。欧阳生也托人说过,没办成,反过来安慰老人,幼儿园不上没关系,暂时等一等,只要小学能去镇上就行。常医生急了,早一天接受正规教育,就早一天减少两个农村妇女的乡土教育。为这事,专程去乡上找欧阳生,要他早下决断,孩子不能输在起跑线上……

正说事,大路上传信来,要欧阳乡长赶快回去,说赛人谷出大事了,计划生育小分队被曾老八打了。

还在路上,欧阳生气冲云霄。曾老八,这个老中农!到底要干啥?处处与政府过不去,过去总说单干好,依了你单干,又咋样?论过日子,搁在赛人谷你仍旧一个中农,搁在城坝村,只能算一个下中农,搁在三江镇,你他娘的就一个贫农,跟曾老四一样,想了想,仍觉高看了他,呸!比曾老四还不如。

这不是气话,曾老八自个也这样说,他过得不如曾老四。他家四个人土地,产粮自然不如曾老四六个人土地多。端碗吃饭的人不少,两个儿子,娶了一个媳妇,加三个娃,八口人吃饭,粮食多半去了自个嘴里。曾老四自祥梅过继姜老太婆,祥菊考上师范吃国家粮,祥兰外出打工,三个人吃饭,粮食余下多半。老四夫妇早忘了当年奚落,每年农忙季节,其他人不请,总要请老八父子帮忙,工钱除外,大鱼大肉款待,咸鸭蛋管够。

这差距还在拉大。

老四当年那个孩子做了人流,瞧老婆那个病样,一咬牙,背着老婆结扎了,稳稳过了计划生育这一关。老八家小儿子娶了个二婚,带一个孩子过来,二胎生个儿子,现又偷生一个女儿,还不愿落实节育措施……

欧阳生赶到曾家院子,争吵已结束。曾老八父子三人抱着头,一溜靠墙蹲着。贾支书领着几个小分队的人看守,稍稍动弹,就给一脚棒喝。儿媳刚从外地偷生回来,带着孩子被堵在屋里没准出来。

曾老八的老婆特别顾孩子,恰像孵蛋带鸡娃的母鸡,人称抱鸡婆。本人不喜欢这浑名,谁叫跟谁急。后来听大先生说好,女人本弱,为母则刚,有意思!既然大先生觉得有意思,抱鸡婆也就顺耳了。这时她正在山梁上不干不净叫骂,替全家发泄怨气,身边站着他家那条黑狗,时不时跟着吼几声。

看见欧阳生来了，所有人眼光一起奔他脸上来，求救的、看笑话的、愤怒的、同情的全在他眼神里寻求响应。得知胡公安伤势不重，已去乡医院包扎，欧阳生放下心来，眼睛转向墙边。曾老八父子三人蹲成一团，见他走来，两个儿子昂起脖子，不平、不服、不怕，生娃儿不犯死罪，谅你也拿我没办法。只有曾老八吓得瑟瑟发抖，真惹恼了欧阳铁匠的后人，只有闭上眼睛等着挨揍，无论一拳还是一脚，出自欧阳生绝不会轻。

　　不料欧阳生蹲下来了，不轻不重问曾老八，你咋动手打人呢？听口气还像一个生产队的人。曾老八满腹委屈要说，他们拆我房子，说着泪水下来了。又问他小儿子，你为啥动手？他们打我爸。那你呢？欧阳生问打光棍的大儿子。大儿子口气不硬，似有忌讳，可又不得不说，我见他们拽我弟媳妇去乡上……围观的人中有啧啧咂舌声，老大闻声闭嘴，再不吭声。

　　若不动手伤人，或是其他事尚可拖一下，慢慢处理。计划生育不同，刚受了县上通报批评，两点，节育措施落实慢了一点，罚款收少了一点，一点一点离一票否决近了。

　　欧阳生想揍人，可天天相见，不仅下不了手，还不能开这个头，任性蛮来就可能出人命。有心放了父子三人，也不能开这个头，稍稍软口，全乡计划生育别搞了。眼前为难的不止蹲着的三人，好像还有自己。放也好，揍也好，必须见效，落实计划生育措施，交清罚款。

　　欧阳生不能露怯，扶住曾老八双肩，腰身一挺，两人一起立直，松手，曾老八脚麻又往下蹲，欧阳生只得双手扶住。旁边有人提醒，不能松绑，谨防他三爷子得意更张狂。众人一声吼，敢！曾老八跟着吼起来，我没张狂！是你们先要拆我房子！欧阳生笑笑，叫人递过来两个条凳，安排父子三人对面坐好。

　　欧阳生问，你们想打架还是想讲理？曾老八赶紧回话，不用说我们也是讲理的。欧阳生故意长长的一声"哦"，仿佛才知道，你们原来是讲理的。估计曾老八听出语气不对，赶忙声辩，我们从来就讲理。欧阳生又指指山坡上正跺脚骂人的身影，问，那就是讲理？二儿子立即起身，高喊，妈！别骂了，欧阳乡长正在解决！

　　骂声随即停止。

　　欧阳生继续问，那你们说说，你们理在哪儿？曾老八小心翼翼说，就是有点想不通，见欧阳生没出声指责，声音稍大点：我家生孩子，自己生自己养，没碍着谁，你们凭啥非得管？双方不讨好，何苦呢！欧阳生收起笑容问他，你的意思是政府不该管？曾老八吓着了，不服管那得了？赶紧解释，不是不该管，只是有点想不通。欧阳生笑他太忘事，集体时，对那些生得多的补款户比如曾老四，同样是人家生人家养，你是如何挖苦的？你忘了，我可记得清清楚楚。

不知啥时候，抱鸡婆和那条黑狗回来了，见丈夫尴尬，一时语塞，她替丈夫回答，那时候吃大锅饭嘛，他分多了我们就分得少，我们当然有意见。现在不单干了吗，不吃大锅饭了，谁也不碍着谁。

欧阳生追问，不吃大锅饭，共同富裕也不要了？

轮到女人语塞，实在不知共同富裕与大锅饭不同在哪。曾老八低下头，声音低了许多，政府不说了吗？允许一部分人先富起来。

欧阳生抓住这话，你富了吗？

曾老八嘿嘿干笑两声，就那几亩地，咋弄也富不起来。

欧阳生顺势问，你比曾老四如何？

曾老八脸生羞愧，他比我强多了。

欧阳生问，假如你还算是中农，他算啥？

曾老八脸挂不住，说，他才是中农，我充其量一个下中农，跟贫农差不多了。

再问为啥？回答，人增加土地没增加。

欧阳生要的就是这句话，说，这下知道为啥要搞计划生育吗？大锅饭要改，共同富裕不能改！允许一部分人先富起来，没有说允许一部分人先穷起来。政府不像你曾老八，只顾自己富，不管别人穷。别说孩子是你生的，就是你捡来的，政府照样要管。

曾老八最怕就是不服政府管，连忙说，不是我们不服管，是小分队态度太凶，若像你这样轻言细语就对了。

一旁的人笑了，欧阳生没笑，质问，我轻言细语你听了吗？

在听，曾老八直点头，我一直在听。

那好，欧阳生认为该结束了，起身说，把罚款交了，去乡医院把手术做了。

　　曾老八满脸愁云,哭兮兮说,欧阳乡长,就是杀头,你再听我说几句。欧阳生重新坐下来,听曾老八说,二胎生了后,我家老二就结扎了。生第三胎怪不得我们。

　　乡上计生干部插话,手术有没有问题?叫你去鉴定你不去,三胎怀上你又不去拿下来,一错再错,咋不怪你?

　　繁全皱紧眉头过来,指着曾老八说,不是我姓曾还不说你,真老糊涂了?再三说不要提手术的事,你是嫌事不够多,安心再说些是非出来。

　　围观的人交头接耳在议论。这是个两头堵的事,男的手术真的失败,那就女方该结扎,若没问题,那孩子是谁的?两个儿子眼里似有埋怨,曾老八识趣,转向欧阳生求情,款该罚,可一时拿不出来,能不能缓一缓?

　　欧阳生示意计生干部到一旁商量,计生干部告诉他,这次突击活动才开始,第一家就收不到钱,下面盯着的,就看乡长态度。欧阳生招手叫贾支书和繁全过来,你俩去屋里看看,有啥值钱的。

　　两人不多会出来,说圈里有两头没催肥的猪,市价估计不到200元,有一个旧大衣柜,值六七十元,有一眼木仓,八九成新,值300元,欧阳生伸手打住,够了!计生干部急了,1000元罚款,差得远。欧阳生笑他不开窍,商场里货好卖,全靠打折。你好好学,今天我教你罚款打折。

　　曾老八父子被叫过来,欧阳生很体贴地说,罚款一下交清是有困难,要我给你减免也难,这样子,我与他们商量了,给你们打点折。但你们态度要好,不能对外说。父子三人求之不得,只管点头称谢。欧阳生宣布,两头猪批350元,大衣柜批100元,木仓批500元,还差50元,好说,你们搬到乡上去,就算搬运费。

　　计生干部急了,批这么高,回去卖谁?欧阳生嫌他笨,买主就在这儿。对曾老八说,你若舍不得,可以找人买回去,我再给你打折,大衣柜7折,两头猪、木仓6折,怎么样?父子三人感激不尽,赶紧找人借钱。为那50元搬运费,大衣柜不要了,两个儿子抬去乡上。沿途看热闹的不少,听说是交罚款的,纷纷震住了,看来这下真斗硬了。

　　自此后,镇南乡的计划生育一下轰动四方,每天都有罚款户到乡上交罚款，到年底，镇南乡凭罚款兑现好和落实节育措施好，乡计生干部从地区抱了一个大大的镜框回来。欧阳生由此第一次获省级先进个人称号，四处去传经送宝，就是绝口不提罚款打折的事，全是罚款户自觉自愿到乡上交款，听的人一愣一愣的，如听传奇。

又到换届的时候，乡上分外忙碌，往上推代表，往下分配名额。辛苦自然，压力山大。从这年开始，换届实行差额选举，有了竞争，左手和右手互搏。竞争得有序进行，不能互掐，伤了哪只手都会心痛。乡这级好说，代表选举，在党员与农民中挑选好代表候选人，全是实诚听话的，骨子里对政府感恩拥戴。这样产生的代表，定能有效保证选举顺利圆满。

难的是村一级，上级要求顺应农民心意，第一次不准内定候选人，现场提名，现场表决，谁胜谁上。乡党委会上，听茅书记传达完上级规定，众人大眼瞪小眼，小眼翻白眼，谁也不吱声。可谁也不糊涂，撒开缰绳，任凭马儿跑，姿态好看，动感飘逸，但跑向何方？停在何处？谁也没把握。可谁也明白，上首的会议主持人绝不会生搬硬套，茅书记是不会松缰绳的。这会他想的十之八九不是下面咋办，就是向上面咋说。

茅书记淡定，用目光锁住年轻的乡长。欧阳生坐不稳了，他包的是城坝村。支部书记人选，只会是贾支书和曾繁全两人，若论年龄、能力、威信，不用选，两人在村里走一趟，只看狗咬谁就知道。

就选曾繁全行不？第一个是茅书记，不止，包括欧阳生在内的一班人不同意。当干部讨人嫌，不怨姓贾的支书，刮宫引产、催粮催款……谁做谁讨人嫌。繁全不同，常年在镇上做生意，得罪人少自然人缘好。茅书记经常在会上说，不怨你们村社干部，你们是替我们背过，我们不会忘记你们，不会亏待你们。

不会亏待的话不能白说，每一次换届就得兑现一次。

可眼前的文件是这样规定的，直选，不定候选人，现场票决。叫下面咋办？对上面咋说？欧阳生没想过。即使想，未必能想出个所以然来。他统一众人的眼光，像一束鲜花献给茅书记，听你的，你咋说我们咋办！

茅书记少有地谦虚，别指望我有啥高招，有也不能给你们说，那是蓄意对抗上级。八个村，村与村不同，没有包医百病的仙丹，只能对症下药。届要按规定换，那些忠厚老实的支书主任个个都得保证选上。话完了，可众人眼光还在他脸上徘徊，他逼迫换上无奈的表情，这样吧！我先选一个村试试，成，你们接着选。

几天后，茅书记在莲花村直选村支书，各位去观摩。现场提名，四十七名正式党员，四十六个提名老支书。老支书提了一个陪选的。后面的现场表决，几乎都可以省略。五位乡党委委员，一位副书记，眼睁睁看着茅老书记把村里一只只刺猬，活生生揉成了面团。近乎完美的现场示范，太容易了，没有一个人服气。可不服气还不行，莲花村范支书，省上表彰的模范支书；村里集体果园、茶场、煤厂……甚至保管室的晒坝都办起了预制板厂，一年四季不收农民一分钱；人家搞计划生育，进医院就有补贴……胡公安、邓文书私下对欧阳生嘀咕，这样的村，我也能直选！

欧阳生打心里佩服老书记，对不服气的胡公安、邓文书说，我算服了茅书记，换作我做不到。范支书是优秀，可他的竞争者少了吗？主任、村文书、民兵连长……一把手指数不完，个个有关系，有能力，明里暗里与范支书较劲，早盼着换届这一天。你们只看到今天顺利像喝啤酒一样爽口顺溜，不知茅书记这些天吃住都在莲花村，逐个劝和，熬了多少夜。台上一分钟，台下十年功啊。

服不服都轮到自己上台表演，欧阳生头几天就回曾家院子准备。有样学样，也是逐个来。先是贾家的贾支书、贾自立、贾自强、二狗队长……再是曾家的繁全、祥斌、青翠、庆贵……专程拜访了两家之外的昝大爷……个个表态鲜明，一切听欧阳乡长的。二狗队长说话直白，你说走东不走西，你说杀狗不杀鸡。提到两个家族的积怨，异口同声，没有的事，过去一个公社的社员，现在一个乡的农民，不分曾贾。

曾家贾家是世仇，过去通婚都难。人民政府治理下，两个家族积怨日渐消解。素日里如平静的江水看不出啥痕迹，一旦风雨来临，马上翻起波浪，有时哪怕一尾小鱼游过都有涟漪泛起。眼下一切顺畅，顺畅得让人怀疑。实在找不出担忧的理由，欧阳生只当是自己过虑了。

会场设在村小，人来得特别齐整，黑牛从广东赶回来，家没回直接到的会场。欧阳生站在门口，来一个人赶紧用眼神会会，得到的全是"都懂"的会意表情。

会议按程序进行，候选人提名之前没出意外，只是大家的意愿，支书要单独选，委员由支书提名大家表决。欧阳生心知大家关心的是谁当书记，至于各位委员，谁当都行。既然都说好了的，没多想就同意了。

刚宣布书记提名，有人起哄了，姓贾姓曾的都有，声音还大，欧阳乡长，你直接宣布就是。

乍一听，挺受用，与私下承诺的一致。细想不得，明知这不符合上级规定，岂不是将军吗？商议的是个个提名老支书，咋不按套路来呀？眼前情形明白告诉欧阳生，他被人放了鸽子。该来的都会来，再不能指望私下里的承诺。他用双手使劲压住桌沿，仿佛这样才能压住起哄声，才能压住心里火气。欧阳生正正身子，只当此前什么话也没说，什么事也没做，朗朗宣称，我没有带任何名单来，一切按文件办，现场提名，现场表决。谁先来？

我提老书记！贾二狗生怕落后，手举得老高。

欧阳生暗地一喜，有人破题就好。可接下来变了，黑牛明显不满，恶搞，我提贾二狗。

笑声轰然而起，又戛然而止，只因欧阳乡长板着脸，笑声没等成串，倏地一下缩回去。贾自立计票，拿眼神问欧阳生，算吗？

欧阳生刀砍斧劈，写上，凡是提出来的都写上。

贾自立恭恭敬敬写上贾二狗大名，贾自兴。自此，开始炒玉米花：

我提曾繁全。

我提曾祥斌。

我提贾自立。

我提贾青翠。

……

名单越来越长，欧阳生的脸色慢慢有了季节变化，刚来时热情万丈犹如火红的夏季；待到自由提名，场面失控，脸如秋叶起皱，寒意渐生；候选人超额时，已是严冬，脸色寒冰如铁；随着名单拉长，脸色转暖，第18位候选人提出，已是春风满面。看看黑板上候选人名单，该来和不该来的都来了，想闹和不想闹的都进去了，欧阳生暗道，该我动手了。

欧阳生立直身板，搓搓手，反复端详名单，微笑着对众人说，49名正式党员，提了19名候选人，如果现在投票，我敢保证，没有一个人会过半数。瞧众人疑惑，声音提高八度，你们还别不相信，以为我是瞎猜的。转身用手指在名单上下虚画了两下，在贾二狗名下停住，说，就以贾自兴同志为例，他从没有当支书的想法，不提他没事，谁的票多还是票少他不在乎。可偏偏有人提了他，名字上了墙，票多票少就有个名声在里面，谁也不希望自己名下安个环。欧阳生边说边用手指做个环形示意零票。接着说，这样，每个候选人名下至少两票，本人一票，提名的一票。19个候选人就占了38票，还剩下21票，全部投给一个人，再加上2票才23票，离过半数还差7票。

怎么办？

众人面面相觑，望着欧阳生拿主意。繁全屁股挪了挪，嘴儿张了张，最终没出声。

欧阳生不失时机提出来，怎么办？按规矩，只有大家商量着办。这样子，每个党小组推3个人，我们到一边去协商。特意打招呼，喂！黑板上的人不能来，自己不好说自己的话。他说完先出门，在操场一角等候。不一会儿，昝大爷、贾自强……一帮土改入党的老人，面带忠诚出来，但凡能说会道、刁钻精怪的，都被黑板上的封神榜禁在屋内。

下面的事回到脚本上来，由欧阳生引导一批苦大仇深的老人，在19个人中遴选出合适的正式候选人……

为了会上的不愉快，欧阳生与繁全打了一段时间的肚皮官司。欧阳生责怪繁全言而无信，临场变卦。繁全怨欧阳生说话不算数，会才开始就请你把方案拿出来，大家一致鼓掌也好，一致举手也罢，通过不就结了。你偏要节外生枝，鼓励大家随便提名，还说是上面规定了的，自个把事弄僵了，你怨不得谁。这疙瘩直到后来繁全去镇上开餐厅，欧阳生苦苦动员繁全回来当支书，两人才当面说开。

欧阳生的换届方法，竟引起县上有关部门注意，被称为那届村级换届最规范、最能体现集中与民主相统一的做法，为此，还专门出了一期《工作简报》给予表扬。

十二

粉坊那盘石磨日夜不停，年末日子，被磨成雪白米浆，流进布口袋里，悬在家家户户屋梁上，只等新年一声炮竹响，滴溜溜的汤圆应声端上桌。人们相互走动多了，一年来的事应该有个了结，来年的事早做打算。

繁琴家客人不断，曾老四来了好几次，每次没空手，不是一篮鸡蛋，就是几把鲜菜，说是自家产的，给妹夫乡长尝尝鲜。繁琴很是过意不去，知道是为他女儿毕业分配的事，先前找过自己，想托乡长姑父帮忙安排在镇上。自己不敢贸然应允，就怕欧阳生怪自己手长，给他揽闲事。告诉曾老四，欧阳生今天要回来，有事直接找他去。

走后门，戴维娅最有兴致。繁琴曾用她妈的话调侃过，后宫不许干政。当妈的不以为然，我不是皇后，欧阳生也算不上皇帝，乡里乡亲照看一下，算不上干政。可戴维娅眼前不在家，去了东北。

直到整个曾家院子灯亮了，欧阳生才一身尘土回家。繁琴等他洗过脸，端上一碗汤圆，再将来客逐一说给他听。最后装作不经意提到，曾老四来过好几次，好像有事非要对你说。

繁琴每说一个人，欧阳生皱一次眉，像是遇到债主躲不开。待提到曾老四时终于忍不住了，生气说，现在教师稀缺，我跟县上教育局要了好几次人，好不容易答应安排个师范毕业生回来。这还没说进，他倒先来说出，你叫我见了教育局长，咋个好开口？

说话间，曾老四来了，手里拎一筐鲜豌豆尖，初二吃面少不了。欧阳生赶紧起身迎接，面露难色，心里嘀咕，不要吧，会说你嫌礼轻了，收下吧，事儿真不好办。要人的是自己，若说情阻拦也是自己，上上下下咋个看我？

曾老四没有觉察，堆着笑脸说，乡长老弟，你那个祥菊侄女脸薄不好来，只有我代她来求个情。过了年就要分配了，求当姑父的说句话，留在县城行不行？实在不行，留在镇上也可以。无论如何你得帮帮这个忙。

欧阳生欠欠身子说，四哥啊，这事儿我真帮不上忙。你说我一个小乡长，咋管得了教育局的事？

曾老四满脸不信，妹夫，你这就是见外的话了，人托人上天，你是台面上的人，你管不了，托个人不就成了。

欧阳生啧啧几声，虚点了点头，心里真服了这老哥把世事看得透，人情当梯子，仿佛随便啥事都能攀挂摆平，忍不住揶揄几句，听老哥这意思，只要人托人，这天下啥事都能办成？四哥啊！那我拜托你，帮我找一个教师来救救急，沟里那个教学班已没老师教了。

曾老四一听是沟里，脸色唰一下变了，以为已经定了，如同掉到沟里一样，老弟，这事你可做不得，祥菊好歹是你一个妻侄女，到了沟里，叫她今后咋找对象？不害她一辈子吗？要不得！要不得！转眼向繁琴求救，妹子，你可得帮四哥说句话呀！

繁琴赔着笑脸说，四哥耶，你就不要为难他了，他说了不算数。祥菊的事，等繁轩哥回来问问，也许他有办法。

曾老四气鼓鼓地走了。欧阳生埋怨繁琴乱许愿，祥菊不回来，那山上的孩子咋办？繁琴轻飘飘一句话，你也别操那么多心，祥菊不回来，难道教育局就不会另外派人来？繁琴有话没说，不是繁轩能帮忙，是自己那个妈曾经答应过曾老四，而且是拍着胸脯说的，这事儿我包了，城里不行，安排镇上肯定没问题。她知道妈的底气在哪，离不了县上张部长，在她眼里，彪老爷子纠错的大事都能办，还在乎一个毕业生分配？可她不敢把她妈抬出来，就怕老公怪丈母娘管闲事，只能借繁轩的名推一推。

提到繁轩，欧阳生忽然想起丈母娘跟他出去有些日子了，是该这几天回来。早在去年初冬，繁轩听说东北边境上生意好做，他想去那边做柑橘生意。他曾同大个子俄国人打过交道,若是懂他们的语言,还是能赚钱。一句话勾起戴维娅的心思,几十年了,总想回老家看看。当年离开时,还记得那边有亲人,只是这些年不方便,没通联系。突然想到,何不借做柑橘生意,回老家看看,自告奋勇要去给繁轩当翻译。俄语是家传,日常交流没问题。此后一直惦记着,不管繁轩愿不愿意,上个月跟着送柑橘的货车去了东北。

前几日,她电话上笑哈哈喊,找到亲人了!小姨一家人还在,还有姑姑的几个儿女都在,日子过得不错。经她搭桥,那边亲戚帮忙,繁轩的生意格外顺畅,又追发了几车皮过去,赚大了,单是戴维娅的提成就有上千元。现在钱货两清,说好这几天回家过年。

长途电话上不便多说,听提前回来的黑牛说得仔细,那边离国境线近,以货易货,生意红火。内地去的食品、柑橘和日用品吃香,换那边的毛皮木材很划算。戴维娅的小姨、姑姑家的大娃细崽都干这事儿,发大财了,个个家里呀像皇宫一样。说到这儿,黑牛双手把人向外一分,仿佛打开一扇窗,让大家见识见识啥叫皇宫。有人问,有曾家院子好吗?黑牛听了近乎生气,咋有这样不开窍的人,比皇宫都好,你知道吗?皇宫!还曾家院子呢。

在寳人谷,黑牛的智力和见识不突出,算是体力见长的人,听话的人被他看低,颇不服气,我不知道皇宫,你也不知道,真有那么好,戴维娅还回来不?黑牛来劲儿了,若不是惦记小外孙,繁琴她妈真不会回来,人家姨婆姑婆都再三挽留,还要把她们一家人接过去,坐着不动都比寳人谷挣钱多。

戴维娅终归还是回来了,大包小包,差点把亲戚半个家搬回来。到家时辰恰好,团年饭热气腾腾摆在桌上,正好暖身子。听戴维娅手舞足蹈演讲,吹得天花乱坠,还总拿自家的土气作陪衬,弄得一桌饭菜全沾满了泥腥味。欧阳生开了一瓶蒙山头曲,斟满一杯放丈母娘面前。戴维娅一口喝下,终于有了一句不同的话,只不过呀,酒,还是四川的好。

这个腊月,欧阳邦没停歇过,赶制一批"年货",打造彩亭的铁杆。大先生上常医生处弄药,听说要抬彩亭,拐弯来农具厂看欧阳铁匠的手艺。有好些年没抬彩亭了,不知他手艺还在不。

三江古镇的彩亭会,传承五百年的绝活,名扬半个四川。一帮小孩,扮成各种戏曲人物，珠冠锦衣，俊俏可爱，光彩夺目。人上重人，足有三四层楼高，看不见支撑，或站立刀剑之上，或驻足雨伞之顶，绝妙处，斜伸的金箍棒上，竟一头站立一个妩媚的妖精，更妙的是，当中一个乾坤圈，小哪吒竟在其中不停地翻跟头……道不尽的神奇。每年三月十八亭子会，轰动方圆百里，前来观者如潮。

老先生修的民国县志中有记载，大先生从小背得滚瓜烂熟，今天触景生情，免不了摇头晃脑背诵起来："三江镇有三圣祠者，中塑女神三，一司送子，二司天花，三司麻疹，世之蕲子禳灾者，争趋焉。每岁夏历三月十五日'飘香'，人们抬着三圣娘娘与土主公出行游街。每岁夏历三月十七日、十八日高缀彩亭，四人舁之招摇过市。又有三圣塑像，珠冠冕旒，衮衣绣裳，亦舁之以行，男女游观，填塞街巷……"文字出自父亲手笔，一旦诵吟，大先生便有几分陶醉。

变啰！你那是过去的皇历翻不得，正月十五抬亭子了。欧阳邦将一根铁棒埋进炉火里，示意帮手拉风箱，自己添了一勺精炭，用炭勺压压，放下勺子，想起啥，未开口自己禁不住先笑了，对大先生说，祖祖辈辈抬彩亭图个啥？不就图个添人进口，人丁兴旺，你猜猜看，今年彩亭会抬啥？

大先生偏起头，做倾听状，一副不耻下问的样子，口里言道，愿闻其详。

欧阳铁匠索性放下手中家什，喷着笑口说，送子娘娘说独生子女好！话没落地自个先哈哈哈笑起来。

大先生也忍不住笑起来，果真有趣！

你家孙子要上吗？大先生问。

欧阳邦指着地上的"乾坤圈"，早来试过了。让他上去翻几个跟头，把脑袋转灵活。据说上过彩亭的孩子有福气，无病无忧。但有机会，家长们少不了托人找关系让孩子上。也有胆小的，在上面哭哭啼啼，又是另一番萌态，一样可爱。若是有那憋不住的孩子，从上尿到底，观看的人会笑一个整年。欧阳邦是绑扎彩亭的大师傅，他家孩子不用托人。

娃娃不怕？

这娃像他爸，自小胆大，给个梯子就敢上天。提到孙子，欧阳邦颇感自豪。

不会在上面尿尿吧？大先生打趣道。

没有他不敢的！欧阳邦既是趣话又是实话，这小子上去非得说定，不得胡来。

听说繁琴他娘去了东北，发大财了。今年回来看彩亭不？大先生不无忧虑问。

有好多年没见过了，她肯定不会放过。欧阳邦知道戴维娅好闹热。

回来后还去不？大先生问。

不知道。欧阳邦奇怪，大先生咋从彩亭一下扯到亲家母身上，你有啥话，尽管放心对我说。

大先生没正面回答，又说到彩亭上来：彩亭这玩意儿，很有些年没抬了，现在小娃娃不得天花麻疹，也把豆花娘娘忘了。今年咋一下想起又要抬彩亭了？

欧阳邦认为简单，过去肚子都没填饱，哪有心思图闹热。

大先生轻轻一点头，戴维娅去东北，莫非也是吃饱了的缘故？

欧阳邦一时没转过弯，只是觉得大先生今天言行不对劲，似乎有话要说。用话试探，你老人家今个难得好心情，还有闲心来我这儿看看。

老啰，听说又要抬亭子，再不多看几眼，今后难矣。

你老人家硬朗！等些年晋九十，给你老人家扎一台五层高亭子，八仙拜寿，从镇上抬到你家里去。

谢啰！你有那心，我还没那福气，该走了。最后特意叮嘱，繁琴娘几个那儿，你和常老爷子可要多关照才好。

大先生感觉累了，想歇却歇不下来，整个腊月都有人扛着事儿找上门来。

小先生心疼父亲，恁大一把年纪，管不完的闲事，无职无权，讨不到好反背一身骂名，图啥？一家人都劝他不要管啦，身体要紧，谁来也不要理睬，自个找队长庆贵去，找贾支书去。可来的人不听，像膏药一样甩不掉。来找大先生，就冲着大先生主持公道来的，喜欢他说话不打官腔，解人心结，令人信服。能赶走的话，早就不会来了。无奈之下还得应下来，当事双方你一番我一番后，再由大先生劝说开导一番，有时两番三番方才了事，家里还得贴上柴火烧茶递水侍候。

  当事双方走了，满意的自然满意，逢人便说，还是大先生主持公道。不满意的也说不起话，即便有人抱怨几句，人们会指责他说，大先生的话你都不听，你还想咋的？想上天吗？

  满意和不满意的走了后，大先生少不了挨家人一通埋怨，劝他少管闲事少折磨，不管闲事得安乐。通常情况下，大先生只是笑笑，实在听不下去，慢腾腾地回几句，你们看见的，哪一件事是我揽的，你们拦也拦过，挡也挡过，拦住了吗？挡住了吗？然后自言自语，前些年集体生产，没见过这么多纠纷事。闹得再凶，生产队长出来吼一句，再闹扣你二十分，双方立即鸦雀无声。现在别说是庆贵队长，就是村里贾支书来了，人们直接懒得理。话到这儿，大先生又替干部打量，干部也难，见面就是催粮催款，刮宫引产……农民别说听，嗅到味都烦，干部还得硬着头皮来蛮办，难得看见农民一个好脸色。

  生产队班子除了队长，再没其他人了，小先生自然不算干部。但好歹干过几年，能体谅其中艰辛，被父亲的话触动，说，既不能扣工分，又不能扣粮食，无权无钱，说话咋能算数，远不及你老人家说话受听。大先生听出来了，儿子的话是嘲讽，那意味，似乎是说自己，分钱不拿，比干部管得还宽。

  队长庆贵门前冷清了许多，眼见风光流向大先生门前，口里说乐得清闲，心里总不是滋味。喳闹婆忍不住，时不时去找大先生臊几句，老叔，你忙啊，村社的活都被你一个人揽了，要不要找贾支书和我家庆贵帮帮你。再不就是见面惊乍乍喊，哎哟，族长活过来了，快来端茶递水迎接啊……

  大先生一丝苦笑，我也不愿意啊，往你们家赶都赶不走，你说说，侄媳妇，怨我吗？

  事到而今，庆贵实在怨不得谁。不是自己一个人无能，整个寮人谷，整个城坝村，干部都掉价。过去成天忙，当全队的家，近三百口人，衣食住行都指望着你。当大家都饿着，自己就成了香饽饽。一句话出去，字字句句都有含金量，不是粮食便是工分。眼下田地下户，自己过自己的日子，再用不着看队长的脸色。开始自己还在想，哪家没一个磕着碰着的事儿，总会找到自己门下来。实在不愿相信，就大先生那些忠孝仁义的老古板话，会把寮人谷的事摆平。

喳闹婆最看不惯黑牛，骂那家人是白眼狼，过去要救济、要供应粮差点把门槛给踩断，多给一斤煤油票都感激不尽。眼下吃饱了，鼻子撞平了也装作没看见，每次少不了朝黑牛家的方向，呸一口丢下一句话，你总有一天会问上门来。

女婿张帆明事理，多次劝丈母娘忌忌口，不要老说黑牛家这不是那不是，弄得我与黑牛不好处。过去我是科长，黑牛是农民，互不相干。而今不同了，都在繁轩手下干事，为一点家长里短的破事儿，弄得我和黑牛斗气，老板会不高兴。说过多少次，包产到户了，再不是集体那会儿，队长被人当菩萨供起。说丈母娘你这坏习惯改不了，老是望着人来求你，过去人家空着肚子，再有怨气也憋得住，现在个个都吃饱了，再没有谁上门讨你气受。

自打女婿下台后，喳闹婆人前说话声调都低了许多。尤其不明白这个往日吃商品粮的女婿，堂堂正正的科长不做，竟去给一个吃壳壳粮的农民繁轩跑腿。不就钱多点嘛。钱多又咋的，钱再多还是一个土农民。一个科长，好歹也见过世面，竟连这么浅显的道理没弄懂，还不如自己一个乡下老太婆。遇上女婿规劝，碍着女儿的面不便大发作，只是不咸不淡回几句，你也不问一问青红皂白，只怪我这个老太婆，生怕得罪了你那个老板。你若是有丁点儿出息，头上科长帽子不摘，我们也不会受人欺负。

繁芬夹在母亲与丈夫中间，有些为难，也有些气愤。既不满丈夫胡乱指责，更不满母亲轻蔑后人。丈夫的科长帽子不是被摘了，是自动撂了，好比到了该摘帽的季节，是帽子无用，不是人无用。过去化肥厂购销两旺，供销科长进出吃香。等到大化肥厂问世，尿素铺天盖地扑来，小厂自己的货无人要，别人的货无钱买。供销科长成了龟孙子，见了买主，不笑也得挤出笑来，见了债主，不哭也得挤出泪来。这科长再不撂了，就怕到时撂不掉，栽在上面。在繁轩手下干事，虽说无外快，可月薪高，不吃香却实在。这些都跟老妈说过多次，可她总觉得没科长叫起来响亮，老是觉得给她丢脸。一辈子就图个虚名，队长都已成了烂市的红苕，她却像个金宝贝样舍不得松手，费心费力挣一身骂名。

眼下见自个老公火气上脸，只怕冒出气话伤了老妈，忙来解围，说老公，你哪来闲心管这些小事，妈也是受够了那家人的气，嘀咕几句，听了也就算了。若是黑牛问起来，你也得说他几句，让他管管自己老婆，不要仗着老公有点现钱了，无事生事。

张帆多次听丈母娘唠叨过，就一个南瓜藤爬过了界，两家摆开架势吵了几天。黑牛提起这事就咬牙切齿，青筋鼓起拇指粗，直说，姓张的，赛人谷这么多的好人家，你咋就找这么一家当女婿，难道你堂堂科长找不着人吗？曾家好姑娘多的是，就庆贵家缺家教，恰好遇缘你就碰上了。按说都姓曾，黑牛不至于这样损人。后来听黑牛细细诉说，事情远不是一根南瓜藤那样简单。早些年为了生活，黑牛他妈时常讨好庆贵，由此留下一些把柄在喳闹婆手里，从此翻不了身，常被喳闹婆指名道姓辱骂。后来黑牛娶了老婆，老婆是外乡人受不了，见不得喳闹婆横蛮，开口就与她对骂。两家没在一处住，集体生产时也不在一个作业组，想吵架难得有机会。偏偏包产到户时，两人的承包地划在一块，你一锄挖过去，我一锄挖过来，闹过多少次边界之战。还是大先生出面调停，中间留下巴掌宽一条界线，消停些时日。今年夏天，一棵南瓜秧分不清界限，任性生长，三尺长一根藤，五匹瓜叶，拳头大一个瓜越过界，被喳闹婆一锄头挖断，引起一场纷争。

张帆了解清楚后，与黑牛说好，岳父家由他做主，明年那块地干脆不种了，反正粮食也不值几个钱。黑牛同意，当即表态，他家也不种那块地。事情似乎到此了结，两人随繁轩一同去了东北。

黑牛先回来，张帆随繁轩去了南方，置办一些水货再到北边，因此没回家过年。待到他接到电报赶回家时，丈母娘已躺在黑牛家堂屋，冲鼻的气味告诉他，人死了已有些时日。随即乡政府通知他去，要他劝导家人尽快掩埋。张帆说了，从岳父小舅子到自个老婆，没一个人松口同意私了。一口腔，冤！人不能就这样白死了，要黑牛家赔命赔钱赔礼。

丧家的冤屈，除了自家几个人，再没有人同情附和，都道自个寻死的，自作自受。张帆听了几家的说法也是气，可没发泄处。最该受气的是丈母娘，这个真是她自找的。可她死了，训她骂她都没用。说岳父，说自己的老婆，更没用。他们若是听得进道理，丈母娘就不会死了。

找着对方，黑牛也认为喳闹婆冤，可怪不了别人。照黑牛说法，比死者更冤屈的是他妈。那天赶场回来，他妈和他老婆从喳闹婆家地坝边上过，还隔几条田埂，喳闹婆骂声就来了。他妈没搭理，儿媳妇受不了，上前回骂。怪只怪喳闹婆话太毒，说黑牛是庆贵的种，你一个龟儿媳妇还跟正宗婆婆争吵。当场把他妈气得死的心都有了，恰好买的农药在手上，拧开瓶盖就往嘴里送，吓得儿媳妇赶紧拦住，夺下瓶子就背往医院。谁也没料到喳闹婆还嫌事不大，跺脚发威，咦！你想讹人，吓不了我，你有农药，我也有。转身喊女儿繁芬，去，把农药提出来，老娘也喝给她们看。

啥？听说老婆拿药递给丈母娘喝，姓张的科长不信，后悔过去小瞧了老婆。

那可不是。你家繁芬真把农药提出来，你丈母娘当着你老丈人，咕噜咕噜喝了下去，还气昂昂地吼，走！我们也到医院去。黑牛证实说。

两个都喝了药，她咋死了？你妈没死？

唉！黑牛说，你不知道，我妈喝的时候，我老婆拦得快，没喝多少下去。你丈母娘是赌气喝的，咕咕小半瓶，繁芬竟然没拦。结果，我妈抢救过来了，你丈母娘死了。

张帆这才明白，为啥乡政府要自个负责，为啥几乎所有的人不同情。小舅子把尸体停在黑牛家，通知他回来，就是要姐夫把这官司打赢。张帆问黑牛咋办。黑牛冷冷回道，咋办？大不了我家赔你一条命。你看中谁，谁的命给你。

你这不是蛮横吗？没等张帆发作，黑牛已掉头走了。

张帆去了镇上派出所，正好黑牛在那儿上访，要求移走尸体。两人又是一番争吵。派出所陈所长叫两人去他办公室，话说得再明白不过，死者责任自负，限三天内移走，否则强制执行，还要追究亲属责任。张帆又去乡上找欧阳生，欧阳生到县上开会去了。找老书记，老书记安排胡公安接待，说的与派出所一口腔，限期移走尸体。又去找大先生，大先生苦笑着说，我与你们说过多次，不能一错再错，双方互让一步，你家不追究，黑牛家把丧事办了。可你们都不听，一个非要赔偿，一个分钱不出。闹到今日，我居中调停还脱不了干系，黑牛刚来闹了，诬我纵容你们，借死人压活人。这不，你又来了，该不会责怪我给黑牛撑腰吧？

张帆也窝着一肚子气，大先生的话正好撞气头上，张帆劈头盖脸给大先生一通发泄，我看呀，没你大先生撑腰，黑牛没这样凶狠。活生生一条人命去了，他家竟然两手一甩，撂得干干净净，不是你这个当地下族长的暗中打气，谅他黑牛没这个胆量。话到这儿还怕没突出重点，特意加重语气说，大人细娃都知道，这寰人谷没有你大先生管不了的事，除非你不愿管，我看你就是在拉偏架……

张帆话没说完，大先生已站不稳了，慢慢软下去。小先生一家人围过来，把他扶上床，急匆匆请常医生去了。

……

黑夜里，大先生努力睁开眼，见悠悠一盏灯光远远飘来，豆大火苗忽闪，仿佛从地心里钻出来，慢慢大了些，形成一圈光晕，渐渐散淡，现出灯罩，灯罩下面的灯座，灯座下面的桌子，坐在桌旁的两个人影，人影开始晃动，渐渐现出五官，有名有姓了。小的是儿子，老的是常医生。听见儿子叫爸的声音，常医生摆摆手，意思是不要惊动，两人重新坐下。

大先生想打声招呼，嘴唇翕动。儿子脑袋凑过来问，想喝水吗？大先生想摆手，没力气，连支撑眼皮的力气也没有，又闭上，世界重归于内心。

大先生记不清这是第几次气昏过去，清醒时家人告诉他，上次是包产到户之前，为繁琴的事，庆贵冲撞了自己。今天又是他家，看来这老命该断送在他这家人手里。如是早些年，按现在的声望和辈分，自己应该是族长，还该排在老族长之后庆彪之前，容不得庆贵这忤逆子孙乱来，依族规，他要自己老命之前，先要了他的小命。

想来自己出身书香门第，祖上也做过秀才。到了自己这一代，虽说皇帝倒了，不再有功名一说，毕竟跟别人不同，自己从未下田劳作，教几位学童，仍以诗书养家。民国那些年，匪患猖獗，鸦片泛滥，拉丁派款，四邻不安。尽管如此，本人一家在寰人谷还有一席之地。无论历代族长，还是当师长的庆彪，老远看见还得呼一声，先生好。

人民政府实行新政，废了祠堂庙宇，清匪反霸，禁毒禁娼，分田分地，可对自己仍尊敬如常。划成分时，还恭请自己代笔，大先生称呼不改。后来合作化集体生产，自己仍被供养着，做的仍是写写算算的事儿。无论公事私

大先生想打声招呼。

事，我大先生说的话还有人听。那年庆彪迁坟，县上来人还得听我的。可包产到户后，不知为啥，人们一下浮躁起来，动不动就斗嘴动手，天天都有人来找我去调解。让他们去找队里找村上，如以前一样，就没人听。都道时下各自当家，干部说了不算数。他们说了不算数，我说了就算？我说了也不算数。如今看来，集体不要了，忠孝仁义也不要了，一根南瓜藤过界，犹如疆土相争，性命相搏……

死之前，大先生还吃了一碗粥。常医生说，这种病要静养，先看三天，后是五天，七天，九天后，才勉强算脱离危险，千万不能急。家里人谨记，不准任何人探望，家人也尽量少与他交谈。三天过了，五天过了，七天过了，第九天早上，黑牛急匆匆赶来，要面见大先生，说姓张的把他告到了县上，连同区上、乡上、村上，甚至连大先生一同带上了。问告啥，黑牛气愤说，告这些人草菅人命，横行乡里，还说大先生私设公堂，妄断是非……话未说完，里屋传来咚的一声，众人推门赶进去，大先生已掉在床下。

除夕前一天，大先生驾鹤西去，寳人谷失去最后一位儒生。当天下午，喳闹婆尸体被强行拖走，成了寳人谷第一个火化上天的人。

张帆没去东北，没去南方，跟繁轩请假要去喊冤。

欧阳生很沮丧，当乡长以来，乡上的日子越来越难过。乡镇企业是他来后兴办的，红火过一阵子。曾三娃的镇南乡建筑队，繁轩的通达贸易公司，繁琴的旺盛饲料加工厂，都是全县闻名的标杆企业，每年交乡上就在十万元以上。乡政府用它修建了一栋三层楼的办公楼。可了解内情的人知道，这里面水分多，许多钱左手交上来，右手又拿回去，每年账上剩不下几个钱。就盯着这几个钱，开支项目如同荒草一样遍地滋生，人员蜂拥而入，没几年就闹得入不敷出，年年要企业透支。每到年终，企业头头开始打游击，躲着不见乡领导的面。

今年还在11月，欧阳生就提前打招呼，年终总结会不准缺席。众人都答应得好好的，可到时候全躲起猫猫来，弄得总结会至今没法开。繁轩借口到东北，然后是到南方，过年没回来。曾三娃干脆不照面，直接由张英姿给乡上打一个电话，说为了扩大业务，曾三娃的镇南乡建筑队要挂靠县乡企局管理，升级为建筑公司，名字都取好了，渠县第四建筑公司。欧阳生好不容易找到曾三娃质问，他双手一摊，没办法的事，乡建筑队级别太低了，揽不到活儿。还劝欧阳生，妹夫，若是你个人有啥困难，需多少你开口，兄弟我眼睛眨一下不是人。至于公家的事嘛，妹夫你就别较真儿了，放兄弟一马。

欧阳生真想扇他大耳光，可没法扇，而今人家是县上的红人。过去用以降服他的招没用了，乡上不开介绍信，县上开，而且建筑公司比建筑队的招牌还硬气。欧阳生酒没喝，气冲冲走了。还有更气人的，曾三娃子他几个骨干走了，却把原在建筑队上班的关系户留下，说是谁叫来的谁放回去，这其中就有茅书记的女儿。前几年她出过事，还没走出阴影，现在说放就放回去，岂不再伤害她一次。欧阳生开不了这个口。可不放，谁管工资？

三娃子叫欧阳生妹夫，那是他姓曾，排行与繁琴一辈，算来是郎舅关系。其实两家中间不知隔了多远，在当地俗称"野舅子"。繁轩则不同，与繁琴可是同天不同地的亲舅子哥。欧阳生想，他决不会抽吊桥，不仅沾亲，而且他没理由变心，张英姿没要他呀！没料到繁轩口头没说变，就是不签来年合同，迟迟不上交承包款。欧阳生真想把他的执照收回来，一个文件将他踢出乡企办。刚有这个想法，就马上打住，他得到了确切消息，县供销社开出诱人条件，农转非，正式招为国家干部，城里分住房，而且专门成立一个运销公司由他当经理，并且实行承包，赚再多钱除了承包费都归他私人。据透露消息的人说，繁轩碍着欧阳生是他妹夫的面上，总觉撂妹夫的挑子不地道，还在犹豫之中。

像样点的企业本来不多，只剩下自己老婆的旺盛饲料加工厂了，这几年也是行情不好，一张配方，几台机器，谁都能办，各级政府都在大干快上。繁琴仗着起步早，还勉强维持，已是十分吃力，早吵着裁人，要减承包费。因为老公是乡长，没在外面公开吵闹，私下里两口子也干了不少仗。

就前天，欧阳生要繁琴周转点钱，把三娃子丢下的几个人的工资付清放人，特别是茅书记的女儿，最好转到加工厂来，保住一个饭碗。繁琴实在忍不住了，问加工厂到底还活不活？已经亏得一把光骨头了，你还来剥皮。一气之下，将公章和账本支票都甩给欧阳生，你愿咋办就咋办，自己收拾东西，要挽着老妈去东北探亲消气。

大先生出殡，择期在正月初七。初一，戴维娅和繁琴去灵堂向大先生告别，同时请小先生择定日子出门。小先生被弄蒙了，说戴维娅，你才回来没两天，咋又说要走？繁琴代她回答，喆娃吵着要去东北看看热闹，趁开学还有一段时间，我们带他去走走。小先生说，即使要去，也得等正月初五后才能出远门，风俗叫破五。戴维娅才从那边回来，知道路上拥挤，说，必须赶在破五前走，不然等大家都出远门，会挤不上火车。又说去那边，要坐几天几夜的长途火车，没有座位日子难熬。小先生听母女俩口气憋屈，没敢贸然应允，用话来搪塞，你们若是信我的话，就过了初五再出门，如是不信，择日不如撞日，随时都可出行。

母女俩悻悻然回到家里，只当小先生不择期是要留住他们，以便参加大先生葬礼。想想大先生活着时的好，于情于理也该送送他。商定初七参加葬礼，初八出行。但到最后，还是怕挤，打电话找了繁轩，托铁路上熟人弄了两张硬卧票，繁琴母女俩到底没参加大先生的葬礼，于正月初二启程去了东北。

头天晚上，繁琴去找欧阳生，没找着，有人说去了老书记家拜年，可能回镇上家里了。繁琴又带着儿子去了镇上，见了孩子的爷爷和外曾祖父，流了不少泪，诉说欧阳生顾外不顾内，饲料加工厂没法办了，她要去东北另寻活路。孩子她也要带出去见见世面，开学后再带回来。留下五千元，说是给镇上学校的捐款，只要学校同意喆娃在镇上读书，外婆马上带孩子回来。她本人可能要多住些日子，与繁轩说好了，由繁轩负责到南方进货，北方的跨界交易由繁琴照料。看看接下来的生意如何，赚头大，她马上回来安排一下，再回东北继续做。如果赚头不大，或者亏本，她走走亲戚就回来。饲料加工厂的事儿，任由欧阳生处理，全部交给乡上也可以，反正有了他当乡长，繁琴经不住公家折腾，非垮不可，迟垮不如早垮。

欧阳邦听说小两口斗气，马上要出门找欧阳生算账。繁琴拦住他，说欧阳生也就死心眼，生怕乡上的人说他私心重。而且乡上企业多，都在闹脱钩单干，管理费越收越少，照这样下去，乡企办公室那几个人的工资都会发不出来，他当乡长的，面子上也下不来台。自己这次到东北，就是与乡上撤开关系，赚多赚少都是自己的。

在诊所里，常医生搂着曾外孙子亲热。听说要带去东北认亲，提醒繁琴早点回来，说重庆那边一定要去看看，欧阳生的外婆病了，天天念着外孙一家人去，她要再看看曾外孙子。常医生取出一千元放喆娃包里，说出门要多带点。还对繁琴说，生意上若缺本钱，早点打电话回来。繁琴不准孩子收，外公刚买了诊所也缺钱，留着进药吧。常医生说不缺这几个钱。同来的欧阳邦问，房款付清了吗？常医生说，还欠一点，今年内能还清。随后自嘲道，这几个街道老耄生怕我死了，他们分不到钱，急急忙忙要催我盘下这诊所。你说我这把年纪。还挣啥家业，真是的！话完自个先笑了。

道别后，繁琴牵着孩子出门，被常医生叫住，顿了顿，说，繁琴，能不能把孩子留下，你一个人去东北？繁琴摇头，带他出去走走，长长见识好。常医生无法反对，只好说也是，也是。

渡船刚到对岸，戴维娅已在岸边等候多时，喆娃脚刚着地，就被她一把抱过去，问孩子也是问繁琴，爷爷曾外公没说啥吧？听说都同意了，很高兴地说，你姨妈那边也想看看孩子，真担心老人不同意。繁琴有点小意见，说，就是不放心，人都上了渡船，两位老人还跑来叮嘱，别忘了按时回来上学。外公说了一句话，听了怪不舒服。戴维娅问啥话，繁琴略带生气，说若是嫌孩子碍事的话，早点带回来给他们带，那意味好像孩子不是我生的，我要外逃嫁人一样，真是！

戴维娅没多言，问曾老四家祥菊的事，给欧阳生说了没有？自己答应了人家。繁琴说他开始没表态，逼急了，他才让了一步，想把祥菊留在乡小教一年级。戴维娅一喜，那也可以呀，若是喆娃镇上去不了，正好上她那个班。

火车向前，繁琴脸向后，铁轨像一条丝线，一头拴住寳人谷曾家大院，一头拴在心上，越往前走，拉得越紧，揪得人心痛。喆娃睡着了，繁琴把他放在身后，用一床棉毯盖牢，自己靠边坐，挡住风，也挡住孩子不往下掉。

戴维娅坐对面，舌头随着车轮转个不停，你说好笑不？黑牛说你大表哥家是皇宫，就为他家装了几块瓷砖……嘿！我在说话呢，你在想啥？欧阳生今晚在哪儿吃饭？

繁琴满不在乎，做了土地爷还愁没供品？曾老四家早想请他吃饭，就缺机会。

戴维娅有点不安，说，这过年过节的……稍停一会儿，总觉女儿过分，不是我说你，到东北你急啥呀，大过年弄得跟逃荒似的，真是。

繁琴回答干脆，气他。

戴维娅只道是为饲料加工厂的事儿。现在开饲料厂的太多了，希望、通威大品牌横扫市场，乡企小厂如小草碰着就倒。戴维娅眼见女儿为承包费、裁人员的事，与女婿吵过多次。女婿总是说影响不好，自己家里人带了头，那曾三娃子，还有繁轩和那些小酒厂、糖坊、油坊都会跟着来，轰的一声，乡镇企业就垮了，我这当乡长的咋交代？现在曾三娃高升了，繁轩隐身了，繁琴在年夜饭上又提免缴管理费的事，女婿闷起不表态，眼见得开年就要发工资，钱从哪来？一气之下，女儿将空存折和公章甩出来，撂下一个烂摊子，一走了之。戴维娅替女婿担忧，他又到哪去找钱呢？

女儿口气坚硬，我不管！

你这不为难他吗？

他有钱。

戴维娅知道女婿有几个钱，可那是他外婆的钱。温老耄把这些年的门市租金存在女婿这儿，户头上应该有好几万，可这是私人的呀，说得不好听点，是老人预备治病养老的。私款公用，他不会那样傻吧？

母女俩一时没言语，好一会儿，繁琴问，大先生算得准吗？戴维娅的回答不容置疑，很准的，信他的人多。想想不对，你问这话啥意思？繁琴告诉他，欧阳生左肋上那个肉疙瘩长大了，这两天想逼他去县上割了，他坚决不去，只信他外公说的，不痛不痒就别管它，你说气人不？哦，戴维娅恍然大悟，女儿生气的气门原来在这，责问女儿，就为这？你撇下他去东北。你这死丫头，早点说出来，大家劝他去不就行了。哪知繁琴是跟她学的，迷信大先生，忌讳多，遇上不好的事爱闷在心里，怕一说就灵验。为欧阳生的肉疙瘩，繁琴特意找过大先生。戴维娅问大先生咋说的？繁琴说要忌房事，最好男女避开一段日子。戴维娅感觉有点不安，埋怨道：就是要避，也用不着避这么远。

繁琴一脸忧伤，我就怕近了避不了，到时跟你一样克亲人。真把欧阳生克死了，我没脸见人，趁早讨口也离賨人谷远一些。

到此,两个白虎星眼角湿了,仿佛欧阳生明天就要驾鹤西去。好一会儿,戴维娅仍是责怪,就算这样,你也不该带小喆娃出门,马上要开学了,我看你误了孩子学业咋办!

书读多了傻,像他爸一样。繁琴硬邦邦一句话。

十三

老书记递了张报告上去，着实让乡上区上的人大吃一惊。他要辞职。一向沉稳的人，这次咋浮躁起来，离退休还只有一年多，咋就等不得？无论是船到码头还是车到站，总得停稳了才下。实在不像他一贯做事的风格。为他好的人替他担心，这会让人说闲话，难免让人生出许多不必要的嫌疑。

正月初二，相互串门的日子，欧阳生约上几个人去看他，不单是因为他推荐了自己做乡上书记，只担心他有隐情没说，会憋出病来。

欧阳生到时，老书记还在菜园里干活，听说来客了，急急忙忙赶回来，鞋上沾满了泥，他乐呵呵地在地坝边上用力跺了跺，留下两行湿漉漉的泥印。在门边见满屋子同事、部下，打声招呼，先去灶屋安排一番，然后出来陪客。

众人拥他上首坐好，递上一大礼包，茶叶，糖果。老书记双手接过，如同往常笑笑，接过的似乎是文件，或是上面发的奖状、下面送来的报告。又明显地不同，没有立即翻看，随手丢在一边。几十年的习惯动作，今天略有变形，看似自然却稍显滞涩。他把眼光从众人脸上移向门外远方，探询变成自答，你们都知道啦？唉！早晚都有这一天。

欧阳生接过话说，既是早迟都有的事，你何必又急着这一两年。多带带大家，你放心，我们也少走点弯路。老书记摇摇头，否定自己，更多的是肯定别人，说，老了！不中用啰，你们都比我强，离了我，少些妨碍，你们会干得更好。眼光从远处收回，搁在欧阳生身上，欧阳乡长这两年进步大，不，是我们发现迟了。你们都看见的，他这几年干得比我好多了，早到了挑重担的时候。昨天我又去了一趟区委，再次推荐了欧阳乡长，论情况熟悉和群众中的威信，没比他更合适的。

欧阳生来的目的是挽留老书记，有他在身边干事踏实。没想让他几句话给封住口。再说啥，好像在逼宫似的。其实大伙心里更多的是来了解老书记辞职的缘由。

突兀而来的辞职，在乡上引出无数猜疑，有说包产到户后，家里缺劳力，他要回去操持那几亩责任田。这话可信之处是老书记的确在下地干活，先前不才从地里回来。可这话明摆着是半眯着眼说的，至少一半瞎说，乡党委书记缺啥都不缺人帮忙，就手下几位办事员也足够了，再包十亩田地也不缺人手。

有人说是女儿前几年出事，老人还未走出阴影。可女儿已安排在乡镇企业办公室做事，收入比在碗厂多，婚事也解决了，是外乡一个在城里的工人。先前那个负心汉，托人情三番五次来认错，希图挽回婚事。父女俩一口回绝，没有担当的男人，万万嫁不得。

有人说是组织要撤换他。好像也不是，这几年镇南乡的工作，在全区甚至全县都是名列前茅的，乡里遇上事，有年轻的欧阳生顶着，从没听说老书记有啥为难处。即使组织上要换人，自个儿也不用着急，充其量提个建议让组织定，用不着拿辞职去逼组织表态。

众人今天来，就是想弄个明白到底为啥。

老书记看着众人期望的眼神，感到有一肚子话要说，自己累了，是心累。可还不能说，尤其不能当着面前这些下属说，怕影响他们工作热情。

自己是土改时入的党，王书记做的介绍人。那时年轻，土改分田地对自己的吸引力远不及父母。令人羡慕的是工作队那些年轻人，能说会讲，小小年纪办大事。至此才明白，在农村，除了耕田犁地，春种秋收，还有走家串户，谈心交友的活法。当年，就是听从工作队王队长一句话，迈出家门，成天跟着工作队朝前跑，从互助组到合作社，再到人民公社，本人也相应同步成长，从积极分子到乡干部，再到公社书记。学会了开会，讲话，学会了恨什么，爱什么，学会了讲大道理，也学会了实干。一晃眼，四十多年过去了，老了，突然发觉，日子又从公社的大礼堂回到了自家的堂屋。过去，什么时候撒种，什么时候收割，全公社得听自己一句话，成了这一方的蛙王，春来我不先开口，哪个虫儿敢吱声。而今，全分下去了，再不能凭自个嘴巴去拨动众人的手。从指挥千家万户的广播里出来，才发觉自己犁把扶不稳，锄把硌手，除了广播上说大话，啥不会。倒是自家那一亩三分地，几十年前欢天喜地交给合作社，而今又生拉活拽分回来，宛如嫁出去的女儿被退回来，喜欢之中总有几分丢人的感觉。别人嫌弃，自己还不好意思嫌弃，反倒时时刻刻加倍牵挂。

当地人习俗，午饭之前有一道小吃，叫过午。茅书记的老伴将过午菜端上桌，炸花生米，腊豆腐干，烟熏肺片，卤猪耳朵，正中一盘凉菜吸引了大家眼球，香肠！乡下人这几年才知道的洋食品。有嘴馋的，忍不住尖起手指拈了一片，真香！众人一起上前，转眼盘子空了。茅老书记笑着对灶屋喊，再端一盘上来。他老伴出来瞧瞧，扯了扯茅老书记衣角，低声说没了。茅老书记哈哈一笑，没了，怪你们没口福，下次有了我再请你们来。

老伴抱出一坛咂酒，搁上首，用围裙擦了擦溢出的酒水，请大家上桌。茅老书记见了咂酒，突然想起今天来了几位年轻人，忙叫住老伴，你这个土老耄，还抱这个上桌，去，把那几瓶小灶酒拿出来，用头场买的高脚杯给他们满上，吃白酒。

他老伴只道几个年轻人不知道咂酒，指着咂酒罐说，好喝着呢，纯高粱蒸的。茅老书记把话捅破，不是好不好喝，一根竹管你喝一口我喝一口，人家嫌不卫生。

这顿饭直吃到日头西下。胡公安醉了，哭哭啼啼喊命太苦了，娶个老婆除了生娃娃熟练外啥都生疏，只会当妈不会当领导家属。责备老婆，老婆还不服，说上次是我害你丢了官，这次可是你催公粮动了粗，自个挣了一个降级处分，我可没帮忙。无论谁错，喝酒没错，半碗下去醉了，缠住茅老书记叫爹叫娘哭呀喊的。

茅老书记劝他别哭，自己却先眼角湿了。都说田地下户后，农民日子好过了，照大先生说法，衣食足，礼仪兴，工作该更好做才是。没想到人吃饱了，不兴礼仪反兴事，眼光还朝天看，村社干部一下成了可有可无的摆设，两口子拌嘴都来乡上吵闹书记乡长。每次调解要花好多时间，更有经年累月纠缠不休的，成了上访专业户。曾老八的两个儿子，为屁大一件事与隔房叔叔闹了三年，两弟兄轮番上省喊冤，每次都得乡上去人接回来，财政哪怕不发工资也得挤出钱来安抚好。全乡已有一半的村支部书记递了辞职报告，就等茅老书记开口放人。

怎么会这样呢？茅老书记实在想不明白，当年参加土改工作队时，那是干啥都受人拥护。分田分地分胜利果实自不待说，就是交公粮、参军上前线，哪还用得着多费口舌，一个通知下去，任务就完成了。有时任务下少了，村社还闹情绪。那时也是一家一户单干，人的觉悟咋就那么高呢？

客人吃了晚饭走的，几个年轻人护着胡公安回乡上，老婆已在乡上等着接人，事实证明，这女人除了会生小孩还会照顾男人。

茅老书记把欧阳生留下来，有许多话想与他说说。

一炉红炭炽烈，茶水滴上，吱吱作响。茅书记向后挪挪竹椅，解开身上棉袄，露出里面高领灰毛衣。再瞅瞅对面欧阳生，他没动身子，还是来时的半敞西装，里面一件开领橘红毛衣，阳光朝气。到底是年轻人，茅书记自叹不如，人老了，冷不得也热不得。欧阳生不认可，你老的身体有韧劲，这么些年从未见你生过病。说这话时欧阳生有点不踏实，担心老书记这次真的患了病。若是前几年，别人不夸他自己都会夸，常拿身体与年轻人比。这几年不知咋的，没害啥病，可精神头明显不如以前，无论是台上讲话，还是台下闲谈，动不动就叹年纪大了，赶不上年轻人啰，让人总感觉到阳气不足。此时，见茅老书记摇头，生怕他说些晦气话，忙跟上一句，老书记，你是掌舵的，跑腿的事，有我们年轻人呢。

茅老书记打内心喜欢这个下乡知青，这些年全靠他撑住局面，工作一直在全区甚至全县前列。自己口头上说是放手让他干，实质是在回避。田地下户后，好像啥都变了，农民说话的腔调，走路的姿势都变大了。天天都在解放思想，可天天遇上的事儿还是让人犯难，别说干，想也不敢去多想，全是倒过来的。过去大门一开，全是农民往里拥，要钱要粮，乡上的会议也是分钱分粮，干部走到哪儿，农民都用期盼的眼光迎接，哪怕是酒厂的一张酒糟票，两斤返销粮都能换来一箩筐的感激。现在大门一开，乡干部全往下赶，乡上的会仍是钱和粮，可"分"字换成了"要"字，干部向农民讨要，大到农业税，小到鼠药款，个个成了讨口的，揣上各种收据，走到哪要到哪。农民见了老远就闪开，和干部躲猫猫。

老书记将手从火炉上移开，相互搓了搓，问道，乡企办的年会几时开？欧阳生正为这事发愁，说，人都通知不回来，没法开，正说要你老人家想想办法，咋向上面交代呢。老书记宽慰欧阳生，我打听过，其他乡都一样，乡镇企业一年不如一年，办垮是早迟的事。

欧阳生点点头说，我也打听过，就是过去我们参观过那些地方，也不行了。过去羡慕他们生在大城市郊区，用手工敲出来的汽车都排队买，可等外国厂家一进来，汽车下线像下饺子一样，质量价格一通碾压，通通关门大吉。

稍稍停顿，茅书记问，听说你家繁琴领着孩子要去东北？

欧阳生点点头，把公章撂出来了，户头上只有300来块钱，要我去找钱发工资。说到这儿意识到什么，赶紧说，芸妹子（老书记的女儿）的工资不会少，你放心。

老书记闷了一会儿，说，你也别为难了，把她放了。听说沿海办厂的多，需要人，工资还高，村里已有很多人在那边，开年后我让她也过去打工。欧阳生如释重负，也好，出去见见世面，比陷在这死不死活不活的乡镇企业好多了。

老书记要问的事多，突然一下不想问了，帮不上忙，说得再多也只有添堵。可有些话不得不说，自己辞职的缘由再不能瞒下去，说，欧阳啊，今晚留你下来，有几句话想跟你说。我与你共事也好几年了吧，上上下下都夸我俩配合不错。欧阳生肯定地说，是啊，你老人家待人好，在你手下干，再累再难也舒心。

老书记去口袋里掏出烟，递一支过去，欧阳生摆摆手谢绝。老书记用火钳夹个火炭点燃，长长吸一口，徐徐吐出，是啊，眼下难事多，工作不好做，我是不该提前辞职图清闲。只是报告不该写也写了，不管上面能不能批下来，我都得对你说心里话，再不能骗你。

欧阳生感到意外，老书记，你咋说这话呢？你多好一个人。咋会骗人呢？

老书记慢慢说，我呢，的确老了，不光是身体，心也老了。自从包产到户后，我真没睡个安稳觉，怕呀！欧阳生不解，有啥怕的？老书记指指心窝，先是怕上面事后清算，后来呀一想，除死无大事，粮食有了，不会饿死人了，此外还有啥怕的？现在呀，集体散了是有点乱，可再乱有民国时候乱？土匪，鸦片，瘟疫，赌博……还不是被人民政府给治住了！我是怕今后……

欧阳生好像知道他要说啥，回道，你想多了，上面自有安排。放心！台湾那边打不过来，外国人来得再多，一寸土地也拿不走。这么些年不也没事吗？

老书记瞧眼前的欧阳生，一脸虎气，无所畏惧，对他又是爱惜又是担忧。老书记说，你是艺高胆大，我呢，没有你文化高，也没有你见识广，一辈子谨小慎微，几十年过来，见过为五千斤粮食掉了脑袋的，为玉米地里媾和被撤职的，有修豆腐渣工程蹲牢的……越想越害怕。

欧阳生越听越蒙，老书记，有话你直说。我年轻不懂事，若是这几年唐突冒失了，你批评就是。若是你有哪些隐忧，只管说出来听，我一定记在心上，不会让你失望。

老书记将手中烟头扔下，用脚踩灭，说，我这些年就是有一些莫名其妙的担忧。早想说出来，又怕磨了你的锐气，而今我说给你听，肯定会让你见笑，我就随便一说，你呢也就随便一听。

欧阳生起身将桌上的咂酒罐儿抱来，充上些热水，递过去。

老书记润润喉说，我没多少文化，不讲大道理，只说事实。自合作化以来，也三十来年了，像一个家一样，挣下了不少家业。前些年一夜之间全分了，你别说没人追究的话，这败家子的滋味儿先自个不好受。没了也就没了，可偏偏它还在眼皮下面摆着，日晒夜露，风吹雨打，每当我看见那些烂保管室空晒坝，如同看见没人供养的老人心里痛啊。我始终忘不了，合作化当初咋说的？说好集体力量大，田地集中，机械化生产。现在机械有了，用了机器，人闲着做啥？钱都花在机器化肥上，除了开支没剩几个，谁还种庄稼？

与茅书记搭档这么些年，第一次听茅书记掏心掏肺诉苦。这些苦楚他都知道，他也有同感，憋不住时也在外公面前发泄过。外公见得多，时常劝导他，许多话今天还用得上，不妨转口说出来：

我说茅书记，事儿还没你想的那么严重，稍稍挪个脚看，也许都是好事。当初搞合作化，还不是为了农民富裕起来，现在不说是个个富裕，离小康也不远了。人又不是死脑筋，只想到土地去迁就机械，有了大拖拉机就搞人造小平原，就没想到今后会让机械迁就土地，挑粪都改用污水泵了，农民干活轻松是好事啊！

茅书记继续说：曾老幺你认识的，小偷小摸那位，今天不说他的丑事。他前些时候来乡上状告曾老八违约，我想他最怕公安，安排胡公安接待他。谈了半天，老胡来说，他解决不了，把我请过去。我听了也难办。你说说，他一个搞歪门邪道的人，不知从哪找出些理由来说事。包产到户时，曾老八家劳力足，把曾老幺的那份田地包过去了，讲好按生产队往年标准，每年给他二百八十斤粮食。头两年没事，后来粮价跌了，种粮不划算，曾老八不干了。曾老幺因此告到乡上，要乡上为他撑腰，不然他那份农业税和提留就别想收。

是歪道理。可胡公安说不过他呀。他一口咬定，谁种田谁纳税，朝朝代代如此，天经地义。乍一听是那个理，可曾老八喊冤，我替他种田，还倒贴钱帮他纳税，我不种该行了吧。曾老幺说不行，当初若不是你要接手包过去，我也不会要那份田地，生产队自然要安排人种，自然有人会替我缴费纳税。是你弄得我不种田还天天有人找我麻烦，要这样款那样费。而今的曾老幺再不是以前单干了，在一个娱乐场所看场子，也嫌村上的人找他丢脸。

咋办？只有劝曾老八暂时还种着，叫曾老幺不再要那几百斤谷子了。可曾老八说，他家儿子儿媳都出去打工了，就他两个老的在家，自家田地都种不了，哪来精力管别人的。我咋解决，吓唬吓唬曾老幺吧，要他把田地收回去自己种。不种可以，税费照交，不然胡公安穿上制服，天天到你老板那儿要。曾老幺不要脸说，你来呀，我那儿有的是小姐陪你，价格打折。最终是吵了一通，不了了之。明年收农业税提留难，肯定两家都不会交。

欧阳生回道：催粮催款都是暂时的，今后皇粮国税会成一句老话。你知道的，现在国家生怕谷贱伤农，实行保护价，除了农业税外，统购议购一律市价，可交可不交，是村社提留款没处收才没减下来。我外公还跟我打赌，说要不了几年，中国要跟外国一样，农民种地不仅不缴一分钱，国家还要倒给补贴，你信不信？我是相信的……

你更别担心农民闲了没事做，早着呢！我看今后大多数农民都会进城打工。你看看，你又担心留下来的人少了庄稼种不出来，这担心又是多余的，这些年你看见的，一到农忙，学校也不放假了，打工的人也不回来了，该种的种，该收的收，哪家不是仓满窖满的……

茅书记还说，每看见你审批乡上企业发票就胆战心惊，什么送礼的、请客的、跳舞的、旅游的，你眉头都不皱一下就画个同意报销。是无奈，我知道，不是想指责你，是替你担忧。真要是哪天查起来撤职是轻的，判你个三年五年都够格。别说县上有文件，县上那文件写了也不算数，10%呀！争取来一万块钱，就可以白条报销一千块钱，比一年的工资还高。我佩服你沉得住气，大笔一挥就同意了，我在旁边可是大气都不敢出一口，怕呀！

年前，叫我去领工资，我还诧异哪来的钱，农业税没收齐我知道的，还差一大截。干部工资没发，教师发的乡镇企业的酒，被人捅到报社去，上面来人查了好多天，最后落个警告处分。为了在限期内兑现教师工资，你挪用了计划生育罚款。那也是碰不得的。你抓了，说好年底还上，我拿到工资就问你，计划生育罚款还上没有？你说还上了。我不信。是，你没骗我，是还上了。你又是一个创造发明，组织小分队上路查车，凡是拉肥猪外运的，先把屠宰税交了才放行。人家说，我拉的是活猪呀！没有屠宰哪来的屠宰税？是啊，我都替你感到理亏。还是你行，说要屠宰是吧？行。我这儿屠工是现成的，你下车来，我杀了猪你拉肉走。每头猪，你还得再给二十元的人工费。

全乡近万头猪啊！你没放过一头，硬是把那个窟窿填平了。我还正在替你庆幸，你又上省报了，有人告你无视市场经济规律，小小乡长竟敢封锁市场。这次事恐怕闹得又不小……看你说的，事是你闹的，我想闹还没那本事。可每次看见你在前面顶雷，挨训受责，我都心惊胆战。若是没了你，我咋得了……

欧阳生说：你也别替我担心，现在搞活经济是开支大，有点乱。清者自清，浊者自浊。管不住自己的，就是年年过运动也有人管不住自己，管得住自己的，搁在金钱女人堆里照样管得住自己……

拦路收费的事，也是人逼急了，不体面的事提起都脸红。上面说错了，

大先生葬礼按时举行,路上奔丧的人不断。

我就改。今后有规矩依规矩，没有规矩的依实际，吃了猫粮就得抓老鼠，我都没啥，你怕啥？

听到这儿，老书记笑了，有你这番话我就放心了。我呢，人老了，思想也跟不上了，听说上面已有想法，干部要年轻化，土改那批老人这次都要退下来。我呢先带个头，不能老躲在你背后混日子。

欧阳生拿老书记没法，加重语气说，你担心这担心那，都是空担心，再难总比愁吃愁穿好。你们过去勒紧裤带都没怕过啥，现在不愁吃不愁穿怕哪个？茅书记，雄起！继续领着我们干！

茅书记摇摇头，笑笑，轮也该轮到你们年轻人了！

那夜的谈话，欧阳生一直没忘，时常对人提起，最初时作为思想僵化的例子说，后来当笑话摆谈，再后来提起颇生感慨，少不了摇头叹息一番。直到老书记病逝，追悼会上说到那一代人的敬业精神和操守，欧阳生由衷地重提这事，竟引来一片哭泣声。

大先生葬礼按时举行。路上奔丧的人不断，有看了讣告来的，有专门报丧催来的，更多是听传闻来的。按习俗，丧宴如开茶馆，来的都是客，除送礼要登记清楚外，不许盘问客人来路。有名有姓，有头有脸更好，若是不报姓名的生人出现也是好事，证明死者生前声望高，名气大。

那天来客很多，五十张桌子，轮了三遍，足有千多人。夜席之后，留下守灵待明早送最后一程的，尚有百多人。欧阳生没走，指挥乡上几个小年轻，和村上祥斌繁全等人，替小先生张罗着。

欧阳生留下来，心里实在放不下大先生。这些年，大先生就是一把钥匙，帮他打开农村这道门，多少疑难事一经大先生点拨，简单明了，撑破天就那么回事。欧阳生在乡下，确实长了不少见识，全靠他的两位师傅手把手教。农村工作这一套，靠茅老书记教得多一点。照老书记的话说，凡事别死板，得按下面的实际情况来，不能只顾一头。以老书记的经验教训，光顾上头，会脱离群众，做事没人帮，管不了久的。光顾下头，眼光看不远，也没出息。只有兼顾两头，才能平稳不跌跟斗。可真难啊！眼下连老书记都束手无策，熬不下去辞职了。欧阳生没感到害怕，是他没挨过批斗。

大先生是欧阳生的另一位老师，教会他读懂农耕文明这本书，知道了乡与土的区别，知道了农村农业农民是如何连在一起的。还在包产到户之初，大先生就怀疑过，单干会致富吗？后来有吃的了，不饿饭了，大先生头摇晃得更厉害。

大先生常私下里对欧阳生说，世道变了，古人的话不灵了，过去逢人便祝人丁兴旺，现在到处讲的是计划生育；过去为人处事讲天地良心，再大的冤屈，点一盏油灯，对天发愿都能澄清，今天讲合同，不签字画押不算数。大先生私下说过多次，窦人谷祖祖辈辈不识字的人多，可从没发生过欠债不认，借钱赖账的事。面坊粉坊，一年发生成千上万笔来往，都管账的一支笔写了算数，从没听说错过一笔。而今一张纸据缺个角，欠账的都不认。过去常说，远亲不如近邻，而今一根南瓜藤过界就以死相拼……

大先生想到这些就累，提到这些就气。大先生是累死的，也是气死的。

欧阳生也想过这些事，感受没大先生深切，老人家没弄懂的事，欧阳生也没弄懂，只是他与大先生稍稍不同，他有个外公在镇上。这老人家的眼光经海水浸泡过，洋气一些，他总在欧阳生旁边看着，拿年轻时在国外的见闻点拨年轻人，窦人谷之外，世界大着呢，五彩缤纷，除了土地的黑褐色，还有天空的蔚蓝和海洋的湛蓝色。当初他就说过，包产到户吃饱可以，吃好难，富起来更难。

那怎样才能富起来呢？

外公的回答繁复，说他在外边看到的农场，动辄成百上千亩土地，成千上万规模的养鸡场养猪场……老人家感慨说，那才叫农业，那才叫农民。那意思谁都明白，凭眼前的每人一亩三分地，是富不起来的，再加圈养两头肥猪也不行，充其量饭菜里多点油水。同样是乡下人，人家住的那叫别墅，你这叫作农舍，人家脚下叫农场，你叫农田。在外公嘴里，好像窦人谷风水不好，一个个黝黑的农民属叫花子命，非得离乡离土去外面讨生活。离开土地那还叫农民吗？听外公这些话让人沮丧，还不如大先生安居乐业的劝导中听。

可大先生走了，他被自己的诗书给累死了，被本族的耕读子孙给气死了。

大先生生前早有安排，将后事用纸写好，条分缕析，交儿子收存，到时只需择个日子，照上面写的依次做去。小先生拿来父亲生前这最后一篇文

大先生是欧阳生的另一位老师。

章，要欧阳生过目，看看是否妥当。欧阳生客气说，不用了，自己不懂老规矩，老人家既然有安排，就按他的办。口里虽是这样说，手却伸过去拿过遗嘱，毕竟是一乡之长，担心万一做法太过了，还是不好。

遗嘱写在一张发黄的旧纸上，纸是从面坊所收废纸中拣出来的，一本旧账本，后面有许多空页，大先生小心拆下来用，还夸老作坊的纸张比乡镇企业小纸厂的好。毛笔书写、正楷、繁体字、竖写、从右到左，不看内容会误认成古籍，稍加细看，是大先生的瘦金体无疑。

庆素吾儿：

……

自田地下户，人心思变，乡风民俗日渐不同。为父既无除陈布新之意，亦无拨乱反正之力，唯恐大限之时，风气难料，吾儿方寸若乱，必招外人非议。草拟几笔，权作遗言，望儿谨记遵行，以为传承。

为父秉持家训，耕读传家，不敢妄言达济天下，难得独善其身，行走阡陌，排忧乡邻。待我西去之日，若为家祭，吾儿言孝言善均可，但言德行人品学识，须德高望重之人，做中肯得体之论，断不可自诩自夸，贻笑大方。

程序当依旧例，庄重肃穆为宜，断不可学镇上公司，一味迁就丧家，炫耀排场敛财，艳曲淫戏麻将，全无哀思敬畏。泥古亦不可取，与时俱进为好。人丁兴旺，安居乐业，甘居清贫，耕读传家，精耕细作，皆为旧话，不提为宜。

……

镇上已有两拨人，专事丧葬礼仪。为揽生意，相互掐架，都自称正宗。一家姓郭，号称风水鼻祖郭璞之后，至今拥有《葬经》的版权。一家姓巫，自诩世代通神，阴阳八卦系家学嫡传。双方敬畏大先生，多次请大先生居间调停。听闻大先生去世，两家各备了礼物前来，名为吊丧，实为暗中偷师学艺。以大先生葬礼为样本，再冠之自家名号，以示源远流长。

过去两家有了龃龉，自有大先生调停，此后，小小古镇再无阴阳风水权威，丧葬形成两派，郭派注重排场，讲究一个人气，仪式随意，忌讳少，多为街上人选择。巫派注重传承，规矩大，忌讳多，为乡下人接纳。无论郭家还是巫家，受利益驱使，都同大先生本意渐行渐远，成了活人娱乐死者的活动。

　　此时，欧阳生看过遗嘱，颇有些为难。谈及大先生的人品德行学识，乡村两级真该出面给老人家点一个赞。可大先生身份太复杂，是私塾先生，也是阴阳先生，是族老，也是乡绅，还是替人写写画画的乡下代书，用量半斤一把的草药郎中……前几年，曾和茅老书记说起过，像大先生这样的人死后咋评判？这事让老书记也为难，据他所知，乡上从未给这样的乡贤予以褒贬。政府出面那可是大事，咋评判都觉不妥。最后两人确定，真到那一天，既是家祭，由丧家自说自话，政府好歹不开腔。可眼前情形，小先生分明是想政府官员出面说几句，既是死者遗愿，也是家人期盼。当然一句话不说也行，关键在于欧阳生心里放不下，仿佛不说几句会活不下去。

　　一夜不眠，欧阳生把大先生方方面面揉在一起，将乡下一句叫"滥贤惠"的俗话用作包袱皮，以此来包裹大先生的生平。贤惠而且滥，戴此光环的人，首先得有与人为善的品行，还得有"万金油"式的渊博知识，有救人急难的义举，还得有高山仰止的声望……贤，且惠，且滥，滥到每一个接触的人，都能感受到他的且贤，且惠。

　　第二天寅时，在深邃的夜空下，遥对且行且远的儒生亡灵，当着黑压压的乡邻们，欧阳生用低沉的声音致悼词：我们怀着沉痛的心情悼念一位长者，为一位和蔼可亲的"滥贤惠"送行……

　　同往年一样，春天从一号文件开始。这让欧阳邦开始羡慕农民，不无嫉妒说，就差没定"农民节"了。欧阳生笑他小肚鸡肠，你以为有个节好？凡是有节的都是弱者，扳起手指举例，母亲节、儿童节、老人节、残疾人节……欧阳邦自认为也是弱者，铁木农具厂下岗职工。农民只要土地在，永不下岗，自己比农民还不如，不定哪天，我还得去乡下找活干。

　　欧阳生忧心忡忡说，就那点田地，还有不少撂荒，农民自个都没干活，还用你去掺和。欧阳邦摇头，不种粮，吃啥？我不信。欧阳生要父亲下乡去看看，好几年不种小麦了。现在农民吃的面粉面条，都是外地小麦加工的，又好又便宜。欧阳邦还是不信，那农民做啥去了？欧阳生要他看看街道上那些擦皮鞋的，搞搬运的，捡垃圾的，打扫卫生的……哪样不是农民工在干。欧阳邦说那才几个人，全是些半老年纪的老头大妈。欧阳生告诉他，年轻人走远啦，都到沿海打工去了。

欧阳邦背过身，细细玩味，农民也下岗了，越发感觉有意思。此时，欧阳生突兀一句，让他吓一跳。听欧阳生说，这不算新鲜，等几天不定我都会下岗。还很认真地征求意见，爸，真有那天，你说我跟你学打铁好，还是跟外公学医好？

别乱说话！犯忌的。欧阳邦及时纠正，没听说茅书记就为不忌口犯事了。学校房子好好的，上百年的老庙听人说成是危房，他走去嚷嚷，拆了，拆了，结果，房子垮了，他官也撤了。

对节约用脑的人，欧阳生懒得解释。出事了，得有人担责，一般是乡长，可老书记一把揽过去，背个处分退休。老书记离开了，学校还得修，再垮一次可没人背过了，打铁与行医，到时非得选一样。

破旧校舍还得拆，动员曾老三回来修，钱还没着落。听说贾青翠有个初恋姓张，在省上当处长，正好管这摊子事。找过青翠，本人乐意去，老公不情愿。让老婆去会初恋情人，搁谁也不愿。青翠老公繁平原在矿山当调度，下岗回来闲起无事，去繁全在镇上的酒楼当主管。欧阳生请繁全出面，繁平不得不答应。提了两个条件，欧阳生同去可以，曾老三不行。再是不能白去，跑路得有跑路费。按通行的规矩，谁承包建修，谁开销费用，曾老三不去咋行？没等繁平松口，曾老三知道了大怒，我就这样坏？曾家的人都糟践我。人，坚决不去，钱，分钱没有。

这头一个条件不答应也答应了，后一个条件本不是问题却成了问题。不白去行，可你得先干事，后才给钱。繁平说送礼求人的事他干过，礼收了不办事的也有。青翠只管送礼，不管办事，先付一千元跑路费。欧阳生心里一惊，不是小数字，比他半年工资还多。即使要给，也得把事办了再说。繁平不答应，还是繁全担保，事办成了，若乡上不给他给。

总算讲好，只要青翠将礼送到姓张的处长手上，乡上兑现一千元，后面的事再不用她操心。

礼品由欧阳生准备，将乡办茶场的包装袋装上现金，做好暗记，让青翠记住。两人一路到姓张的处长楼下，欧阳生在僻静处等候。眼瞅着青翠拎包进去，不一会儿空着手出来。为自证清白，见面后青翠伸开双臂要欧阳生搜搜。欧阳生瞪她一眼，这大街上男人摸女人成何体统。

鸿运旅社略显灰暗，两人进了二楼欧阳生房间，门掩上，青翠再一次伸开双臂接受检查，见欧阳生迟迟不动手，索性自个动手，脱一件扔给他一件，欧阳生接住衣服，下意识上下捏了捏，又扔回去。

青翠开始脱裤子，欧阳生赶紧制止，凭她坦然的神态相信没隐瞒，急说快穿上，我信。按约递给她一千元，青翠回他一个媚眼，转身要回对面房间。欧阳生叫住她，又问，张处长不会弄错吧？青翠实在被问烦了，我都说了好几遍了，不会弄错的，给他时特意提醒过，是专门给他喝的，不能送外人。

欧阳生关上门，插好保险，靠在床上没睡意。第一次给人送钱，担心的事比钱还多。先是担心青翠与姓张处长的恋情，别是单相思，人家当处长了，女人说来香口。后来听繁平说真的，当初嫌弃他在农村，不如繁平是工人，父母不顾两人爱得死去活来，给硬生生拆散了。现在看来钱收了，而且不会弄错，这事该放下了。

可才下眉头，又上心头，姓张的处长说话算数吗？会拨多少款？问青翠，她一口回绝，讲好才来的，这些她不管。多问几次，烦了，冒一句，这又不是做生意，你想钱货两清哪行。

好像也对，双方交换的都不是自家的东西，送出去的钱最终要从拨款中扣回来，谁垫的还给谁。为鼓励跑项目，县上文件写得明明白白，10%做活动经费，不问去处，白条领取。这次送一万，是听曾老三说省上拨款至少十万，就依这句话定的。忘记还有介绍费，若只拨十万，这介绍费算谁的？

确实与做生意不同，倒有点像下赌注，风险太大。好听点叫跑项目，难听点就是行贿，这可是犯险的事，值吗？老书记说欧阳生胆大，白条上也敢大笔一挥，同意，就算是报销活动经费，也得问个真假吧？老书记不知道，那是曾老三繁轩经手干的，自己依据文件同意，好像理所当然，没啥好怕的。今天，真轮到自己送钱出去，左顾右盼，全是炸药包吱吱冒烟。

不干行不？不行，除非不当乡干部。眼下学校就不得不修，上千学生翘首望着的。上次侥幸没死人,再不能垮了,再没有第二个茅书记替自己背过。除了望上面拨一点,还要集资,每个农民头上摊派,那又是一场是非。这儿多要点,农民那儿就少摊点,少争点少吵点……

外面传来轻微脚步声,在对面停止。咚咚敲门声,同样轻微。门开了,青翠惊讶声,哟——戛然而止,随即关门声,再没动静。欧阳生赶紧下床,蹑手蹑脚到门边,耳贴在门上,悄无声息。关上灯,轻轻开一条门缝,探头左右看过,除了几只飞蛾围绕走廊灯转悠,世界很冷静。

啥时睡着了,欧阳生自己不知道,只知醒来时青翠在敲门。天已亮了,青翠将茶叶袋交到他手上,告诉他,人家把钱退回来了。还说,若是款项要不来,她那点跑路费也退出来。

后来直到退休,每当回想起那个夜晚的紧张惶恐,欧阳生顿生感慨,那时的人啊官啊,怎么就跟后来的不同!

十四

繁琴第一次从东北回来,是隔了三个月后的事。

繁琴赚了第一桶金,不多,只有六千元,是繁轩的少半,是表哥的一个零头。繁琴乐滋滋地带着喆娃回来上学,打算添几个钱凑成一万,一扬手捐出去,别说到镇上读书,哪怕去县城读重点学校也绰绰有余。

戴维娅没回来,这老太婆成了香饽饽。俄语没忘,说出来还原汁原味,买卖双方离不开她。她父亲当年在东北,也是一呼百应的狠角色,为民族气节,拖儿带母,流落到四川。而今听说戴维娅回来了,那些老部下,老关系,至亲挚友,纷纷前来叙旧。尽管回来的是当年的小女孩,情感一点没减,加倍堆砌到戴维娅身上。听说回东北卖红橘,几车货还没谈价,就被分摊了。更有情深的,直接劝戴维娅全家过来做生意。那时,桌面上的边贸还没完全放开,可民间的生意却很红火,这边的日用品,到那边成抢手货,而那边的毛皮木材和钢材,是这边的紧俏货,以抢手货换紧俏货,转手就是白花花的银子。

戴维娅不敢私自答应留下来,说得同家里的年轻人商量。同去的繁轩急坏了,不停地怂恿她应下来,别眼见银子化成水。拍着胸脯对戴维娅说,外边进货他包了,连本钱都不用戴维娅出,这边来的货他也包销,无须戴维娅动一步路,只管数钱就行。

没等回家过年,繁轩拿着对方开的货单去南方进货。戴维娅回来对女儿一说,繁琴正与欧阳生斗气,满口应承,自己也想借机出去遛遛,晾一晾欧阳生。哪知这一晾,竟晾出一叠花花绿绿的钞票来。

繁琴这次要妈留在东北,做下一单生意,自己带孩子回来,想与丈夫商量后,把饲料厂盘出去,自己干脆就在那边下海做生意。若欧阳生同意,把手上的存款全投进去,生意做大些。

欧阳生喜出望外,当即想到乡上企业有转机了,赶紧打电话催繁轩回来,一同去县上找英姿局长汇报。张英姿头脑急剧升温,汇报、组团、打报告一气呵成,不到十天,县乡镇企业边贸代表团成行,手持地区乡镇企业局公函,浩浩荡荡奔赴东北。

东北这边听说对方是政府出面,料定背后有大靠山,热情陡涨。代表团一出机场,当地官员由戴维娅陪同,早领着一帮人高举横幅候在出站口。一式的进口轿车,径直带到四星级宾馆。当晚,以当地政府名义举行盛大欢迎宴会。两米直径的转盘桌,中间一簇鲜花,香气扑鼻。一人后面一个服务员,传菜的、上菜的、斟酒的、递热手巾的、换渣盘的都是专人。茅台酒贵,大家听说过,人头马,没听说过,回到宾馆才听说一口酒值一百元,个个惊得乍舌,好几天舍不得刷牙漱口。

日程安排很紧,考察、洽谈、体验,一个地方接一个地方,一个项目接一个项目。英姿局长要求很严,说飞机也坐了,洋酒也喝了,每个人必须打起精神,拿出掘地三尺的劲头来寻找商机。

张英姿的鼓动真诚感人,为此次成行,她立下军令状,回去后,要使全县乡镇企业起死回生,产值和利润都要有大突破,一改目前颓废景象。县委谭书记信了,一巴掌拍在桌上,就这样定了!全部坐飞机去,带领全县乡镇企业腾飞。

其实汇报的人和听汇报的人都忽视了一件事,总以为几个毫无背景的个体户能赚钱,由政府支撑的乡镇企业肯定能赚大钱,从来做生意都讲本大利大,不信堂堂百多万人口的政府,办事会不及本小利微的个体户!

待几天行程走完,个个如霜打的茄子蔫了。到最后一天,让大家去欣赏当地名胜古迹,放松放松。张英姿上车一看个个灰头土脸,生意没做成,像提前亏了本样,打不起精神。及至景点下车,更令人扫兴。北方缺水,对水景戏水格外看重，以为外来的客人同他们一样五行缺水，安排到一个水库，坐水上摩托游览山水。哪知这帮客人，来自大江大河边上，全是喝江水长大的南方水鸭子。见眼前水景，家里时时刻刻见着，顿失兴致，赶路似的逛了个大概。不等合影，全部拉回宾馆，一个个闷在房间里，再无兴致出来。对方的热情也消失殆尽，说声明天不送了的客气话，便化得了无踪迹。

欧阳生没睡闷觉，下午随繁琴一路拜访亲戚，顺便了解到边贸的实情。晚上，带繁琴繁轩兄妹，以及戴维娅和他们的亲戚，专门来张英姿房间赔礼。现在这情形是谁也没想到，客人没想到，主人也没有想到，各自都高看了对方。渠县这边呢，幻想对方是守在一座金山旁，数钱忙不过来，只要指缝上漏一点，足够让自己干枯了的乡镇企业盆满钵满，枯木逢春。东北这边呢，在两国关系尚未明朗的背景下，外贸管理自然严丝合缝，贸易计划车皮计划，都是铁箍般硬指标，听说是内地政府出面，而且是几个伟人家乡的邻居，估计有特殊政策，满怀希望在计划上会有一个大口子。待双方一亮底，才发觉谁也帮不了谁，各自内心叹口气，谁也怨不了谁。

欧阳生想安慰张英姿，想说几句宽心话，可一肚子憋屈堵着，怎么也说不出口。繁轩本是乡上一个贸易公司的头，生意做得好好的，向县上汇报，只是想告诉一下，我们在做这件事，获几句好评，并不想张扬。这一闹好了，界河两边全惊动了，悄悄发财的事，弄得四邻不安，界河两边的朋友都放出话来，下一单生意得搁一搁，看看风向如何再说。

张英姿大度，一看欧阳生满脸愧疚，手脚不自然，反倒安慰起他来。略带自嘲说，这些年，这里那里我们也看了不少，这样的事不是第一次。天时地利人和，我们总觉得是人的思想解放不够，到哪里都告诉你，绿灯放心走，黄灯抓紧走，红灯绕开走。可我们那里是红灯绿灯黄灯都没有，就是离海边远了，免税免费开歌舞厅都干了，就是人家不来投资。地利不行，天时人和再好也难跟人家比。

我们来这一趟也不冤，虽说同我们在家想的不一样，有差距，或者说差距很大，可不来一下，谁也不清楚呀！来了也没白来，商机还是有的，都看到了，这里有好多南方贸易公司，有温州的，有义乌的，挂的都是乡镇企业的牌子。这也是"两头在外"呀，外面买来外面卖，还是我们渠县人干的。我们回去汇报就说,只要领导开口,我们就敢干国际贸易,就是跨国工程项目我们都敢接,就看领导有没有这个气魄。还特意寻求曾三娃支持,你说是不是?

不止曾三娃,一群人纷纷点头称是,能不能干先不说,能不能想很重要,个个表态格外有底气。

自东北回来,欧阳生与繁琴开始冷战。繁琴怪欧阳生把生意搅黄了,欧阳生怪繁琴没说实话,让渠县人丢脸。这头一句说不到一起,则下面句句说不到一起。欧阳生要繁琴滚回来,老老实实卖饲料养猪。繁琴要欧阳生把存款取出来,一同到东北去下海。

两人僵持,欧阳邦请来外公劝解。

常医生认为双方都有点道理。欧阳生谨慎是好的,东北边贸毕竟现在还不正规,利大风险大,不定哪天翻了船,连本带利会没了,到时连饭碗搁哪都成问题。繁琴的想法也不是没有道理,明摆着饲料厂办不下去,不能一条路走到黑,猫在赟人谷里不会有大出息,在这一点上,欧阳生你一个大男人,反而不如繁琴有担待。依当外公的意见,东北生意不做也好,渠县也不必回来,干脆到重庆去他外婆那儿,把几个门市收回来,自己做生意,每年也有上万的收入。

小两口去重庆看过后,回来对外公说不行,那几个门市都是小本生意,一个小面馆,一个日杂店,一个小五金店,一个缝纫铺子。夫妇俩不懂行,收回来自己做,反而不如收租金划算。而且说外婆也是这个意思。

小两口重新为去留争吵,谁也说不服谁。终于有一天晚上,东北来了一个长途电话,第二天一早,繁琴带着喆娃又上了北上的列车,直到离婚,再没回来。

中途,欧阳生找过繁琴两次。

第一次是繁琴的货被没收之后。繁琴没吭声,戴维娅打了电话来,只说生意亏本了,缺钱还债。欧阳生听了生气,只缺钱不缺人?早就说了有今天,非得撞了南墙才回头。问清数额要十万,欧阳生大惊,不是说好合伙吗?你一人就要十万,生意得做多大?戴维娅吞吞吐吐说按约定,繁琴赔不了这么多，最多也就把前几次赚的吐出来。是繁轩受不了，成天哭丧着脸，缠着妹妹要散伙，要借钱给他做本，再不来东北了。还说若不是轻信五妈的话来东北，他也不会落到今天这个下场。在渠县老家，任珍带着娃娃也来缠住欧阳生哭，繁轩已有两个月没寄钱了，从今往后一家人只有找姐夫乡长吃饭。不久，喆娃来信了，字迹工整流畅，颇有大先生神韵。事情说得清清楚楚，难以相信出自一个小学生笔下。信上说，为还繁轩舅舅的本钱，妈妈已把刚买的住房卖了。现在一家人临时借住表叔的车库，又闷又黑，白天都得点灯才能做作业。

欧阳生软了，本想数落妻子的话，全被孩子几行字给挡回来。赶紧凑钱吧，存折取空不说，外公那儿借了三万，仍不够，还是重庆外婆以九折的优惠，预收了一年的租金，刚刚凑足。到邮局汇款时，想想不对，这么大的事，还是亲自去一趟才放心。

繁琴繁轩、戴维娅和喆娃，早早在火车站候着。因火车晚点，足足等了半天。繁琴扑在丈夫怀里泪奔时，已是华灯初上，意朦胧情朦胧的夜晚。在一家小吃店匆匆吃过晚饭，一家人回到新买的套房，喆娃像是回到久别的故乡，在他的小房间里不停叫唱，啦啦啦，啦啦啦，背上小书包，回到小学堂。戴维娅忙着收拾欧阳生带来的行李。小两口与繁轩结清款再送出门后，牵着手回到卧室，关上门，欧阳生问，几时搬回来的？

昨天。直到任珍来电话说，你带了支票来的，繁轩才交还钥匙。

哗哗一阵水响，接着一阵吭哧吭哧纯体力活，最后两人赤身裸体依偎在床上，开始课间休息。

繁琴仔细端详欧阳生左肋上的肉疙瘩，见没啥变化，看来忌一下是对的。老公，想不想我？繁琴像宠物一样，用嘴拱着丈夫起伏难平的胸脯问心里话。

咋会不想啊。

白天想还是晚上想？繁琴用指头戳了戳欧阳生的头问。

白天晚上都想，欧阳生回答干脆。

假话！繁琴的怀疑更干脆。

白天想骂你，晚上想锤你。欧阳生话语真切，不容置疑。

你来东北呀！

我没凑够钱，怕来了没地方住。欧阳生用话刺她，眼见繁琴语塞，转而抚摸她的脸问，你想不想我？

繁琴未开口，先咯咯地笑，赚钱的时候想钱，亏本的时候想你，满意了吧？

啥意思？我是你父母哇？前世欠你的？认定有我给你抹桌面，你今后胆子会更大些。

繁琴咯咯笑得更厉害，边笑边挤出空闲解释，我欠这点债算啥，比起嫁给你，这一辈子再亏的事都不算亏。

不等话完，欧阳生气得给她屁股一巴掌，嘿！合着我这钱是给你补亏欠的？不行，我明天得找繁轩要回来。话说了，搂得更紧。你就一个想钱的鬼，我跟你说啊，君子谋财，取之有道，可别去挣卖身钱。

繁琴在男人怀里仰起头，你不放心我，我还不放心你。你跟我说说，你在老家去了多少次舞厅？

原告被告一下倒过来，欧阳生只得老实交代，我倒想去，可得有地方去哇。就曾老幺当保安那一家，用轿子抬我也不去。

繁琴虽在远处，却埋下眼线时时盯着老公，嗯！狐狸尾巴露出来了吧！想去，是嫌档次低了不是，县城有哇，熟人又少，你去了多少次？

欧阳生心烦了，实在不愿提这事，转移话题，钱给你了，债还了，人可要跟我回去。不然再有下次，我可没钱赎人了。

繁琴闷了一会儿说，回不去了。就算我答应，喆娃也不会答应。不信的话，明天你去他学校看看，私人办的贵族学校，一年学费好几万，你这点钱，交学费都不够。

欧阳生正为儿子的进步感到神奇，却原来是读的高级学校，再听说学校从小学到高中，包上大学，心里欣喜万分。家乡哪有这条件，别说儿子，轮到自己也不愿意回去。可钱从哪里来呢？

繁琴起身，扯过睡衣罩上，话语轻松地说。钱不要你发愁，我自有办法。这次出事也纯属偶然，两边的人都在活动疏通，估计解决快了，弄得好，没收的货要全部退还。已经有人吹风，两国关系较以往好多了，不定哪天口岸开放，敞开大门做生意，你想不发财都难。这时候你撤下来，你傻呀。

欧阳生问，那繁轩咋哭兮兮地要退出？在欧阳生心里，繁轩比繁琴懂行。

繁琴说，他呀，本小胆子更小，又滑头，生怕吃了亏。听说南方放得宽，生意好做，他早想过去干。我也想他早点走，自己好单独干。

见繁琴嫌弃繁轩本小，欧阳生心生警惕，你哪来的本钱？摊子铺大了，我可再没钱给你。

繁琴咯咯地又笑了，本钱你不拿来了吗？

欧阳生：你不还给繁轩了吗？

繁琴：他不也把房子还给我了吗？你放心，我再也不会向你要钱。

此后的日子里，欧阳生压力山大，深感父亲不好当，千方百计攒钱给儿子用。听说喆娃要用钱，欧阳邦把酒戒了。常医生原打算扩一间病房，添几张病床，为了喆娃，也放弃了。重庆的温老太婆，干脆把门市全卖了，钱给欧阳生掌管，随时准备给喆娃读书用。

欧阳生知道这点钱远远不够，大头还在繁琴那里。对繁琴的生意不敢大意，多次打电话写信去询问，繁琴总是笑而不答，问急了，一句话怼过来，你想举报我吗？问那么细。再问缺钱不？繁琴说，废话，谁不缺钱。可我最缺的是一个男人的胸脯，是夜晚验货有人保护，是生意场上有人替我去周旋，是令贪色者生畏的老公。只要你人过来，喆娃就不会缺一分钱学费。即使有啥风险，夫妻俩一同扛。

喆娃每年假期都要回老家上坟，看望长辈。回去时，带回长辈筹的学费。没过两年，喆娃对所有人的钱都不要，只要父亲跟他去东北，说妈妈要求就一个，要人不要钱。

欧阳生思忖再三，想过把工作辞了去干个体户，终归没迈出去这一步。县里尝试的人多，辞职经商，人称下海，一个猛子扎下去，冒出来的富人贵人不少，也有人钱没挣着，笑话留下一大箩筐。先是南方，后来听说东北这边文件到了，边贸放开，繁琴被扣留的货物如数退还……自那后，陆陆续续有渠县人去东北下海，做生意，搞建筑，打工，种地，干啥的都有，渠县人的收入中，有了来自北方的银两。繁琴家成了老乡的联络站。

欧阳生想到妻子的艰辛，每年还是应该多去几次东北，能帮妻子多少是多少。想是这样想的，可每一次请好假，正准备起身，事儿来了。先是重庆的外婆病危，送进医院抢救到安排好后事，前后忙了近一个月。开春后春耕大忙，要推广杂交水稻，温室育秧，县委要求不准一个人请假。秧栽上了，小麦收进仓，小春粮食入库的任务又来了，得带人挨家挨户催粮催款，一天也离不了当书记的带领。刚刚完成任务，计划生育突击月活动又开始了，一胎化，阻力大，层层一把手抓，层层抓一把手，欧阳生更不好意思开口请假。接下来是秋收，大春入库，一年一次的党代会、人代会，全年财政决算，冬季党员培训，农民工外出登记……还没忙过来，新一年的春耕大忙季节又开始了。

终于有一年暑假，喆娃回来对父亲说，爸，你还是去东北看看吧，再不去，妈叫啥名字你都会不知道。欧阳生没在意，你妈叫啥我还不知道，除了曾繁琴，还能叫别的啥？喆娃说，那是你叫的旧名字，现在改啦。欧阳生好奇，改叫啥？喆娃开始不肯说，经不住再三逼问，才迟迟疑疑回答，叫，赫留金夫人。

冲着这句话，来不及请假，欧阳生立即收拾行李，火急火燎启程去东北。途中给区委书记和乡长打了电话，算是有请假意味的招呼，老婆在东北染上了疾病，今生今世也许见不上面了，事急，先走了。

与上次不同。这次到站没人接，到家没人开门，一切都在意料之外进行。喆娃用钥匙开门进去，吓了戴维娅一跳，这孩子回老家没几天，不声不响把父亲带回来。繁琴没在家，据说在外忙生意。戴维娅要打电话叫她回来，欧阳生急忙拦住，说别耽误她生意，到该回来时她自然要回来。话完，拎着行李往卧室走去。戴维娅见状，忙赶上前去挡住房门，十分歉意说，里面乱得很，等我收拾收拾你再进来，边说边顺手在外面把卧室门带上。

瞧丈母娘变脸变色的慌张样，欧阳生更起疑心，伸手向戴维娅要钥匙，说，妈，把门打开，自己家里乱一点没什么。戴维娅在身上胡乱摸摸，哎呀，繁琴把钥匙带走了，只有等她回来才行。事情再明白不过了，欧阳生火气一下涌上来，抬起一脚踹去，哐当一声，门开了，门锁吊在门上晃悠。

戴维娅眼见欧阳生如一头发怒的狮子，没敢再拦，待他进了房间，自己赶紧去一边打电话。

房间的确很乱，被盖乱堆床上，床下的袜子拖鞋散乱摆放，这情景太熟悉了，他与繁琴在一起就是这样。可眼下她是一个人在这儿，却没有单身女人应有的整洁，怎么横看竖看都像一个发情场所，衣物用品全是成双成对出现。空气中除了女人的香水味，还有男人的烟酒味，瞥一眼卫生间的垃圾筐里，那玩意儿，如一根针扎进眼球。用过的，至少一个，避孕环，一个避免麻烦却又不时催生麻烦的玩意儿……欧阳生瘫坐在床沿上，最不愿意弄清楚的事儿，明明白白摆在面前，而且是早就想到却又害怕出现的结果。

外面传来丈母娘压低的声音，用俄语，叽叽咕咕不知说些啥，突然瞥见欧阳生在听，赶紧放下话筒。

砰砰，有人敲门，繁琴的声音传来，开门，我们回来了！

欧阳生立即起身，攥紧拳头走出卧室，靠在门框上斜看过去。

繁琴扶着一个醉汉进来，径直往卧室走去，突见卧室门前斜靠着一个怒目金刚，一怔，低下头，扶着醉汉转向客厅的沙发，放下，转身勉强笑笑，你来啦。

欧阳生没接话，直接问，他是谁？

也就一刹那，繁琴回过神来，故作轻松，公司的。边说边往卧室去，那里才是紧要地方。

欧阳生哼了一声，公司的？这大晚上还跟你一起。

替我挡酒的，今晚有个……繁琴突然发现，卧室门上把手悬吊在外面，心里暗自一惊，晚了！进去抱床被子出来，盖住沙发上的醉汉身子。

欧阳生慢慢迈着步子，渐渐逼近沙发。繁琴警觉地立起身来，见他眼神透着杀气，大有神挡杀神，佛挡杀佛的架势，惊悚地喊道，快！快！把他拦住。

戴维娅不知啥时候出去了，屋内只有喆娃，赶紧出来拦在前面，哭着求情，爸，他是赫留金叔叔，帮妈喝酒的。两只手死死抱住父亲。

欧阳生停住了脚步，摸着儿子头，冷冷地呵斥老婆，让开！繁琴极不情愿地侧身。欧阳生看了看，沙发上的人确实醉了，说，老子不乘人之危，等他酒醒了再说。眼神移往老婆，指着卧室大吼，进去！

事儿到这地步，怕是没用的，伸头是一刀，缩头也是一刀，繁琴将面颊上的散发往耳后一拢，坦然进了卧室。

欧阳生蹲下来，双手扶住喆娃双肩说，儿子，你去自己的房间，爸不会动手的。喆娃用惶恐的眼神看着父亲，直到父亲再次苦笑着点头，才慢慢松开小手，眼盯着父亲进了虚掩着的卧室。

繁琴坐在床沿上，抿紧嘴唇，等待对方狠命一击。

欧阳生斜靠墙立，胸脯起伏不平，死死地盯向繁琴，像是在寻找下手的部位，或是进攻时的落脚点。牙齿咬得紧紧的，使得腮帮子硬硬地长出一块寒铁。他恨不得生吞了眼前这醉汉，这女人。若论心中怨恨，一人只需一拳足够夺命。可他不会动一个指头，练武之人，未习武先习德，绝不能乘人之危，朝一个醉如死狗的人动手。更不能对女人动手，他答应了儿子，绝不会伤害他妈。眼前最需要的不是如何对付这一对狗男女，而是对付心中的愤恨。

几天几夜的火车，欧阳生有充裕时间思考。眼前情形还不是最坏的，没当小姐卖身，没吸毒贩毒，没卖国投敌……眼前这种背叛，好像早就注定该有，上次来隐隐约约感到不祥，来自妻子身上越来越浓的膻味，那是食肉动物特有的气味。儿子读贵族学校，让他惊奇之外，还有一层隐忧，除了钱，就是从里到外的洋味，与寰人谷的泥土品性无法调和。甚至丈母娘越来越粗肥的腰身，也让他看到了老婆未来的身影。这段婚姻，是自己的初恋，似乎真诚而纯洁。正是这种纯洁，少了应该有的杂念，让人放弃了选择，少男少女的青春冲动主宰了婚姻，除了性欲颜值体格再无其他考量。若这叫人性，跟他娘的动物有啥区别？这些年分居，让欧阳生冷静下来，除了人的所谓本性，是否还该有一些不那么清纯，不那么原始的东西存在？爱情犹如市场上的食盐，除了纯洁有味之外，好像还需要那么一点杂质譬如碘，弥补缺失。这杂质也许更值得考量。这些年自己克制、忍耐，没出轨，没过界，甚至没动过邪念，为了啥？难道就为今天这顶绿帽子？

繁琴闭着眼，在沉默中煎熬，等待永久的沉默或瞬间的爆发。

门外，戴维娅回来了，随她来了许许多多人，男男女女在客厅里静坐，伸长脖子关注卧室里动静。

突然，卧室里爆发出一声炸响，你为啥要这样做？！

众人一拥而进。繁琴面无表情呆坐在床沿。欧阳生面朝墙壁，两只拳头狠命捶打，墙皮溅落一地。俩人没有厮打，距离足够安全。几位女人护住繁琴，几位男人围住欧阳生，一同来到客厅。客厅里，孟浪的醉汉不知去向，那里换了一位厚重的胖子，他旁边侧立着一个剽悍的大汉，横眉环顾。见夫妻俩出来，众人让出两旁的单人沙发，喆娃拉住父亲与母亲相隔茶几坐下。

胖子看来是主事的头儿，不在欧阳生认识的亲戚之内，叽叽咕咕一通俄语。喆娃跟父亲讲，这是那边过来的老总，他说了，有啥大不了的，不就请人帮忙喝酒的事吗？再闹，今后谁还敢与你做生意了。

是啊，周围的人纷纷应和，说中文的，说俄语的，女人劝女人，男人劝男人。

繁琴没申辩，自觉理屈，说什么都是多余。

欧阳生想抗争，手里证据确凿，岂止是一个帮忙喝酒的事儿。可跟这帮人说有用吗？他们与繁琴非亲即友，别指望他们会主持公道，只会笑话你无能。

当事人沉默，旁人说多了自感无趣。眼见夜深，胖子首先站起来，叽里咕噜一通。喆娃对父亲说，胖子有事要先走，说事儿到此为止，明天他请客，要妈妈向爸爸赔礼。

众人纷纷起身告辞。临出门，胖子把大汉留下，叽里咕噜交代一通，再向繁琴笑笑，领着一帮人走了。

喆娃对父亲说，胖子让叫伊万的大汉留下，说谁也不准动手，谁动手就让伊万揍谁。

欧阳生这才知道，伊万原来是个保镖。伊万关上门，主动向欧阳生走来。欧阳生见他眼神充满轻蔑，一脸坏笑，警觉地站起来。大汉伸出手，欧阳生礼节性的也伸出手。不料那小子没安好心，两人一搭手，伊万用力往回一拽，满心想拽欧阳生一个跟跄倒地。

繁琴知道两个男人的功底，一见交手，便大惊失色，刚起身要阻拦，哪知晚了。眼睁睁看着欧阳生如一叶扁舟，被强劲拽力牵引，一头撞向伊万的胸脯。未等繁琴闭上眼睛，伊万啊的一声，捂住胸脯倒在地上。

欧阳生这招，是蜀派武功一个基本套路，叫顺水推舟。专用在对方或拉拽，或推搡，或勾抓时，借助对方力道，在接近对方身体刹那，一个急转身，在另一只手合力下用肘部撞击对方。伊万压根没瞧起对方，只凭力大，想给对方一个难堪，因此全无防备，门户大开，给了欧阳生机会。而欧阳生本身力大，又在气头上，看不惯这小子的傲慢，借助对方力道，砰的一声，凭感觉这小子的肋骨断了，少则两根，多则三根，够这小子痛几个月。

繁琴知道伤得不轻，她曾亲眼看见欧阳生练功兴起，用肘部砸断寸厚的条凳。繁琴赶紧抓起电话，打通胖子的大哥大，急促地告诉他，打伤人了，快来送医院急救。

很快，胖子骂骂咧咧回来了。欧阳生问儿子，他说啥？

在骂人。

骂谁？

骂伊万。说好不准动手，这下伤人了，要扣伊万的工资。欧阳生估计胖子没听清，错以为是伊万打伤了自己，心中痛快地骂了一声，活该！

眼见受伤的是伊万，胖子脸上挂不住了，一挥手，众人七手八脚抬下楼去，一阵喇叭声后，几辆轿车消失在茫茫夜幕里。

繁琴脸色变得凝重，从窗口望见一行人远去，对欧阳生说，闯祸了，赶快收拾行李走吧。

当欧阳生得知胖子黑白二道通吃，是个心狠手辣的主，嘴里没服软，管它黑道白道，总得讲个公道，内心不愿拖累繁琴，竟要下楼去医院找他们。

一家人拼死拉住，求他听繁琴的话，先离开这里再说。欧阳生问去哪里？繁琴平静地说，回老家去，顺便把手续办了。

当晚，两人去火车站挤上了最近的一列火车，到下一站再转车回四川。

离婚的事儿，繁琴离开后许多日子才被外人知道。手续是在乡上欧阳生寝室里办的，文书把公章、表格和空白离婚证一股脑儿抱来，半小时后，欧阳生再把公章送回去。其他的事，文书没多问，自然也不会多说。

两人之前的爱恨情仇，随着一张纸的更换，也很快翻开新篇。两人心知此次相聚后，再见不知何年，倍加珍惜这转瞬即逝的日子。欧阳生丢下公务，仍以夫妇名义，陪着繁琴四处探亲访友。在外公常医生诊所住了一宿，长谈到深夜。常医生不知内情，只觉外孙媳妇这次格外客气，将以往给她的钱，一笔不少，全数归还老人养老。欧阳邦那儿，以晚辈的名义孝敬一笔钱，又以母亲戴维娅的名义，给老人添置了皮衣皮帽。

欧阳生被繁琴吓住了，出手如此大方，莫非要散尽钱财寻短路？偷听她与东北来的电话，讲价还价又正常，一脸疑惑。多少年后才知道，戴维娅把那顶金丝绒镶玉帽抵押了，给了繁琴一大笔钱，让她回来大方点。

繁琴在父亲和大妈妈的坟上添了新土，大先生坟前敬奉高香。凡有人在家的乡邻处，都去坐坐，将丝丝散乱乡情理顺又聚集一团，埋在心里，留在老家。

尤其在曾老四家待的时间长。曾老四老婆肚里那孩子终归被计划掉了，还是四朵金花。老大祥梅过继到姜老太婆户下，仍是种菜为生，招了一个姜姓女婿，日子过得还可以。二女祥菊，欧阳生要回到乡小教书。初先很是记恨，为乡上拖欠工资的事，没少找欧阳生麻烦。时间一长反倒熟了，每当假期喆娃回来，祥菊都要主动过来辅导学习。为表示感谢，繁琴这次将一块上海牌手表送给她做纪念。四女儿祥莲还在读书。独有三女儿的事不好提。祥兰在老牛死后就跟人去了沿海，走时刚刚成人。说是打工，在哪儿？干啥？没人知道。全村在外打工的，数这女子往家寄的钱多，大家夸曾老四福气好，养这么一个孝顺能干的女儿。曾老四听了很受用，寄回的钱没乱花，为女儿修了一栋小洋楼。后来不知哪来的传言，说祥兰在外当小姐，弄得一家人抬不起头，新房修好空着，不好意思搬进去住。当年繁琴听说后，也指责过曾老四，咋不好好管管女儿，做啥不好去干那事。

从曾老四家出来，路过小楼时，繁琴特意留步看了看，心中默默念叨，我不是祥兰，我不是祥兰。

曾老四家又养牛了，还是一头小母牛。到了教它犁地的时候，曾老四扛着犁头，躴包老婆牵上牛，一同来到河边沙滩地。好多年没见过驯牛了，很快围了一大群人，多是老人小孩，老的念旧，小的看稀奇。这牛犊没老牛温顺黏人，素日野惯了，戴上枷担横蹦乱跳，躴包老婆牵不住。恰逢曾老八赶场回来，替换下他躴包嫂子，两个种庄稼的老把式，一个前面牵紧缰绳，一个后面把稳犁头，边聊边教。

曾老八回忆，集体那会儿，教会一头牛记一天工分，我最多两袋烟工夫，别人说闲话，庆贵叔说，谁眼红谁去试试？结果没一个人敢来。

曾老四慢悠悠说，没人跟我说，我是知道了就没你的戏唱。

曾老八说，你知道了也没法，谁跟你牵牛？

曾老四笑了，你就欺负我没儿子。

曾老八感叹，再等几年，牛没了，教牛的本事也没人会了。话头一转，好奇地问，都用机器耕了，你咋想起养头牛来？

曾老四半是夸奖半是埋怨，也是你那躺包嫂子念想老牛，图个心安吉祥。想想也不全是老婆的主意，补一句，使唤一辈子的牛，我也舍不得这门手艺。

约莫两袋烟工夫，人逐渐散去，牛儿经调教已知踩沟、转弯、掉头，曾家老兄弟停下来，放开牛儿，躺包老婆回家拎来哑酒罐、下酒菜，就在地头拣一平坦处坐下歇气。欧阳生镇上回来路过，老远被拉过来，在躺包女人铺好的塑料布上坐定，接过曾老四递来的哑酒罐，抿一口，抹一下嘴唇，将酒罐递给曾老八，话从牛背上滑下来。

稀罕啊！欧阳生说，这牛儿离了你俩无从拜师，你俩离了这牛儿还找不到徒弟？

曾老八将哑酒罐捧在手上犹如宝贝，要传不传，说，这点手艺怕是要失传啰。

曾老四接住话头，都种懒庄稼了，用不着牛了。头年谷桩田不耕，第二年用旋耕机过一遍，一袋化肥下去，插秧机再走一遍，等到稻子黄了，收割机再走一遍，粮食就到手了。轻松是轻松，落得两手空，左手卖粮食，右手还贷款。若不是国家实行保护价，剩不了几个钱。

曾老八终于放下哑酒罐，竖起一根指头，指指点点，犹如当年开批判会，数落道，一个个农民不像农民，全成了跷脚老板，三犁三耙不要了，栽秧脱粒不要了，薅草追肥不要了，全是机器。我敢打赌，能把过去精耕细作那套农活说全的人，现在的年轻人中找不到一个。

曾老四附和，不仅农活，就是农具怕也没人说得全。过去家里的锄头要分几种，翻耕开荒用窄锄，开厢理沟用宽锄，打窝用点锄，除草用尖锄，山上坡陡的地方还得用把子拃多长的手锄。现在一把锄头到处用。

欧阳生笑了，你觉得精耕细作好，继续做就是，没人逼你变。转脸问曾老四,来年果真用牛耕?

曾老四笑着点点头,总有那机器去不了的地方,至少大女儿那几亩菜园地还用得着。

你呢?欧阳生问曾老八。

我也就说几句香口,曾老八自觉先前的话不合时宜,自己年年也在请机器。

欧阳生说,不管是懒是勤,能打粮食就行。又问,还唱薅秧歌不?随即学当年曾老八腔调哼起来:

　　大田薅秧人挨人,
　　齐夸幺妹杨柳身,
　　媒人还在大路上,
　　幺妹愁成瘦筋筋。

两人齐说欧阳书记记性好,再久的事都记得。现在的幺妹个个圆滚滚的,再也不是瘦筋筋,不薅秧了,也就不兴唱薅秧歌。

怪哉,欧阳生装作不信,那些年再苦再累都没闭口,而今衣食不忧,你们会闭口?

两人不好意思。

曾老八问欧阳生,你学问大,知道美国还打仗不?

欧阳生顿感稀奇,反问道,你想扛把锄头去帮谁?

曾老八说,我谁也帮不了,只想帮自己划算划算。

曾老四替他解释,八老弟的意思是来年好做安排,打仗的话,油价要涨,多种玉米,少种稻谷少用机器,节省油钱。

你问美国总统去。欧阳生仍觉新鲜,玉米种多了你吃得完?

喂猪呀。再不划算也得喂两头,年底杀了好送情。两兄弟异口同声。

欧阳生咋不知道,过去农民喂商品猪,眼下时兴喂礼品猪,不用饲料,不用添加剂,不用抗生素,城里人特喜欢,自己每年都在曾老四那儿代人预订一头,价格自然水涨船高。可曾老八你给谁喂?

儿子呀！曾老八很有几分得意，他们老板要香肠，指明用自家的猪肉灌，市场上买的不要。

欧阳生笑笑走了，齁包四嫂跟在后面回曾家院子，身后传来曾老八的歌声，是薅秧歌：

> 机手大田闹机耕，
> 四哥耕地在山岭，
> 忽听四嫂喊吃饭，
> 谁先进屋谁先亲（请）。

齁包四嫂一句笑骂，老不正经。

从省城回来后，欧阳生天天盼款下来，鸭脖子望成鹅脖子，直到绝望时，款下来了，真还是十万。再后来，调查的人来了，据说别的地方告姓张的处长受贿，每笔拨款要逐一核实。查了乡上的账，听了欧阳生代表老区人民，毫不吝啬地赞扬感谢上面的关心，满意地走了。终归是一番话，没实在的东西感谢张处长，反倒是张处长拜托青翠，对欧阳生仗义执言感谢一番。

省上拨款刚到，欧阳生专程来给茅书记报喜。后听说来人调查，茅书记又要去揽责。欧阳生再三劝住，帮助总得有个头，不能回回让他背过，何况这次没过可背。茅书记说他把上次担责的事看得太重，不存在谁替谁背过。无论年龄还是职务，他的责任最大，他受处分理所当然。现在看来，若非欧阳生，凭他姓茅的本事，眼睛哭肿也要不回来这十万元。接下来农民集资建校，挨家挨户收款，更考验人。他姓茅的宁愿挨处分，不愿挨农民骂。听话里意思，他挨处分算捡了多大便宜，还承蒙欧阳生谦让了。

欧阳生走后，茅书记想到乡小的事有了着落，不知柿子坪的希望小学建得咋样，那是地区洪书记退下来后，给老区引进的捐赠项目。晋构带了好几次信，要他抽空一定去看看。茅书记也想去看看，房子修好了，还差不差啥？山上的人太实诚，不好意思开口，他放心不下，若真有难处，他可在省上拨款中请欧阳生匀一点给他们。

去之前，欧阳生表态，全权拜托老书记，他说了算数。老书记约上贾支书，因寰人谷有娃娃在那儿读书，把庆贵也叫上。

三人从曾家院子往上走，过蒿坪，到了生产队老晒坝。老书记停下来，似乎歇脚，或情感撞上啥，说，这晒坝还没有咋变！后面的两人不解，再变也就一石盘。老书记指残垣断壁的保管室、面坊、粉坊，说那些石头，像不像我们三个？庆贵一嘴接过去，像我们生产队，集体收入没了，干部威信没了，就剩一个空架子。贾支书受到启发，指挨着的猪圈石板说，像我们村干部，又臭又硬，又招人恨。老书记淡淡一笑，别抢话，我说像我们三个。缓口气说，集体没了，基础也没用了，我们三个，如同这些石头，上面房子里若是人气不散，还有人来光顾，石头就光鲜。不然的话，就像我们现在，受人嫌弃。

环顾四周，三人都说当年这位置选得好，居中向阳。可大先生没算准，说是要管万万年，没料仅仅二十年后，这房屋白送都没人要。如此想来，人又比石头强许多，贾支书庆贵辞职无数次，老书记不同意，欧阳书记照样不同意。庆贵为此还有看法，若不是欧阳书记挽留，他早去沿海他女儿那儿享清福了。

越往上走，撂荒地越多。难得遇上了一块玉米地，成熟了，全是双穗，一尺多长的玉米棒，胖得露出金灿灿的玉米粒。如是早些年，早被人顺手牵羊给收了，看来主人也没当回事。庆贵说是曾老四的。到底是种庄稼的老把式，若搁在集体时，要评劳动模范。现在不稀奇了，只要你愿种，长得都差不多。老书记感叹，若是王书记还在县上，抬也要抬来看看。

提到玉米，老书记突然想起啥来，禁不住自己先笑了，问两位还有老的玉米种没有？回答，现在谁还留种子，都是下种时才去街上买回来。老书记忍住笑说，我说这种没卖的，只有你们才有。问清楚才知是本地老玉米种，产量低，急性子，早早成熟，不到一拃长的玉米棒，穗长得矮，俗称鸡啄玉米。提起这个，触及往事，两位跟着笑了。

那年，王书记到城坝村检查，发现河滩地只种一季大麦油菜，很生气，下令大麦油菜收后全部种上玉米。下面汇报玉米成熟晚，恐怕躲不过洪水。可他就不信洪水年年都来那么早。大先生看不下去，说人心太贪，欺天老爷不会说话。来年玉米播种季节到了，王书记派人督促播种，老书记急得团团转。后来眼前三位演的好戏，庆贵连夜去柿子坪昝队长那儿背回鸡啄玉米种，贾支书安排坝里几个队点上。

那年洪水特别大，沿河的玉米全毁了，只有城坝村的鸡啄玉米早熟，刚好躲过。王书记走到哪儿都是一片抱怨声，唯独到城坝村来，人们感激不尽。王书记到处拿城坝村做例子，批评那些抱怨的乡村干部保守。说到这，茅老书记学王书记的腔调：同是县委领导，同样太阳照，城坝村能做到，你们为啥不能做到？话完三人一起笑了。

到了岔路口，左边去村办茶厂，右边去柿子坪学校，往上是层层梯地。山路成了一条界线，往上是柿子坪，昝家的地盘。同样是梯地，下面的随湾就势，形状大小五花八门。上面的梯地，规范齐整，高矮宽窄大体一致。下面是老祖宗留下的，上面是那些年以粮为纲，移山造地造出来的。里面的土是从河滩上一背篼一背篼背上来。修好至今，很收了一些粮食，应了一句歌词，千里万担一亩地，青石板上创奇迹。

毕竟山高气温低，产量不高，眼下由国家补贴停耕还林，而今已成杉树林，大的有饭碗粗了。

触景生情，老书记下意识摸摸后面，想起那年在这儿抬石头闪了腰，至今逢天阴下雨还隐隐发痛。贾支书笑着附和，我也在这儿丢了一根脚指头。庆贵指指额头伤疤，飞石砸的，差点要了命。贾支书和庆贵都不是这个队的人，公社一平二调来的，齐嚷嚷，中午要找姓昝的算账，不能我们流血，他得补助。老书记笑着劝说，千万别提这事，谨防他说金山银山被你毁了，要你恢复原貌，你更惨。

老书记朝左边望望，想去茶场看看，那另有他一番心血在内。贾支书劝他改日再去，一则时间不早了，二则茶场境况不好，你看了会怄气。老书记惊讶！茶场承包给福建老板的，咋会境况不好？贾支书告诉他，福建老板走了大半年，就为请不到人干活。现在是祥斌接手，请人替他管着。老书记神色黯然，默默转向右边。

昝大爷在学校接着老书记一行人。

老师是外来支教的女大学生，赶紧组织六个年级四十二个学生集合，高高矮矮站成两排，听乡上老书记讲话：同学们，你们是红军的后代，是穷人的后代，今天能坐在窗明几净的教室里上课，来之不易，是你们的幸福。你们要努力学习，用优异的成绩感谢关心你们的洪爷爷！捐款的高经理叔叔！感谢你们的老师！感谢政府！希望你们将来个个考上大学，有出息了，再——忍了忍，终于蹦出来一句话，再也不回到这穷山沟来。

哗哗！发自内心的掌声响起。昝大爷拉拉支教老师的衣袖，提醒她鼓掌。老师实在不情愿，我来山区支教，难道就为孩子们抛弃家乡？

午饭安排在昝大爷家，粉蒸野兔，蘑菇炖鸡，还有老书记最爱吃的黄荆凉粉。喝咂酒，满满的双耳子罐，放了野蜂蜜，又甜又醉人。

支教老师没来，她笑笑说，学生离不开她，等学生都离开山沟了，她才好意思陪乡村领导喝酒。

老书记顿时没了喝酒的兴致，感到他先前的话讲得有点过界了，甚至得罪了支教老师。可那是实话，除了让孩子们读了书不再回山沟来，他实在说不出别的话，如果说出别的话，那肯定是假话。他这一生说过太多假话，可今天他不愿在孩子们面前再说假话。

他放下筷子，扳着指头心里默默数了数，四十二个学生，只有九个学生穿鞋……山里人还是穷啊！他替欧阳书记表态，拨两千元，给孩子们买鞋。

事后才知，老书记得了绝症，家里人要送他去医院，他不去，还不准给欧阳生知道，说乡上两个月没发工资了，要农业税收齐后才有钱。不要让后人知道，他们打工挣钱不容易，别给他们欠债。

那次上山，就是去散散心，看看人生走过的痕迹，遇上值得欣慰的地方笑一笑。没想到，让他开怀一笑的不是获奖状的那些政绩，不是茶场，不是梯地，不是学校，而是早该淘汰的鸡啄玉米种。弥留时，他还记得那天对学生的祝愿，对看望他的欧阳生交代，要让山上的人下山来！

老书记顿时没了喝酒的兴致。

十五

祥菊有块手表了，尽管是块旧表，配上她那白生生的手腕就新鲜。当年说好由戴维娅帮忙安排到县城，最不济也是镇上。祥菊早有打算，头月工资孝敬父母，再攒半年买只手表。一想到手腕上指针嗒嗒作响，青春理想会分分秒秒临近，祥菊做梦都笑醒。没想被欧阳生硬拽回乡小，祥菊再做梦，回回都哭醒。就为乡财政穷，上班半年，领了六张白条。

曾老四怨气大，听说上面来人了，拉着还满脸稚气的女儿去投诉，不顾乡上脸面，撸起女儿衣袖，露出白生生的手腕，口里嚷嚷，看看，看看，当了半年教师领不到钱，想买只手表都没法，要是误了上课下课算谁的？激起上面震怒，下了死命令，限期兑现教师工资。弄得乡上手忙脚乱，四处筹钱，就差没当裤子。到了期限，欧阳生拎一袋钞票，推一车酒来，才将臊皮的白条收回。

当晚，曾老四把酒拎到欧阳生家里，对欧阳生说，我家没人喝酒，也没人卖酒，这酒还是你收回去喝。祥菊的工资能补足当然好，不能补足的话，这酒算是你当姑父照顾了侄女，侄女给你的谢礼。不等回话，放下酒走了。

后来，教师工资由县上统发，月月兑现，祥菊手腕仍光着。曾老四问女儿，你不怕误了上课下课？祥菊又长了几岁，有主见了，说，爸，学校有人专门敲钟，你操啥闲心。曾老四以为女儿心疼钱，告诉了三女儿。祥兰寄了一只手表回来，全自动。曾老四给祥菊送去，祥菊看都没看一眼，直说我不要她脏东西，弄得曾老四没趣没趣又带回家。

祥菊有自己的小心思，她发觉手表便宜了，十几元的电子手表，还小巧美观准确且不上发条，大姐两口子卖菜早戴上了。自己再买手表，既不实用，又不被人看重，值不得花那冤枉钱。她买了一个传呼机，同样可以掌握时间，还方便与人联系，腰上嘀嘀一响，四周人的眼光全吸引过来，比戴只手表有劲多了。几百元一个，学校也就校长副校长才有。有点虚荣心，但不全是虚荣心，她是真有这个需要，还有人出钱买，出钱付话费。

这人是她远在东北的繁琴姑姑。同欧阳生不放心她一样，繁琴也担心老公耐不住寂寞，得有人替她盯着点。数来数去，就祥菊合适。白天，一个在乡政府，一个在乡小学，一墙之隔，稍有风吹草动，祥菊都会及时准确告诉她。更重要的，祥菊一家人为工作安排的事记恨欧阳生，绝不会为他掖着藏着。自己的本家侄女，打断骨头连着筋，更不用担心会有别的事出现。

公开说找人监督男人，天下没有这样傻的女人。繁琴说出来的话，温馨无比。去东北前，当着欧阳生的面拜托曾老四一家，我走了，请你们多多关照欧阳生的生活起居，他是一个不会照料自己的人，日常缝补浆洗，头疼脑热，这些都得当哥嫂的、当侄女的多费一点心，特别是他身上那个肉疙瘩，得提醒他经常检查，权当帮妹子帮姑姑一个忙。话说到这份上，不仅老哥老嫂，就是当侄女的祥菊，操欧阳生的心名正言顺，少了攀炎附势、瓜田李下甚至男女有别之类多少闲话。

后来证明，繁琴的考虑完全必要、非常有效。就连张英姿这样的女人，成熟过度，情感黏稠已达成精成怪的档次，听说是繁琴安排的，眼见祥菊在欧阳生乡上寝室里进进出出，也毫不生疑。倒是祥菊不放心张英姿，只要见她到来，耳朵竖得比兔子还直，两只眼睛至少一只盯着她。

这天，祥菊放学后回到家里，见欧阳生陪着张英姿出现在曾家院子。这是欧阳生和繁琴离婚后，第一次看见张英姿。依然正装素色，举止规范。与以往不同，眉宇间多了一份妩媚，情感依然温馨，热度趋近闷骚。按说欧阳生已是单身，姑姑没再清问，对他的监督理应终止。可毕竟曾是曾家姑爷，人还在曾家院子，与曾家情感纠葛还在，何去何从，还得先由曾家开口，祥菊仍觉重任在肩。

正是听说欧阳生离婚自由了,张英姿专门下来见他,想亲眼看看欧阳生神态,无论懊丧后悔还是窃喜,都足以让她满足,若再有一些非分奢侈妄想更好。为避人耳目,张英姿没要单位派车,直接让欧阳生来火车站接她,径直去曾家院子叙旧。

相识这么多年,张英姿还是第一次来曾家院子,三进院落,豪门气派还在。可岁月斑驳,威风大不如前,连门前石狮也少了精气神,成天张开嘴打哈欠。欧阳生住最里面的后院,虽说是柴房磨房,毕竟是豪门,用料比普通人家的正房还讲究。结婚时繁琴装修过,比邻近房屋多些现代气息。一式乳黄色瓷砖贴面,铁质防盗门,铝合金玻璃窗。少了门槛,改了推窗,屋内石磨地面,齐肩高玉兰色墙砖,乳白胶上顶,没天花板,屋顶两排亮瓦,白天阳光照耀,晚上星星做伴。

几个房间看完,再瞧瞧家具家电,张英芝哑然失笑,我说欧阳生啊,你这房子跟你人一样,恍兮惚兮的。

欧阳生自己也笑了,很尴尬,乡下老宅,就这个样子,肯定不入你法眼。

张英芝忍住笑说,一个好好传统豪宅,让你装修得土不土洋不洋,好比长衫外面套一西装。若不是你人在这儿,我还以为是哪个土财主修来给他外室住的偏房。

欧阳生勉强笑笑,凑趣说,真还是一个偏房,曾老爷五姨太的女儿女婿住。

张英姿知道指繁琴,止住笑说,也只有她会干这事儿,换个人,要么就原模原样维修,保持厚重大气,有啥不好?要么另择一处修新房。这,不伦不类算啥?白花钱。再看你这屋内摆设,三分奢侈,三分寒酸,余下四分中,两分贫富难辨,两分土洋不分,成分都不好划分。见欧阳生发愣,张英姿越发来劲,你看看,大彩电,双卡收录机,大冰箱,还有你那马桶,少说也得一两千元,城里差不多局长家里,也没这阔气。再看你家私,几个大木柜,摆一摞木箱,一色大红刺眼,架子床挂麻布蚊帐,一张方桌,四条长凳,土灶台,嵌白瓷砖,还留个喂猪食的窗口通猪圈,也不怕臭味熏人。你呀,就是一个漏网土财主转世。

欧阳生一听，认账，还真是这样，不伦不类的，确实不好看。可住惯了也没啥。

张英姿一脸不屑，久在厕所不觉臭，就这儿，你还生出儿子来，真没情调。

正说着，虚掩的门拱开了，进来一条大黄狗，接着是祥菊，与张英姿认识，相互笑着点点头。祥菊转眼问欧阳生，我妈问你们，在这儿吃夜饭不？我妈好准备。

欧阳生不愿惹麻烦，跟你妈说，我们等会儿去镇上吃。

张英姿不愿去镇上张扬，好容易选这儿就图个清静，说，我们自己弄饭吃。

欧阳生在乡上住的时间多，回家也是早出晚归，从未在家弄饭吃。听张英姿说要自己弄饭，赶紧跟祥菊要东西，你给我们拿把面条来，再弄点佐料。

张英姿说，不用，冰箱里有，只需点新鲜菜就行。

祥菊心里好不舒服，冰箱里再有还不是我的，想吃还不领情，气得立即转身往外走，一声没吭。

张英姿不解，问欧阳生，你冰箱里有啥，你会不知道？

欧阳生解释，我又没用过冰箱，你不说，我真不知道里面有东西。估计是祥菊搁的，学校在搞建修，寝室拆了，她回家来住。

张英姿很惊讶，修哪儿的学校？

欧阳生说，乡小，一座破庙都成危房了，"普九"要求新修。没钱难啊！

张英姿问，要不少钱吧？

欧阳生回答，四十八间教室，加教师寝室要一百多万。曾老总（曾三娃）没跟你说？

张英姿口吻稍显不满，他呀，高攀了，挂靠地区第二建筑公司。待会又问，你钱从哪来？

欧阳生说，省上拨了十万，其余由建筑公司垫钱修，我再从农民那儿集资还。

祥菊来了，拎一篮鲜菜，提一个暖水瓶，放桌上又走了。

两人去厨房弄吃的。没柴火，连火柴也没有，好在有电炉。烧水，淘菜，两人手忙脚乱起来。不一会儿水开了，张英姿拿一把挂面，犹如当年问欧阳生，吃多少？

三两。

三两不行，吃半斤。仍如当年，还是自作主张。

欧阳生想起当年的窘态，自己先笑了，调皮地学当年口味，你说半斤也行。

张英姿突然大喊一声，糟了，快把保温瓶提给我。欧阳生不敢怠慢，从外面拎着保温瓶冲进厨房，一切全如当年情景再现，只是这次张英姿有意为之，见欧阳生着急还如当年，一下笑得直不起腰，扶着欧阳生肩臂直喘。两人笑成一团，大黄狗不解风情，以为是打斗，朝两人汪汪吼叫。祥菊闻声赶来，见满满一锅面条，黏稠成面糊，再瞧这两位脸快笑烂的大小孩，茫然不知究竟，这是过家家呀？几十岁的人了，还煮不好面条，是我羞都羞死了，还好意思笑。对着大黄狗训斥道，叫唤啥！煮面条没见过。然后嘟着嘴出去了。

黄狗跟在她身后，快出门时，祥菊用脚拦住狗，你就在这好好看着，那锅面就是给你煮的。

面条没法吃，便宜了大黄狗。正说重新煮，祥菊端来醪糟蛋，一人一碗。两人吃了再无心思弄饭。时值仲春，情丝牵出月牙来，星光羞涩，春风温馨。张英姿指指外面，我们出去走走，也让小丫头省省心。

从后院过中院到前院，偌大一个曾家院子，竟没几家灯亮。泛白的机耕道，如一条细细软带，缠绵于村落之间。任由大黄狗带路，两人信步走去。张英姿随意一问，若是碰上熟人，会不会给你带来影响？欧阳生笑她多虑了，时下农村没几个人在家，白天都难碰见人，更别说晚上了。直说吧，你想见谁？

我想见曾繁琴。

不是想打架吧？你可不是她对手。

也是的，曾经输给她。不过，现在看来她也没有赢。略作停留，问，不是我说你，婚姻弄成这样，你就没有一点忏悔。

想有，没找着。

比如与我第一次见面，或者与她最后一次见面。

欧阳生故作思考，稍许回道，与你那次见面，至今还在后悔，真不该吃那么多的面条，一饱百不思，竟把该做的事忘了。

张英姿扬起手，给欧阳生肩臂一下，猪变的，记吃不记打。

欧阳生明知故问，张大局长，你不是来给我的婚姻作总结吧？

为什么不可以？经验肯定算不上，教训总该吸取吧。有些事想清楚了，现在还来得及。张英姿一本正经说。

不就是繁琴文化低的事，当初你提醒过，外公也提醒过。后来我也发现了，带她出去旅游，每到一处景观，再好再多的名胜古迹不在她眼里，她的第一发现，总是好不好弄猪草。

那你为啥还选择了她，放弃了我？

就一个担心。我若嫌弃她文化低，担心你也会嫌弃我文化低。

我与她两回事。她图什么？图你是乡长，有权有势。你若与我结合，绝不会到现在还是一个乡上书记。

照你说的，还不就权势二字，只不过她是现货交易，你是期货交易。

你这是安心抬杠，明摆的事，她是索取我是付出。

不知不觉到一转弯处，路旁一古榕树，枝繁叶茂，两人选背公路一面坐下来。

大黄狗撒了一泡尿，循来路回去了。

欧阳生若有所思，说，现在回头看，就我那点权势，对你对她都不起任何作用。

张英姿不屑混同于她，你得承认，我对你的爱有品位，她对你的爱自始至终因性而生，伴性而行，随性而变，低俗。

欧阳生沉默了，不论张英姿的话本意是什么，繁琴当初追求的确是命相配长相，从品位上讲，若算愚昧低俗，那我当时的品位算啥？若是高雅，咋跟低俗走到一起了。爱情若没了性的参与，还叫爱情么？如果单凭性欲高低而论品位，高雅在哪？你今天来找我，是要高雅还是要低俗？

面对欧阳生的沉默，张英姿很有几分得意，以为说到了动人处。身子朝欧阳生挪了挪，头歪靠在他肩上，娇嗔说，这次别错过了。凑近耳朵告诉他，自己升迁了，县乡企局撤销，她调地区建委任副主任，由正科级提升为副县级。

张英姿的亲昵犹如她的升迁，来得太突然，欧阳生来不及辨认是高雅还是低俗。欧阳生本能地将手臂后移，让她那一头秀发和精致的五官，自然地滑向怀里，待滑到合适的位置再搂紧，随后用另一只手，替她理了理衣服，盖住露出的肚皮，低声问，是想我了还是想你前夫了？

有啥不同吗？

想他嘛，若与性无关，按你说的是高雅，至于想我嘛……

不准说，张英姿用手捂住他的嘴。

欧阳生拨开她的手，好，若要我不说，除非……

张英姿正要问缘由，突然感到头上一股热气喷来，接着是欧阳生的声音，过去，你这死狗。张英姿坐正身子，两人脚边多了个篮子，里面有两小瓶矿泉水，大黄狗伸直头正往欧阳生怀里争宠。

肯定是那死丫头安排的，张英姿又恼又恨。欧阳生递来一瓶矿泉水，说，消消气，人没跟来就算给你面子了。

两人起身，狗叼着篮子走在前面。

欧阳生说，实在不明白，跟你分手的穆强，在我眼里，也算是男人中精品了。大学生，县经委主任，人品不错，够高雅了，可你咋还不满足呢？

提及前夫，张英姿气往外冒，好像她被人骗了样，别提他，几本书没读完就变迂腐了。我爸好容易把他当作人才调回来，这下好了，火柴厂垮了，酒厂垮了，化肥厂垮了，纺织厂垮了，县属国营厂矿几十家呀！在他手上全没了。一帮老干部时常拉着我爸衣袖质问，你那宝贝女婿到底是人才还是败家子？我爸是被他活活气死的。

欧阳生不赞同，那些老企业太老了，指拇粗的一次性打火机，就把火柴厂大门堵死了，偌大一个好几百人的大厂，赶不上沿海一个家庭作坊，他不关门行吗？怪不了谁。你还不是把乡镇企业搞没了。

张英姿急了，我这不同。正如我爸说的，我这队伍本就是收编的，去留无意，上面一纸令下，放手发展民营企业，个个再不要管家婆了，乡镇企业招牌换了，企业还在。譬如曾总原属乡镇建筑第二公司，现在叫宕渠建筑公司，企业还在呀。省城就有渠县人的五个建筑公司，过去还不都是乡镇企业。穆强那队伍不同，全是子弟兵呀！出了多少劳动模范，多少先进生产者？说下岗就下岗，六十多岁的老厂长去大街上卖锅盔，老爸见一次回来哭一次。

老人家愤世嫉俗，欧阳生深有同感，自己身边也曾有一位茅老书记，老是念旧。眼下自己也不能责怪张英姿，当即劝慰道，你是年轻人，不该那样想，旧的不去，新的不来。这么多老厂关门了，可吃的用的啥也不缺呀，哪来的？还不是中国制造的。鸟枪换大炮了，你总不能因为感情深抱着鸟枪哭吧？何况公家的事儿，犯不着你两口子大义灭亲。

英姿仍是气愤不已，就按你所说，公家事儿不讲，私家事他该办好吧。你到我家去过，还不如你家电器高档。不怕你见笑，我家存钱还不如你家零头多。你说穆强书读哪儿去了？一个正统大学生，还抵不了你家那个杂交老婆。

曾家院子到了，欧阳生终于弄明白，啥是张英姿的高雅和低俗，挠挠头说，我两家正好打散了，来个重组好了，你呢，就跟曾繁琴过，我娶你不要的老公。

张英姿不解，啥意思，同性恋？

欧阳生回道，你喜欢钱，曾繁琴有钱哪。我跟穆强一样没出息，反正高雅与性无关。

张英姿不认可，你不是没出息。曾总早跟我说了，只要你愿下海，赚钱是早晚的事。

欧阳生笑答，还是期货，你就不怕行情跌呀？

张英姿突然哑声，大黄狗从院子里跑出来，后面跟着祥菊。

夜渐深，祥菊仍在屋内磨蹭，始终不见离开的意思。欧阳生出去一趟，祥菊的躺包妈随后赶来，叽叽咕咕把女儿领走。

欧阳生正待关门，曾老四从暗影里出来，对欧阳生不冷不热说，婚姻是一辈子的事，你还是该请位先生看看日子，才能管长久。像是提醒又像是告诫。

门终于关上……

经此后，欧阳生对张英姿的高雅品位有所领悟。先前曾以为她所谓的雅俗，只是学历背后的文化差异，可那晚给他的感受又不尽然，性的张扬和放纵从来不缺样本，西门庆和潘金莲几百年前就闻名于世，搁书里俗，搁床上雅，在别人俗，在自己雅。

再到后来，得知英姿调到地区后，与满口粗话的曾三娃子婚在一起。欧阳生又一下迷惑，从习惯庄稼地里媾合的包工头身上，不知她又发现了什么高雅品位。一次私下里问过，你到底看中他啥？张英姿回答爽快，夸曾三娃懂得生活，懂得享受。欧阳生不以为然，不就是会过日子，过日子谁不会？况且会不会都得过。张英姿说大有讲究，比如天热了，有人摇着蒲扇过一天，有人开电扇过一天，有人开空调过一天，更有人坐飞机去避暑山庄过一天，你说这能一样么？

同样的话，欧阳生听曾三娃说过，另是一番味道。他说变一世男人，有的三宫六院，有的三妻四妾，有的情人遍天下，有的终生未娶，到死光棍一个。至此欧阳生好像有点明白了，不就一个任性而为，从床上到床下。说不好听一点，追求的就一个穷奢极欲罢了。那条路许多人走过，没有人走通，路上满是孤魂野鬼，彪老爷子走了一半都迷途知返。

张英姿后来与曾三娃在一起，两口子搞开发挣大钱，最终张英姿进去了，俩人又隔着监狱大门离了婚。

多少年后，欧阳生每当想起这件事，还很有些纠结。张英姿到曾家院子来干啥？欧阳生心里明白，一个单身女人来找单身男人，说不明白来意是装傻。尽管张英姿说她与曾繁琴有雅俗之分，品位高低不同，在欧阳生看来，两人其实都一样，要他辞职下海挣钱。欧阳生拒绝的理由也一样，不愿意低声下气去请客送礼，弄虚作假，偷税漏税……一句话，不愿意拿人格尊严去犯险。

按说欧阳生没与张英姿结合，少了许多麻烦，应该庆幸，不该纠结。欧阳生纠结的不是婚姻，不是品位，更不是钱，是该不该辞职。多少有点懊丧，若是当初听两位女人的，他辞了职，后来就不会受处分。

曾老八死了两三次，说着说着就瘫下去，恰像当年曾杨氏一样。有人说假的，未必阎王爷也喝了孟婆汤，每次都忘了收留他。老伴抱鸡婆想神药两解，悄悄问过小先生，小先生说他阳寿将尽，如油灯将灭，会忽明忽暗的。去镇上找过常医生,听出他心脏有问题,得到大医院动手术。去县城大医院检查,花了七百七十七元,动手术得五万以上,差点让曾老八又死一次。曾老八怀疑讹钱,医生笑他想多了,你给钱我还做不了,得到省上大医院排队去。

抱鸡婆说打电话找两个儿子,曾老八半天不吭声,抱鸡婆猜他心思,担心说了不管用,白给后人添麻烦。老大前几年当了上门女婿,跨进门就有两个孩子叫爸,年头岁尾回来看看,给几个钱就很不错了。小儿子两口子在外打工,几个孩子交给老人看管,生活费逐年在增加,现在每月一千元,小儿子要多给点,老两口还不准。小儿子也难,按揭了房子,每月得还房贷,手头也不宽裕。曾老八打电话找了欧阳生,欧阳生没接电话。抱鸡婆怪他不交农业税提留,五年了,为这事欧阳乡长没少说话,不见你的气才怪。曾老八说欧阳乡长不是那种人,虽说不再是妹夫,但毕竟还在一个院子住,以他的为人还是要管的。可能是开会,中午去镇上看看。

欧阳生在县里开会,晚上接到电话,是新来的年轻乡长打的,哭兮兮说曾老八死了。

欧阳生不信,中午还给他通过电话,好好的为啥?

家里人说是为农业税的事,两个儿子正往家里赶。乡长语气沮丧。

去年,乡长催农业税回来,问欧阳生,有一个叫曾老八的,五年不交农业税,态度蛮横,声称是你的亲戚。欧阳生笑了,啥亲戚,是我前妻的本家,随口问一句,他凭啥不交?

嘿,人家反问我们凭啥去收?

欧阳生不感到奇怪,曾老八出名的胡搅蛮缠,自古种田交粮,他会不知道?乡长告诉他,曾老八就抓住这句话,说种田交粮,种田才交粮,我没种田,田地全在那荒着,就不该交粮。大先生在时,賓人谷出这种事通常是大先生出面,他有一整套的说法堵这些人的嘴,啥天干地发裂,皇粮国税少不得;啥国家国家,先有国后有家;啥种田交粮,家有儿郎,照章纳税,才有后辈……现在年轻人,不会说这些了。

欧阳生教乡长,你告诉曾老八,包产到户时,他只怕分少了,连曾老幺的田地都揽过去,现在后悔晚了,签了合同的,三十年不变。乡长担心他听不进去。欧阳生给他打气,就说我欧阳生说的,再不听,就把土地收回去,新修的房子全部拆了还耕。

乡长后来告诉他，他的话没起作用。曾老八先是坚持种田才交粮，没种田就不交粮。听说要拆房子，退了一步，同意建房的那块地交粮，其他撂荒的田地坚决不交粮。乡长急了，要交全部交，不交就拆房。一个要拆，一个不准拆，双方发生抓扯。抓扯中曾老八忽然倒地，幸好阎王大意，过会儿又溜回来了，事儿也就此作罢。

欧阳生问清这次是确切无疑死了，着急说，我提前就打电话给乡上，传达上面文件规定，农业税提留全免了，就是以前的拖欠款也不能催收。

乡长喊冤，是曾老八到乡上来找我要交历年拖欠款。我还对他说，从此不收农业税提留了，我们免得看你黑脸色，你也免得费神发病。他说今后是今后，过去是过去，我还是要搞清楚。一千零二十三元，财政所收的钱，财政所出的收据。哪知到了晚上传信来，说他回家把收据攥在手上就死了……

为这事儿，乡长被撤职调走，欧阳生受严重警告处分，两年内不得提拔。

张英姿替欧阳生惋惜，若早点辞职下海，哪来这回事。

烧过头七，曾老八的两个儿子要出门打工，临走的头天晚上，两兄弟拣夜深人静时找了欧阳生，代表母亲来道歉和表达谢意。欧阳生刚说事过了就了了，谁也别放在心里。可想想实在憋屈，要兄弟俩一句实话，你父亲到底为啥死的？

兄弟俩满是歉意回道，我们不在场，问母亲只是哭。

当时四个人在场，乡长和所长两个人说是死者自觉自愿交款，没人催逼。还有两个人一句话没有，曾老八死了，抱鸡婆只是哭。虽没有一句话，可死和哭表示啥？冤屈呀！调查组认定的事实有两点，上下均认可，一、收了不该收的钱，二、死者家里感到冤。

两个儿子走了，抱鸡婆一下觉得空荡荡的，似乎缺点什么，又似乎多点什么。几次想找人诉一诉，一时半会儿不知找谁合适。听说欧阳生为这挨了处分，坐不住了，知道曾老四一家与欧阳生好，不管不顾找她躯包四嫂来了。

躯包四嫂以为是祥菊的事听到啥了，忙把牛放出去，腾出时间听抱鸡婆诉说。

抱鸡婆心思重重问，我家那位，若是听说欧阳生为他受了处分，他在地下会怎么想？

他欢喜呀！躹包四嫂那语气，这还用问。

抱鸡婆摇头，他不会高兴，只会埋怨我不懂事。看躹包四嫂不信，又说，他不会怪乡上，肯定会怪我。

要怪就怪他，他不死，啥事都没有。躹包四嫂气愤难平，谁让欧阳生受处分谁就对不起他。

他也没错，要怪只怪贾二狗那个瘟神。抱鸡婆实在不愿责怪老公。

躹包四嫂想想是不该怪罪死者，但怪贾二狗也挨不上。语气软下来说，我这才对你说，全寰人谷都在喊怪哉，过去乡上催粮催款，你两口子五年不交一分钱，现在上面正说全免了，你又五年一下交清，心甘情愿去交款，回来又生闷气寻死讹人，搞不懂你两口子演哪出戏，还怪贾二狗。

抱鸡婆眼泪一下汪出来，声音呜咽，说，你以为我们硬是妖精，非得害人过日子。躹包四嫂赶紧扯纸巾给她檫眼泪，劝道，别急，有话慢慢说。

听抱鸡婆说来，真跟贾二狗有关。

那天在镇上欧阳邦家里，曾老八与欧阳生通了电话，开口就道歉，说拖欠了五年的农业税提留，没给欧阳老弟体面。电话上欧阳老弟说这下好了，再不用交农业税提留，以前的尾欠一并抹掉。还说治病的事叫村上报上去，上面款下来了一定解决。两口子欢天喜地往家走，一路上不停念叨共产党好！人民政府好！

渡船上，满船的人都在议论农业税提留免交的好事，都在念道好！遇上贾二狗说，历朝历代的皇帝都赶不上人民政府，一句话就把皇粮国税免了。曾老八素来瞧不起贾二狗耀武扬威的，怼了一句，你是没有比的，皇帝老倌咋能与人民政府比，人民政府为人民，皇帝老倌为自己，跟你比差不多，开口就是圣旨。这话贾二狗不爱听，怀疑是指桑骂槐，骂他过去催粮催款口气硬了点，顿时脸红脖子粗，我催粮催款也不是为自己，不像你，当面说人民政府好，背地里五年不交农业税，口是心非，阳奉阴违。曾老八脸上挂不住了，毕竟赖交农业税提留不光彩，先前已有几个人嘲讽曾老八这下赚了，上面一句话就省了上千元。更有不忌口的说，生得好不如死得好，暗指去年曾老八不交农业税发病的事。为分辩自己不交农业税是有道理的，曾老八不管别人爱不爱听，从河这边解释到河那边，直到船里的人走空了，他还对船老板说完最后几句话才上岸。没走几步又折身回到船上，船老板问他为啥又过河？他气昂昂地说，到镇上取款交农业税，老子不背这个赖皮的污名。

农行营业所取款之前，抱鸡婆问老公，你不是说我们有道理吗？若没道理，政府会连尾欠款都给免了？曾老八瞪老婆一眼，那是我说来遮羞的话，你还当真了。我跟你打个比方，过去大儿每年给我们三百元，拿少了我们找他麻烦。现在我们比他宽裕些，不要他拿了，能不能说他过去拿错了，我们找他麻烦也错了？老伴点点头，似乎懂了。

从乡上交款回来，曾老八兴奋得很，就为乡长夸他在全乡带好了头，值得全乡的农民学习，把收据当奖状反复端详，真把自己当成了模范。他趁老婆在灶屋弄饭，悄悄抓了一罐哑酒，用暖水瓶的开水冲泡，一个人边喝边看收据边品味乡长的话，今后有啥困难，尽管来乡上找我就是……等抱鸡婆发现时他已走了，再没回来。

抱鸡婆挂着眼泪问舸包四嫂，他倒高兴死了，乡上村上得罪完，我今后咋个见人？

那年腊月间，火神爷告诉欧阳生，听说他挨处分了，曾总（曾三娃）要来曾家院子看他，喝喝酒散散心。欧阳生说那事已弄清楚了，不用劳驾二位。可俩人非得要来。

正值寒假，祥菊在家，听说要来客，早早把家里年货提过去，像个主妇一样忙起来。曾三娃到时，火神爷正和欧阳生闲聊。曾三娃将两瓶尖庄放桌上，五粮液酒厂好酒，另外拎了一大包卤菜去厨房，让祥菊用盘子装好端上桌。

大黄狗进来了，围着曾三娃嗅了嗅。曾三娃心里发怵，这狗咬人不？祥菊回话，不咬好人。对狗呵斥，不要乱动，这是大款，你咬不过他。曾三娃不解，这丫头，我啥地方得罪你了。欧阳生用话岔开，这狗真有灵性，我这儿一来客它就过来，客人与我不动手不咬，一动手就咬，好像劝架一样。曾三娃不信，拉住欧阳生的手晃了晃，大黄狗抬头瞅了瞅没理睬，独自溜到桌

大黄狗进来了,围着曾三娃嗅了嗅。

子下面趴着。欧阳生也觉奇怪，这狗今天咋了？那次……话顿了一下，差点没把张英姿说出来，改口说，往回来客，一见两人挨着就吼叫。曾三娃意味深长问，是男客人还是女客人？欧阳生老实回道，女客人。曾三娃听见祥菊在厨房扑哧一声笑了，说，肯定是祥菊教唆的。祥菊端菜出来说，人都教不会，还有心思去教狗。

曾三娃听祥菊话冲，对祥菊说，你这小丫头，下次三叔再不帮你了。祥菊更不买账，还三叔呢，伙起外人欺负我。火神爷一旁替人辩解，别冤枉你三叔，为你的事，曾总特意找了张英姿主任出面求情。祥菊嘴儿一撇说，不定就是她搞的鬼。欧阳生赶紧制止，你再别乱说，她是你三婶了。祥菊不信，瞥瞥曾三娃，没见反对，估计是真的，说，当了三婶也不喜欢她。曾三娃没计较，好好，没人逼你喜欢，你一边忙去，我们说点事。祥菊头一甩说，我才不走嘞，你们又要背着我说坏话。

欧阳生劝祥菊避一避。祥菊极不情愿离开，临走给大黄狗办招呼，你在这儿给我听着，他们说我坏话就大声吼。

曾三娃将门虚掩，说，这小丫头也不长脑子，张英姿咋会诬告欧阳生。分明有人嫉妒，听说欧阳生要当区委书记了，想告歪状把他搞下来。

欧阳生感激曾总与张英姿援手，不然，真说不清楚。曾三娃说，还是英姿老练，说有没有问题，对女方一检查就明了。我当时还担心，万一祥菊有不稳重的时候，反倒弄成铁证，害欧阳老弟一辈子。英姿认定你不是那种人，还说真有那事，正好辞职下海。火神爷一旁叹息，人争命不争，没料到那事过了，又出曾老八这个事。

欧阳生不愿再提这烦心事，问，你们不是专门来说这事吧？

曾三娃把酒斟上，喊声请，喝了酒再说。火神爷一口干了，劝导欧阳生，你与祥菊是不合适，以前还是她姑父，现在又成了……这话咋对人说呢？欧阳生把酒杯一搁，生气说，谁跟祥菊了？你这话听起别扭。曾三娃对火神爷说，你老哥也是，组织上都下结论了，没那回事，你还不信？转脸对欧阳兄说，只要你老兄开口，我和英姿保证给你在城里找一个，又漂亮又有文化……火神爷知道自己这个徒弟的人品，埋汰他，你就别掺和了，你那几个情人，没一个是过日子的。

欧阳生哭笑不得,你们今天到底来干啥?

曾三娃按住酒杯,不说你也知道,要钱。火神爷接过话说,教学楼已交付使用了,这款还没付到一半。欧阳生有点气恼,说这可是讲好了的,五年付清,这不才两年嘛。火神爷把话挑明,不是出了曾老八这事儿吗?曾总担心你不敢再去收钱了,到时拿什么付啊?欧阳生心咯噔被撞了一下,说到自己痛处,拿过酒瓶,默默给自己斟满,慢慢送到嘴边,抿了抿,心里的痛稍许缓解,问曾总,你说看,我该咋办?

知道这事难,曾总特意来问问你的想法,火神爷话里深表同情。

欧阳生眼神凝结,眉宇间带有几分壮举后的豪气。如同放牛娃把牛卖了,钱拿去敬了菩萨修了庙一样,说,我从来就认为,修学校没有错。

在欧阳生看来,幼有所学,从孔夫子到孙中山都在说,只有人民政府办到了,若为此闯天大祸事,他也认了。外公也给他打气,眼前困难是暂时的,发达的国家读书不要钱,农民种庄稼不仅不交税,还要倒给补贴。我们总有那一天,国家富强了,政府肯定会拨款还债。

听话的两人却认为是画饼充饥,等于没有说。一句话,你还敢不敢在学生和农民中收学校建修款?这无疑是问一个刚犯错的孩子,你知错了没有?还敢不敢?

欧阳生抿住嘴唇在咀嚼字眼。若说敢,无疑是在向上面叫板,哪怕用铁錾也撬不出这个字来。若说不敢,那两位马上就会变脸色,教师宿舍学生宿舍,会立即停工,就是已经交付的教学大楼,也会锁起来逼债。欧阳生素来不靠骗人过日子,有啥说啥。面对两人期盼的眼光,欧阳生说,不是敢不敢的事儿,眼下最敢做的,就是一分钱不给你们付,你们真要锁门,我还真不怕,两千多学生不上课,上面肯定下来抓人,到时是你们进去还是我进去?

曾三娃首先尿了,欧阳兄,话可不能你这样说,我们可是你再三动员才来的,你可不能这样来坑我们。火神爷也来求情,老弟,我就那么一点积蓄全垫在里面了,你不能撒手不管。

欧阳生缓口气,说句实话,要不是已建修到这个样子,我真想撒手不管了。每天去跟农民要这要那,心里不是个滋味儿。这样说吧,国家后面的补助款不下来,学生勤工俭学款照收,每个劳动力每年三个义务工折款照收,有人不交，乡政府不出面，请农民信得过的人去收。小先生说了他算一个，山上昝老叔说为学校收建修款他要参加……

火神爷当即表态，到时候别忘了叫我。

与曾老三镶嵌在一起，张英姿看中的就一个字，钱。反倒是曾老三讲起品位来，离钱稍远些。同过往的女人比，张英姿是大学生，当官的，一下连带他都上了档次。张英姿本不打算办证，副县级以上的爱人子女不能经商办企业，办了证就违背规矩。曾老三笑她不懂啥叫规矩。规矩有两种，台面上的规矩只能大声讲，台面下的规矩只能小声说。提醒张英姿，现在我给你钱算啥？行贿！办了证算啥？交生活费。

张英姿依了他，对人解释，没规定副县级不能嫁经商办企业的。轮到交生活费了，曾老三认起真来，所交生活费只够日常开支。不说都明白，全交了，别的家咋办？张英姿觉得还是讲规矩好，权当我是外人，按台下面的规矩交钱。曾老三只得照办，只是交一次，他提醒一次，巨额财产早点想好来源。

不幸言中，曾老三从曾家院子回去不久，张英姿进去了，太巨额了，除了曾老三的巨额，余下的还是巨额。两人隔着监狱大门离了婚，曾老三又回到原来的品位。张英姿每天面对铁窗，回顾这段婚姻，苦涩难以下咽。

欧阳生去探望，她正流着泪写忏悔书。当着狱警的面，欧阳生递给她一篮水果，她还两行泪，一句话：还是你好，乡干部权小祸事少。

回来不久，欧阳生收到张英姿来信，字字泪痕，句句悔声。对她说的辜负……背叛……葬送……愧对……欧阳生觉得情真意切。可她说生错了年代，投错了胎……欧阳生不赞成。说她生下来就挨饿，读书就停课，下乡日子难过，结婚瞎摸一个……当知青的不大都这样走过来的？

在信上，她回首自己走过的路，从根正苗红起步，如何一步步偏离初心，直至走进牢门：参工之初，吃食堂，住寝室，即使下乡在农民家里或是乡上食堂，每顿三两粮票一毛钱照给不误。后来粮食多了，不用粮票，米饭不定量，碗筷还是食堂使用多。再后来百无禁忌，公务应酬一天多过一天，成天陪客人进出饭馆，不是你宴请别人，就是别人宴请你，自个的碗筷从此不用，单位食堂形同虚设，没趣没趣自然消亡。招待费剧增，吃惯了，都感到合理必须。既是合理必须，范围悄然扩张成为一个无底的筐，吃喝玩耍都往里装。钱花了，就得想法去找，巧立收费项目，层层卡要，先以为公的名义出台面上的规定，慢慢附生出台下潜规则，点子、提成明码实价，约定俗成……

信上说：人无我有，人有我好，人好我精，人精我扔，本是市场营销的口诀，成了我这样人的消费口诀。当人们还在邮局排队打电话，我家安了私人电话；别人安私人电话，我用上大哥大；别人用大哥大时，我换了模拟手机；别人用模拟手机，我用数字手机；别人用数字手机，我把数字手机扔给秘书……

信上说：过去总觉乡下人好笑，无端畏惧头上三尺神明，说话做事规规矩矩，生怕一念之差踩虚了脚，招来天谴雷劈。而今看来，真正好笑的是自己，正是少了乡下人对信念的执着，少了对天理良知的敬畏，才放纵张狂……

信上说：我曾感到不安，甚至惶恐，想过不干，可温水煮青蛙，太舒服了，明知凶险，还是迈开六亲不认的步子冲过去……

读到这儿，欧阳生浑身不自在，感同身受，隐约感到自己也在这条路上同行，若有不同，仅是走路姿态，她是不管不顾，自己还在左顾右盼，回头尚可。忽然一丝念头闪过，这信未必是张英姿个人自发而为，谁能保证不是监狱安排？

欧阳生铺开信笺，恭恭敬敬回信：张英姿女士，来信收悉，感谢你的提醒，请转告我对监狱领导的敬意，感谢他们安排的警示教育活动……

十六

县上最近新闻多。书记是新来的,五年一遇。洪水也是新来的,百年一遇。突发事件是最新的,不期而遇,秘书拿到喊烫手,说出来会惊得人喷嚏都打不出来——城坝村的救灾物资被哄抢一空!

很快,分管常委,分管县长,县委办,县府办,政法委,防洪办,救灾办,民政,公安,文体广电局……抗洪的全班人马又闻讯赶往县委研究救火。全县去年遭遇百年一遇的洪水,今年比去年还高两米,至于多少年一遇,传说古人有记载,至今还没查出来。全县成了砖瓦厂的大泥塘,到处是洪水留下的淤泥,每天拉救灾物资的大卡车排着队出城。各级领导实在太忙,调查灾情,发放救灾物资,灾后消毒防疫,规划重建……再忙,救灾物资也只能由干部有序发放,断然容不得哄抢!如吃人猛虎,祸世瘟疫,必须抓早治早,若哄抢风蔓延,后果不堪设想。

新来的县委邢书记早已等候,他深知突发事件处理不好意味着什么,古今中外,多少惊天动地的大事都是由突发事件引起,犹如一张书签,人们至今还凭借它来阅读历史。邢书记可不想洪水过后再来一场大火。他不吸烟,抱着茶盅在静听县委办公室核实情况,用心捕捉每一条有用的蛛丝马迹。

信息是派出所值班民警报上来的,他的信息又是这个村的支部书记报告的。村支书引着镇上干部和派出所民警们正赶赴现场。

据村支书说,今天天刚黑,一大卡车的救灾物资到了村小操场上,像谁鸣锣通知了的，受灾户全到齐了，老老少少，黑压压满操场都是人。车才停稳，人群就从四面八方拥上车，扛的扛，背的背，挑的挑，自己动起手来。村支书刚刚吼一声：不要乱来！就被黑暗中飞来的砖头砸破了头，有支书满脸鲜血作证。民警直夸村支书太坚强了，是捂着伤口先到派出所报案，后到医院做的包扎处理。

不多一会儿，乡上欧阳生书记来电话，他气喘吁吁地说：全完了！全完了！

什么全完了？你把话说清楚！县委办主任阴着脸呵斥道，谁也不想听这晦气的话。

欧阳生慢慢把话说明白，他在路上碰见了返回县城的货车，司机说全完了，学校操场里的人散完了，货也搬完了。闹事原因和主谋者待查。问到伤亡情况，说只有支部书记挨了几砖头，好人坏人都再没人受伤。邢书记马上指示：注意事态发展，不要惊动其他人，有情况随时汇报。

听说没大的人员伤亡，不幸中的万幸，大家长长地松了一口气。有人下意识伸手摸摸头，像是顶上有帽子需要确定下在没在。没有挨个征求意见，县委书记直接布置：民政局再组织一车物资，天亮后给没领着的灾民送下去，不能让一个灾民冻着饿着；公安组织好警力，立即查清事件真相，迅速抓住肇事者，平息事态；三江镇的救灾工作组是哪个单位的？明天同教育局工作组对换，双方限明天内到位；把教育局的人找来，我直接给他安排；文体广场加强网络监管，一经发现谣言流传，及时予以辟谣……

众人散去，邢书记仍一个人待在会议室，望着窗外不停变换色彩的霓虹灯凝思。几天前，洪水刚退，他就去了城坝村。到灾区时，公路上淤泥还陷人，县上派去的推土机正在排障，农户房顶上到处可见躲水的猪、狗、猫，一个农户平顶房上还有一头牛在惶恐地张望；田埂上的柏树一律倾斜身子，向世人指引洪水逃窜的方向；几名淹死的老人，刚从楼上抬下来，停放在地上，身上还未罩上盖帔。看着在废墟中寻找家什物件的灾民，他掉下了眼泪。

在他印象中，满是灾民对政府感激的眼光，怎么也无法同哄抢救灾物资、对村干部痛下杀手的暴戾之徒联系起来。凭他多年基层经验，今晚事情蹊跷：入夜了，谁有这么大能耐召集全村灾民到一起？既是哄抢，难免发生争斗，怎么不见其他人伤亡？肯定不是欧阳生汇报的那样被砖头砸了。干部发放救灾物资的善举，怎会招来砖头暗算……

眼前满是五颜六色的灯光闪烁。

第二天，城坝村曾繁全悄悄地被请进城去协查案子。又过了一天，县教育局工作组下来人，在村小布置了一道《我眼中的村支书》的作文题，当堂完成，当堂由教育局收走作文本。不久，城坝村贾支书也被请进城去协查案子。

曾繁全贾支书原本城坝村名人，这一走让人悲喜交加。寳人谷到城坝甚至三江镇上，风声四起，说好说孬都有。有好事者邀约一起，找到回来救灾的小先生问卦，替他俩测个吉凶。小先生几枚铜钱一撒，笑着说不碍事。繁全要破一点财，委屈三两天就回来。贾支书呢，有贵人担待，虚惊一场，三五天也会回来。这么大的事，就这样了结？公安局不比繁全酒楼，可以随便进随便出。大伙不信，自有包里钱发烧的曾老三同小先生打赌，若繁全到时回来了，曾老三愿在繁全的酒楼上摆一桌请小先生，同时给繁全接风。若是到时没回来，酒席照摆，酒账由小先生结，名头是给繁全冲个晦气，大家好商量怎样救人。

到第五天，不用救，两人都自个回来了。繁全坐朋友的小车回来，愁眉苦脸的，闭门谢客。贾支书搭顺风车回来的，镇上都没去踩脚印，径直回家。据看见他的人说，贾支书脸色发青，印堂发黑，兆头不是很好。

这下请客的不敢请了，知道情形后，小先生也灰头土脑不吭声。

小先生这次脸丢大了。虽然日子掐算很准，第五天两个都回来了，但余下的都失算，霉事与美事刚好颠倒。繁全没花一分钱，没受什么委屈，反而被邢书记指定回村主持支部工作。繁全不愿接村上那摊烂事，更不愿去接贾支书留下的那些恶心的烂账，因而愁眉苦脸，有点被拉了壮丁的味道。贾支书呢，跌了大跟头。城里贵人很多，但谁也没替他担待，支部书记被抹了不说，还不准外出，只能在家将养，随时接受上级调查。看来危险，离进去不远了。

出事前，繁全贾支书三天两头见面，都是吃喝上的事。贾支书常带客到繁全酒楼去"嗨"一顿，说是一个村的要照顾生意。个中缘由繁全清楚，贾支书通街都欠吃喝账，人家不欢迎，只有繁全这里店面堂皇，又可以签单赊账。贾支书每年应酬多，要花一两万元生活费，公家私人都记在账上。有时手头紧了，或欠债催急了，也在繁全柜台上支现，年终一并结算。每到年底账是算清了，但从未结清过。历年累计欠多少？只有他两个才知道。繁全平时从未催逼过，知道贾支书什么时候有钱，上面的款拨下来后，乡上财政的朋友会告诉繁全，到时繁全会派人随贾支书去转账。

此外再无交往，繁全贾支书两人各耍各。繁全是村主任，自打开酒楼后，再不参加贾支书开的支委会，红白喜事也互不来往，历来是井水不犯河水，羊子不跟狗搭伙。这么多年，没见两个一起喝过酒，若实在避不开，繁全宁愿找借口不参加，哪怕说自己嘴巴上长了痔疮，都不会与贾支书碰杯，生怕贾支书有什么毛病传染给他。

贾支书还是想巴结繁全，但繁全不领情，看不来他为人世故，说他心狠，见钱眼开。山上昝老叔替人申办个低保，低保卡下来后，贾支书要握在手中先用两个月；曾老八大儿办结婚证明托他去乡上盖个章，他要收两百元跑路费；至于吃空额粮食补贴（用无人在家种田的农户名义，骗国家粮食补贴），新农合报账，批土地建房……通通是明码实价，拿钱办事。繁全经常听到人家骂贾支书，骂狗日的贪得无厌，大粪从他面前过都要尝一口。

繁全料定贾支书迟早要栽跟斗，打定主意离他远点好。但一年又一年过去，贾支书活得自在得很。不少村民写信，上访，费了些周折，就没奈何他。繁全有时看不惯想说几句，一看他与乡上，甚至县级部门一些头头脑脑关系铁，恐打在丫头身上羞在小姐脸上，开酒楼的人也开罪不起这些特级食客。

繁全贾支书这次遭遇烦恼，谁也怨不得谁。繁全不能怪贾支书去派出所报案，一大车物资不见了，找不到领取的人，贾支书也不好交代。只怪繁全雇请的人动作大了点，不把村干部当干部，不看僧面看佛面，支书好歹是公家的人。

贾支书更不能怪繁全。在县城，繁全可没说贾支书半个不是，他不是那种没担当的人。冲着贾支书欠酒楼万多元吃喝账，繁全也不会一脚把贾支书踢下台去，他还怕新上任的万一不认账。贾支书要怪就怪县教育局出的那道作文题万恶。二百多个娃娃，在作文里乱写，把大人再三叮嘱不能说的话，通通写出来了，才使邢书记动怒，一刀下去，贾支书的官帽子砍飞多远。

好歹繁全贾支书都回来了。

跟繁全贾支书一路回来的还有小道消息,说他们的事惊动了县委常委会,研究时还请他们到会场上去共同商量。处分你还与你商量?这事新鲜,如同把刘姥姥逛大观园说成是检查工作一样,纯属自娱自乐。后来知道,到会场不假,发了言也不错,但那是申辩或者叫检讨、求情都行,总之与商量不沾边。

那次常委会开得很稀奇。常委会上,书记常委们不发言,看戏样观看演员们个挨个地上场表演。

第一个是送货司机,叫他说当天晚上哄抢救灾物资的情形。听说要发言,司机两个脚直哆嗦,不知是见了领导害怕,还是想起那晚上的事后怕,他失了魂样拉前扯后地说,那晚上,那些人好凶哟!村干部见了他们怕得像个龟儿子。村支书吼了句"莫乱来!"就挨了几砖头,若不是支书跑得快,会被那些人一顿乱扁担砍死。

司机出去后,第二位进来的是民政局局长,汇报说,经逐家逐户核实,城坝村受灾户当晚全部领到了救灾粮油,比县上发放标准还每人多了五斤大米、一斤油。但是……

邢书记用眼神正视他,不容他有稍许迟疑。民政局局长只得大起胆子说,发现有谎报灾情的情况,一些住在山梁上,用机器抽水都淹不到的干部亲戚,也报成了水淹垮塌户,难怪当地有人说洪水是从山上冲下来的。

随后是曾繁全进来。据县上掌握的情况,幕后策划就是他,是他拿钱请了镇上几十个棒棒去卸货。

面对常委会恼怒的眼光,繁全知道世上没有当官的喜欢生事的人,他很平静地申辩:棒棒是他请的不假,就考虑到天黑路远,很多灾民家里缺劳力,一番好心做好事。他当晚有事不在现场,据事后棒棒们说,超市老板要他们顺便装两吨米、半吨油回去,车子都准备好的,说是村上干部卖的。那些棒棒觉得村干部们心太黑了,救灾物资都敢偷卖,心里怨恨,趁天还没黑,就比着墙上公布的灾民名单人数,每人加了五斤大米、一斤油,把那两吨米半吨油全落到人头上。车子一拢,各家只需报个人数,棒棒就直接给他们挑回去。说到用石头砸贾支书的事,估计是那些学生娃娃干的,不知事,恶作剧。大人绝不会做那些事。

一旁的政法委书记向邢书记点了个头,表示这与调查的情况吻合。

第四个是县教育局局长,他拎了一个大背包进来,里面全是学生作文本,每个常委面前搁一摞,另外说了两句:这是按邢书记的指示,给村小每个学生布置的课堂作业,题目是《我眼中的村支书》,现全部在这里,请常委们自己看。有不清楚的地方,可以问我。

常委们逐本翻看,如翻拨一丛丛嫩绿的小草,查看根部的生长环境。

县长拿出一个本子,指着上面一个大圆圈、一把大叉问道:这是啥意思?教育局局长过来看了看说:我们问过这个学生,他说支书是个大坏蛋,坏蛋两个字写不来,就用大叉表示坏,大圆圈表示蛋。

纪委书记看着看着把桌子一拍:这还了得,针尖上都要去刮铁,连低保户的钱他都要用两个月才发卡下去,这人心也太黑了。

办公室主任扬着手中作文本说:这还有呢,托支书到镇上盖个结婚证明,都要收两百块钱跑路费,结婚证明比结婚证还贵。

常委们越看越是气,不相信竟有这样的村干部,活生生一个王保长,那晚上农民用扁担砍死他都活该。

邢书记没看作文本,他早已看过,捂着茶盅见大家看得差不多了,说了声,还是叫他本人来当面说说。

贾支书被叫进来,秘书指了把椅子让他坐,他不敢坐,靠圆桌边站着,惶恐地看着大家,等候发落。

邢书记拿起学生娃娃的"民意测评表"问贾支书:你知道学生娃娃是怎样写你的吗?

贾支书点点头说:晓得!他有个侄女在村上教书,早给他通了气。

政法委书记拍着桌子厉声问:学生写的是不是事实!?

贾支书一惊,积攒多年的油水变成汗水从额头上冒出来,哆嗦着说:是,是事实。

邢书记摆摆手,示意大家静下来,然后对贾支书说:今天不谈处分你的事,你当着常委的面说说你为什么要那样做!

贾支书话未出口，眼泪先出来了，满脸惶恐渐渐被委屈代替：我晓得那些事逗人恨，做不得。

这是啥话？胆敢明知故犯！纪委书记忍不住打断他的话：晓得做不得，那你还去做？

邢书记再次伸出手挡住常委们眼里发出的冲击波，对贾支书努一下嘴：继续说。

贾支书熄了火的嘴巴又开始点火发声：这支书我当了几十年了，村子里别说人，连猫、狗都是得罪完了的（也是实话，灭鼠灭犬归他管），早就不想干了，每次辞职乡上都不准。一年四季没干多少好事，尽是些明知做不得，又还不得不做的事。就说盖章收钱的事，乡上见天没有人上班，村民又催着要盖章，乡上的人长期窝在县城家里，只有拿着证明进城去盖。这一去一来的车费，到城里遇上人家在喝茶还得支茶钱，跑饿了还得吃顿饭，你叫我不收一点钱，我又哪来钱垫？村上一个果园、一个茶园，好几年没收到一分钱。村上一年四季做不完的事，有不断线的客，人家又没背着锅儿碗筷下乡，总不能不管饭，一年光人来客去的招待费就要一两万，全是赊账，没哪年结清过，现在还欠繁全一万多块。村上又没一分钱收入，三四百块工资钱，别说养家，连自己烟钱都不够。从早到黑在外面跑，屋里称盐打油也要钱。人得罪完了，大人细娃恨你，都整你，种几个小菜都被人扯来甩在公路上。不怕领导见笑，有四五年了都是买菜吃。这天上不落，地下不生，不想点歪点子有啥法。就说这次救灾，天天都要接待上面来的人，救灾款分钱没来，招待费倒欠起一两千了，只有多报受灾户，落点物资卖了好还账……说着说着竟抽泣起来。

听的人再没吭声，邢书记挥挥手让贾支书下去。接下来是乡党委书记欧阳生进来背书。

邢书记问他：说老实话，你一周有几天在乡上？

欧阳生心知邢书记事先已调查好了，反正"走读"也不是他一个地方才有，老老实实回答：基本都在乡上，但在家里时间多，有事才去办公室。

闻此言，邢书记脸难看了，不相信眼鼻子下的乡镇领导个个是诸葛亮，全在玩空城计。组织部部长偏过头说，他家安在农村，没在城里买房，值班算好的。

欧阳生见常委们个个把手放在桌上,随时准备举起来表决对他的处分,是好是坏容不得他细考虑,横下心,把肚子里的苦水一下倒了出来:我知道说了领导不爱听,但还得实话实说。不是乡镇干部个个都浑蛋,乡上确实待不住人。在乡上坐着啥事不做,每天三顿饭钱就承受不起。就算顿顿吃方便面,每月都要五六百块钱。总共才两千来块的工资,家里又是房贷,又是读书的,没有人受得了。说下村吧,又给村上添麻烦,人家不招待吧,又不好,招待吧,随便一顿下来都是好几百。没有几个人有酒瘾,都不想顿顿喝酒,既伤身子又伤面子。欠起账,村干部只有乱来,惹得村民骂声不断,见了我们都没个好脸色,自己下村都感到没趣没趣的怪不自在……说到动情处,欧阳生竟像个小娃娃,直接用衣袖擦眼角,好容易等他含泪诉说完,邢书记挥挥手让他离开。

不久,常委们也散会出来,随着出来的还有一个文件,千名机关干部下基层,坚决落实上面"八项规定",管住嘴,迈开腿,撤下一批贪慵懒,配上一批炊事员。欧阳生没在城里买房,在岗尽职好,所在乡每年招待费最少,做了三江镇书记。

散会分手时,邢书记吩咐办公室主任把贾支书的车费报销了,说像贾支书这号人,没了官帽子凄凉得很,回去狗都不会搭理他。

从县上回来后,繁全屋内屋外再没清静过。一向胆小连鸡都不敢杀的老婆,在厨房把菜刀拍得啪啪响,逼着繁全进城找县委书记把官辞了,也不管这顶官帽子还没正式戴上。

镇上组织委员,分管组织的书记为此都来过酒楼。繁全一口咬定自己能力不行,请组织上另择高人。两人好话说尽,繁全仍是四季豆炒不进油盐,只得摇了摇头说,看来我们法力浅,请不动你这尊菩萨,只有回去叫长老和尚来走一趟!

欧阳生来之前,贾支书先来了。在繁全酒楼大厅角落里瓜兮兮地坐着,身边围着一帮债主,非要他把欠债当着未来的支书繁全交代清楚,扬言繁全若是不认账,就要打断贾支书的脚杆手杆。比较起来,倒是城坝的村民大度一些，见他丢了官，魂不守舍的样子，只当他是家里一个瞎眼狗，过去乱咬人，大家都恨，现在不能咬人了，反倒心生怜悯，没人追着他吐口水，也没人叫起名字骂他，见面打招呼的人反而还多了几个。

欧阳生过大厅时，没理睬贾支书可怜巴巴的眼神，在柜台上要了一瓶红花郎酒，一改经常签单的做法，付了现钱，连发票都没要，径直进了雅间。大堂领班是繁全老婆娘家侄女，知道店里规矩，一般的人欠钱必须经过老板，不一般的人给钱也必须经过老板。欧阳生是镇上不一般的人，他给了现钱是大事，赶紧把老板娘叫出来。繁全老婆拿着钱追进雅间去赔礼：欧阳书记，几时得罪你了？一瓶酒还这样见外，亲自给起钱来了嗦。欧阳生板着脸，一把推开繁全老婆拿钱的手：我是来请菩萨的，自然该掏香火钱。这回菩萨认生，公家来了两拨人没求动。我这是私人掏钱，以私人名义求繁全给面子，出来把这个烂摊子接了。

繁全老婆知道是来动员繁全当支书的，脸上也收起了笑容，嘟着嘴说：欧阳书记，你还别拿那事来作践他。就是他同意，我也不会同意。他走了，这店谁管？这家还要不要？

欧阳生懒得与她斗嘴：你去把他给我找来！我俩慢慢喝酒说。

繁全进来了，还端来了油炸花生米、腊豆腐干、香肠、卤牛肉、凉拌猪耳朵等几样下酒菜。两人端起杯子慢慢喝起来。古镇酒规，若是喝公家的酒谈事，依规矩办，若是喝私人的酒，那得依个人感情论事。欧阳生先前已将酒钱付了，算是私人请客，这兄弟酒不可不喝。

两人啥话没说，先碰了三杯。此时，几样热菜上来，有肝腰合炒、脆肚条、仔姜肉丝，全是欧阳生喜好的下酒菜。繁全说：酒算你的，菜算我的，有话，欧阳书记你就说。

欧阳生拿起酒瓶给繁全满上：错！私人喝酒，只能叫欧阳兄，罚酒。

繁全二话没说，端起杯子，仰脖干了。把酒再满上，用手一抹嘴：这支书的事，你不要逼我。莫为公家的事坏了我们弟兄感情。

欧阳生端起酒杯，不等繁全端杯，竟自个一口吞下：今天不谈那事，我是来与你告别的。

繁全见欧阳生脸上愁云笼罩，赶紧陪上一杯酒，试探道：调哪儿高就了？

欧阳生：毬个高就，快被抹了。

繁全以为是"走读"的事，有点迷惑：不是说走读的事了结了吗？听人说县上邢书记还表扬你认错态度好，改正错误快，你才没事。唉！实在没想到一个救灾粮的事把你害了。这事不怨我，要怨只能怨火神爷。我这才告诉你，啥事都是他做的。连那两吨大米半吨油都是他亲自算下去的。火神爷历来看不惯贾支书为人，想恶搞他，哪知伤了你。我昨天还在说他，做些糗事弄湿一船人。

两人又满了一杯，繁全小心问：此事还有救没救？能不能找人通融通融？

欧阳生品了一口说：有一个人，只需她一句话就行，可她就不肯帮这个忙。

繁全急促问道：哪个？我说得上话不？

欧阳生说：你老婆！只要她松口，你当支书，我万事大吉。

繁全见欧阳生绕地球一圈回到原点，仍是要他出山当村支书。苦笑着对他说：我不当，你另找个人就是了，犯不着拿你的官帽子给我开恁大玩笑。

欧阳生一脸正色：这不是给你开玩笑。一个"走读"问题，用邢书记的说法，是拿人民的钱误人民的事，叫无德。县委指定的村支书，我竟然请不出山，这叫无能。无德无能都占齐了，我还当屁个镇委书记。

繁全见欧阳生一脸正经样，知他较真了，口气也软了下来：不是我傲起不当，你叫我如何来当？说着扳起手指：这一屁股债几时能还清？这帮手哪去找？这酒楼哪个管？马上说是要搞灾后重建，这土地、资金从哪来？只说要我当，从不说这问题如何解决。上去要不了两年，我繁全就要变成第二个贾某人。

欧阳生听他松了口，开口笑着说：你把这些问题用个本本记好，二天解决不了，你还给我就是了。你好好打听一下，从上到下，哪一级不欠账？美国那样有钱，政府还欠账呢。大家都不急，把你一个人急坏了。帮手找不到人换，就用原来的，免得说一朝天子一朝臣。酒楼生意，我们大家替你看着，今后镇上，村上哪怕是吃盒饭都定在这里，你还怕别人给你吃垮了不成。一句话，当起再说。实在不行，你来当镇委书记，我来当村支书。莫推了，给我喝酒！

说完把酒杯端起跟繁全一碰,一口闷下。夹了一大筷猪耳朵在嘴里嚼着:这个香,再弄盘来!

繁全朝外吼了声:再来一盘凉拌猪耳朵!

两人端起杯子相视一笑,又一口干了。欧阳生心里已是轻松了大半截,知道繁全口软了,再上点酒,心会更软。于是摸出几张百元券,吼了一声:再来一瓶!

繁全用手把欧阳生拿钱的手往回推:再喝算我的,你表示个意思就行了,别再糟蹋我。对外也跟着吼一声:再来一瓶!

大厅里,贾支书被一伙人看守着,眼巴巴地望着他俩出来解救。快到中午,两人才醉醺醺地出了雅间,欧阳生问,曾老三在哪儿?繁全回道,惹了祸,早溜了。

其他人一看欧阳生飘飘欲仙的样子,就知事成了。一个个跟着欧阳生身后走散。古镇的人都知道欧阳生喝酒习惯,先压着量喝,事谈好了就放开喝,外人只要一看他脸色,喝醉了,就对了。

厨房里,工人们手忙脚乱在干自己的。中午就餐的客人不少,是一起婚宴。繁全在发酒脾气,繁全老婆在哭,往日气派闹热的公家宴,今天突然一桌没有。

不用谁提醒,繁全对那年落选的事耿耿于怀,坚持要开支部党员大会选举产生,不然宁死不从。分明是他不愿当,有意出的难题,却说得冠冕堂皇,要看看人心所在,要讲组织规矩,弄得欧阳生想说拒绝的话都张不开口。繁全老婆很得意,连夸这主意好,到时我还得催催欧阳书记,我家繁全等急了。繁全笑她不懂规矩,支部书记可以任命,二指宽一张字条就行。轮到老婆笑他,那你为啥非得开会?使小性子呀?繁全小声说,我让欧阳书记开个党员大会试试,要让他了解现今农村再不是以往,开个会都难!

如同下棋,明知是将军,欧阳生还得应招。找来贾支书,要他召开党员大会进行支部换届。贾老支书哭丧着一张脸,叫声欧阳书记,你每次都这样为难我。我若能把党员召集起开会,又用不着辞职了。繁全他上我下,就你一张纸的事,何须费恁大的劲。

欧阳生说他装糊涂，你闯恁大的祸，换个人早挨处分了。也就是你，上面念你年纪大，在村上干了一辈子，不忍心给处分。别让你二两姜，还当不识秤。实话告诉你，上面来文件了，提高村干部待遇，是现在三倍多，欧阳生伸出三个指头晃了晃，接着说，没处分你，就是要你也享受这个待遇后再退下去，以后才有一份社保，你别不识好歹。

贾老支书顿露喜色，可转瞬即逝，别说三倍，就四倍五倍我也得辞职。承蒙组织原谅，可原谅一次不会原谅二次。我也想趁着换届下台阶，何况还有一份社保可领。可要我来召集党员大会，我实在难办。不是怕党员来了咒骂我，就是斗争我也认了，实在是没几个人在家。说着伸开五指往回扳，寅人谷三党小组十五个党员，常年在家的就青翠、庆贵加一个瘫痪的，镇上有繁全、繁平加火神爷夫妇，顶破天七个人，还不到一半人。像祥斌黑牛他们，远处打工，这些年春节都未回来，绝不会费钱费时赶回来参加支部换届。不信，我这有他们电话，你亲自问问。

欧阳生也烦低声下气求人开会，谁开会谁办招待，吃差了还不行，欠一屁股伙食账。自从有了手机，乡干部有了电脑，多了一个神游的去处，陷进去千呼万唤始出来。需要见面配合的事，如同影视上特工，约好时间、地点，聚拢就干。非得开会了，先定就餐地点，再就近开会。

眼下不行了，上面有了八项规定，督查室、巡视组时时盯着，该开啥会？咋个开会？立有规矩，不会先学会，学会了再开会。村支部换届，有好些年没干过了，即使繁全不提，这会也得开。

为求多来些人，乡下人开会，欧阳生选了个城里人的日子，星期天，在曾家院子赴会。

那天，能来的都来了，村上老文书贾自立是唯一专程从省城赶回来的，二十三位，总共四十五名党员，刚好过半。若是选举，则需五分之四，还差十多位。组织委员问咋办？欧阳生：开！投票时再请没来的参加。

照例，上届书记先作报告。按说干了几十年，经历无数次换届，贾老支书不会跑题。没料想，他从昝大爷开始，由人及事，就他冒领低保那些糗事不断赔礼道歉。接下来说第二个人照样来一遍，总结成了个人检讨，不！交代错误！

见他一时半会停不住，欧阳生向组织委员使眼色。组织委员会意，先是扯衣袖，再借倒开水给他耳语。仍止不住。只有直接打断，大声说，老书记很激动，对他几十年的辛苦工作，我们表示感谢！不等掌声响起，贾老支书向欧阳生哀求，我再说两句，只两句。欧阳生点点头，贾老支书最后一次站起来说，我多次申请不干，欧阳书记总说要你们举手，今天你们来了，千万饶了我，别叫我背个处分埋进黄土。

掌声终于响起来，不热烈，也不整齐，但每个人都拍了，好多人咬着牙，将准备拍他耳光的那只手掌，拍向了准备罢免他的另一只手。

投票时，欧阳生拿出手机，打开免提，逐一联系，没来的电话投票。除了四位没联系上，繁全四十票当选，缺他自己一票。

该繁全表态，先将老支书忘了的工作交接补上，茶场每年该收承包费八千元，今年一分钱没交，往年欠三万二，承包人已回福建去了。村上欠债有：林场聘请护林员费用三千六百元，欠生活费一万三千五百元……从今后，我保证五个不，不向农民摊派一分钱，不克扣农民一分钱补助款，不误农民一件事，不贪占公家一分钱，不找第二个女人。

掌声响起来，热烈、整齐！只有欧阳生这个二婚男人双手拍得规范，有些礼仪感。

十七

曾老四的四个女儿,成了城坝村的谈资,计划生育干部和计划生育对象都拿他家说事。干部说看看曾老四,生得再多,还不是折磨父母。计划生育对象则说,看看曾老四,生再多的女儿也不行,哪有儿子省心。说法不一,事儿是一个,曾老四几个女儿没让父母少操心。

大女儿祥梅,当年过继给姜老太婆。老太婆刚抬出去娘家侄孙就进门,丧事办完就办喜事,年仅十六岁的祥梅按遗嘱,从此与姜家小伙一起过。不到结婚年龄,头胎属非婚生育,要罚款,要人工流产。还是繁琴当年出面打个和牌,老子先去结扎了,然后才准儿子落地。

老四祥莲,大学没毕业,就领男朋友回家,生怕嫁不出去。

这是不当嫁的嫁了,还有正当嫁的却磨磨蹭蹭不嫁。三女儿祥兰,耍男朋友不知多少个,不知多少年了,二十好几的人,小楼房修好不回来住,她住的地方却少有人知道,知道的人又不好说,真说出来一家人脸上又挂不住。

二女儿祥菊,人品好,工作好,近三十的人,与妹妹交无数个男朋友不同,她是一个不交。自己不谈婚姻,却替繁琴姑姑的婚姻操闲心。繁琴姑姑去东北,让他瞧紧姑父,一来二去竟瞧上眼了。那年繁琴回来离婚,为表达酬谢,送她一只用了十多年的手表,据说是当年的定情信物,上海牌,每天要慢好几分钟。从不戴表的祥菊,宝贝似的戴在手腕上,时不时露给欧阳生看。在她眼里,表慢也蕴含寓意,说这是繁琴姑姑暗示她遇事慢慢来。上次有人状告欧阳生，把她给搭上，告两人双栖双飞。学校建修那段日子，祥菊确实在欧阳生家里有个房间。好在后来体检她是处女，谁也没话说。之后，有处女这个铁布衫罩着，不惧任何明枪暗箭，索性明去明来。这可急坏了曾家老少爷们，当面背里指责两个老的，侄女抢了姑姑的老公，坏了曾家门风。四个女儿中，曾老四夫妇最疼祥菊，为这事没少费口舌，无奈女儿只当耳边风。四处托人说媒，前前后后也有十多位了，头些年是她不答应人家，后来是人家不答应她，再后来是媒人不答应了，没人想去得罪乡上书记。

管不了外人那就管好自己。刚有风闻，当父母的就告诫女儿要注意影响，别丢娘家人脸。祥菊矢口否认，责问父母，照顾欧阳生是你们答应繁琴姑姑的，你们忙不过来才叫我去，好心好意帮你们，倒落个不好。这样的，从今往后，缝补浆洗，里外打扫都你们去，繁琴姑姑那里也是你们去交代，我一概不管。

妈是多年的老鼩包，一沾生冷就喘。爸是一个老实农民，更担不起情探的重任，繁琴这里还不能驳面子，万一有个大小事情得靠她出面。当爸妈的思前想后离不开女儿，何况人言的话不可信。待到事儿越闹越大，上级都出面调查了，两位老人差点熬不住时，结论出来了，女儿是清白的。

再没闲言碎语传来，两位老人反而不惯。眼瞅着田里庄稼绿了又黄，院墙上蔷薇开了又谢，祥菊的婚事悄无声息。凡事最怕心中无底，是喜是忧摸不清。天天担忧，鬼神都受不了。当妈的私下里找祥菊谈，你爸说了，他再不当你的家，只要你喜欢，跟谁都行。

祥菊不信，不怕人说了？

老两口应道，都让人说尽了，还有啥怕的？

祥菊再追问，也不嫌辈分不合？

不嫌不嫌！当妈的还特意点明，其实欧阳生很不错，不知那个繁琴哪儿进水了，这样好的男人不要，去寻啥样的人？

祥菊撇开妈的话，突兀问，真有白虎星吗？

当妈的一愣，这话哪来的？看女儿眼神，认真的，没多考虑，有哇！你戴五婆和你繁琴姑姑都是。话一出口，连拉带拽止不住：白虎拜堂，家破人亡，克夫，命苦得很！

真的？祥菊惊愕！

可不是，你戴五婆在你庆彪爷爷之后又克死了两个，后来都不敢再嫁了。你繁琴姑姑不算欧阳生，先前也克死了两个，一个跑买卖的，一个石匠，只是外人不知情。

祥菊悟到什么，难怪！

难怪什么？

繁琴姑姑现在这个姑父又被车撞了。

人死了吗？

不知道，早离婚了。

当妈的莫名紧张起来，欧阳生知道吗？

跟他说不？

好一阵犹豫，当妈的才说，得问问你爸。

常医生感觉老了，眼睛开始模糊。打算将诊所交欧阳生经管。见外孙说话做事离不开一个乡字，一个土字，心不在此，几次话到嘴边没说出来。最终将诊所盘出去了，老人另在镇上古家院子买了一套房。欧阳邦随他过去搭伴，将住房租出去做铺面，加上社保，日子过得还算滋润。

这天，欧阳邦在茶馆听到一个好消息，乐滋滋回来报喜。常老爷子正堂屋里闭目养神，听欧阳邦进门就嚷，欧阳生升官了！常老爷子闭着眼说淡话，不就几个乡并入三江镇，让他当了个书记。欧阳邦奇怪，你咋知道？常老爷子努努嘴。欧阳邦顺着看过去，桌上有一瓶五粮液：谁提来的？常老爷子回道，庞老太婆送的，她孙子要当兵。欧阳生当镇委书记的事，估计就是她说的。听说是庞老太婆送的，欧阳邦惊乍乍叫唤，这酒不能收，收下脱不了干系，欧阳生会责怪我们。常老爷子不以为然，这酒送我的，我是替你这个好酒的人收下，关欧阳生啥事？这些年我帮庞老太婆的忙不少，别说送一瓶，就提一箱来我也收得下。欧阳邦急了，你不知道，庞老太婆的儿子正在茶馆骂人，说现在招兵污，只要肯送礼，瞎子跛子都能去，哪及他们当年当兵，好中选好，优中选优。这不明摆着骂我们。常老爷子笑了，风轻云淡一句话：不愿担骂名，你给她送回去。欧阳邦拎起酒瓶走了。

常老爷子又把眼睛闭上，继续品味，总觉现在世道人心变化太大了。庞老太婆的儿子见过，上过朝鲜战场，说话做事雄赳赳气昂昂的，酒喝多了管不住嘴。对他的话，常老爷子不认可，大家争着去当兵，多好的事儿，怎么就污了？他才多大年纪，什么时候见过瞎子跛子当兵。这样的事他妈见过，我见过，民国时候拉壮丁的事。

　　门开了，进来一小年轻。将一瓶酒搁桌上，上面商标缺了一块，好像是先前那一瓶。小年轻恭恭敬敬叫声常爷爷，婆婆叫我给你老人家赔个不是，别跟我爸一般见识，他正挨婆婆的骂。我爸他不识时务，这都啥年代了，市场经济，公平交易对不对？部队待遇好，地方优待，退伍回来安排，明明白白写着，划算你就去，不划算你就不去，没有谁强迫谁，凭啥你去骂这骂那？你得原谅我爸，当了几天兵成了个炮筒子，直来直去不会转弯。我爸知道错了，原本要来当面赔礼，我婆不准，就怕他那张嘴蹦不出好话，又惹你老人家生气。

　　常老爷子起身。将桌上的酒交给小年轻，笑着说，酒你提回去，当兵是好事，只要合格，我们成全你。

　　小年轻面露难色，常爷爷，你还在生我爸的气，不就一瓶五粮液嘛，我已说我爸了，等我在部队提了干，给他拉一车回来。话完，将酒搁桌上，转身一溜烟跑了。

　　常老爷子重新把眼睛闭上，继续品味，现在这人心咋变化这么大？早几年，欧阳生老说乡下工作难做，成天与农民争利，看不见一个好脸色。现在好了，农业税免了，村社提留也没了，学生读书连作业本都不要钱。可欧阳生还在叫苦。村社干部没人当，开会往会场一扫，全是六七十岁的老头，不知道的还以为是退休协会在开会。村干部一个月二三百元工资，不及城里捡垃圾的。贾支书、曾庆贵这样的老头多年闹辞职，乡上竟不敢批，还得好言好语哄着干。

　　自从民国设保甲以来，尚未听说有过这样的事，可惜大先生不在世，也许他见过。上次，曾老四赶场来坐了一会儿，问他一天在忙啥，他也不知在忙啥，种田吧，种子肥料农药和工钱算下来，比买粮吃还贵。养猪比割肉吃还贵，现在蔬菜都是远处拉来卖，再这样过两年，他家祥梅也不种菜卖了，只有进城打工。在家几个老的没事干，除了带孩子就是打麻将。问曾老四，都打麻将了，谁供你吃穿？他还理直气壮，靠几个后人拿钱养活哟，特别夸二女儿祥菊孝顺。

那天说到二女儿，曾老四有点难为情，半天才说为祥菊和欧阳生的婚姻，要请当外公的出个面。看曾老四的神情，几乎是在哀求，无论如何要两位老人出面劝劝，就像当年劝导繁琴和欧阳生的婚事一样。

常老爷子平时最不愿人提及婚姻，自己一生近乎单身度过，为当初干涉繁琴与欧阳生的婚姻，至今提起肠子悔青。为此跟欧阳邦有个约定，再也不管孩子婚事。看着曾老四哭兮兮离去，常老爷子心里一阵酸楚，可怜天下父母心。

欧阳邦从茶馆回来，说庞老太婆拉着儿子跟他赔了礼，不然的话，绝不会让他把酒送回来。然后，笑嘻嘻给常老爷子说，庞老太婆问欧阳生婚事定了没有，他有个侄女大学毕业分在城里工作，如果有意的话，这个星期就见面。常老爷子连忙摆手，你别操那份心，忘了镇医院那位女实习生，旁人都说行，欧阳生就说找不到感觉。不知他在想什么，难道还惦记曾繁琴？

提起曾繁琴，欧阳邦脖子青筋鼓起，骂道，不守妇道的女人，依江湖规矩要点天灯处死——转眼看常老爷子脸色不爽，突然记起欧阳生他妈也是出轨后私奔，知道犯忌了，连忙改口，听说曾繁琴早已嫁人了，他也该死了那条心。常老爷子语气平和说，又离了。欧阳邦素来敬佩常老爷子有学问，自己少念几十年书，如同习武之人少了几十年修炼，自愧不如。遇事顺着常老爷子口气说，看喆娃分上，复婚也可以。常老爷子深叹一声，当年就不该多言，眼下更不能多说，让孩子自个做主。话虽说了，但不闻不问心里又放不下去，闷在心里，添加一份愧疚。

妈妈离婚的消息，喆娃当天就告诉了爸，还说外婆临死拉着妈的手说，欧阳生是个好人，认命吧。喆娃希望爸来东北同妈复婚。欧阳生问，你妈的意思呢？儿子告诉他，妈的意思不用问，就是要你来东北。欧阳生好像没听清，再问一遍，我来东北？复婚？得到确认后告诉儿子，这等于没说，能来早来了。

喆娃已如愿上大学，深深地为当年通风报信后悔，做梦也想弥合家庭裂

提起曾繁琴,欧阳邦脖子青筋鼓起。

痕，却不知世上有些事泼水难收。听父亲口气无心回转，懊丧不已，说，我跟班上同学谈起你的事，都无法理解，你的官位就那么重要？电话上，儿子无法察觉父亲表情，可感受到父亲气息已不平静，只听父亲说道：难得儿子这样高看爸爸。小时候，你祖外公教我做人要有信仰，大了才知道重要的是坚守。你祖外公尤其讲究为人要有骨气，为你祖外婆当年贪图权势，毁了婆婆终身，至今不原谅她；你爷爷一生坚守的是诚信，最恨的是背叛，最瞧不起的是轻诺寡信；你妈……儿子不想听他说妈妈的不是，一句话怼回，你不就想说她金钱崇拜……父亲说的恰好相反，不，若是贪图钱财势利，你妈不会离婚后在你爷爷、你祖外公，甚至普通乡邻身上花那么多的钱。她有她的坚守。

那她坚守啥？

我不知道，也许是一个传说。

那你呢？

我只想做一个有担当的男人，事不避难，义不逃责。你父亲这级别连官都算不上，充其量一个小吏，今后你再不要提起。我也从没指望仕途上有多大发展，可能当好可能当坏，但绝不可能当逃兵……

父子俩的通话祥菊竟然知道了，又传到常老爷子耳中，虽说自己过了一辈子单身生活，常老爷子却不愿外孙也跟自己一样煎熬。难得欧阳生在家里吃饭，瞅准机会，三个单身汉竟然讨论起如何中止三代传承的光棍生活。

欧阳邦提到庞老太婆的侄孙女，可否约个日子见面？欧阳生却问牛答马，说她孙子当兵定了，无须见面。欧阳邦马上要打电话去报喜。欧阳生看不惯他性子急，说报啥喜呀，都换军装了。欧阳邦埋怨儿子，你该早点说呀，也让他家知道我们讲信用，为她说了话的。儿子更嫌父亲不着调，又没人反对，我还用得着说啥话啊？欧阳邦回到正题，那还同女方见面不？常老爷子已看出外孙的态度，用不着见面了。问外孙，你的婚事到底有啥打算？欧阳生不愿人提这事，厌烦说，你们又来了。常老爷子言辞恳切，为当年的掺和道歉，表明这次绝不掺和，只是问一问。你长期一个人过，总不是个办法。欧阳生不以为然，你们不也一辈子单身过了。欧阳邦急了，咋能与我们比呢？你都提升为镇上书记了，单身会惹出多少闲话来，到时会给你添麻烦。见爸又说漏了嘴，欧阳生不得不纠正，说过多少次了，撤区并乡，没有提升，还是过去一样级别。就如地区改为市一样，就是变个称呼。儿子说得再多，当爸的始终没想通，咋会一样呢？过去你管不了法庭管不了派出所，现在都归你管了，再来一次严打，你说抓谁就抓谁，你说判几年就判几年。轮到儿子急了，那是早些年的事，早已纠正了。现在讲法治，这么多年，你看谁还在游街？谁还在开公捕公判大会？

　　常老爷子见话说一边去了，把话题拉回来，问欧阳生，听说喆娃找过你了？见欧阳生懒心无肠嗯一声，再追问你怎么想的？欧阳生表示还是不能去东北。欧阳邦最不愿意他儿子复婚，说你去了咋有脸见人？还不如曾祥菊这姑娘踏实。常老爷子也问，曾祥菊这儿又咋没定下来？瞧外孙嘴张了张，似有难言之隐，估计是担心对方父母不同意，转告他，曾老四来过……欧阳邦抢过话去，曾老四当着我们的面，啥都答应了，辈分不合，不计较，这些年岔辈分的多；年龄大一点也不算啥，当年彪老爷子大女方三四十岁也没事，你大十几岁算啥？人家说现在是你不答应。

　　欧阳生被逼狠了，突然冒一句出来，唉，明说了吧，怪只怪我没出息。据欧阳生说来，心上有个坎始终迈不过，他结婚时祥菊还是个小学生，同房总感觉自己在作孽，一紧张啥事也办不成。勉强结合，会害了女方。

　　从医生专业的角度看，常老爷子认定这不是药能治好的。既为夫妻，咋能没有夫妻生活。欧阳邦也认定事关江湖诚信，是不能强求。话已至此，两个长辈再无话说。

　　祥菊的妈又寻了一次短见。每次当她赶回去，恰好她妈喘着粗气要服安眠药。知道是在演戏逼婚，还得满怀感情去劝阻。父母先是不同意欧阳生，后来又同意，现在无论是谁，赶快结婚就行。每次都是一句话，你再不结婚，我死给你看。也不换点新鲜的，久了，演和看的人都烦。

　　祥菊才是真正想死，不逼谁，逼父母没用，逼欧阳生，他也无奈。想打电话逼繁琴姑姑，似乎缺那么一点理由，还缺那么一点勇气。每次与姑姑通话，姑姑不忘关心前夫身上那个肉疙瘩，好像不是长在欧阳生肋间，而是长在她心尖上。她的关心也怪，说变大了，她着急，说没变，好像印证了啥，她也着急。弄得祥菊不知说啥才好。

繁琴姑姑回来离婚，送她一只旧表，特别说明是欧阳生送她的定情信物。那意思，欧阳生整个心就在里面，谁获得了表谁就获得欧阳生。姑侄俩把表当作关防印符，一个大活人，就用它来完成情感移交。

祥菊用对时间的方式，多次验证过，每每看见表，欧阳生眼睛放光，让祥菊好生高兴。久了，祥菊突然意识到，欧阳生心看似在手表上，其实是在手表旧主人那里。索性把表收好，让欧阳生心无杂念，从过去旧物移到眼前新人身上。欧阳生先是按风俗规避，到后来相处坦然，再后来，俩人独处自然，即使祥菊穿着吊带裙出现，欧阳生也若无其事。祥菊凭直觉确认，这绝不是坐怀不乱。鼓足勇气，在自以为时机成熟时，光裸身子一头钻进欧阳生被窝里。

兴奋、喷发、惶恐、萎缩一起涌来，俩人颠来倒去，结果煮了一锅夹生饭。幸好是夹生饭，保住了女儿身，在随之而来的传闻、指责、非议、核实中，让烦恼由明里转向暗里。

祥菊认定一切皆因繁琴姑姑引起，她不该结婚后又离婚，离婚后又再结婚，再结婚后又再离婚，再离婚后又嚷嚷要再再结婚。这种分分合合叫前夫不安，萎缩，更叫侄女成了情敌。祥菊不愿成为姑姑的牺牲品，下决心要让欧阳生振作起来，治好萎缩的药物就在姑姑那里。

拣夜深人静的时候，打电话过去，祥菊找姑姑摊牌，信物移交了，感情就该了断。你那里反反复复藕断丝连放风筝，他这里就左顾右盼不能持久。繁琴表示不能怨她，欧阳生以前可不是这样，以她过来人的见识，若要前夫不恋前妻，关键要变生死之恋为生死之恨。要祥菊不妨试试……

之后数月，有一天，躺包妈妈午睡，迷迷糊糊听见外面牛叫。她家老牛死后又养过一头牛，很养了些年才病死，而今窦人谷牛毛都没一根，哪来牛叫？正疑惑，活鲜鲜一头牛进了院子，正是当年老牛，带着一头牛崽进了祥菊的房间……听见躺包老婆梦中叫喊，曾老四赶紧把她摇醒，听说是老牛投梦，说是好兆头。躺包老婆只管催促，快把祥菊叫回来，豁得再死一回，非得要她把婚事定了。

母亲再一次自杀消息传来，祥菊没回去抢夺安眠药，只是叫母亲接个电话,轻轻说了四个字,我怀孕了。如四字真言,她母亲直到去世,再没自杀过。

祥菊真怀上孩子,是隔了一段日子的事。当祥菊乐滋滋告诉欧阳生他要当爸了,欧阳生却吞吞吐吐告诉她,张英姿提前出狱了,而且还要他去接人。祥菊从说话的口气听出来,欧阳生极力表白是不情不愿的,也不是张英姿要求他去,而是另外两个男人愿去不好去,求他代劳。祥菊不怀疑丈夫有别的念头,若有早就娶了,哪还有曾三娃的机会,也不会有她祥菊肚里的孩子。念张英姿过去曾帮过自己,祥菊爽快答应了,只是叮嘱早去早回。

张英姿做梦也没想到会有人来接她出狱。

连绵十多天的阴雨,在张英姿释放那天晴了,一个好兆头,仿佛是阳光引领她出了监狱大门。她放下包袱,朝家乡的方向立定,深深地吸了一口气,感觉隔道墙空气就是不同,格外清新香甜,不由得闭上眼睛细细品味。当她睁开眼时,欧阳生已拎起包袱立在她面前。两人默默点点头,相跟着朝旁边小车走去。

车内没有旁人,张英姿大为惊讶,压根没想到欧阳生敢摸汽车方向盘。在她眼里,欧阳生除在公事上稍许懂得变通,生活上就一个榆木疙瘩,吃饱穿暖足够了,玩汽车还是胆大了点,敢变道不?还值得怀疑。

开车原本平常事,可她性喜张扬,十多年前就把汽车当作飞机开,从来没有规规矩矩行驶,图的就是显摆享受刺激。眼见欧阳生点火、挂挡、松刹车、踩油门,汽车缓缓启动,若在以往,这种慢条斯理的操作她早看不惯了,十之八九屁股已挪过去了。今天不知咋的,一种异样感觉油然而生,不仅不生厌恶,反倒有几分欣赏。人生不就是一次旅行,何苦来也匆匆,去也匆匆,非得急急忙忙往终点奔。忽然记起,过去老人曾有一说,平安是福,咋就忘了呢?

两人一路无语。欧阳生半天找不着话题,担心不经意触及她的痛处。张英姿也找不着话题,父亲过世后,这世上再无挂牵之人、挂牵之事,即使再坐几年牢,也再无需要打探的人和事。

办出狱手续时,管教干部问她要不要人来接,他们好代为通知。张英姿浮现一丝苦笑,说,落魄之人,谁愿搭理?问她家里人呢?她摇摇头,父母都不在了,哪来的家?没问她丈夫,知道她离婚了,至今单身。改问她,孩子总该来吧?她自我解嘲,早知有今天,是该生一个。话已有些哽咽,掉头往外走,人未出门,嘴已捂住,差点让哭声漏出来。

欧阳生得知消息,是她的两个前夫转达的,受两位拜托前来接她回家。老穆说,照理说离婚这么多年了,我早已有了家,孩子都上学懂事了,我再去接她来我家算哪回事?可毕竟夫妻一场,她如今状况我不能不管,只有辛苦你跑一趟,有点小心意也请带给她。曾三娃回答更直白,没办手续的我都在照看,何况她与我还曾是名正言顺的夫妻。我不好去接她,是怕家里这个母老虎找她麻烦,你给我带几句话给她,要项目还是要钱,她开口就是。

欧阳生听了好笑,你们两个前夫怕老婆,难道我这个未婚夫不怕?

两人异口同声,正是你与她未婚才不怕。你的话她爱听,出面开导开导,也务必帮忙打个圆场。再三拜托!拜托!

眼前的欧阳生,正在寻找机会把这些话说出来。到了岔路口,欧阳生不得不开口了,有人告诉他到哪儿去接,却没人说往哪儿送。欧阳生问,想去哪?张英姿一愣,如梦方醒,好一会儿才说,去老人家墓地吧!

欧阳生知道路,那年他还是曾家女婿,代表曾家也为感谢老人家对自己的帮助,专程来送老人家上路。眼下看天色尚早,没吱声,一打方向,车朝西驶去。

在父亲坟前,张英姿默默拔掉坟上的草,再匍匐在地,闷闷地磕了几个响头。欧阳生扶她起身,待她站稳才松手。自己也去坟前三鞠躬,感谢老部长生前关照。转身正要劝英姿离去,忽见她又五体投地,双肩抽搐,再不肯起来。欧阳生赶紧硬抱她起身,半扶半拽离开墓地。

欧阳生把她安坐在后排,帮她系上安全带,问她,回城吗?她不置可否。欧阳生自作主张往城里行驶。路过一个场镇,后面传来一声,停下。车靠边,以为她要方便,不料她问,你身上有多少钱?欧阳生有些歉意,不知道你要用钱,没带。她丝毫不怀疑欧阳生的诚意,还是她在位时,就没有领导出门会带钱的,哪怕就如眼前这位小小的乡上书记。可她眼下确实需要用钱。欧阳生用手机把当地一个熟人找出来,要他送点钱过来,明天就还。对方答应爽快，问要多少，欧阳生用眼神知会后面，张英姿亮出五指。欧阳生小声印证，五百？张英姿摆摆头。五千？张英姿点点头。你不多要点？张英姿摇摇头。

　　熟人来了，递钱的同时朝后排瞅了瞅，露出不屑，就她？你给五千？欧阳生一声斥骂，就你废话多。一脚油门，汽车朝前一蹿，喷了熟人一身废气。

　　车又一次停下来，张英姿独自去了一处老宅子，回来时手上多了一个旧皮箱。进城已是华灯初上，找一处街边店，盯着汽车吃了晚饭。张英姿要就此别过。欧阳生看她心事重，一碗面竟没吃完，执意要送她回家。

　　进门那一刹那，俩人都傻了，开灯灯不亮，洗手水不来。不用问，多年没人用，不是欠费，就是哪儿坏了。

　　欧阳生一直在找机会转达两个男人的意思，见此情形，话到嘴边又咽回去，欧阳生默默接过皮箱，小声说，上车吧，回曾家院子住一晚再说。

　　回车上就几步路远，张英姿走得磕磕绊绊，几次差点跌倒。欧阳生担心她坐不稳，就着路灯给她系安全带。她用手推开，凄然一笑，说，我还撑得住。

　　汽车在夜幕里行驶，灯光苍白，让人顿感悲凉，欧阳生不由得记起一句老话，三贫三富不到老。

　　为安慰张英姿，欧阳生打破沉闷，劝她：安顿下来后，你还是找一个合适的安个家，有了孩子老来有个依靠。

　　张英姿深叹一口气，说：事不过三，婚姻是不敢提了，孩子可以抱养一个。

　　欧阳生不赞成，抱养的哪及自己生的亲。

　　话一时中断，汽车照常行驶，国道转省道，再转县道，再转乡道，一级一级降到赛人谷村道上。

　　后排突然发问：你知道我那皮箱里装的啥吗？

　　欧阳生不感到突兀，张英姿说与不说都正常，只当是一个单身女人行夜路，应有的担心和戒备。故作轻松回答：放心，我既不劫财，也不劫色。

　　不料后排传来的声音更加沮丧：送上门都没人要，你是安心不要人活啦。

　　欧阳生为不经意的伤害解释：要说实话，对人我心痛，对财我不心动。

　　后排声音稍许和缓：如果我说的是一顶帽子，曾杨氏的宝石帽子呢？

汽车微微颠一下，欧阳生似乎有点动心了。那帽子他见过，上届丈母娘爱得宝贝似的，情不自禁问：咋到你手上了？

张英姿正正身子，说是戴维娅临终前托人带给她父亲，要求转交给曾杨氏在台湾的儿子曾繁望。话说到此，张英姿已有几分愧疚，声音细微：父亲死后，我还没来得及办理。

欧阳生深有感触，君子谋财，取之有道，难怪你跌跟斗。再问她：若是你要物归原主，我可以帮你，给曾繁望有困难，给曾繁慧容易，曾繁轩轻易就能办到。

张英姿说，若是认真说来，曾家也不是原主。原主已在抢劫时被杀了。我想送给你。

汽车明显蹦了一下，随即又平稳下来，欧阳生口气平淡：那玩意儿煞气太重了，我没那福分享受，你还是留着吧。

张英姿索性挑明说：不是白给你，与你做个交易。

啥？

问你要个孩子。

欧阳生哑然失笑，喆娃已是成人，你用他外婆的玩意儿换他，岂不是笑话。我还有一个孩子在祥菊肚里，你想要也到不了手。

张英姿故意说：我要个新的，自己生，自己养。

欧阳生话赶话调侃她：就这车上造人，你不要情调品位了？

张英姿没退让，说：咋不要，还是曾家院子，还是老房间，老味道。

欧阳生近乎嘲讽：你想我那大肚子老婆与你拼命。

张英姿信心满满说：我用宝石帽子换。

欧阳生不信：祥菊绝不会见钱眼开，要钱不要人。

轮到张英姿轻蔑，没说要你，只要一粒种子，别想多了。

欧阳生见机会来了，说：你算了吧，趁早饶了我！真有那心思，你那两个前夫踮起脚望着的，就望你好好过日子。接下来把她两个前夫的意思一一告诉她。话完随手递过去一串钥匙，这是你离婚时给老穆的老房子，他一直留着，连你的名字都没改，说你现在用得着。

后排悄无声息，那一串钥匙仿佛被夜色吞噬，只有汽车行驶的嗖嗖声，告诉人生活还在进行。

张英姿离开时,欧阳生还没起床,祥菊要她等欧阳生起来再说,无论姓曾的还是姓穆的,去他那或叫过来都行。张英姿淡淡一笑,都不用,承蒙他们还没忘记我,我会活个样子给他们看。最后握住祥菊的手说,孩子生了别忘了打电话给我,我有啥,也会打电话告诉你们。

晨曦中,一个身影去了远方。

隔了一年,祥菊打电话去远方,告诉张英姿,自己有了第一个孩子,是个漂亮的女孩。又隔了好几年,张英姿从汶川打电话来说,她有了自己的公司,正在参加灾后重建,等灾民有了新家后,她也会有自己的家,自己的孩子。

十八

欧阳生最近对柿子坪过敏,山上的风吹到身上,格外惊心,同样的事发生在山上,会突然猛烈起来,连纠纷都算不上的事,瞬间变成大案。山里的贫困户,当年那个不解风情的憨娃,生了个风情万种的儿子,从湖北带了个妹子回来。现在妹子不干了,要当地政府去解救,越快越好。眼下镇上重任在肩,念兹在兹,扶贫为大,无论何事,但凡攀上扶贫二字就有百年的厚重和急迫。一刻也不能拖延,镇上派出所蔡副所长闻讯赶来,欧阳生必须去,昝山家正是他的扶贫对象。

从柿子坪算起,山区占全镇一半面积,住着不到10%的农民。这些年下山不少,留在山里还有十八户。这十八户是千年原住民,与秦王勒石结盟的賨人后代,由镇上书记副书记镇长副镇长帮扶,还有县上扶贫局局长、市交通局局长、省妇联主任联系担责。

山路盘旋,峰回路转,欧阳生心上心下,不停盘算,若真是个拐带女子,我是把她留下来还是解救出去?若是女子能同意留下来再好不过了。没走两步,路转弯了,突然冒出个怪想法,万一那女子没到结婚年龄,甚至是未成年人,或者不到十四岁……我这扶贫的会不会把贫困户帮扶到……欧阳生一身冷汗,再不敢多想,脚步加快,巴不得两步赶到,把悬念一下扔到悬崖下去。

据电话上说,那位女子和昝山父子昨夜下山,路过柿子坪,找昝大爷求救。昚大爷听见有人敲门，狗没吼叫肯定是熟人。山上眼下人少，来客很稀罕，忙隔着门问，谁呀？门外传来昚山声音，叔，是我。门开了，进来三个人，老山娃外，还有他儿子岩娃和一个陌生女孩子。

山娃也老了，再不是当年那个不解风情的大男孩，转眼儿子岩娃都比他高了。听老山娃说，女孩子是岩娃昨天才带回来的，现在说岩娃骗了她，踏进门就吵着要离开。路过这，想请老叔劝劝她。

听说来客了，昚大爷一家人陆续起来。昨天是大爷生日，八十晋一，儿子昚河夫妇、孙子昚江夫妇和曾孙子昚海回来贺寿。昚河见是本家昚山老哥，正好找他有事。老爷子高龄，还顶着组长（过去的生产队长）帽子，早想昚山接替。过去因昚山超生三胎四胎，乡上不批。现在昚山没法再生，应该可以了。可他宁愿打柴卖，也不愿去管人家生儿生女的事，自觉穷是穷，不结子孙仇。你口水说干，他死活不应。眼见昚山主动求上门，昚河喜出望外。

昚山父子眼下只关心这女孩子的去留，谈其他没心思。昚河说好办，我儿子儿媳在这，他们年轻人能谈到一起，等会他们共同劝劝，帮你把人留住。这当组长的事，你得答应。昚山没开口，儿子昚岩先替他答应了，只要这女子不走，爹若不同意，我留下都行。

昚江比昚岩大几岁，论模样昚岩还俊一些。四个年轻人到一边去谈。昚山心里没底，问昚河，能成吗？昚河满有把握，我家昚江最爱爷爷，只要是为爷爷好的事，拼命也要办好。

昚家是賨人谷地道的原住民，迄今已有三千多年历史，賨国国都遗址就在城坝，全国重点文物保护单位。賨人自古勇武剽悍，历来改朝换代都少不了他们冲锋陷阵。周武王灭殷商的牧野之战，賨人踏歌而行，以凌殷人；秦伐巴蜀，賨人射白虎，与秦勒石结盟；后助汉高祖灭三秦，豁免赋税"賨"，因而得名"賨人"。这个有压迫必反抗的民族，受到后来历朝历代的统治者残酷围剿，隐姓埋名，四处逃逸。据说是土家族、瑶族的祖先。也有极少数賨人，如柿子坪昚家先祖，隐匿深山老林，为避风险，留下家训，"穷不出山"，方才艰难传承至今。上次人口普查，一百五十万人口的渠县，昚姓不足两百人。

昚构这家人，后人皆由大先生取名，预测他家时来运转，子孙沾水发迹。儿子昝河，承茅老书记照看送海军部队锻炼，复员安排在镇上供销社，娶青翠娘家侄女，生昝江。昝江高中毕业，欧阳生推荐在镇上派出所当辅警，娶镇上姜书记独生女姜丽，生昝海，由此告别大山，随名字住到水边。这一切，虽蒙乡上领导照看，也是昝构老爷子任劳任怨几十年赢来的尊重。一家人上感恩政府和历届领导，下感恩老爷子，孝顺自不必说。

不多会儿，昝江过来，神色无奈，未开口先让昝山心里凉了一截。听昝江说，女孩子姓楚，湖北人，挨着神农架的大山上住，比寳人谷还偏僻。家里也是贫困户，还有一个哥哥，指望这边的彩礼拿过去娶亲。昝山插话，昝岩两个妹妹出嫁的彩礼都攒着没用，也跟女孩子说了，都给她。昝江说，不是计较彩礼多少，真要是钱不够，好解决，寳人谷昝姓人家自会相帮。女孩子与昝岩在深圳打工认识，女孩子看上的是昝岩这个人。女孩子表示不嫌家穷，不怕吃苦，更不在乎彩礼多少，只是不愿再回山上住，无论是神农架还是寳人谷都不愿。

那，昝岩又把她带回来干啥？老爷子担心是拐带，那可是犯法的。昝江说昝岩也没错，他的安排是结婚后还在深圳打工，慢慢挣钱买房，有了孩子送回寳人谷给爷爷奶奶带。女方担心寳人谷条件不好委屈了孩子，昝岩告诉她，寳人谷是风景区，女方专程来核实。结果看了环境，看了住处都不满意，闹着要分手回去。

正说话，那边传出吵闹声，随即房门开了，叫小楚的女孩拉着岩娃过来，嘴里还嚷，走，请昝家长辈评评理去，几个黑窟窿夸成仙人洞，你还嘴硬。女孩子一张利嘴，非得把仙人洞贬回黑窟窿。

昝老爷子请她坐下，喝口水慢慢说。女孩子不喝水，话儿照样顺溜，将昝岩的谎言揭露无遗。照她所说，昝岩就是个骗子，骗她说，老家是4A级景区，结果是挨着4A级景区；骗她说，他是老红军的后代，祖上是烈士，结果他爷爷是老土匪，被人民政府处决了的；还指着崖壁上黑咕隆咚的岩洞，骗她说这是仙人洞，却说不出是哪位神仙住过的。

昝江回话，楚姑娘，你来时路过的，没看见景区大门上写着的"寳人谷"三字，这是一期工程，接下来还有二期三期，昝岩没骗你呀！姑娘嘴儿一撇，就是四期五期，恐怕他家那儿也沾不上光。

女孩子看上了昝岩,不嫌家贫,不怕吃苦。

昝河出面证明，昝岩的曾祖父当红军去了，市上洪书记生前证明过，家里有证明书。姑娘仍不信，那他爷爷被杀咋回事？昝山一旁暗暗叫苦，只怨母亲年事高，嘴里瞎念叨，把这事漏出来了。昝河替他解释，那年闹春荒，我叔受坏人怂恿去抢县城工作队粮库，上当被杀。可我叔在那之前还参加了地下党组织的暴动起义，没人给你说？

楚姑娘摇摇头。

老爷子开口了，姑娘啊！你看见那些洞，确是先人洞，不是神仙是祖先。我们祖先是賨人，古时又叫"板凳蛮"，那些洞就叫"蛮子洞"，我们祖先就是从那些洞中走出来的。岩娃没骗你。

老爷子说得很慢，一句一句没乱，说楚女娃子，你也是大山上出来的，知道山上日子艰辛，要到城里过好日子没错。我也一样，天天做梦想下山。现在，我的后人下山了，那是他们找着了职业，能挣钱。我没有下山，因为有昝家祖上传下来的家训，穷不出山。穷了在城里待不住，吃口饭得拿命去换。我的爹当年参加红军，爷爷拿祖训拦他，爹说，这次不同，是穷人替自己打天下。昝山的爹参加地下党组织的暴动起义，他对我说，成功了可以进城分胜利果实，结果失败了。第二次受特务蛊惑，说城里粮食多，谁抢来归谁，结果被打死，背个反革命的恶名。我们賨人命薄，穷着出山，要么死在外面，要么站不住脚又得回到山上来。

啥时候能出山？我爷爷告诉我，睡木床，吃细粮，四季分明穿衣裳。现在年轻人不信这些，越穷越要出山，仿佛山外有金子银子在等他去拿。

昝岩出去时，还不能顿顿吃米饭，四季就一套衣服，眼下看来，保不准还得回来。

昝江看看爷爷，再看看父亲，不知这些话是啥意思，是要留这女孩子还是撵这女孩子？

老爷子似乎累了，由老伴护着去了里屋。

昝河的老婆现身说法，我娘家还是坝里的，就是老爷子说那种，睡木床，吃细粮，四季分明穿衣裳。嫁到昝家，初始还不是睡火塘边，喝玉米糊。只要人好，家和万事兴。

小楚回话，不是我嫌弃，他家那条件实在没法过，有手机没信号，买电视机没电，修新房没砖瓦，你就买个汽车也没公路开，你叫人咋过？

昝江爱人小姜忍不住帮衬几句，楚妹子，不是我说你，你到底是嫁人还是嫁房子？寯人谷就这穷样子，你真安心要回来住呀？昝家祖训不知哪百年的事，皇帝都换了上百个，不信也好。只要人好，就在外面安家！

听儿媳妇这不着调的话，生怕冒犯昝山，昝河用话堵住，寯人谷也不是永久这样子，电马上安好，修路的款也下来了。你说这些都不是大不了的事，这次扶贫都要解决。

小楚回答也干脆，那就办到了再结婚。

昝岩终于开口，说，我知道你会看不起，所以才带你回来，你回来看清楚了，免得以后后悔。看看窗外发白，说，现在天也亮了，我送你回去。转脸对父亲说，当儿子没出息，不能接你们出去享福，就按祖训说的，等几年我回来给你们养老送终。婚姻的事，世上总有不嫌弃穷人的，你们也不要太操心，世上只有剩钱剩米，从来没有剩男剩女。

小楚生气了，啥意思？你带我回来的目的，原来就是找个分手的理由。没那么简单，想分手？我还不答应呢！不走了，既不回深圳，也不回你昝岩家，就在这儿做个了断……

欧阳生赶到已是午饭时分。看第一眼他心里就宽松了，女孩子足够做新娘的年纪，未必就是受害者，气势明显碾压昝家父子。接着询问，彻底放心，反倒担忧昝岩未来结婚后受窝囊气。傻子都明白女孩子心思，要新人不要老家。殊不知她要人不就为了成个家，这正是她与傻子相通的地方。如果傻到可爱也好，偏她傻到可怕，不管不顾要与昝岩了断，要她就回深圳，要老家就把她解决了，杀也好剐也好，一刀两断，来个痛快的。

比较而言，岩娃平静得多，再三要大家放心，让他和女孩子回深圳，所有的事他来解决。寯人昝家千百年没出过的女强人，被他昝山这辈人遇上了。昝山害怕，天大的事摆在眼前，儿子却视而不见，若无其事。昝岩越是平静，昝山越是恐惧。知子莫如父，岩娃从小话少胆大，着急不上脸，闷声干傻事，初中没毕业就敢杀猪。眼下逼急了，不知他会干出啥来。再三说岩娃，你俩的事要紧，家里你就不要管。越是这样说，岩娃越是不干。

欧阳生和老爷子，政府和家族的两个老大找岩娃，要他说实话，你想干啥？据岩娃说来，这女孩子欺人太甚。从那么多女孩子里看中她，就因听说她也是大山出来的，总不会嫌弃山区，过得惯山上的日子。女方一直催结婚，岩娃始终要带他看了赛人谷才办手续。竟没料到，女方看了后不干了，可又缠住人不放，天底下哪有这样不讲理的人。问他咋办，岩娃说了，彻底了断。咋了断？岩娃问死不说，瞧那神态，就在山路狭仄处下手也不是不可能。

又找了姓楚的女孩子，听她哽咽说来，让人心酸不已。拼命挣脱父母束缚出来打工，就是不愿再过大山里与世隔绝的日子，和岩娃好上后，做梦想的是挣钱买房子，子子孙孙过城里人的日子。谁想到……

好办哪，不答应就是。

女孩子抽泣着说，我舍不得岩哥！

欧阳生代表政府表态，保证在你结婚前路修通，电接上，手机联网……到时我们会通知你回来办喜事。

两个孩子欢欢喜喜走了，欧阳生惴惴不安。话说得很有余地，天荒地老都搁得下，反正我不通知你别回来。即使办不到，两个年轻人冷静后也会原谅。救急时说句假话，谁也不会计较。

回到镇上，欧阳生失眠了，总觉不能现在这样扶贫。按照扶贫规划，修路，通电，建基站都有，全到柿子坪为止。再往里走，不是没想到，而且还算过，七八户人，八九公里距离，不用搞建设，单维护费发到人头足够脱贫。更要紧的是，即使全办到了，谁也不能保证，这七八户人准会留下来，别到时啥都有了就是没有人。

当时，省市县镇共同想的稳妥方案，所有建设到柿子坪为止，提高内山这七八户人的脱贫标准，人均年收入按五千元计算落实。昝山是他在帮扶，再三询问昝山本人，儿子昝岩十分孝顺，每月寄回一千五百元，从未缺过，过年还另带钱回来，就这一项，全年也有两万元以上，足够家里三位老人脱贫。还特意问过，够不够了？昝山亲口说的，山里人花销少，还攒着给孩子安家用。

够了，表格上够了，贫困户说够了，帮扶的人说够了！责任尽到了！可欧阳生心里空荡荡的。

从下乡当知青至今，四十来年交往，山上情景如手纹一样熟悉。欧阳生坐起来，扳起指头代替脚走向大山深处，从柿子坪斜着往上是叫寶门的山垭，自此才算进了内山，不远处是土主庙，供奉寳人的战神，东汉车骑将军冯绲。旁边曾有两户人，前几年搬走了，房子还在。往里走约四里路，路旁有棵老栗子树，住一户人家，人称昝漆匠。家传漆艺。过去吃香，可惜现在没人请了。儿子改投别人学装潢，丢给老人一双儿女。小孙子淘气，把家里土漆带进学校，害得七八位同学过敏，老人贴了不少钱。自此处分路，往右五里路到陡嘴，六十六步石梯挂在岩壁上，上去叫石坪，有十多亩田地，最多时有五六户人家，现在剩两户，昝家亲兄弟，两对老夫妇加一个孙子。从栗子树往左，径直朝里走三里地，有处泉水，咕嘟冒泡，四季不断，由此得名龙眼窝。守着泉水有户人家，老太婆孤自一人，儿子儿媳出去打工，五年没消息回来，只要见着人，非得拉着打听后人消息。路越来越小，化作两根小肠，通向两面山坡，各自尽头有一户人家，昝山家在东边向阳坡上。向西再翻过一个垭口，里面还有一家猎户，现在枪被收了，种点马铃薯，散养一群羊和五头牛，三条狗。

这些都是贫困户，都在三年脱贫规划中，人平收入、两无十有都在按规划实施，到时最严格的第三方通过没问题。可他们改变了啥？钱增加了，花钱的地方没增加，他们除了钞票还能获得啥？

如同当年老书记一样，欧阳生感觉自己老了，许多事有点固执，少了年轻时的变通。胡镇长是年轻人，就是胡公安当年那个超生儿子，大学毕业后回乡当村官，前年从其他镇调回来任镇长。欧阳生同他商量，他回答干脆，你是书记，你说咋办？

全部搬迁下山！欧阳生咬着牙说出来，一个字一个字落地叮当响！

胡镇长愣了一下，即刻活泛，说，老书记，你定，我们共同跑路。只是——稍稍迟疑，又说，这么多户，安顿在哪儿？下山来做啥？钱从哪来？我总觉得，这是自己在给自己找麻烦事。万一……

没有万一，真有啥，当年茅老书记能出头担责，我也能！不会耽误你当县长。这是当年超生他受罚的时候，他妈安慰他爸的期许，欧阳生此时重提，虽是调侃，却是郑重的承诺。

小胡镇长一本正经告饶，欧阳书记，再不要说这话，别人听了会误以为你当真在培养我。

省市县镇帮扶者们为此聚到一起，沿着那条羊肠小道，追溯穷的根源。等不及回到会议室，就在柿子坪昝老爷子家八仙桌上，把事儿摊开说。

事由欧阳生提出，自然该他起头。他从一种感觉谈起，每次来山上，他总感觉无论咋努力，穷根断不了。他认为精准扶贫要算账，不能只算收入账，光看挣钱不看花钱，有时候花钱比挣钱更重要。比如眼下的昝姓人家，兜里一百元和一元都一样没处花。就算车通了，谁来坐？电通了，满屋配上电器，谁来享受？就算医院学校高铁超市全搬上山也没用。得有人呀。财气好帮，人气不好帮，扶贫不能只管财气不管人气。

县扶贫局齐局长赞同，认为扶贫不是酿酒，封闭可以增值。这山上缺人气，改得了穷样，断不了穷根，没几年还会返贫。

市交通局徐局长深有同感，别说通公路，就是通公交车都没问题，可谁来坐？话说回来，汽车都没坐过，你说他脱贫了，帮扶的人都不好意思开口说。

省妇联吕主席态度鲜明，搬迁，一举两得的事，既改变了贫困户居住环境，又保护了自然环境。

改规划，整体搬迁，全体同意。事情顺利得让欧阳生吃惊，甚至怀疑赞成的人心口不一。可回忆起各位见到山民生活窘迫时，个个惊讶的神态，又感到没有怀疑的理由。

下面该钱表态了，钱却不知在哪。

道家有句名言：一生二，二生三，三生万物。这次扶贫，最不能缺的是感情，一旦有了感情，万物皆有灵性，钱就钻出来了。最后议定，省上帮助争取专项补助，市上负责配套工程，县上规费全免，镇上找不获利的公司修建。搬迁户的动员工作，欧阳生拍拍胸脯算乡上的。

会后下山的路上，欧阳生像得胜归朝的将军，昂首挺胸，面带春风。胡镇长扯了他几次衣袖，提醒他动员的事难办，最好大家分担。他睒了睒胡镇长，不负担人，你想负担钱啊？

客人还没走，欧阳生醒悟了，胡镇长是对的。没让镇上出钱，可搬迁要花钱,尽管是很少一部分,对本就贫困的搬迁户来说,仍是一项不小的负担。他们的负担就是镇上的负担。想反悔,刚拍了胸脯,实在不好改口,再重的担子,只有硬起腰杆担起走。

正如超市医院不能搬上山一样,祖坟山林也不能搬下山。下山谁都想,故乡谁也不愿离开,赛人旮家的迁徙路途,早已终止在先祖脚下。欧阳生和他的乡亲们要改变苦涩的安居乐业,面临酸甜的背井离乡,还不能让好事砸了脚背。

回到家里,见他皱眉愁眼,祥菊骂他叫花子捧火碳圆——自讨的。欧阳生怨她没去现场看看,龙眼窝旮婆婆一个人在那山上,死了都会没人知道。祥菊说,她难,就搬她一家,你攀扯那么多干啥?欧阳生不耐烦了,你懂个屁,脱贫一个不能少。

幸好我不懂,若我是懂了,你屁都得不到一个。讥讽之后,祥菊还忘不了替老公操心。这么多人搬下山,住哪儿?

欧阳生摇摇头。再问下山后干啥?还是摇摇头。祥菊惊叫唤起来,仿佛火炭圆落在她手里了,吔!吔!你胆儿够大的啊!啥都没着落你就要人搬家。得,你书记也当腻了,索性一把火把山上旮家灭了,免得慢慢折磨人家。

欧阳生额头皱纹更深了,如同人在山涧沟壑,突兀一阵山风刮来,弄得头昏脑涨。转身去里屋,歪靠在床靠上,心里暗骂,这个死婆娘,就知道瞎吵,办事头尾找不着,先得旮家同意,不然,你修个别墅他也不下来。闭上眼睛,挨个把山上旮家请进心里,试着动员一番。

下山理由?脱贫致富。每月发钱?年老的行。其余的呢?依据专长推荐工作。旮家猎户会说,我会下套,会挖陷阱,你推荐我做啥?做啥都行,清洁工,擦皮鞋,当保安……似乎哪里有点不对?是不能这样说,全是城里人不愿干的活,好像乡下人低人一等。还是过去的说法好,工作没有高低贵贱之分,都是为人民服务。

对!就这样说,你做得下来哪样就去做哪样。东坡旮山家会说,我有一身蛮力气,只会挑抬。那好,当搬运,街上棒棒军同行多的是,拜师不求人。

西坡旮家会不会说,我啥都能干,当老板当经理,你能不能举荐。行呀，你出本钱，十万百万不算多，一万两万不嫌少，有钱就是老板。

龙眼窝耷老太婆咋说？她就免谈，一个孤老太婆，浑身是病，不用干啥，直接到养老院去，政府包了。

石坪耷家老兄弟俩会不会跟风，也要政府全包了。这不行。你俩有儿有女，你给谁带孩子找谁去。你不愿找我们帮你找。后人不答应也不行，通知后人回来，不回来？发张传票去，看他犟还是法院犟。

栗子树漆匠家好说，不用发传票，儿子就在镇上做活，说不定正想着搬下山来。可孩子读书咋办？得出个文件，搬迁户孩子就近上学。

反复几遍，好像无懈可击，歪在床靠上就在梦中上了山。

繁全听说公路规划修到柿子坪，觉得是个机会，延伸半公里就到茶场。据说市交通局不干，说这是扶贫专项资金，茶场不是贫困户。繁全急着找欧阳生想办法。

欧阳生从梦中回来后，终觉不踏实，虽说梦里几个人均答应下山，可那毕竟是梦，正说要去山里印证，繁全来了，那就一起去。

途中，说到公路延伸到茶场，欧阳生一口拒绝，这事他做不了主。扶贫项目层层把关，不是你说延伸就延伸。你以为半公里路不长，那你自己修啊。几十万的投资，你还说多花不了几个钱，真是有钱人的口气大。

繁全倔脾气上来了，路不修通，茶场合同就取消，没人承包了。见欧阳生用眼睛瞪着他，赶紧解释，不是耍赖，这茶场真没人愿意承包。

欧阳生语气坚硬，没人承包你承包。

繁全喊要不得，村支书承包村茶场，发包承包一个人，你敢说我还不敢做。前面的福建老板为啥亏本跑了，就因没人干活。就算我承包，照样没人干活，一样要亏。接着再补一句，我不比他多个脑袋，这个问题我解决不了。

路修通了就有人了？欧阳生口气稍稍变得谦和点。

公路通了肯定好得多，运进运出少花钱，人来人往也方便，旅游度假消夏观光都可以搞，我已经打电话说好了，祥斌愿意回来承包，繁全回话。

哦，不是说他回来办养猪场吗？

茶场是我给他说的。虽说赚不了几个钱，他愿意，当年建茶场他出了不少力,两口子就是在茶场认识的,有感情。

养猪场不办了?

办呀!看看欧阳生有些怀疑,忙解释:不碍事,他那养猪场只费钱不费事,花费不了他多少心思。

欧阳生还是不放心,别把养猪场耽误了,我还靠他多安排几户贫困户就业。

繁全笑他要失望,要祥斌多拿钱出来还容易些,多安排人难。他那是机械化,冷热自控,还不用清扫,像镇上养猫用的猫砂作垫层,到时自有人来更换。

欧阳生仿佛被人低瞧了,我知道,还要放音乐!又回到茶场,问,干活的人呢?

干活的人嘛,也就有了。繁全说,贾支书那会儿,村里没收入,成天都在农民头上打主意,农民气不顺,给钱都不愿去干活。我想好了,果园茶园让农民入股,有钱出钱,没钱的出力,除了工资外,农民土地劳力入股,承包费按股分红,农民有了,村里才会有。

欧阳生心里一喜,叫不要着急,这次扶贫验收有集体经济这一项。茶场要做一个方案,与窦人谷景区配套,旅游度假消夏观光都要写上,延伸这条路的价值出来了,扁起脑袋也要挤进规划去。

路的事就说到此。欧阳生问繁全,搬迁的事你有啥高招?繁全说听镇上的。欧阳生把自己梦中的对策说与他听,繁全挑不出毛病,又觉得有股知青味道,说不出来啥不对,只能敷衍说,欧阳书记想得周到,就是不知合不合昝家人的口味。欧阳生不担心,说昝老爷子等会要一路去。

不幸言中,昝家人真的口味重。

栗子树昝漆匠开口只是笑,闭口不谈搬下山的事。昝老爷子火了,仗着长辈身份,呵斥他,跟你说正事,傻笑啥?

昝漆匠不得已半遮半掩说,我们也想下山,可没住处啊,儿子儿媳在街上租了屁股大一间屋,再去四个人,只有打钉子挂在墙上。欧阳生认为简单,只要你答应下山,或者买或者修,总会给你一套满意的住房。

昝漆匠心动了,问,在哪儿?

当然在城坝村。繁全觉得问是多余的。

这，得孩子回来定。昝漆匠又笑开了，暗想，说了半天还没出村，这不闹着玩吗？

在石坪，昝家两兄弟感到很怪，怀疑镇村组的头儿没睡醒说梦话，后人在沿海打工，你安排老小搬家到城坝住，啥意思？你这心操得太宽了吧？

龙眼窝孤老太婆先不同意，担心孩子回来找不到人。昝老爷子让她放宽心，孩子回家必过我那儿，我会跟他说。见昝老爷子是本家长辈，总算答应了。

东坡昝山家，已说好搬下山娶儿媳妇，没曾想昝岩回深圳后，两人已分手，今后的儿媳妇有啥要求说不清楚，别搬下山了又不对，再搬更麻烦，定不下来。

西坡昝家两个老人在家，说不用问孩子，我们说了算，随时可以搬。只是这老房子如何赔偿，孩子等着赔偿款在外面买房子，几百年的昝家大院钱不会少吧？听说没赔偿，脑壳直晃，没钱搬啥家？

昝猎户更是直截了当，他要天天吃肉。山上再穷，猎户不少肉吃，有枪的时候打野猪、麂子……枪没了，套野兔，挖竹鼠，抓野鸡……两个人三只狗，顿顿要见荤开饭。欧阳生想这事好办，猪肉敞开你吃，一人一顿一斤，狗一天一斤……繁全赶紧劝住，细算不得，依他的，一年光肉钱就得六七万，十个人脱贫的标准还不够他一个人吃肉。昝老爷子骂他不识好歹，过去苞谷面糊喝不饱的时候，你哪来的见荤开饭？

回家的路上，昝大爷一直骂骂咧咧，这一个二个真是蛮子，不识好歹的东西。过去谁说昝家是蠜蛮子他要骂人，今天竟自己骂起自己来了，繁全见昝大爷真生气了，忙劝他别气着自己，大先生生前常说后山的人，直而无礼谓之蛮，是性直之故。欧阳生也帮着劝，扶贫最忌动气骂人，贫困户的好评是验收的第一标准。这深山里的人闭塞贫穷，人们要改变的不仅是锅里煮的、身上穿的，还有心里想的、口里说的。

十九

清晨,常老爷子赖在床上,估计到时候了,拖长声音叫喊,懒——虫,马上有稚嫩声音传来,慌啥呀!我在尿尿。回应者是常老爷子的曾外孙子根娃,两人忘年交,相差恰好百岁,大约为了交流方便,老的越来越萌,小的越来越老成。当第二声懒虫落地,根娃推门进去,头拱进被盖窝里嗅嗅,大声嚷道,妈妈,太爷爷尿床了!老爷子急了,尽力叫喊,别听他的,这小子埋汰我。祥菊弄不清是小儿子出老爷子洋相,还是老爷子真弄湿了,马上叫喊,媛媛,去看看。

祥菊头胎是个女儿,常老爷子取名欧阳云媛,没依辈分排行,比喆娃的女儿欧阳云霓小三岁,下年上初中。原本不打算再生,怕人笑话她与儿媳妇赛生育能力。自欧阳邦过世后,常老爷子日渐孤单,恰逢二胎放开,小两口一商量,给老爷子生个娃娃陪他玩。眼看根娃也快上小学了,欧阳生调侃老婆,要不,再给老爷子生一个玩具?祥菊笑骂他,脸也太厚了,早点申请退休,自己回来好好陪老爷子几年。

欧阳生好几次找上级谈过辞职,让年轻人上,班子里胡镇长,纪副书记都是好苗子。县委书记首肯了,但有一条,扶贫验收合格后才行。祥菊取笑老公,你也太把自己当个人物,扶贫不就一个发钱发物的事,你当真以为离了你不行?

欧阳生笑笑,哪是你说那样简单,扶贫攻坚,压力不减,一个不少,第三方评估……一连串新名词后，加一句，说了你也不懂。祥菊没安心要懂，各自忙去，丢下欧阳生一个人在那自言自语，别说你不懂，包括我在内，多少人没弄懂。

胡公安还在，退休后同儿子住在县城。见儿子几个月不回一次家，问在忙啥，听说忙着扶贫，百思不得其解，一夜没入睡。第二天一早，拦住急着回镇上的儿子问清楚，扶贫这事，我当年干过不知多少回，通知人来领钱领物就是了，用得着你这样没日没夜忙？胡镇长也是欧阳生那样，冒出一大串新鲜名词，唬得他爸一愣一愣的，到底还是不明白。儿子急了，你呀，当年的处分白挨了，若要你明白，除非再挨几次处分。

听说涉及处分，他爸更不放心，我老了再挨几次处分也不要紧，儿子大好前程可不能让处分误了。赶紧打电话找老同事欧阳生，问这次扶贫咋这么难？未等欧阳生开口，先办招呼，来直接的，你那新名词我懂不起。

说到这次扶贫，欧阳生也干脆，这样说吧，自此后，人无穷人，地无贫地，官亲民敬，富不足奇。胡老同事似乎有些明白，只是，能办到吗？欧阳生有点气，你这人哪，不好将就，一会儿怪小题大做，一会儿又觉高不可攀，不难，还叫扶贫攻坚？

第一次县上自查，问题不少，受警告处分三人，严重警告一人。胡镇长痛心疾首，怒对四张哭笑难分的面孔，语气里满是恨铁不成钢，大声呵斥，别给我喊冤叫屈，要我说处分还轻了，睁开眼看看你们都犯些啥错误，都他妈的幼儿班水平。

受处分的人个个当众深刻检讨。

第一个是县上下派城坝村的第一书记小葛，他大老远引进一只种羊，被贫困户曾老幺杀来吃了。小葛很懊丧，那天忙着回镇上开会，没亲自送羊到家，没当面交代清楚是错。可送羊的人再三说了，这是做种的种羊，葛书记花两千多元从外地购回来的。现在曾老幺不认账，说他若知道了，杀其他羊也不会杀种羊。

下面有人议论，你遇上曾老幺，有你的戏看。见有人同情，小葛的委屈有了攀缘，对错误的认识越来越趋向合理化，直到说出拿钱买气受，谁遇到谁倒霉的气话。

欧阳生也干脆,这样说吧,自此后,人无穷人,地无贫地,官亲民敬,富不足奇。

胡镇长岂能容忍狡辩，啥意思？你还与贫困户计较起来，首先是你这态度不端正。告诉你，只有不对的帮扶者，没有不对的贫困户！这么多人扶贫，独独只有你几个人受处分，几个处分中，独独你严重，不好好检查自己，反倒怨起贫困户配合不够，你演戏呀？

小葛实在憋不住，一句话冲口而出，那是他们运气好，没有遇到曾老幺。

胡镇长实在觉得好笑，直对小葛，曾老幺跟你前世有仇，你去帮他，他反来害你？我就弄不明白，你扶贫低一下腰，有那么难吗？不就一个曾老幺嘛，换给我。

欧阳生心里明白，这次扶贫，理解字面上的意义容易，感情上融入难，就是胡镇长本人，未必说明白了，就真明白了。上面再三说扶贫不是施舍行善，对贫困户要当亲人看，要有愧疚心里，他们贫困，就是我们工作没做好，我们有责任来帮扶他们。说了，要求了，做到了吗？事实上，现在的年轻人，很难想通，贫困户病了政府有责任，受灾了政府有责任，穷了政府有责任，就连曾老幺那样的老光棍，政府也有责任？欧阳生见小葛一时转不过弯，对曾老幺心生畏惧，准备与他换换，没想到胡镇长抢先表态。

做过检讨的乡干部都知道，大错要低调，要淡化，别让检讨变成证据。小错要高调，要夸张，一定要使人相信，自己仿佛就是一只蝴蝶，只因扇错翅膀，差点引起惊天动地效应。后面几个人的检讨十分深刻，只因错误轻微些，认识自然容易到位。

一位蔡副所长，镇派出所的，错误是让贫困户跑了冤枉路。这位第一书记找贫困户填申报表，几次上门没见着人，冒火，职业毛病犯了，严令贫困户限期到镇上来填表。蔡副所长检讨：这是官僚主义作风，对贫困户感情没到位……

另一位老张还是第一书记，他的错误在呆板。认定贫困户要精准，既要看数据，还得看现状。他负责的贫困户是两口子，男的在煤矿上班，每月几大千，就是不拿回家，女的吃饭都困难。老张审核时只看表上人平收入超了，一笔勾掉。后来检查的人入户查看，缸里没米，屋里没电，定为漏报。老张检讨中认识到：自己犯了生搬硬套的毛病，不知数据填不饱肚皮……

再有一位是镇妇女主任覃姐，错误在哪？覃姐请人写的检讨，替她认识到：自己把扶贫致富变成拽贫致富，缺少谦恭的姿态，野蛮扶贫……大家认为深刻，反正她没认识到。她负责的贫困户是母子俩，娘已过六十，儿子有腿疾，快四十的年纪还没讨老婆。覃姐按要求将扶贫责任卡贴他门上，写明贫困户是谁，帮扶者是谁，采取啥措施和什么时间脱贫。贴的时候母子俩欢欢喜喜的，可检查的时候母子俩变了，哭哭啼啼要检查组给他们做主，只要钱物，不要门上这张卡。就因这张卡，来了几起相亲的，看见这张卡掉头就走。检查组当然生气，好事没办好，给予警告。覃姐没想通，这卡除了监督帮扶者，原本就有激励贫困户的意思，又是镇上统一布置的，自己错在哪？

县上处分她，欧阳生说不上话，事后安慰她，欧阳生没少说话。大家一样贴责任卡，唯独处分你，换作我也觉冤。可细想起来，还真不冤。你别生气，覃姐，听我说给你听。这好比看望病人，这个那个都拎着一包糖果去，病人高高兴兴接受了，感激不尽。轮到你去了，也是一包糖果，被病人臭骂一顿赶出来，因为啥？病人与病人不同，你看望的这个病人患糖尿病，忌糖，挨骂怨不得谁。你说是不是？

胡镇长提起这几位不争气的下属，只想重锤敲打，认定安慰就是纵容。对欧阳生的做法口里没说，心里不认可。特别是覃姐，怪天怪地就不怪自己，你吃饭噎着了，还能怪炊事员？怪事！

这些话说了不到半年，胡镇长后悔了。市上组织初次验收，全镇包括山上的搬迁户在内，三百五十户接受检查，三百四十九户过关，唯一没过关的是胡镇长帮扶的贫困户，又是曾老幺。曾老幺拉着检查组长的手，指着羊圈里的羊群诉苦，我都这把年纪的人，若在城里早就在领退休金了，现在让我去放羊，这不是折磨人，万一被绳索绊倒中风咋办？你们看见圈里这些鲜草，还是胡镇长一早叫人背来的，你们检查组一走，我又上哪儿去找人割草？

根据要求，贫困户不满意，一票否决。

没人要求他做检讨，胡镇长自己心里不好过。许多下属自发去看望他。上次做检讨的四位，一个不少都去了，生怕被人怀疑在看镇长笑话。劝慰的话很诚恳，没有一句不是发自肺腑。

小葛说，怪只怪曾老幺难搞，谁遇上谁倒霉。

蔡副所长深有感触，要说跑路，就数你当镇长跑路最多，可好心没好报。

老张替他抱不平，我看还是数据可靠，只需看发给贫困户的款项就足够了，其他都是多余的。

覃姐的话中听，我看验收标准太严，依据贫困户的意见实行一票否决，像曾老幺这种人，你望他说句好话，除非他爸从地下爬出来重新教他说话。

这些话若在半年前说出来，肯定被胡镇长训一顿，而今事落在自己身上，胡镇长听起也顺耳多了。他摇摇头示意大家别说了，看看还有谁有本事来接这个任务。

在欧阳生面前，胡镇长再次服软，要求欧阳生出面换人，担心下次再出事，个人丢脸事小，误了全镇扶贫攻坚事大。话到这份上，欧阳生想不接手都说不出口。

上次欧阳生就有心接手，被胡镇长抢了先，他理解胡镇长的好意，就是让他避嫌。曾老幺四处吹嘘他本人是有历史的，宗圣曾参之后，到他这辈改习武了，曾庆彪是他大爷，而今镇委书记欧阳生是他大姐夫。与人打架，赢了，他竖起拇指说，欧阳邦欧阳大爷是我姻叔，我繁琴姐姐的公公，亲手传授绝招，江湖几人能敌？输了，他揉揉疼痛的屁股，煞有其事后悔，早该听欧阳大爷的话，拜他做老师，随便学几招，足够独行江湖。

这些牛皮话传到欧阳生耳中，指着鼻子骂他，曾老幺，历史不是你的大姐夫，也不是我的小舅子，历史是祖宗，是用来尊重不是用来显摆的。历史由成功者书写，你若是脱了贫，算你成功，三江镇从此没了混混赖皮，你就有了历史。若是脱不了贫，你就一个浑蛋，与历史一毛钱关系没有。

曾老幺混赖出了名，连镇上的人也轻易不去招惹他，寅人谷只有欧阳生敢骂他。说不过欧阳生，打不过欧阳生，年轻时惹不起知青，后来成了他本家妹夫，按族规他又该礼让三分。再后来，欧阳生成了乡镇领导，为表示敬畏，曾老幺把妹夫改称姐夫，多少沾点光。早些年，曾老幺还怵一个人，那就是胡公安，多远见了就得躲。那年赖上曾老八，胡公安几句硬话就叫他缴械投降。上次县上检查，他赖小葛书记，竟然没事。知道胡镇长是胡公安的儿子，心里早痒痒的，又恨胡镇长每天派人监督他放羊割草，更让他周身不舒服。一辈子被人踢来踢去，难得扶贫有人打上眼，他自不会放过机会，稍不顺心就讹人一口。

听说又换人了，是他过期的妹夫接手，以前那点得意一下没了，总在琢磨欧阳生会咋个收拾他，派人或者亲自动手打自己一顿，似乎不可能，从未听说过欧阳生在哪打过人；把自己踢出贫困户行列，好像也不可能，能的话，胡镇长早就干了；弄进去关三五个月，更不可能，诬陷贫困户，想也别想。实在想不出别的招数，但有一点可以肯定，他要给我点苦头吃，成天就等这只靴子落地。

帮扶者欧阳生也在思考。没曾想，咋个收拾曾老幺本身就是一个收拾人的难题。按寳人谷的说法，曾老幺不是农民，是城里人投错了胎。从小没做过农活，打骂不解决问题，他父母早试过。若非年老了，他还会在城里冲冲杀杀。要他靠种养殖业脱贫，确实高看他了。过去有各种小分队搞突击，计划生育，打狗队，催交公粮……他还可凑个人数。而今这些没有了，除他那间屋，另找不出更好的地方搁置他。就那间屋还是他卖给曾老八的，后来没住处又搬进去赖着不走。为他不生事，繁全做曾老八工作白给他住。繁全替他着急，眼下他尚能动弹，动歪脑筋收拾这个收拾那个，真到了动弹不得那天，不知咋下场？更令人生气的，是他一年四季白吃白喝不满意，还成天牢骚满腹，骂这骂那，仿佛整个寳人谷都欠他的。

这个人咋帮扶？欧阳生突然想到找个企业收留他。电话打了一天，第一个是祥斌那儿，祥斌说，他不是没在我那儿干过，既嫌苦又嫌累，没干几天，屁股一拍就走了。曾三娃、曾繁轩、火神爷甚至庞大勺那里，好话说尽，回复都是一句话，一次性给点钱可以，人是坚决不要。到最后，欧阳生想到前妻曾繁琴那儿，就当养一个闲人，应该没问题。

正好为搬迁户的事要找前妻，不好直接找，打电话给国外的儿子。哪知儿子已回到国内，接到久不来往的父亲电话，以为是来慰问的，第一句话，爸，你咋知道的？欧阳生蒙了，再问，才知曾繁琴检查出癌症，中晚期，儿子已在他妈的公司管事几个月了。欧阳生问了病情，问了公司经营，最后提了曾老幺和资助搬迁户的事。儿子告诉他，妈隔几天要回老家来看看，到时你当面给她说。

回到家里，常老爷子听说曾繁琴病了要回来，自语道，不是好兆头。欧阳生说是中期，手术很成功，医生就是叫她四处多走走。老爷子点点头说，也好，多住几天，也许就不走了。

说到曾老幺的事，祥菊怪他不该接手自讨苦吃，接下来是省上检查，曾老幺不定装啥洋相，到时受个处分，落个晚节不保。马上要退下来了，欧阳生不在乎处分啥的，倒是对上面这种压力不理解，贫困户不满意就一票否决，太严格了。

老爷子意味深长笑笑，有啥不理解的，就是逼你低头说好话，让贫困户出出气。老爷子近些年话特别多，不等回话，先数落起来，不是我说你们这些乡干部、村干部，这些年净跟老百姓斗气。前些年催粮催款，刮宫引产，灭鼠灭犬，哪一样轻言细语去干的？平日里一个个横眉竖眼像个大爷样，别说贫困户，就是普通农户心里都憋着气，只差没处撒。这些年出事不少，逼死人坐牢的有，敲诈勒索被撤职的有，可管不了几天又忘了。依我这老头子看来，这次呀！就该治一治你们这些大爷，要你们去尝尝低头哈腰求人的滋味。

祥菊出来帮腔，你们这帮人真得要治治才行。我记得有一次，一个领救济的，坐在乡办公室门前等乡干部来发放。乡干部正下象棋，旁边人劝乡干部，你去发了再来，人家好办事。乡干部盯住棋盘头都不抬，轻蔑人家，说他若有事办的话，又不受穷了。自打扶贫以来，街上人对农民的态度好多了，城管说话声音都低了许多，生怕对方万一是个贫困户。不知乡上的人咋样，你当书记的还在抱怨，估计改得不彻底，还得继续改。

羞得欧阳生脸色青一阵白一阵，说这些他有同感，可曾老幺这样的懒人也不能滋长。老爷子不紧不慢说，非洲灾民都在援助，中国穷人你咋嫌弃？尤其曾老幺这样的人你不能慢待，他已在悬崖边缘，推一下就与你拼命，拉一下，他少给你惹点祸，花几个扶贫款值。

祥菊补话，我听说那年抢救灾物资，砸贾支书那一砖头，就是他干的。

欧阳生不好分辩，心想，我对别人也会这样说，可到底咋个来帮他脱贫？照现在这情形，好像是他不愿富，我们在逼他富。实在坐不住，说声外面有事，抬脚出去了。

望着外孙出门的背影，老爷子颇生感慨，古今中外都有穷人，只有当下的中国，穷人的地位最高。

曾繁琴先回来，省检查验收组晚几天，似乎有意错开的。

猛然一见，看不出有病，没见她咋老。弄得祥菊好生羡慕，有钱人真会保养。卸妆后，老弱病残都在脸上现出来，繁琴又感叹时光有钱买不到。两个小欧阳来见繁琴，咋个称呼？祥菊教孩子喊，琴姑婆！繁琴不许，别把人叫老了，只得依她叫大妈妈。这称呼在记忆中是现成的，繁琴自小就这样喊曾杨氏。欧阳生如同一张跳板，消除了两个女人的辈分高低。常老爷子稳坐上首，繁琴好激动，张开双臂上前拥抱。老爷子懂洋礼节，只是繁琴腰围太大了，费好大劲才完成礼仪。

繁琴送上礼物，三份。

她给老爷子是一件熊皮大氅，可披可盖；给祥菊是一瓶法国香水，给两个晚辈一人一部苹果新版手机，唯独没有欧阳生的。

儿子欧阳喆给曾外祖父一副老花镜，国外定制的；给父亲一张银行卡，十万，随时用，儿子随时存，永远十万，密码是父亲母亲与他和女儿四人生日最后两位数；给二妈貂皮围脖，给妹妹一部新款的笔记本电脑，给弟弟一个钛合金变形金刚。

小姐姐欧阳云霓的礼物，全是奖状照片，国家级，省级的，幼儿园的，小学中学的。

接风宴原安排在繁全的酒楼，繁琴不愿去，自己饮食顾忌多，就想在家里吃点家常菜。她还要与祥菊亲手做大刀丸子，鲜炸酥肉和凉拌鸡。

两个女人在厨房忙碌，嘀咕到那些年欧阳生房事老是紧张……

繁琴问，你对他咋说的？

祥菊说，我说你不是恨我姑姑吗，我是他侄女，要报复你就来呀！

真灵吗？繁琴自己都不信，当时也就信口一说。

灵得很。他牙齿咬得紧紧的，压在上面往死里整，一趟下来，人瘫在床上像条死狗，比抬一天大石头还累。

现在怕没那么凶了？繁琴略带调侃道。

成本是高了许多。祥菊自己也觉好笑。

成本？繁琴不可理解。

祥菊自己先笑了，说这是欧阳生的怪话，他每个月的工资交给我，再算有多少次，每次平均多少钱，稍不满意，他就要喊降低成本。

繁琴哑然失笑，这死老头还是那样调皮，忍不住笑问，你们现在成本多少？

祥菊略加思索，正经回答，现在吗？恐怕他得攒一个半月的工资才行。

岁月不饶人哪，繁琴深有感触，他也老了！

主要是我的原因，祥菊说，五十岁一过，对那事就烦，很少迁就他。姑姑，你现在咋样？

繁琴一丝苦笑，我早忘了那事。

祥菊眼见姑姑对欧阳生依恋如旧，欧阳生反而硬憋住感情，做起谨言慎行的样子，有心想捉弄一下，装作认真说道，姑姑愿意的话，我叫欧阳生提醒你。

繁琴笑笑。

还在东北，繁琴打电话问，曾家院子老屋还在吗？自己回来要住。祥菊早早收拾打扫干净，好在旧家电家具没动，添点东西就行。当晚，祥菊夫妇陪曾繁琴去了曾家院子。

祥菊在厨房忙活。繁琴在洗澡，喊道，祥菊，把我箱子里的沐浴露递给我。祥菊应声回道，好的。转声喊，欧阳生，听见没有，去给姑姑递进去。欧阳生没应声，悄悄进厨房说老婆，还是你去好。祥菊板起面孔，你没看我离不开吗？少跟我装正经，她身上哪个地方你没见过？去！进去就出来啊！

欧阳生想想也是，没再说啥，找出沐浴露，推门进去。繁琴故作不知，水淋淋背对着他。欧阳生没吭声，递给瓶子，转身要走，被她一手抓住，指指后面，给我搓一搓。欧阳生默默接过毛巾，倒上沐浴露，在那熟悉而又陌生的背部上，一上一下来回用心用力。繁琴感受也是新鲜而又陈旧，稍觉有点僵硬机械，调侃他，比以前不同吗？

欧阳生说，发了，比以前圆润富态多了。

繁琴问，见了紧张不？

欧阳生老实回答，习惯了。

繁琴问，你那肉疙瘩咋样，转身用手伸进欧阳生肋间，边摸边说，大了许多。

欧阳生笑说，它就喜欢你，每次见了你后，它都要长。

繁琴说，这就是命，你知道吗？不待回答，又说，赫留金死了，离婚后不久出车祸死了。

欧阳生劝导，你还信那句话，哪来的青龙白虎。

繁琴坚持，我妈信，我也信，还是灵的。

欧阳生说，我命大，你克不死的。

沉默，只有水声。

繁琴问，知道我为啥没送你礼物？

欧阳生说，知道，若心中有你，你就是最好礼物，若心中没有你，就值不得送礼。

繁琴笑问，要不？我现在就把礼物送给你，一个六十年的白人参。老太婆笨拙地旋了一圈。

欧阳生回道，礼物太重了，承受不起。

繁琴趣他，要不来次低成本的，倒贴都行。

欧阳生打趣说，你是客人，咋会要你倒贴？

繁琴催他，那你来呀！

欧阳生故作认真，我钱没攒够。

繁琴问，要攒多久？

欧阳生回答，至少两三年吧。

听到这儿，门外祥菊憋不住失声笑出来。里面两个老的也止不住相互撑着憨笑起来。

听说繁琴回来了，赛人谷在家的都来看望，最早要数曾老幺，一路嚷嚷，生怕别人不知道他繁琴姐姐回来了。早饭端上桌，曾老幺恰好到，自己进屋取来碗筷，拣空位置坐下，先咬一口包子，再问一声姐姐好。

曾老幺的事，繁琴已听欧阳生说了，企业里这种人也不好安排，不过，养一个闲人的钱企业还是有。眼见曾老幺送上门来，繁琴还得当面说说他，老幺哇，你今年多大了？曾老幺很难为情，姐呀，你是贵人多忘事，我岁数比你大。这就怪了，繁琴问他，你咋叫我姐呢？曾老幺笑得勉强，半天挤出话来，怕欧阳书记骂，我咋混也不能在他面前装大。众人第一次听说有这讲究，方才明白他为啥不依祥菊辈分和繁琴年龄称谓欧阳生，原来不能装大。繁琴笑问他，前两次县市检查你出洋相，弄得帮扶你的人下不来台，这次省上的要来，你打算咋个收拾你欧阳姐夫？曾老幺脸皮再厚，家族观念还在，本家姐妹面前不能胡来，一本正经回答，我捧场还来不及，咋会去拆台。繁琴告诉他，我已知道你的事了，这次就看你表现，好好过了关，我想个办法安排你。

这是必须的！曾老幺站起来表态。

当晚，曾老幺难得又一次睡不着，他在盘算运气好到了哪一步。繁琴姐有钱没说的。她有公司也是肯定的。那安排自己做啥？当经理！由此把他所见过的经理挨个回顾一番，发现有个共同处，但凡有经理的地方，总有漂亮的姑娘。漂亮姑娘围着经理转，从前只能看不能想，今晚他想了。可惜他想多了，突然想到缘分，与经理有缘不？幸好酒醒了，发觉自己和经理相隔不止一座山一条沟。实在点吧，不当经理也行，只要有工资。工资多少呢？比低保肯定多，比城里人社保……他犹豫一下，应该不会少。但又说不定。绝不比村社干部少，这就够了，至少不打光棍，谁见过村社干部打光棍的？有女人是肯定的。他又开始物色女人，从年轻时的偷窃搭档，到时下城坝村单身女人，只要有过一面之交都算，逐个排查，没一个有把握。放宽一点，只要是单身也行，好像有苗头，恐怕单凭一己之力不行，还得借助帮扶人的力量。欧阳书记大姐夫会帮我不？繁琴姐说了，我必须脱贫验收过关才行。可是，万一我过了关，不是贫困户了，他还会管我吗……

繁琴喜欢四处走走，祥菊有老有小走不开，由欧阳生成天陪着她。繁琴生怕误了他接受检查，要他自个忙去。欧阳生笑嘻了，误不了。据他得到的消息，这次是第三方评估，好处是谁也掺不了假。第三方是谁？没人知道。行程更没人知道，自然少了接送、陪行、宴请一番应酬，连汇报、交换意见一并免了。即使要人带路，在同贫困户见面谈话时，带路的人必须主动避开，据说距离要求一百米以上。资料早报上去了，这一次有没有三江镇难说。咋知道结果？检查的人现场录音录像记录，回省上评估，到时自会有通知下来。繁琴问，那你做啥呢？欧阳生回答简单，陪你呀！不欢迎吗？

繁琴去父亲坟前上过香，大先生坟前也去了。在家的乡邻很少，都在曾家院子见过面，回访也就坐坐，有话头天都说了。

小先生专程从县城女儿家赶回来，繁琴两人在他那儿吃了顿午饭，家常话从前辈说到后辈，从上午说到下午。繁琴特别关心大先生活着时，对自己这一家人还说过啥，譬如婚姻呀，家庭呀，晚辈呀。欧阳生感觉她这次回来变化大，今生看得很淡，来世看得很重。自己不便插嘴，任由她问神样缠住小先生。

小先生惊奇繁琴的虔诚，敬畏父亲如同神灵，好像前半辈子发财致富全靠大先生指点。这点与繁轩、曾老三一模一样。不明白现在的人咋啦，越是有钱的人越是痴迷神灵。相反的是在外打工的年轻人，百无禁忌，乡风习俗忘得差不多了。家有老人的，每年回家过节上香，犹如了愿。老人去世后，回家的路变得狭仄陌生，家乡再不见他的身影，他也忘了家乡。

小先生仙气远逊于父亲大先生。乡下住的人越来越少，找他的人十天半月碰上一个，连他自己在乡下待久了都厌烦，隔三岔五往城里女儿家跑。小先生见繁琴能回来看看，已是十分难得，她纠结自家老人过去的推算，总有她的想法。小先生小心翼翼揣摩她心思，回答她的话，尽量与父亲以前说法吻合。无论作为本家侄女，还是一个病人，一个乡邻，一个客户，都该尽量给她一个满意回答。

繁琴总在问，当年大先生凭啥下断定，说她和欧阳生不能白头到老？欧阳生知道说的是"白虎拜堂，家破人亡"，觉得繁琴迷信不可救药，都啥年纪了，提这有意思吗？小先生记得父亲生前不止一次说过这话，依据吗，你说我当叔叔的咋好开口？繁琴知他不好开口，今天不是来计较过去，另有目的，问，真的是生就的命不能改变？小先生记得清楚，繁琴曾就欧阳生肋间长肉疙瘩来算过命，父亲当时说过白虎青龙之类的话，好像有男女要忌房事的说法，若是不能改变，何来忌讳一说，莫非她是为当年的事讨要说法？小先生小心试探，要说逢凶化吉也能办到，可忌讳太多，从来没有几个人能做到。这话稳妥，成，则是我指点有方，不成，则是你犯了忌。繁琴估计小先生想偏了，微微一笑，对欧阳生说，你个大男人出去一下。

欧阳生起身出去，许久，里面又叫他进去。

接下来，繁琴出资，给一大家子挨个推算流年。离开时，欧阳生见繁琴脸色不好，以为是给吓着了，劝她，小先生也就信口一说，你别放在心上。繁琴说，有点准，他咋知道我在生病？欧阳生更觉好笑，你我都进六十的人，谁到这年纪没有病？不用算，闭着眼睛都说得准。繁琴还是不信，他咋知道我今年犯险？欧阳生拿她没法，以自己为例开导他，小先生还说我今年要官升一级咃，我已递了退休申请的人，你信吗？也只是你钱多没处花。

二十

　　山上贫困户已陆续搬迁下来，在这次省上扶贫检查中得到的赞誉声最多。虽说老人们故土难离，但终归是年轻人当家，一句我说了算，就把老人撂在一边，第二句话通常是：就这样定了。

　　小漆匠听说要搬迁，第一个缴款，还再三给乡上村上赔礼，不要计较老人的话，有了安置房每月节省几大百房租，这好事哪去找。说到远，就隔条河，坐船十多分钟，比孩子到村小上学近多了。

　　石坪昝家老兄弟俩，被昝大爷请到柿子坪，让后人在电话里好好给吼一顿。几位年轻人一个腔调，搬迁下山，求之不得，生活、就医、孩子上学样样方便，老年人拒绝才是没睡醒说梦话。我们在外打工，没法照看老人，承蒙政府操心了。

　　龙眼窝昝老太婆安排在乡敬老院，没多久就习惯了，还学会了打麻将。见人直说太好了，吃饭打湿口，洗脸打湿手，亲生子女也做不到。欧阳生帮她找到了后人，儿子早在工地出事死了，儿媳怕她分赔偿款，自此断了音讯。听说老人已被乡上安排好了，还派大孙子专程回来看婆婆。

　　东坡昝山家，听说要搬迁下山，昝岩和小楚又回了一趟家，去工地看了安置房，问清是建修价，赶紧交款，回到深圳就办了结婚手续。

　　西坡昝家两个老人倔，儿女的话听不进，不给赔偿不搬家。临近市里脱贫检查，百般无奈，欧阳生又去山上，再不说搬家的事，请老人去山下住几天，权当走人户。心里只图他们下山应卯，检查过了，去留自便。哪知几天过来，烧天然气，看电视，睡电热毯，老人竟舍不得走了。借钱买部老人机不丢手，吵后人快回来办购房手续，指明要有房产证的。不要钱白住，死了归还的那种方式还不要。

昝猎户一家人轮流下山试住，大块吃肉不到一个月，身体横起长，好像吃多少肉长多少肉，让人怀疑是直接粘上的。老头子过河上街当搬运，茶馆的人替他着急，说，没你这样倒着来的，人家减肥你催肥，再胖下去会得病。他赶紧回家办招呼，肉悠着点吃，别到时人家不要，自己胖了走不回去。老太婆白天给人看车，两个人每天一百多元，吃肉用不完，家里突然有了余钱。后来县上要聘请护林员，动员昝猎户回山，他反复问收入比当搬运如何，要多才去。

就这样，欧阳生觉得还有些不尽如人意，搬迁户人人下山住不够，还得个个有事干才行。听说繁琴带了项目回来，在城坝村搞乡村田园综合体，取名梦幻田园，要雇请很多干活的人，指望她能把搬迁户全部安排了更好。

省检查组啥时来的？啥时走的？曾老幺说只有他知道。没人计较，知道他爱吹牛。他之外至少繁全知道，是他带到曾家院子，然后又是他送走的。还有同时接受验收的两位贫困户，抱鸡婆和曾繁举的老婆吕从杰。繁全说来的是两位年轻大学生，一个小李，一个小周。繁全没被准许进院子，里面咋回事，只有里面的人知道。当曾老幺拍着胸脯说通过了，没人敢相信，也没人敢不相信，只当是曾老幺没说。后来上面来通知，的确通过了。

据曾老幺吹，曾家院子三位贫困户，就他说得最好。八嫂年纪大了，问一句答一句，不多一个字。问的人懒得问了，赶紧到他家来，后面吕从杰全是照搬他的，有样学样。

有人问实情，吕从杰提起他周身是气，别说那个搅屎棒，张大嘴儿乱吹，尽把人往沟里带。据她说，检查从前面院子开始，然后到中间院子，她在台阶上理菜，眼瞅着人家先去的曾老幺家里。

其实曾老幺的家在前院，土改时分的。包产到户后，卖给了曾老八。后来曾老幺在镇上混不下去，回来没地落脚，找曾老八要房子。抱鸡婆肯定不给,他直接住进去赖着不走。后来繁全支书安排他暂时在自家新房子住,顺便看守房子。胡镇长帮扶他,说贫困户住小洋楼有点夸张,给抱鸡婆做工作,空着还是空着,就让他住几天。再后来曾老四夫妇过世,欧阳生帮扶他,他自作主张搬到曾老四家住,好像天经地义早就应该,强行与吕从杰成了邻居。

吕从杰说当时情景,先是人家自我介绍,核实情况的叫小李,忙着录像的叫小周。带着表册来的,你据实回答,像八嫂子那样就行了。不知是有意还是无意,曾老幺就要云里雾里神吹。

小李问他干啥职业?

老幺脸厚,直接回答,操社会,看人家搞不明白,颇有几分得意地解释,就是配合公安维持社会秩序。

问,致贫原因,他不懂,只得换个问法,你为什么穷?

回答,老啦,回乡下没钱养老。

问,你家几个人?

回答,现在是一个人,正在追外面那个女人。

吕从杰咬着牙说,我当时真想给他两耳光。怕误了公事,忍了又忍,没冲进去。

小李问他一年收入多少?他说一个月三千总有吧。

小李问他现在做啥?他手朝房后大山一指,全是我在经营。

问他咋当上贫困户的?他手望胸脯一拍,我是有历史的,宗圣是我家祖宗,村支部书记是我老哥,镇委书记是我姐夫。

小李皱着眉头问,你咋两次检查验收没通过呢?他说姐夫打招呼了,脱贫是好事,千万不要跟群众争。

检查的人疑心大起,吕从杰说,我隔着门听小李对小周说,别是一个优亲厚友的典型。若是允许插话,我当时就要让曾老幺下不来台。

吕从杰接着说,后来到我家里调查,问我致贫原因,我说丈夫死后,两个女儿出嫁欠了账。问我咋脱贫的,我说,全靠欧阳书记帮扶,安排在他大姨姐祥梅菜店打工,每月有八百元收入。后来就没再问,多简单!

小周不放心,专门问了曾老幺的情况。我没客气,直截了当说,他那些屁话你们千万别信。他哪来的三千元，繁全当支部书记一个月才两千多点。看山的昝老二到城里他儿子家住了，镇上安排曾老幺接替，一年顶多五千多元。另外，他的承包地流转给祥斌种橄榄每年有五百元。核实的人在表册上画了两个勾。说到村镇书记与他啥关系，吕从杰忍不住笑，这窭人谷全姓曾，依排行称兄道弟，我死了的老公还该他叫哥呢，早出五服了。以前是外姓人在帮扶他，检查一次处分一个，没法才换给欧阳书记，这不又给欧阳书记说些祸事出来。

他为啥要打胡乱说？人家特意问了我。我把前两次检查的事细说了一遍，啥原因？鬼才知道，他就这么个老妖怪。

曾老幺从来认为，吹牛是讲硬话，有本事才有资格讲，没啥不好的。面对人们的指责，他觉得比谁都冤，对检查组说"不好"你们不满意，说"好"你们还是不满意，没通过你们不满意，通过了你们还是不满意，你们到底要我咋样才满意？

欧阳生听说了淡淡一笑，没跟曾老幺一般见识。退休通知下来后，他肩上扶贫担子也卸了，只是曾老幺不能返贫的担子，接任的胡书记要欧阳生无论如何继续担下去。

欧阳生退下来时间充裕，家里老小有祥菊操心，他成天陪着繁琴四处转悠，晚上住曾家院子。曾家院子没多的人，三个贫困户晚上都到他家吃饭，每次都是吕从杰进厨房操持，与繁琴闲谈中，吕从杰瞅机会替曾老幺说情。提到曾老幺打胡乱说，吕从杰认为这次得原谅他，毕竟他心是好心，只不过吹过头了。好在上级没计较，又没啥影响，欧阳书记也就不要跟他一般见识。繁琴替欧阳生回话，他已退休了，想计较也没用。吕从杰提醒繁琴，老幺哇，就担心你们答应他的话不认，见繁琴一时想不起来，提醒说，你们答应安排他进公司的事，他还记得牢牢的。繁琴想起来了，是说过要安排的话，可他现在有事做啊，每月五百元，不好好的。吕从杰朝外喊道，老幺，你的事你自己来说。老幺哭丧着脸，对繁琴叫声妹子，我那碗饭吃不久的，不定哪天起个山火，丢几根树木啥的，就被撸了。繁琴弄不明白，人家昝老二这么多年没事，轮到你就不行了？吕从杰不知是损他还是帮他，说，他若是昝老二那样又好了，早就不是今天这样子。

欧阳生在外面，始终不说一句话，惊奇曾老幺竟然会有自知之明。看山这活很辛苦，每天都得上山巡逻，还责任大，不是老幺愿意干的。当时也是权宜之计，一时找不到更合适的人。要想不返贫，别说他本人，就是帮扶他的欧阳生，都希望繁琴的梦幻田园建好后，物业管理寻个合适的事给他做。欧阳生私下里多次提过，就差繁琴一句话。

殊不知，繁琴突然生气地对老幺说，这事别跟我说，找欧阳生去。

老幺信话，真来找欧阳生。欧阳生好无奈，连说，我跟繁琴再商量商量。

这是从东北回来后第一次去蒿坪，较之上次从东北回来隔了十多年，繁琴像是拜访老友，一路上见啥说啥，总有记忆相随。指着一块稻田，说当年耕田，别人家的牛不敢用，每次都去牵四哥家的老牛，图老牛温顺，他家还得搭上一个小女娃在前面牵牛。见一座坟停一会儿，总要说上几句与死者有关的旧话，与其说是追忆，更像是在套近乎，意谓我要来了。

在一片橄榄园旁，繁琴有点迷惑，喳闹婆的坟呢？咋成了园子了？欧阳生告诉她，坟迁走了，前几年祥斌回来发展橄榄，镇上用土地流转的方式租给他了。

繁琴深有感触，说，这原来是玉米地，喳闹婆与黑牛妈争边界就在这儿，两家喝农药出事时，我还没走，眼见着喳闹婆埋在这儿。说着话，人竟进了园子，转身对欧阳生说，喳闹婆死还与你有关。

欧阳生一脸茫然，事过去几十年了，头一次听说牵涉他，不会吧！

繁琴自个笑了，有关不是有责任。

听她说来，这块地原是分给欧阳生的，还是繁琴代他抓的阄。喳闹婆有块地在凤坪，挨着蒿坪的，不与黑牛家搭界。戴维娅最担心死后进不了祖茔，落个死无葬身之地。她听大先生说，当年选祖茔时，大师说凤坪属坤地，旺女方，适宜葬岳父岳母。她千方百计用这块肥地同喳闹婆凤坪那块瘦地调换，等欧阳生调公社，戴维娅交出来的是自己那份承包地。若没调换，哪来争边界的纠纷，哪来喝农药的事？

说完，繁琴问欧阳生，你说与你有没有关？

欧阳生只得点头称是。

两人继续往上走。欧阳生知道她在寻找自己的归宿，劝她别空花心思，你拿钱也没有人敢卖土地给你葬坟。繁琴满怀信心说，你别忘了，賨人谷还有我家包产地。欧阳生感到好笑，你们户口都迁走好多年了，手续还是我办的，包产地早被集体收回了，可没等笑出口，突然一下记起了，办户口时，戴维娅坚决要留在农村，莫非她那份土地还在？可曾家答应吗？

繁琴微微一笑，地方恁宽，谁能霸占完？还说笑话，船多不挨桨，死人更不会争地盘，多几个挤在一起才不寂寞。

这样笨的人都有，欧阳生甚至怀疑她的智商，说她，地方再宽，曾家也不会让你一个嫁出去的女儿回祖坟。繁琴拨开挡道的树枝，四处查看，说，我才不回曾家祖坟，我是来给你新建一处祖茔。繁琴语气平和，却不容置疑。给谁？欧阳生感到奇怪。给你呀！繁琴的话明明白白，你死了不回祖坟？欧阳生感到好笑，罗家的祖茔在哪？我不知道。欧阳家的祖茔早毁了，爸都去了公墓，我哪来的祖茔？

说时已到凤坪。繁琴像当年曾家祖先样，一脚踏定，语气坚定说，没有，我在凤坪跟你建一个，就在我妈的包产地上。你就是启始祖，从此以后喆娃、根娃代代老了都要回来，这就是欧阳家老坟。包括你、我、祥菊，还要把我妈，把你爸、你外婆的骨灰盒全请回来。

啥老坟，就叫公墓得了。欧阳生揶揄她。

名字叫啥不关紧要，老人心愿要了。繁琴又说，你外婆，我妈都说过，叶落归根，不愿在公墓里与外人挤在一起。

欧阳生瞧繁琴一副办大事的神态，自己大悟，终于知道她是认真的。若换作是祥菊，他会呵斥她愚昧变态，可这是他前妻，用的是她自己的钱，是一个身患绝症的老人，对命运对逝者对脚下这块土地的敬畏表达。除了理解，还油然而生敬意。

繁琴这种想法是哪来的？欧阳生打电话问小先生，那天你对繁琴到底说了些啥？小先生也感诧异，没说啥呀，她问了她的病和你小孙女的命，这你已问过我了，我也对你说过了呀。不对，欧阳生不信，不就是繁琴剩下日子不长了，就这还用着瞒我？肯定还有其他的事你没说。小先生笑他多心了，是有个事没当着你说，不是要瞒你，实在当着你这个爷爷不好说出口。欧阳生心里一惊，云霓吗？小先生回答，是的……

当欧阳生得知，自己那个小孙女也是个"白虎星"，一下明了繁琴看似荒诞举动的缘由，她要防止孙女重走自己和她妈的老路。小先生给出的化解方法，上辈死后一定要夫妇合窆，按大先生生前的说法，先人合窆，白虎断根。并以戴维娅和繁琴现身说法，戴维娅的父母被炸死的，尸首不见，导致戴维娅无法化解；戴维娅死后再三要回寶人谷与庆彪老爷合窆，繁琴犹豫不听，因此繁琴无法化解；若是这次繁琴与你再不能合窆，欧阳云霓也不能化解。

你呀你呀，尽出馊主意，欧阳生对小先生好生埋怨。

小先生一脸狐疑，这有啥让你为难的？

这事若放在曾老幺身上，骗人就一句话的事，说了就了。偏偏欧阳生一辈子从不昧着良心骗人，何况是繁琴，一个临死还为后人着想的前妻。若是草率答应，对祥菊的伤害太大，也让他不忍心开口。

前一段日子，为那天给繁琴搓背时间太久，话太多，祥菊颇有微词。眼下欧阳生成天陪着繁琴，更是妒火横生，责问好几次，你到底是我姑父，还是我老公？你要陪她，可以，就在镇上来，我和你共同陪。弄得欧阳生再三给她解释，她在你这边是客人，她在曾家院子是主人，哪有客人久住不走的？祥菊不依，那好，我不怕当客人，跟你一路去曾家院子。欧阳生问家里老小咋办？祥菊说，请大姐祥梅过来照看。

祥梅来了，钥匙也交了，临出门时，祥菊变卦不去了，不愿让人说她小气。她常听她爸说，彪老爷当年五个老婆，成天争争吵吵，真到了分手那天，突然发觉没啥值得去争。财产没人争了，老公没人争了，一家人闷坐到天亮，吃了早饭各奔东西。祥菊说话时没看老公脸色，忘了那五个老婆中就有她老公的妈，继续兀自不管不顾说去，我现在不去找她，免得人家说我气量小，跟一个绝症老耄争风吃醋。

欧阳生不知祥菊话真话假，不敢贸然把繁琴的要求说出来，料定她知道后会闹翻天。就算眼下应付繁琴，一时答应，到自己死后祥菊不干也兑现不了。

欧阳生想到了儿子，找机会打电话过去，说说繁琴后事安排打算，再问问他回渠县的开发项目。他刚开口，儿子抢先说了，不就项目的事，妈说过了，我没答应，爸，你也不要说了。

既然提到项目，欧阳生也十分关注，没料想儿子断然拒绝，忙求情，你妈的想法多好的。你是没看见老家现在样子，真见了你也会心酸，偌大一个窨人谷，人去屋空，没几个人在家住。你知道曾家院子，过去多闹热，而今只剩下三户，一户一个人，全是贫困户。儿子解释，爸，若是扶贫，捐钱捐物没说的。搞开发讲赚钱，说亏本都要做，那肯定是违心话。欧阳生深切地叫一声，喆娃，给钱给物只能管暂时，你这个项目可以给就业机会，这才是长久的。你妈说了，项目虽小，还是要赚钱，只是赚得少点。喆娃也说实话，百十套房子，我也得花同千套一样的精力。在老家那小地方，无法与大楼盘相比，销售和后期管理与大城市各是一回事。在商言商，我不能干傻事。

欧阳生只得换个招数，打亲情牌，一声乳名叫人心软，喆娃呀，你妈这些年过来不容易，老了叶落归根，想给家乡做点事，你就了她一个心愿吧！情到真处最感人，喆娃语气迟疑，说，妈的心思你肯定知道，啥青龙白虎，啥命相不合，那多迷信荒谬，我昨天专门给她发个视频看，奥地利妇女春季驱霉菌迎夏日裸晒，成百上千的女性一丝不挂在街上跑步。欧阳生迷惑，你给她发那个有啥用？就是我也不会看的。喆娃的意思就是要她看，而且仔细看看，那上面多的是白虎星，正常得很，不要信乡下那些迷信话。话题悄然回到繁琴后事上，欧阳生有说不完的话，立即表白，我打电话也是要你去劝劝她。喆娃好无奈，劝她不听，还训我不能瞧不起乡下人，说小先生舅爷爷灵得很，上次给你爸推算要升官，你爸硬不信，快退休的人了咋有可能？你猜咋的，你爸真从正科升为副县，还说你也不得不服。

欧阳生哭笑不得，这算啥灵验？那是按规定任正科八年高调一级，与算命一毛钱关系也没有。听到这儿，喆娃长叹一声，唉！谁叫她是我妈呢。转而对父亲松口，听你一句话，都依她的可以不？

欧阳生急了，都依她的可不行！项目你得依她的，后事安排你不能依她的。

喆娃蒙了，爸！你这是啥意思？

欧阳生分细了说，项目的事儿，你了你妈一个心愿，这也是爸的心愿，对的。后事安排你可不能听你妈的，你先已说了，她那就是一个迷信。

喆娃更不理解，你不是说妈这一生不容易，要我满足她心愿吗？

欧阳生只能明说，后事安排真不能依她的，就按你妈说的，中国的事归孔圣人管，可孔圣人从来没说过要信鬼信神的话。

喆娃隐约觉察父亲有隐情，相比而言，项目的事难办多了，后事安排也就顺顺老人的意，就母亲的意愿，后事安排看得更重。于是说，孔圣人是没说过鬼神的事，但他说了子女要孝顺。

欧阳生语气变重，对你妈要孝顺，对你爸该不该孝顺？

喆娃回答爽快，都该呀！项目，后事我都办呀。

欧阳生动气了，你是真不懂，还是装不懂？项目必须办，后事安排不能依你妈的。

喆娃不解，为啥呢？

欧阳生只得实说，若是我同意和你妈合衾，曾祥菊会咋看？我今后会有清静日子过吗？

哦——儿子恍然大悟，很气愤，就我来看，这后一件事比前一件事更重要。妈的心愿虽然缺理性，但不缺亲情，她终归是为后人着想，而你呢，自私⋯⋯

电话挂了，再打过去，关机。

繁琴的梦幻田园轰动三江镇，但凡上面客人来，一定要请繁琴去讲解一番。次数多了，欧阳生都能背下来。无非是与以往的开发不同，田园搞成花园，种粮成了休闲活动。繁琴说得具体，她已在全国成功开发十多处，谈来就如一桌家常菜熟悉。先是田地集中整治，水电路配套到地头，再按规划修建庭院，一式的徽派建筑，独门独院，房是房价，田园收租金，本人愿种则种，不愿可请人代种，产品全环保，零污染，自销代销均可，别墅享受、健康生活、田园风光、城乡一体。销售人员说来更专业，更煽情：幸福来自感受，住梦幻田园给您梦幻般的感受，您就是庄主，您就是员外，此处便是桃花源⋯⋯

胡书记坐不住了，哪里去找路子，这就最好，农民回来了，农业回来了，农村的兴旺也回来了，农村也就振兴了。本地开发商跃跃欲试，可一算成本，全傻眼了，这么大的投入，搁在一个小镇旁边，市场风险太大。

胡书记为早日签订开发协议，挽紧欧阳老书记，不管他枕头搁在哪儿，都要他吹吹枕头风，生怕繁琴一下飞了，对繁琴提出的条件有一个算一个，唯恐答应慢了。繁琴担心工作难做，胡书记朝胸脯一拍，土地能分下去就能集中起来，土地流转，农舍搬迁，项目报批……乡上帮办到底。繁琴却迟迟不签协议，欧阳生替他遮掩，说等资金到位再说。这其中隐情，欧阳生没法解释。可不解释，胡书记会怀疑项目压根没问题，先前说的风险呀，资金没到位呀全是搪塞人的。胡书记当着欧阳生和繁琴的面，将疑惑像笋子一样，层层剥离露出心来，问两位老人到底在想啥？欧阳生说儿子没松口，繁琴一句话抛出，儿子那儿我还能做主，就是你这儿不答应。

　　欧阳生被噎住了，捂住胸口怕心掉出来。想说你那是啥要求，我能答应吗？到底没说出来，把一个背影留给众人猜。

　　繁琴瞧瞧眼前这个男人，过去不经意间给弄丢了，不知何时又回到心上，而今是抹不掉，赶不走。几十年前，母亲执意要回去寻找儿时的记忆，东北是她魂牵梦绕的地方。东北是母亲的，不是女儿的，繁琴的儿时记忆在窦人谷。现在她也老了，如一片秋叶，循着儿时的气息飘回故土。

　　到底为啥回来？母亲临终突然要回四川，她的父母遗骸在那，她要回曾家祖坟，丈夫在那。还有对孙女的未来焦虑，求人挣脱白虎星噩运纠缠。繁琴扪心自忖，自己为啥要回来？与母亲想的不同，三个白虎星，老的劫难已了，小的劫难未来，倒是自个心结未解。大先生说是命中所定一生多舛，是宿命。首先怀疑宿命的是母亲，若是没有战争，她不会来到窦人谷，更不会嫁给曾庆彪，战争绝不是一个一个白虎星决定的。回顾以往，说来并非全是宿命，自己时常忏悔先前的出走，一半是恐惧，一半是向往，迟迟不能南归，终归还是那儿的钱财，是那儿的享受。自己过去常嫌繁轩薄情寡义，抛弃妻儿。而今看来，自己的滞留不归，与繁轩的滞留不归内里是一回事，只不同的是一个在北方，一个在南方，一个是男人，一个是女人。

　　该吃的吃了，该玩的玩了，当生命倒计时，繁琴却发觉生命不只有吃喝玩乐，忽然发现将要完结的生命缺了一部分。女人的一半属于心上男人，自己缺了这一半。欧阳生在生活里走着走着不见了，睁开眼渺无踪影，闭上眼无处不在。却不知欧阳生心里尚有自己不？今生不行，乞求来世，阳间不行，阴间可否？生不同时，但求死能同衾，别人看来会很荒唐，可自己不做不心甘。

欧阳生要么圆满地回答，博得繁琴生前一笑，要么虚与委蛇，将一个谎言同躯壳一起埋掉。欧阳生两样都办不到，是一个不置可否的谜。谜也是一个答复，一种意料之中少不了的不可预料。

项目在繁琴的坚持下正常进行，乡情没因自己葬于何处改变。儿子很支持，他心中也有一个故乡，有赛人谷，有常氏诊所，有欧阳铁匠的铁锤和铁砧。

繁琴给了家乡父老一个明确的答复，用不着理欧阳生。乡情在，项目在，我在凤坪等他。

此话传出，大人细娃都知道，繁琴痴情重义、大度宽容。只怪欧阳生不顾大局，辜负了繁琴，也寒了父老乡情的心。政府一班人，城坝村一村的人，三江镇一镇的人，都用疑惑的腔调议论欧阳生，刚退休就犯老年痴呆，没这样快吧？

欧阳生暗自叫屈，他不答应，是祥菊不答应他。

祥菊对繁琴一直心存感激，从未想到她死后要来跟自己争名分，让钱让物让房让地，甚至让床都行，唯有这名分不能让，合衾也该是自己。欧阳生劝她理解繁琴一番苦心，不是跟你争，是为后人争。死了埋在土下面，谁在乎咋个摆放的，后人还不照样放一串鞭炮，磕两个头就走了。祥菊说，那好，照你说的不在乎，叫繁琴去试试，把彪老爷坟前碑文上大婆改成她妈的名字，改了我就认了。别说死了你跟她睡，就是现在你跟她睡，我都认了。还发气说，去呀，欧阳生你能干，你就去改呀！

欧阳生像一只猫，一只狗，挨了一棍棒，不由得身子缩了缩，突然一跃而起，拍着桌子吼起来，曾祥菊，这是你说的，给我记住，不要后悔！

祥菊从未见过他发这样大的火，嘴儿依然强硬，声音却矮了许多，我若有后悔，就是当初不该嫁给你。

不一会儿，欧阳生从里屋出来，将一张纸啪的一声拍在桌上，有本事的，别改口，把字签了。

祥菊一路嚷嚷过来，签就签，谁怕谁？不信你们会生个二胎出来。走近仔细看，条款不多，离婚两个字扎眼。祥菊手中的笔掉在桌上，声调变软，故作镇静，嚷嚷变成嘟哝，慌啥慌，等我有空了再签，顺手将纸揣进包里。

投降！儿子稚嫩的声音从太爷爷的房间传来，再不投降，不和你玩了。

第七稿，2021年4月于成都

胡书记坐不住了,哪里去找路子,这就最好。

后　记

包产到户至今已有四十余年，书写这段历程的小说，这些年特别多，其中不乏名家名作。我是一个后来者，如同集体合影，前排后排都站满了，我只能在最后面踮起脚，望人项背不行，要尽量露出脸来，须得努力寻找空隙。

这一找就是十年。其间数次动笔，数次放下。最多一次已有好几万字。总觉挣脱不了记忆的束缚，天下馍馍一个样，没有新意，只得停笔。甚至想到放弃。还是那段记忆不许，刻骨铭心，欲罢不能。二十多年农村生活凝成的情结，不是说弃就能弃。那段日子，正当农村改革兴起，我以下乡知青的身份，从生产队监收员干起，生产队长，大队支部书记，公社革委会副主任，公社管委会主任，乡党委书记，区委书记，农村基层干部的位子几乎让我挨个尝试一遍。而今这些职务绝大多数已消失，自己说起都拗口，年轻人听来更感稀奇。太多纠结，生拉活拽又回到记忆里，诱使我细细端详那些日子那些人那些事。

这一端详，记忆渐渐有了别样感觉，思绪脉络逐渐清晰起来，似乎找到了属于自己的写什么和怎么写。

同样是改革动因的叩问，我总觉不能少了历史纵深感，一定要有人口与土地千年撕扯的痕迹，要有根源性思考。农民不能只是一个符号，要着笔于他们的利益、诉求、处境、个性……使之成为不同群体中个性鲜活的个体形象。包产到户看似共同呼声，却是由不同声部组成的合唱，若把黝黑作为农民的脸色特征，也应墨分五彩。

对那段日子的状写，在穷的底色上，还得有人生的斑斓。似水流年，生活从来没有停止，生活里该有的笔下一定要有，人情事理，喜怒哀乐一样不能少。

抨击"大锅饭"，我以为不能只盯住工分，要看见根子在分配，基本口粮才是制度性缺陷，它不仅挫伤了农民劳动积极性，还助长了人口盲目增长。此前许多作品只说工分，不说分配，读来不痛不痒，皆源于局外人所写。要识庐山真面目，还得身在此山中。即使过来人，回望历史，断不能仅仅回首一瞥，容易偏见，应转身直面历史，看透浮尘，从历史沉淀中打捞真相，如实呈现事物的前世今生。

对苦难的状写，我力求表达农耕文明的窘困和无奈，传统农业的衰落和宿命。人与人之间，历史积怨与现实利益冲突，除了宣泄和爆发，还应有情感的宽容和时间的消解。生与死多由自然去选择，少一些厮杀逼迫。

在我看来，农村犹如农民肩上的一副担子，一头盛放以土为标志的物质形态，土山土路土屋土碗……一头盛放以乡字打头的文化形态，乡风乡愁乡情乡亲……我以农民负担行走来诠释农村改革的前因后果，立根乡土来讲述笔下人物故事。

小说写人与人的关系，讲的是人间的事，可脱离不了天和地，离不开自然。悲欢离合总得有个搁置的地方，时代和地域。我试图把人的所谓本性，置于自然真实的生态里去萌生、成长、转变。不回避失误，有坎坷才有起伏，写跌倒也写爬起来，写挫折也写转折，在不如人意处，呈现初心、艰辛，暗处总有阳光折射。若说笔下有什么期许，那就是真实。

小说写小，小人物小情节小情调之外，我尽力尝试格局大一点，格调高一点，蕴含接地气的家国情怀。

同自己以往的作品一样，我不想欺世，也不想媚俗，自觉努力不去复制自己。